체리토마토파이

체리토마토파이

Un clafoutis aux tomates cerises

베로니크 드 뷔르 지음 | 이세진 옮김

청미

차 례

"나는 언제나 흐르고 있는 시간이 별 쓸모없는 일들로 얌전히 채워지는 나날이 좋았다. 그런 일들이 행위나 감정을 불러일으키고 우리를 차지해버린다. 나는 잠을 많이 잤다. 많은 것을 잊었다. 시간이 흐르면 흐르는 대로 보냈다."

장 도르메송, 「언젠가 아무것도 말하지 않고 떠나리」

"다들 알다시피, 소설이 있을 수도 있는 이야기(histoire)라면 역사(histoire)는 실제로 있었던 소설이다."

장 도르메송, 「어디서 어디로 무엇을」

나의 어머니께

* 본문의 각주는 모두 옮긴이 주다.

일기의 첫머리

겨울이 물러났다. 커튼을 열고 창살 너머를 바라본다. 호두나무는 아직 잎이 돋지 않았지만 밤나무는 벌써 깨어났고 줄지어 뻗은 개암나무들도 푸릇푸릇한 기운이 돈다. 창을 열었더니 공기가 상쾌하다. 바깥에 걸어둔 온도계로 영상 5도다. 동장군이 완전히 꺾인 건 아니지만 겨울의 끝자락과 성급한 봄기운이 그럭저럭 어우러져 있다. 나는 작은 버팀목으로 덧창을 받쳐놓는다. 덧창을 완전히 젖히기가 점점 힘들어진다. 개머루가 너무 많이 자랐다. 앙드레가 와서 잘라줘야 하는데 도통 오지를 않으니 아무래도 편지를 써야겠다. 아들은 요즘 누가 그런 일에 편지를 쓰느냐고, 일해줄 사람이 필요하면 전화를 걸어야 한다고 놀리듯이 말한다. 그렇지만 난 전화가 싫다. 나는 전화로 말할 때 살갑게 굴지를 못한다. 도무지 편한 기분이 들지 않으니 나도 어쩔 수 없다. 나는 사람을 직접 보면서 말하는 게 더 좋다.

지금은 아무도 편지를 쓰지 않는다. 그래도 한두 해 전에——아니, 더 오래됐을 수도 있지만 세월이 워낙 쏜살같아 확실히는 모르겠다——우체국 사람들이 우리 집에 우편함을 설치하러 왔다. 집집마다 의무적으로 설치해야 한다고 했다. 우체국 사람들은 예쁜 구석이라고는 없는 초록색 우편함을 보여주면서 어디에 달지 나보고 정하라고 했다. 그래서 나는 지하실 문 맞은편에 작은 수풀을 따라 나 있는 돌계단 아래쪽을 가리켰다. 그곳이라면 못생긴 우편함이 눈에 띄지 않을 터였고 노란색 우체국 차가 접근하기도 쉬울 터였다. 귀찮아졌다고, 내가 할 일만 늘었다고 생각했다. 이미 오래전부터 우체부는 으레 계단 위에 우편물을 두고 가든가, 문이 열려 있으면 현관까지 들어와 그 옆 탁자에 두고 간다. 나는 부쳐야 할 편지가 있으면 봉투에 우표를 붙이거나 배송료를 현금으로 준비해서 우체부가 수거할 수 있게 그 탁자에 놓아두곤 한다. 아주 실용적인 방법이다. 어쩌다 내가 아래층에 내려가 있을 때에는 우체부와 얘기도 몇 마디 나눈다. 잠깐이지만 손님이 찾아온 것 같아서 좋다. 지금은 우체부가 대문 안까지 들어오면 안 되는 모양이다. 나도 원래는 마을 우체국까지 가서 편지를 부쳐야 할 거다. 내가 운전을 못하게 되면 그때는 어떻게 해야 할까?

다행히도 우리 동네를 담당하는 여자 우체부는 그동안 일하던 방식을 바꿀 생각이 없다. 그녀는 여전히 대문이 열려 있으면 현관까지 와서 우편물을 두고 가고, 나도 부쳐야 할 우편물을 현관 옆 탁자에 놓아둔다. 우리 딸이 자기가 기르는 큰 개와 함께 여기 와 있을 때를 제외하면 우체부는 늘 차에서 일부러 내리는 수고를 마다하지 않는다. 그녀는 개를 무서워한다.

내 이름은 잔이다. 나이는 아흔 살이다. 젊을 때는 키가 163센티미터였다. 당시로서는 작은 키가 아니었다. 지금은 겨우 막내 손녀보다 조금 큰 정도다. 우리 막내 손녀가 벌써 152센티미터에 신발은 34 사이즈(210밀리미터)를 신는다. 나이를 먹는다고 발까지 줄어들지는 않았다. 발 치수는 그대로이지만 티눈이 보기 싫게 발 좌우로 튀어나와 있다. 이게 영 마음이 쓰여서 주기적으로 일부러 차를 타고 나가 페디큐어를 받는다. 발이 아프지 않은 신발을 찾기가 점점 더 어렵다. 추운 날에는 하도 오래 신어 닳아빠진 장화 말고는 신을 게 없는데 우리 딸은 내가 그 장화를 신으면 치를 떤다. 그 애는 편안하면서도 추레하지 않은 신발이 있다고 말하지만 내가 암만 눈을 씻고 봐도 못 찾겠는데 어쩌란 말인가. 파리에는 있을지도 모르지, 거기는 신발 살 곳이 널리고 널렸으니까. 하지만 신발 한 켤레 사자고 두 시간 반이나 기차를 타고 갈 마음은 없다.

나머지는 관리가 잘된 편이다. 아니, 착각인지는 몰라도 나스스로는 자세가 곧고 발목이 가늘다고 생각한다. 지팡이를 자주 쓰게 되긴 했지만 여전히 걸음이 빠르고, 전화 통화를 하면 아직도 젊은 여자 목소리 같다는 말을 종종 듣는다. 얼굴은 세월의 풍파에 쪼글쪼글 구겨졌지만 그래도 나는 아직 안색이 좋고 눈의 총기가 꺼지지 않았다. 특히 백포도주나 크레망*을 한 잔 들이켜면 안광(眼光)부터 달라진다.

르네는 먼저 저세상으로 떠났고 이 집은 나 혼자 살기엔 너무 크다. 그래서 겨울에는 아예 난방을 틀지 않고 문과 창을 내처 닫아두는 방들이 많다. 나는 내 침실, 욕실, 주방, 자그마한 서재 방만 쓴다. 애들이 집에 내려오면 거실과 식당도 열어두지만 나 혼자 지내면서 그런 수고를 할 필요는 없다. 우리 집은 완전히 시골이다. 주위에 나무와 들판밖에 없고 가장 가까운 마을인 베르도 5킬로미터는 가야 나온다. 베르까지 난 도로는 구불구불 골짜기를 통과한다. 도로 양옆으로는 숲 아니면 크고 하얀 젖소들이 풀을 뜯어 먹는 풀밭밖에 없다. 우리는 신혼 때 장을 보러 그쪽으로 많이 다녔다. 지금은 다 없어졌고 빵 파는 곳조차 찾아볼 수 없게 되었다. 다른 쪽, 그러니까 북쪽으로는 몽콩브루레민이 있다. 이제 거기도 주민이 거의 없지만 버터, 우유, 달걀, 몇 가지 채소 정도는 구할 수 있다. 제대로 장을 보려면 가장 가까운 소도시이자, 아름다운 성과 베리테**를 자

---

* 샴페인보다 거품이 덜 나는 발포성 포도주.
** 외식 문화 공간이자 여러 상점들이 입점해 있는 레르 데 베리테(L'Aire des Vérités) 라팔리스 점을 가리킨다.

랑하는 라팔리스까지 차를 몰고 나가야 한다. 내가 이 고장에 처음 왔을 때에는 라팔리스까지 기차를 타고 왔다. 아직 약혼 전이었던 나는 시부모님 되실 분들에게 처음 인사를 드리러 파리에서 라팔리스로 내려온 터였다. 그때 내 나이는 스물세 살이었다. 시아버지는 나를 데리러 마차를 끌고 나오셨다. 그 마차가 아직도 차고에 있다. 우리 딸이 결혼할 때 마지막으로 한 번 썼고 그 후 내처 거기 있다. 라팔리스에 기차가 지나가지 않게 된 지는 이미 오래전이고, 몇 년 전 대형 마트 두 곳이 문을 열고서부터 상점들이 하나둘 폐업을 했다. 상점가 진열창들은 과거 이 도시의 전성기(여기를 지나가는 7번 국도 덕분에 라팔리스가 잘나가던 시절)를 보여주는 흑백 포스터들로 도배되었다. 지금은 병원 갈 때, 대형 마트에서 장 볼 때만 라팔리스까지 간다. 차에 기름 넣는 정도는 동종에서도 해결할 수 있다. 동종은 별 볼 일 없는 촌 동네지만 내가 거기 주유소 여자를 좋아하거니와 기름을 넣을 수 있는 가장 가까운 곳이기도 하다. 그렇지 않으면 가장 가까운 도시들까지 가야 한다. 북쪽으로는 온통 잿빛인 물랭쉬르알리에가 있고, 남쪽으로는 온통 흰색인 비시가 있다. 르네와 내가 은퇴해서 이 집으로 돌아오기 전까지 우리 식구는 비시에서 12년간 살았다.

혼자 산다고 해서 별다를 것도 없더라. 일단, 심심할 겨를이 없다. 그리고 내가 완전히 고립된 생활을 하는 것도 아니다. 커다란 우리 집에 거의 붙어 있다시피 한 이웃집이 있다. 우리 집 차고와 외양간 옆으로 잡초 무성한 자갈밭을 한 50미터 지나면 페르낭과 마르셀 부부의 농가가 있다. 르네가 살아 있을 때에는 페르낭이 우리 집 정원 일을 도왔고 마르셀도 우리 집 살림을 도우러 오곤 했다. 내가 여기 처음 왔을 때만 해도 마르셀의 어머니인 마리 아주머니가 두 아들 베베르와 그로 로제와 함께 농가를 꾸려나가고 있었다. 마르셀과 페르낭은 몇 년 전까지도 소 세 마리, 토끼와 닭 여러 마리를 키웠다. 우리도 그 집에서 우유, 버터, 크림, 달걀을 받아서 썼다. 이제 소 세 마리는 다 도살장으로 끌려갔고, 토끼와 닭 들은 찜 요리가 된 지 오래다. 페르낭은 여전히 텃밭에 채소를 키운다. 우리 집 텃밭 바로 옆이다. 그동안 마르셀은 텔레비전을 보는데 매년 TV 볼륨이 조금씩 더 높아진다. 그 부부는 번갈아가며 우리 집 문을 수시로 두드린다. 감자를 바구니로 가져오기도 하고 샐러드용 채소, 배, 과일 등 철마다 들고 오는 물건도 다르다. 이제 그 부부도 기력이 예전 같지 않지만 그래도 옆집에 그들이 산다고 생각하면 안심이 된다. 페르낭과 마르셀은 늘 집에 있다. 여행을 가는 법도 없고, 파리에 가본 적도 없다. 라팔리스보다 더 먼 곳은 가고 싶지도 않다나. 그들이 어쩌다 집을 비워봐야 늘 토요일이다. 아침 일찍 2CV*를 타고 동종 마을 회관에 가서 블롯** 게임

---

* 시트로앵 사가 1948년부터 1990년까지 생산한 경차. 2CV는 '말 두 마리(Deux Chevaux)'라는 뜻이다.
** 카드놀이의 한 종류.

을 하다가 그날 저녁이면 기분 좋게 돌아오곤 한다. 운전은 마르셀이 한다. 페르낭은 끝내 자동차 면허를 못 땄다. 그래서 자기 동생을 보러 갈 때에도 낡은 가방 두 개가 항상 매달려 있는 푸조 스쿠터를 털털거리며 몰고 간다.

나에게는 친구들도 있다. 물론 이승보다 저승이 가까운 나이인지라 먼저 간 친구들이 많다. 그래도 질베르트, 닌, 투아네트가 아직 남아 있다. 우리는 한 주도 거르지 않고 성당 미사에서 얼굴을 보거나, 누구 집에서 식사나 다과를 함께 하거나, 모여서 카드놀이를 한다. 드니즈, 샹탈, 자클린, 프랑세트 같은 친구들도 있지만 그 친구들은 멀리 살다 보니 얼굴 보기가 한 해가 다르게 어려워진다.

그리고 집안일을 도와주는 앙젤이 있다. 의리 있는 이 가정부는 일주일에 한 번 어김없이 우리 집에 와준다. 정원사도 있다. 자기가 오고 싶을 때만 오는 사람이긴 하지만……

잔의 작은 세상

동종 정육점

니에브르

리에르놀에 있는
질베르트의 집

손에루아르

물랭

생푸르생
쉬르베스브르

잔의 단골
주유소

생레옹

잘리니
쉬르베스브르

리에르놀

몽콩브루레민
트레젤

베르

베르 교회

로드

몽테귀에앙포레

바레뷔솔

로드에 있는
투아네트의 집과…

라팔리스

생제르맹데포세

루아르

퀴세

비시

몽콩브루레민의
작은 식료품 가게

뀌드돔

…닌의 집

페르낭과 마르셀의
작은 집

잔의 집

봄

3월 20일 금요일

봄의 첫날* 하루를 밖에서 보냈다. 오늘 아침, 잠시 텃밭에 나갔다. 과실수에 꽃이 피었다. 창틀 옆 복숭아나무에는 분홍 꽃이 피었고 빨랫줄 맞은편 벚나무들도 눈이 내려앉은 것처럼 꽃이 다 피었다. 지난달에 정원사가 나무딸기와 까치밥나무 가지를 정리해두어서 아주 보기가 좋다. 그가 아스파라거스 고랑에서 잡초도 다 뽑아놓았는데 올해 소출이 어떨지는 아직 모르겠고 5월 초까지 기다려봐야 한다. 나는 아스파라거스 수확할 때가 정말 좋다! 재미도 쏠쏠하고, 하얀 순을 잘 보고 줄기가 부러

---

* 서양에서는 동지 이후 낮이 점점 길어지다가 낮과 밤의 길이가 같아지는 날(춘분)에 봄이 시작된다고 생각한다.

지지 않게 흙을 살살 훑어내리려면 눈썰미도 있어야 한다. 안타깝게도 작년엔 아스파라거스가 잘 안됐다. 아스파라거스를 재배하는 지역이 아니니만큼 토양이 잘 안 맞는 건가 싶기도 하다……

점심을 먹고서 바깥에서 커피에 밀크초콜릿 한 조각을 곁들여 먹었다. 그러고 나서 무리 지은 장미나무 화단 옆으로 등나무 의자를 끌고 갔다. 장미는 아직 피지 않았지만 가지는 다 예쁘게 다듬어두었다. 매년 2월부터 나는 전지가위를 들고 가지마다 눈 세 개씩만 남기고 다 쳐낸다. 가지치기도 오래 하면 허리가 쑤시고 아프기 때문에 매일매일 조금씩 일한다. 봉오리가 벌써 많이 올라왔다. 머지않아 꽃이 만발할 것이다. 조금 아래, 테라스로 이어지는 양지 반 음지 반 내리막길에는 수고를 들이지 않고도 볼 수 있는 진달래와 수국이 피었다. 월초에 수국을 밀어내어 커다란 회색 꽃은 다 떼어버리고 새순이 돋을 때까지 겨우내 내버려둔다. 진달래 발치에서 노란 수선화들이 태양처럼 고개를 내밀었다. 폭발적인 노란색이 보라색 방울꽃, 향기 그윽한 하얀색 히아신스와 어우러진다.

나는 안락의자 깊숙이 몸을 묻고 『알키비아데스』*를 몇 쪽 읽다가 따사로운 햇살에 까무룩 잠이 들었다.

우리 나이가 되면 사람이 고목(古木) 같다. 노인네들도 날씨

---

* 플라톤의 저서. 소크라테스가 알키비아데스라는 장래가 유망한 젊은이와 문답을 주고받는 형식으로 되어 있다.

가 좋으면 슬슬 되살아나고 조금은 푸릇해진다. 한 해 한 해가 예전 같지 않지만 말이다. 화창한 봄날은 우리가 천년만년 살 수 있을 것 같다는 환상을 불러일으킨다.

3월 21일 토요일

볕 좋은 오늘 아침, 정원사가 모종 포트를 바리바리 싸들고 함박 웃음을 지으며 나타났다. 나는 진즉에 일어나 있었다. 새벽부터 새 소리에 눈이 절로 떠진다. 몇 주 전부터 짹짹대는 새 소리가 점점 더 일찍 들리는 것 같다. 일단 깨면 도로 잠들기가 어렵다. 그렇다 보니 수면 부족으로 하루 종일 멍하다. 그렇다고 창문을 닫아버리 면 나중에 너무 덥다. 르네가 있을 때부터 계절에 상관없이 늘 창 문을 열고 자기 때문에 습관이 들었다. 공기가 통하는 느낌이 들어 야 잠이 잘 온다. 그리고 나는 새들의 노랫소리도 아주 좋아한다.

새에 대해서는 잘 모르지만 나에게는 십자말풀이로 단련된 어휘력이 있다. 티티새, 박새, 카나리아, 꾀꼬리, 찌르레기, 칼새, 할미새, 방울새, 나이팅게일, …… 박새나 딱새 같은 이름은 참 재미있다.* 이름만 주워섬겼지 이 새들이 어떻게 생겼는지는 대

---

* 프랑스어에서 박새(nonnette)에는 '어린 수녀', 딱새(gobemouche)에는 '남의 말을 쉽게 곧이 듣는 사람'이라는 뜻도 있다.

체로 잘 모르지만 그런 건 아무래도 상관없다. 울새도 있다. 울새는 커다란 주황색 반점 때문에 알아보기가 쉽다. 어제 주방으로 울새가 한 마리 들어왔다. 새는 널찍한 나무 식탁에 잠시 내려앉았다가 날아갔다. 요 작은 새들은 사람을 그리 무서워하지 않는 것 같다. 내가 정원에서 커피를 마시고 있으면 곧잘 폴짝폴짝 뛰어오곤 한다. 내가 제일 좋아하는 새는 뻐꾸기다. 뻐꾹뻐꾹 소리를 들으면 왠지 모르지만 어릴 때로 돌아간 기분이 든다. 머나먼 시간으로부터 밀려 올라오는 감미로운 느낌……그리고 제비도 있다. 제비는 봄을 알리기도 하지만 낮게 날아 비 소식을 전하기도 한다.

집 앞 잔디밭도 원형 화단 근처와 울창한 나무 주위로 서서히 색이 돈다. 그 나무 이름을 들어보긴 했는데 여태 못 외웠다. 노란색, 파란색, 흰색, 연보라색이 여기저기 감돈다. 노란색은 민들레, 미나리아재비, 앵초꽃이다. 파란색은 수레국화, 흰색은 데이지, 연보라색은 제비꽃과 붉은토끼풀이다. 나 어릴 적에는 붉은토끼풀을 따서 꽃잎 아래 달콤한 꿀을 쪽쪽 빨아먹곤 했다. 들꽃을 꺾어다가 자그마한 유리잔에 담으면 그 자체로 예쁜 꽃다발이 된다.

정원사는 삽, 쇠스랑, 양동이를 가지러 지하실에 내려갔다. 돌계단으로 초록색 호스를 끌어 올려놓고 작업에 들어갔다. 원형 화단에 삽으로 구멍을 여기저기 팠다. 그러고 나서 조심스럽게 팬지 모종을 포트에서 들어내고는 뿌리가 숨을 쉴 수 있도록 흙덩어리를 살짝 흔들어 털어주었다. 모종을 하나씩 심고 주위에 흙을 약간 돋운 후 물을 뿌렸다. 오전이 끝나갈 무렵, 몇 시간 전만 해도 우울하고 시커멓기만 했던 화단이 초록 이파리와 알록달록한 꽃봉오리로 화사해졌다.

정원사에게 봄을 데려와줘서 고맙다고 말했다.

3월 23일 월요일

봄이 왔으니 꽃이 돌아오듯 앙젤도 돌아올 것이다. 기분이 좋다. 앙젤은 작년 초여름부터 류머티즘 때문에 일을 쉬었다. 등이 굽고 뼈가 휘었다는 둥, 병원에서 안 좋은 말을 많이 했다. 앙젤은 살림 돕는 일을 그만두었고 온종일 집에 틀어박혀 우울하게 지냈다. 그런데 겨울 끝자락에 참 희한한 일이 벌어졌다. 몇 달째 꼬부라졌던 허리가 하루아침에 쫙 펴졌다나! 이제 앙젤은 자리를 털고 일어났고 다시 일하고 싶어 한다. 앙젤의 기적적인 회복, 우리 고장에서는 요즘 다들 그 얘기밖에 안 한다. '누군가'를 만나고 와서 좋아졌을 거라고들 떠드는데, 내막은 알려지지 않았고 앙젤도 얘기를 하지 않는다. 어제 오전에 미사를 드린 후 마트에서 우연히 앙젤을 만났다. 허리도 꼿꼿하고 아주 활기차 보였다. 자초지종은 모르지만 무슨 상관인가, 앙젤이 좋아졌으면 된 거지. 일을 할 수 없다는 것 때문에 앙젤은 힘들어했고 매사를 비관적으로 보았다. 나와 질베르트는 그 자리에서 당장 예전처럼 우리들 집에서 일을 해달라고 말했다. 화요일과 금요일은 질베르트네로 가고 목요일은 우리 집으로 오기로 했다.

앙젤이 몸이 안 좋아 고생하는 동안 질베르트는 자기네 마을 여자 한 사람의 도움을 받아 그럭저럭 살림을 꾸려나갔고 나는 마리데 부인을 불렀다. 내가 독거노인인데 집안일을 도와줄 사람이 없다고 편지를 썼더니 그녀는 즉시 자기가 해보겠다고 나섰다. 마리데 부인은 일에서 은퇴한 지 좀 된 사람이었지만 다들 일주일에 하루 일하는 정도는 오히려 재미있을 거라고 했다.

나는 마리데 부인을 아주 좋아한다. 그녀는 늘 쾌활하고, 일도 뚝딱뚝딱 잘하고, 고장 돌아가는 소식도 전해준다. 일주일에 세 시간, 그녀가 와 있으면 사람 사는 집 분위기가 난다. 게다가 갈 때는 꼭 우리 집 쓰레기봉투를 도로변 쓰레기 수거함에 내놓아준다. 그 수거함이 워낙 높아서 나는 까치발을 해도 쓰레기봉투를 집어넣기가 힘들다.

앙젤의 회복 소식을 알려준 사람도 마리데 부인이다. 나는 너무 주책으로 보일까 봐 누가 앙젤의 허리를 고쳐줬는지 아느냐고 묻지는 못했다.

지난주에 마리데 부인이 우리 집에서 마지막으로 일을 하고 갔다. 목요일이면 앙젤이 일하러 오고 마리데 부인은 다시 은퇴

생활로 돌아갈 것이다. 마지막 날까지도 부인은 나에게 살갑게 뽀뽀를 하고는 쓰레기봉투를 챙겨 들고 떠났다.

3월 24일 화요일

아침에 수프에 넣을 파를 캐러 텃밭에 나가려고 하는데 2CV 엔진이 부릉대는 소리가 들렸다. 몇 번의 불발 끝에 겨우 시동이 걸린 자동차가 진입로로 튀어나갔다. 허리를 쭉 펴고 앉아 운전대를 잡은 마르셀은 키가 크고 덩치도 좋아 차체 내 천장에 머리가 닿을락말락한다. 조수석에 앉은 페르낭은 왜소하고 비리비리해 보인다. 페르낭은 스쿠터와 감자 나르는 손수레 외에는 아무것도 몰아본 적이 없다. 얼마 전부터는 손수레를 끄는 것도 힘들어졌다. 다리가 짧고 기수(騎手) 다리처럼 휘어서 손수레를 감당할 힘이 없다. 그래서인지 지금은 걸핏하면 스쿠터를 타고 다닌다. 말에 올라타 등자에 발을 얹듯 스쿠터에 앉아 다리를 쩍 벌리고 페달을 밟는다. 그렇지만 페르낭이 그렇게까지 나이가 많은 건 아니다. 나보다 열 살인가 열두 살인가 아래인데도 사람이 유독 삭아 보인다. 등도 굽고 다리도 O자 형이라서 지팡이 없이는 잘 못 걷는다. 아마 이제 다리를 똑바로 못 펴지 싶다. 마르셀은 남편과 비슷한 나이일 텐데도 훨씬 건강해 보인다. 얼마 전에 당뇨 진단을 받긴 했지만 풍채를 보나

쩌렁쩌렁한 목소리를 보나 약해빠진 구석이 없다. 남편이 쪼그라들수록 마르셀은 점점 더 힘이 뻗치고 뒤룩뒤룩 살이 찌는 것 같다. 마르셀은 몸보다는 정신머리가 문제다. 병원에서 안 된다고 한 다음부터 단것에 엄청나게 집착을 하는데, 가끔 제정신이 아니구나 싶을 정도다. 게다가 단것을 못 먹는 보상 삼아 일흔다섯 살부터 담배를 피우기 시작했는데 지금은 골초가 다 됐다. 이것도 보상 심리인지는 모르겠으나 요즘 마르셀은 요란하게 화장을 하고 다닌다. 어린아이가 색칠 공부를 망친 것처럼 웃는 입 모양으로 칠한 립스틱이 섬뜩하기까지 하다.

전자레인지에 생선살구이를 데우는 동안 그 집 차가 돌아오는 소리가 들렸다. 나는 조금 이른 시각에, 한 정오쯤에 점심을 먹기 좋아한다. 배가 고파서라기보다는 그냥 습관이 그렇게 들었다. 아이들이 이 집에 오면 늘어지게 잠을 자기 때문에 좀 귀찮다. 걔들은 느지막하니 주방에 모여 빵과 음료 따위로 늦은 아침을 먹기 때문에 정오가 되어도 배고픈 줄을 모른다. 입안의 치약 맛도 아직 안 가셨는데 무슨 식욕이 있겠는가. 그러면 나는 애들이 점심 먹자고 할 때까지 기다린다. 시간이 흐를수록, 특히 내가 언제까지 기다려야 하는지 모를 때는 아주 짜증이 난다. 애들이 집에 오면 오후 2시에야 겨우 식탁에 앉기도 한다! 그러면 나의 생활 습관은 다 어그러진다. 시간의 흐름이 여느 날 같지 않고, 산책을 나가면 벌써 태양의 위치가 다르다. 애들에게 뭐라고 한마디 하면 별걸 다 트집을 잡는다, 예전에는 안 그랬는데 사람이 변했다, 소리나 듣는다. 나는 트집쟁이가 된 게 아니라 나이를 먹었을 뿐이다.

커피를 마신 후 오솔길로 산책을 나갔다. 마르셀이 나를 향해 총총 걸어오는 모습이 보였다. 아무래도 한참 전부터 나를 보고 있었던 모양이다. 꽃무늬 원피스 차림에 오렌지색 니트를 걸친 마르셀은 기분이 아주 좋아 보였다. 그녀는 립스틱이 잔뜩 묻은 담배를 손에 들고 나를 향해 환하게 웃어 보였다. "자, 저 어때요?"

역시 그랬다. 오늘 오전에 페르낭이 선술집에서 친구들과 블롯 게임을 하는 동안 마르셀은 미용실에 모양을 내러 갔던 것이다. 마르셀이 아주 고와 보이기는 했다. 가장 큰 변화는 회색이었던 머리가 싹 바뀌었다는 것이다. 마르셀은 그게 아주 자랑스러운 듯했다. 염색을 했고 머리 길이를 손보고 구불구불하게 지졌다. 빨간색과 적갈색의 중간쯤 되는 오묘한 머리색도 대체로 잘 어울렸다. 나는 마르셀에게 아주 예쁘다고, 아가씨처럼 얼굴이 확 살았다고 했다. 그녀는 애교스럽게 윙크를 했다. "페르낭도 마음에 들어 하더라고요……"

나는 애들을 그렇게나 예뻐하는 이 부부가 왜 자식을 두지 않았는지 늘 의아해했다. 페르낭과 마르셀은 그런 얘기는 한 번도 하지 않았다. 우리 때만 해도 그런 얘기를 쉽게 못 꺼냈다. 두 사람은 나이가 좀 들어서 만났으니 아기를 갖고 싶어도 임신이 되지 않았을 수도 있다…… 그때가 기억난다. 내가 결혼하고 몇 년 지났을 때 오솔길 끝에서 마르셀과 페르낭이 만나는 모습을 보았다. 마르셀이 집에서 나와 차에 탔다. 스쿠터를 타고 온 페르낭은 이미 거기서 기다리고 있었다. 두 사람은 차 안에만 몇 시간씩 있곤 했다. 어디 갈 생각도 하지 않았고, 사람들의 시선을 피하려 하지도 않았다. 마르셀은 얌전한 아가씨였다. 연로한 마리 아주머니가 길 끝에서 지팡이를 짚고 서서 차 안의 행동을 주시하고 있었다. 그때도 차는 2CV였다.

3월 25일 수요일

수프를 만들었다. 버터를 조금 넣고 파 세 단과 호박 두 개를 볶아서 물을 붓고 굵은소금으로 간을 한 후 불 위에 올려둔다. 전체를 갈아야 할 때가 됐는데 핸드블렌더*가 어디 있는지 못 찾겠다. 내가 핸드블렌더를 어떻게 했더라? 딸애한테 물어봐야겠다. 개는 내가 만든 수프를 꼭 한 번 더 갈아야 직성이 풀리는 애다. 분명히 개가 지난번에 왔을 때 쓰고서 아무 데나 두었을 것이다. 어쨌거나 핸드블렌더는 오븐 오른쪽 휘젓개와 착즙기 사이에 있어야 하는데 그 자리에 없다. 그래서 옛날식으로 해보았다. 샐러드용 채소를 바구니에 넣고 창밖으로 흔들어

---

* 수프나 소스를 곱게 만들 때 사용하는 주방 기구.

물기를 빼고 고기도 다 식칼로 다지던 시절처럼. 나는 솥 안의 내용물을 알루미늄 매셔로 으깼다. 조금씩 넣어야 해서 시간이 오래 걸렸다. 내용물이 꽉 차 있을 때에는 솥 무게를 감당하기가 힘들었다. 다 쏟아버릴까 봐 겁이 나서 솥을 들었다가 내려놓았다가 했더니 사방에 초록색 국물이 튀어 청소거리가 늘었다. 조그만 손잡이를 하도 오래 돌렸더니 나중에는 팔에 감각이 없었다. 나는 완성된 수프를 커다란 터퍼웨어*에 담고 냉장고에 넣었다. 앞으로 닷새는 두고 먹을 수 있다. 닷새 내리 먹고도 남으면 얼려서 보관한다. 토마토 쿨리**나 라타투이유***처럼 데워서 먹으면 된다.

저녁 식사를 가볍게 하고 일찌감치 침실로 올라왔다. 내가 수프와 요구르트로 식사를 마칠 때까지도 해가 남아 있었다. 내일은 목요일이고 아침 9시 정각에 앙젤을 맞이하려면 나도 일찍 일어나야 한다. 그때까지는 아침 식사가 끝나 있어야 한다. 앙젤은 늘 주방부터 일을 시작하는 데다가 그녀가 싱크대와 가스레인지를 닦는 동안 잠옷 바람으로 빵을 집어먹는 모습을 보이고 싶지 않기 때문이다.

* 플라스틱 주방용품의 브랜드. 그 브랜드에서 만드는 밀폐 용기를 일컫기도 한다.
** 농도가 진한 퓌레나 소스를 나타내는 일반적인 용어. 퓌레는 야채나 고기를 갈아서 체로 걸러 걸쭉하게 만든 음식으로, 주로 요리의 재료로 쓴다.
*** 프랑스 프로방스풍의 야채 찜.

3월 26일 목요일

9시에 앙젤이 초인종을 울렸다. 앙젤은 허리를 쭉 펴고 미소 지으며 들어와 아무 일도 없었다는 듯 일을 시작했다. 파란색 작업복을 걸치고 다용도실에 가서 초록색 양동이, 대걸레, 빗자루를 가지고 와 주방 바닥에 내려놓았다. 싱크대 하부장을 열고 세제들도 꺼냈다. 상쾌한 초봄 날씨 얘기로 몇 마디를 나눈 후, 앙젤은 바로 스펀지를 쥐고 노래를 흥얼대며 가스레인지를 닦기 시작했다. 이제 일해야 하니 방해하지 말라는 뜻이다.

그래서 나는 앙젤만 남겨두고 나갔다. 현관에서 지팡이와 방한 재킷을 챙겨서 밖으로 나갔다.

3월 28일 토요일

오늘은 토요일이다. 《피가로 여성》이 나오는 날이다. 이것은 주말에 섹션별로 나오는, 《피가로》의 잡지형 별호인데 TV 섹션도 있다. 전에는 프로그램 편성표를 많이 봤는데 지금은 채널도 너무 많고 프로그램도 너무 많아서 뭐가 뭔지 모르겠다. 그래서 TV 섹션은 곧바로 폐지함에 넣는다. 여성 섹션도 사실 읽는다고 하긴 뭐하고 가끔 서평란만 읽는다. 내가 노리는 것은 올리비에 씨의 십자말풀이다. 요리 레시피도 있지만 조리법이

복잡하고 재료가 많이 들거나, 쉽게 구할 수 없는——때로는 내가 아예 모르는——향신료를 써야 한다. 강황, 페타 치즈, 불구르, 퀴노아…… 요즘 유행하는 식재료는 내가 젊었을 때 한 번도 먹어보지 않는 것들이다. 우리 딸이 내 찬장에 채운 바스마티 쌀이나 발사믹 식초라든가. 걔는 내가 먹는 쌀이 너무 둥글고 내가 쓰는 식초가 너무 시다고 한다. 자기도 오랫동안 불평 없이 잘만 먹어놓고서. 생각을 그렇게 하니까 맛이 다르게 느껴지는 거지.

요 몇 년 동안 토요일에 십자말풀이를 빼먹은 적은 한 번도 없지 싶다. 르네와 여행을 다닐 적에는 신문 구독을 잠시 중단하곤 했는데 나는 나중에 우리가 받지 못한 신문들까지 구해서 보곤 했다. 십자말풀이는 잠시나마 몰입을 하게 해준다. 한 회에 십자말풀이 6개가 나온다. 나는 늘 십자말풀이를 좋아했고 풀기도 꽤 잘 푼다. 어떤 단어들은 똑같은 정의가 여러 번 나와서 달달 외울 정도다. 게다가 십자말풀이는 두뇌 건강에 좋고 치매를 늦춰준다고 한다! 내 나이 아흔이지만 두뇌는 빠릿빠릿하다. 나는 머리 쓰는 일을 꾸준히 해왔다. 독서도 하고, 스크래블 게임*도 즐기고, 카드점도 치고, 브리지 게임도 한다. 일간지 《피가로》는 사실 잘 읽지 않는다. 그래도 주말판 별호

---

* 알파벳이 새겨진 타일을 보드 위에 가로나 세로로 놓아 단어를 만들어내면 점수를 얻게 되는 방식의 보드 게임.

때문에 르네가 죽은 후에도 구독을 끊지 않았다. 모아놓은 신문은 불쏘시개로 쓴다든가 하면 된다. 르네는 내가 신문에서 연재소설과 십자말풀이밖에 보지 않는다고 놀리곤 했다. 그이는 정치면, 증권가 소식, 부고와 고지까지 꼼꼼히 읽고는 새로운 사망, 출생, 혼사를 위하여 술잔을 들곤 했다.

3월 29일 일요일

성지(聖枝)주일*인 오늘, 르포르 부인이 저세상으로 떠났다. 미사를 마치고 나오다가 투아네트에게 그 소식을 들었다. 르포르 부인은 딸과 함께 옛날 영화를 보는 중이었다고 한다. 아무렇지도 않게 잘만 웃으면서 흑백 코미디 영화를 보다가 갑자기 "나 좀 피곤하구나."라면서 눈을 감았는데 그대로 숨을 거두었다나. 자기가 죽는다는 것도 모른 채 그냥 간 거다. 나는 조금 질투가 났다. 파리에 살아서 못 본 지 오래인 내 친구 루이는 자신의 죽음을 온전히 의식하면서 죽고 싶다고 한다. 나는 루이와 생각이 다르다. 하긴, 루이는 젊을 때부터 호기심이 유난하긴 했다. 젊을 때에는 잘나가는 과학자였으니 당연하기도 하

* 예수 수난 성지 주일. 예수 부활 축일 바로 전 주일. 가톨릭에서 예수가 수난 전 예루살렘에 들어간 날을 기념하는데, 신자들이 성지(聖枝), 즉 축성된 나뭇가지를 들고 기념한다.

고. 지금도 루이는 뭔가 불가사의한 것들에 관심이 많다. 그러니 죽음이라는 거대한 미스터리도 온전한 의식으로 경험하고 싶은 게지. 나는 의식을 일단 놓아버린 후에 죽음을 맞는 편이 좋을 것 같다. 아무 자각도 없이 그냥 웃다가 혹은 잠든 사이에 이승을 하직하면 좋겠다.

3월 30일 월요일

나의 작은 세상은 서서히 횡해진다. 주위 사람들이 하나둘 저세상으로 떠나고 빈집이 늘어난다. 자식들은 다른 곳에 살거니와, 여름휴가 때에도 샤롤산(産) 소들이 음매음매 우는 한적한 밀밭 천지보다는 인산인해를 이루는 바닷가를 더 좋아한다. 몇 년 전에 영감들이 하나둘 먼저 떠났다. 이제 혼자 살던 노파들이 하나둘 떠나기 시작한다. 지난주에는 에드몽드를 저승길로 떠나보냈다. 정정하던 사람이 갑자기 그렇게 됐다. 에드몽드는 키가 크고 체격이 좋았다. 절대 그 나이로 보이지 않는 사람이었다. 그녀는 늘 머리 뿌리까지 염색을 했다. 그 친구가 얼마나 기력이 좋았는데. 주름도 없고 뺨에는 보기 좋게 살집이 붙어 있었는데. 아코디언처럼 쪼글쪼글한 내 뺨과는 천지 차이였다. 수다스럽다 싶을 만큼 말도 잘했다. 천년만년 그렇게 살 것 같았다. 그러던 사람이 작년부터 노망이 나기 시작했다. 아무도 에드몽드가 어쩌다 그렇게 됐는지 몰랐지만 병세는 급격히 악화됐다. 자식들이 내려와 이제 혼자 지낼 수 없으니 요양원 비슷한 시설에 들어가야 한다고 에드몽드를 설득했다. 나는 투아네트와 닌과 함께 두세 번 그곳으로 에드몽드를 보러 갔다. 친구는 이미 딴사람이 되어 있었다. 마지막 만났을 때는 우리를 제대로 알아보기나 했는지 그것도 잘 모르겠다. 다행히 그 상태가 오래가지는 않았다. 사실, 정확한 사인(死因)도 나는 모른다. 심장도 체념했고, 본인도 살고 싶다는 생각이 없었을 게다. 에드몽드도 남편을 먼저 보냈다. 그 친구 남편과 내 남편은 어릴 때부터 친구였다. 그 양반은 막판에 투명한 콧줄을 주렁주렁 달고 살았고 휴대용 산소통 없이는 외출도 하지 못하는 신세가 됐다. 원래는 참 재미있는 사람이어서 내가 무척 좋아했다.

나는 염색을 그만둔 지 벌써 한참 됐다. 딸이 갑자기 열 살은 더 들어 보인다고 무진장 잔소리를 했다. 그래도 상관없다. 어쨌거나, 나는 내가 하고 싶은 대로 한다. 그리고 흰머리가 인상이 더 부드러워 보이는 것 같다. 게다가 염색은 보름마다 손을 보지 않으면 머리 뿌리가 보기 싫게 두드러졌다. 염색 한 번 하려면 비시까지 가야 하는데 운전이나 주차가 여간 성가시지 않다…… 그런 게 지겨웠다. 여름엔 너무 덥고 겨울엔 눈이 오거나 도로가 빙판이 되어 운전이 힘들다. 미용실 가겠다고 차를 어디에 처박을지도 모르는 위험을 무릅쓰긴 싫었다. 요즘은 동종의 조그만 미용실에 다닌다. 15유로에 샴푸, 커트, 드라이까지 해주는데 꽤 괜찮다. 커트만 하니까 미용실을 한 달에 한 번, 혹은 두 달에 한 번만 가도 된다. 가끔은 내가 미용실에서 하는 것처럼 제대로 머리를 감고 드라이를 하려고 하는데 잘 안 된다. 이제 머리가 완전히 직모가 됐다…… 결혼식 참석이나 그 밖의 중요한 자리가 있을 때에는 며칠 전에 미리 미용실을 간다. 하지만 내 나이에는 꾸미고 나갈 자리도 별로 없다. 그 밖의 자리, 가령 내 친구들을 만날 때에는 머리 모양 따위는 상관없다.

내일은 질베르트를 잠시 보러 갈 생각이다. 얼마 전부터 그 친구도 건강이 썩 좋지가 않다. 질베르트마저 날 두고 먼저 가지는 않았으면 좋겠다. 어제가 성지주일이었는데도 그녀는 미사에 못 왔고, 지난주 화요일 투아네트 집에서 브리지 게임을 할 때도 못 왔다. 허리가 아파서 일어나지도 못한다고 한다. 그러고 보면 난 참 운이 좋다. 티눈이 말썽을 부려서 그렇지, 달리 아픈 데는 없으니 말이다. 날씨가 변덕을 떨면 좌골신경통이 도지긴 하지만 오래 가지는 않는다. 우리 앙젤이 질베르트네 일도 다시 시작했는데 그 친구가 도통 뭘 먹지를 않는다고 한다. 우리 나이에 식욕이 떨어지기 시작하면 아무래도 좋은 신호가 아니다. 질베르트처럼 먹는 걸 좋아하던 친구가 그러는 건 더욱더 심상치 않다. 사돈어른, 그러니까 우리 사위의 부친도 참 먹성이 좋던 양반인데 어느 날 갑자기 그렇게 됐다. "배가 고프질 않구나." 체념 조로 그렇게 말씀하시더니만…… 바로 다음 달에 돌아가셨다.

3월 31일 화요일

질베르트가 영 안 좋다. 얼굴이 많이 상했고, 기력이 없어 말도 잘 못한다. 뭘 먹지를 않으니 사람이 반쪽이 됐다. 무엇보다 염려스러운 것은, 원래 그렇지 않던 사람이 우울한 생각이 많아졌다. 내가 들고 간 백포도주를 한잔하고도 기분이 살아나는 기색이 없다. 사람이 축 처져서 뭘 해도 흐물흐물 매가리가 없다. 아무튼, 질베르트의 그런 모습을 보니 속상하다. 부활절 휴가에 아들들이 내려온다는데 부디 보살핌을 잘 받고 건강을 회복했으면 좋겠다.

집에 돌아왔더니 뭘 좀 마시고 기운을 내고 싶어졌다. 다행히 차게 보관한 뮈스카*가 한 병 있었다. 나는 크래커를 곁들여 한잔하면서 십자말풀이를 마저 풀었다. 그러고 나서 호박과 파로 만든 수프 ─ 수프에 감자는 절대 넣지 않는다. 감자는 살이 찌니까 ─ 를 데워서 먹고 후식으로 사과 한 알을 먹었다. 저녁마다 그러듯이 내일 아침에 쓸 잔, 빵 두 쪽을 담을 작은 접시, 나

---

* 달고 순하며 향이 강한 포도주. '뮈스카'는 포도의 한 품종이기도 하다.

이프와 티스푼을 준비해두었다. 가염 버터도 토스트에 부드럽게 바를 수 있게끔 냉장고에서 꺼내놓았다. 혈압약 두 알이 녹도록 물컵에 넣어두었다. 문을 잠그고, 빗장 두 개를 모두 걸었다. 실외 등까지 다 끄고 나서 침실로 올라왔다. 덧창은 닫고 창문은 살짝 열어두었다. 간단하게 씻고 이도 닦았다. 축 늘어진 뺨에 크림을 바르고 성가신 발톱을 깎았다. 그러고 나서 침대에 누워 텔레비전을 켰다.

4월 1일 수요일

잠을 설쳤다. 질베르트가 걱정돼 잠을 이룰 수 없었다. 나는 질베르트가 가장 의리 있는 친구, 어쩌면 나와 가장 가까운 친구라고 생각한다. 이 우정은 60년 넘게 이어져왔다…… 남편들끼리도 친구였다. 그 집 양반은 농사를 지었는데 우리 그이에게 보험을 들었던 모양이다. 나는 이 고장에 처음 왔을 때 뭘 몰라서 좀 헤맸지만 질베르트 덕분에 새로운 삶에 빨리 적응했다. 질베르트는 젊을 때 신식으로 앞서나가는 면이 있어서 그 시절에 벌써 바지를 입었다! 나는 입을 용기도 없었던 주제에 벌써 비시의 양장점에서 바지를 한 장 사놓기는 했다. 힘없이 펄럭거리는 재질의 바지였고 약간 반짝거리는 연회색이었던 것으로 기억한다. 그 바지는 딱 한 번 입고—맵시가 어땠는지는 모르지만──가톨릭 구호 물품으로 내놓았다. 하지만 질베르트는 바지가 참 잘 어울린다. 예전만큼 자세가 곧지 않아도 지금도 그 친구는 키가 크고 늘씬한 편이다. 나는 키가 작고 다소 땅딸막하다. 바지는 다리가 긴 사람들에게 잘 어울린다.

우리는 참 많은 것을 함께 했다. 모로코, 그리스, 이집트 여행도 함께 다녀왔고 브르타뉴에 잠깐씩 머물다 올 때에도 같이 갔다. 바닷가를 한참 거닐었고 크레이프*, 곰새우, 사과주를 함께 먹고 마셨다…… 우리는 루르드도 같이 갔다. 우리는 몇 년 연달아 노트르담 구호소에 자원봉사를 하러 간 적이 있다. 우리는 하얀 가운을 입고 병자들을 돌보았고 그동안 르네는 루르드 동굴에서 잠깐 기도만 드리고 비아리츠로 내빼서는 바닷가에서 가슴을 훤히 드러낸 여인네들을 곁눈질하며 유유자적했다. 우리는 정말로 봉사에 온 마음을 다했다. 비록 힘든 시간이 있긴 했지만 우리는 신에게 치유를 구하러 온 사람들을 돕는 일이 좋았다. 어떤 해에는 수영장에 배치되었고, 어떤 해에는 주방에서 채소를 다듬거나 설거지를 도맡았으며, 또 어떤 해에는 미사, 행렬, 강복 등을 보조했다. 한번은 둘이서 휠체어를 밀고 가다가 내리막길에서 가속도가 붙는 바람에 그놈을 세우느라 애를 먹었던 기억이 난다. 우리는 미친 듯이 휠체어를 따라 달려갔지만 도저

---

* 밀가루에 달걀, 설탕, 우유, 버터를 섞어서 빈대떡처럼 둥글넓적하게 만들어 살짝 구운 것. 잼을 발라 디저트로 먹거나 그라탱 요리 따위에 쓴다.

히 따라잡을 수 없어서 완전히 정신이 빠졌다. 정작 휠체어에 앉아 있던 환자는 무섭지도 않았는지 미친 듯이 웃으며 좋아했다! 그게 언제였더라…… 20년 전? 30년 전?

질베르트는 나보다 나이가 많다. 네 살 차이는 아무것도 아니다. 다시 말해 질베르트는 아흔다섯 살이 다 됐고 확실히 고령임에는 틀림없다. 그녀는 나보다 조금 먼저 과부가 되었고 여기서 8킬로미터쯤 떨어진 리에르놀의 예쁜 집에서 그때부터 쭉 혼자 살아왔다. 그녀의 남편이 죽었을 때 질베르트는 파리에 작은 집을 세내어 살았다. 하지만 자주 기차로 왔다 갔다 했다. 보통 한 달에 1~2주만 파리에서 지내는 식이었다. 의욕 넘치는 질베르트는 지하철을 타고 전시회, 연극, 연주회를 열심히 보러 다녔고, 카페에 앉아 소시지와 백포도주 한 잔을 시켜놓고 공연 안내 책자를 쭉 훑어보곤 했다. 그러다 다리 힘이 예전 같지 않게 되면서 그 생활을 그만두었다. 그녀의 다리가 이제 그만 좀 돌아다니자고 반항하는 모양이다.

질베르트도 그만하면 많이 쏘다녔다고 생각할까? 이제 그녀는 더 멀리 가고 싶은 마음이 없을까? 질베르트와 나는 모든 것을 함께 했다. 가사를 돕는 앙젤, 정원사, 친구들, 몇 가지 비밀도 공유하는 사이다. 이 친구도 에드몽드처럼 나보다 먼저 가버리면 어떡하나? 나에게 그런 몹쓸 운명을 남기고 간다면? 60년 추억이 이렇게 사라져버리면 그 어마어마한 빈자리를 어찌하라고? 사진 몇 장은 남을 것이다. 모로코 사막에서 우리 둘이 르네의 카메라 앞에서 포즈를 취한 사진이라든가. 사진 속의 우리는 초록색 치마에 하얀 블라우스를 입고 손가방을 들었다. 하지만 질베르트라는 친구 자체가 거대한 사진첩이다. 그녀가 떠나고 나면 나는 누구와 더불어 미사 후에 백포도주 한잔을 할 수 있을까? 질베르트가 없으면 내 삶은 암울해질 것이요, 나의 일요일은 혼자 사는 사람이 유독 더 외로움을 느끼는 일주일 중 하루가 될 것이다.

4월 2일 목요일

주말을 앞두고 오늘 오전 마지막 치즈 슈*를 오븐에 구워냈다. 이번 주 일요일이 부활절이다. 아들, 며느리, 손주 세 명과 증손주 다섯 명, 딸과 사위, 그 집 아들 둘이 다 이 집으로 올 것이다. 이 많은 입을 다 먹여야 한다. 게다가 어린애들은 일요일 차 마시는 시간에 초콜릿 달걀, 닭, 토끼 찾기 행사를 빼놓을 수 없다. 라팔리스에 장을 보러 가야 한다. 어른들에게는 개암, 튀긴 쌀, 아몬드가 든 판형 초콜릿 정도로 때우려고 한다. 누가 밀크초콜릿을 좋아하고 누가 다크초콜릿을 좋아하더라?

---

* 밀가루 반죽을 얇고 바삭하게 부풀려 그 안에 크림을 가득 채운 빵. 치즈 슈, 초콜릿 슈 등이 있다.

기억이 잘 나지 않는다…… 뭐, 할 수 없다. 두 종류 다 사오면 알아서 나눠 먹겠지.

부활절에는 늘 미사에서 돌아와서 맛있는 식전주를 마신다. 나는 펀치를 만들었다. 마침 오렌지가 많이 있었고 우리 집 식당 찬장에는 늘 괜찮은 럼주와 사탕수수설탕이 있다. 곁들일 음식으로는 이미 1월 초부터 매주 30여 개의 슈와 소시지파이를 구워서 쟁여놓았다. 애들이 전부 먹어치우지는 않았으면 좋겠다. 나도 냉동실에 좀 남겨두고 싶으니까. 매년 양을 조금씩 늘려서 만드는데도 별로 남는 게 없기는 마찬가지다. 아주 어린 아이들도 거실에 상을 차리기가 무섭게 달려든다. 아이들도 우리 딸이 키우는 개만큼이나 게걸스럽다. 그 개는 늘 굶고 사는가 보다. 우리 때는 어른들이 거실에서 술을 마시면 거기는 어른들 세상이라고 어린애들은 얼씬도 못했다. 게다가 우리는 우리끼리 노는 걸 더 좋아했다. 부모님이랑 같이 있으면 조금만 잘못해도 혼이 나니까 조심해야 했고, 어른들 하는 얘기는 지루하고 재미없었다. 지금은 애가 몇 살이든 간에 어디서나 어른들과 동석을 한다. 거실, 서재(텔레비전 있음), 식탁…… 그러니 아이는 지루해서 엄마 치맛자락을 붙잡고 떼를 쓰든가, 긴 의자나 루이 16세풍 안락의자에 맥없이 널브러져 있다. 식전주를 마시는 자리에도 아이들을 동석시키고 오렌지주스나 코카콜라를 나눠준다. 나중에 보면 양탄자는 음식 부스러기 천지, 다탁(茶卓)은 아이들 컵 놓은 자리가 끈적끈적, 안락의자는 아이들이 뭐 묻은 손가락을 닦아서 얼룩투성이다. 그래도 아이들에게 뭐라고 하면 안 된다. 그랬다가는 내가 한소리 들을 거다. 그리고 내가 그 아이들을 정말 좋아하고 나중에 또 우리 집에 오기를 바라기 때문에 아무 말도 하지 않는다. 어쨌거나 내가 죽고 나면 골동품 안락의자, 긴 의자, 양탄자, 다탁도 다 개들 거다. 어차피 자기들 물건인데 곱게 쓰지 않으면 자기들만 손해지!

부활절 달걀 찾기는 밖에서 하려고 한다. 딸내미 개를 묶어두고 화단, 창가, 울타리에 달걀을 숨긴 다음 빗물받이 홈통에 매달린 종을 댕댕 친다. 그러면 달걀 찾기 대회가 시작된다. 아이들이 천지 사방으로 뛰어다니는 동안 나는 거실 벽난로 앞에 앉아서 십자말풀이를 하든가 책을 좀 읽으면서 잠시나마 평화를 만끽하련다.

4월 3일 금요일

미치겠다, 오븐이 작동이 안 된다. 오늘 저녁에 애들이 온다고 진즉부터 준비해놓은 치즈파이를 구울 수가 없다. 숫자 0 네 개가 깜박깜박 불이 들어온다. 보통은 이 자리에 온도와 조리 시간이 표시되든가, 오븐을 사용하지 않을 때에는 현재 시각을 알려준다. 내가 모르는 사이에 정전이 있었던 모양이다. 폭풍이 친다든가 하면 가끔 이럴 때가 있다. 하지만 요즘 들어 폭풍은 얼씬한 적도 없고, 나로서는 그 점이 다행스러웠다. 옛날에는 폭풍이 휘몰아치면 정말 무서웠다. 특히 밤에 정전이 되면 컴컴한 지하실에 촛불을 들고 내려가 전기 계량기를 다시 켜야만 했다. 이제 많이 익숙해지긴 했지만, 그래도 밤에 번갯불이 번쩍하면 나는 반사적으로 귀를 막는다. 천둥 번개가 많이 치면 이불을 머리까지 뒤집어쓰고 숨는다. 눈과 귀를 틀어막고 그저 벼락이 무사히 지나가기를, 우리 집 냉동실과 텔레비전에 아무 피해도 입히지 않고 지나가기를 기도하는 거다.

이놈의 오븐은 시간 설정하는 법을 모르겠다. 나는 버튼이란 버튼을 죄다 눌러본다. 삐삐삐 소리는 나는데 어떻게 해야 할지 모르겠다. 계속 0000만 깜박거리고 작동은 안 된다. 파이를 구워야 하는데 어쩌지? 애들 저녁은 어떻게 한담? 햄이 있긴 한데 냉동실 안에 꽁꽁 얼어 있다. 지금 당장 내놓는다고 해도 식구들 오기 전에 해동이 안 될 거다. 달걀도 파이 만들 때 몽땅 써버려서 남은 게 없다.

바보 같지만 울고 싶다. 그래서 주방 식탁 앞에 앉아서 두 손으로 얼굴을 감싸고 엉엉 울어버렸다.

4월 4일 토요일

어제저녁에 아들 내외가 맨 먼저 도착했다. 아들이 몇 초 만에 오븐 시계를 맞춰줘서 예정대로 파이를 구울 수 있었다.

우리 아들은 늘 말 안 듣는 물건들을 고쳐주기 좋아했다. 지금까지 그 애가 고쳐준 물건은 한두 가지가 아니다. 작동 안 되는 토스터, 헹굼 기능이 고장 난 세탁기, 잘 안 돌아가는 채소 탈수기 등등. 걔는 어릴 때부터 기계나 전자 제품에 관심이 많았다. 청소년기에도 하루 종일 조립식 장난감인 메카노 따위를 붙들고 늘어져 작은 금속 카트를 레일 위로 조종한다든가, 전화기, 괘종시계, 자명종, 손목시계 등을 분해했다가 다시 조립하곤 했다. 르네가 트랜지스터라디오가 분해되어 있거나 이상하게 조립됐다면서 노발대발한 게 한두 번이 아니었다.

어쨌거나 파이를 못 구울까 봐 너무 마음을 졸였던 탓인지 좀 피곤한 것 같다. 하긴, 요 며칠 동안에 너무 많은 일을 했다. 라팔리스까지 차를 몰고 가서 초콜릿 닭과 토끼, 판형 초콜릿, 우유, 샐러드용 채소를 사왔고 주방에서 요리하느라 시간을 많이 보냈다. 슈를 그렇게 잔뜩 구워냈으니…… 그리고 질베르트 일로 계속 마음이 편치 않았다. 어쨌거나 평소 적막하기 짝이 없는 집에 이렇게 많은 사람이 모여 시끌벅적하니 정신이 하나도 없다…… 세월이 갈수록 나는 아무것도 아닌 일로 걱정을 키우는 것 같다.

4월 6일 월요일

마지막 손님까지 모두 떠났다. 사흘간 도떼기시장 같던 집이 다시 조용해지니 기분이 나쁘지 않다.

아이들이 초콜릿을 두 상자나 선물해줬는데 벌써 제법 많이 먹었다. 초콜릿은 한번 먹기 시작하면 멈출 수가 없다. 신경을 좀 써야겠다. 갑자기 간 경련을 일으키거나 살이 쪄서 치마가 안 맞으면 곤란하니까…… 나는 초콜릿이라면 사족을 못 쓴다. 특히 내가 제일 좋아하는 프랄린 초콜릿*에 약하다. 어차피 초콜릿은 서늘한 곳에 둔다 해도 오래 보관할 만한 먹거리는 못된다. 다음에 페르낭과 마르셀을 만나거든 좀 나눠줘야지. 목요일에 앙젤에게도 좀 줘야겠다.

4월 7일 화요일

일주일 내내 입었던 회색 트위트 치마를 오늘 아침에도 입으면서 옷장에 생기를 좀 불어넣어야 하지 않을까라는 생각을 했다. 나는 늘 결단을 미뤄왔다. 처음에는 기를 쓰고 비시까지 가서 쇼핑을 하곤 했다. 나중에는 그러기도 힘들어졌다. 괜찮은 양

---

* 설탕에 졸인 견과류, 또는 견과류·술·버터 등으로 속을 채운 초콜릿.

장점들이 하나씩 문을 닫더니 결국 키 크고 삐쩍 마른 젊은 애들만 입을 수 있는 싸구려 옷밖에 남지 않았기 때문이다. 나는 키가 크지 않다. 식사량에 신경을 쓰고 운동도 하지만 최근 들어 몸무게가 몇 킬로그램 불어났다. 사정이 이렇다 보니 늘 같은 옷만 입게 됐다. 나라고 해서 늘 같은 옷이 지겹지 않은 건 아닌데 이제 몸에 맞는 옷이 없다. 블라우스는 터질 것 같고, 치마는 숨쉬기 어려울 만큼 허리가 조이고 여기저기 보기 싫은 주름이 잡힌다. 그리고 솔직히 이제 옷을 사는 게 즐겁지도 않다. 이 나이가 되면 의미가 없다. 한 해, 아니면 두 해 입을까 말까 한 옷에 돈을 쓰고 싶을까? 뭐 하러 그런 수고를 한담? 그리고 내가 손바닥만 한 미니스커트, 모자 달린 트레이닝복 상의, 쫙 달라붙는 청바지를 입을 수야 없지 않은가? 내 꼴이 뭐가 되겠는가?

나는 옷을 반만 걸친 채 욕실에서 거울을 들여다보았다. 샤워부스 옆에는 전신 거울이 있다. 거울에 비친 내 모습이 마음에 안 들었다. 몸이 뒤틀린 것처럼 기묘해 보였다. 사람이 나이가 들면 말라비틀어지든가 확 살이 찌든가 하는 식으로 엇나가서 얼굴과 배 혹은 허벅지가 조화롭게 어울리는 경우를 보기 어렵다. 뭐, 그건 당연하다. 하지만 또 다른 문제가 있다. 뭐랄까, 목과 배 사이가 쪼그라든 것처럼 보인다고 할까. 엉덩이가 평퍼짐해져서 허리가 쏙 접힌 것 같다. 생수병에 열선을 감아 가운데만 녹인 모양이 떠올랐다.

심사숙고해서 옷을 한 벌 사야겠다. 어디든지 입고 갈 수 있는 소박하고 깔끔한 옷. 입기도 편하고 벗기도 편한 옷. 이 괴상한 생수병 같은 몸뚱이를 가리려면 그 수밖에 없다. 내 나이쯤 되면 포기할 건 포기하고 받아들일 건 받아들여야 한다. 이제 육신을 꾸미기 위해서가 아니라 가리기 위해 옷을 입어야 한다.

4월 8일 수요일

《피가로》의 십자말풀이에 몰두했다. 뱅상 라베 씨의 '오늘의 십자말풀이'에서 막혀버렸다. 예전 출제자는 라클로 씨였는데 그 사람은 84세에 은퇴했다! 나는 라클로 씨의 십자말풀이를 아주 좋아했다. 그때 십자말풀이가 더 재미있었다. 그리고 나한테는 그때 문제가 좀 더 쉬웠던 것 같다. 십자말풀이가 오랜 습관이 되면서 똑같은 단어 정의를 자꾸 접했고 나중엔 거의 전문가가 다 되어 한 시간도 안 되어 전부 풀어버렸다. 내가 특히 좋아했던 정의로는 "하늘에서 내려와 풀을 뜯어 먹게 된 아가씨(두 글자)"가 있었다. 정답은 '이오(Io)'다. 제우스는 이오에게 푹 빠졌다가 헤라의 질투를 잠재우기 위해 그녀를 암소로 변신시켰다. "활쏘기의 귀재(네 글자)"도 자주 눈에 띄었다. 정답은 사랑의 화살로 능수능란하게 심장을 명중시키는 '에로스(Eros)'다. 라클로 씨의 십자말풀이는 나에게 많은 것을 가르쳐주었다.

새로운 단어라든가, 프랑스사나 세계사의 주요 사건들이라든
가. 이제는 라베 씨 문제에 익숙해져야 한다. 옛날에 라클로 씨
가 냈던 문제가 가끔 재탕되기도 하지만 말이다.

예를 들어볼까. "규칙과 방법을 엄수하는 사람(두 단어)" 칸을
세어보니 답은 열두 글자다. '규칙'과 '방법'이라는 두 단어에서
곧바로 마지막 다섯 글자가 떠올랐다. O, G, I, N, O. 옛날에는
이른바 '자연 주기법'과 이 피임법으로 인하여 태어난 아기들을
'오기노'라고 부르곤 했다. 라루스 사전을 찾아보고서 앞의 일
곱 글자도 알아냈다. 배란기 계산법을 정식화한 일본인 의사 이
름이 '규사쿠(Kyusaku, 일곱 글자다) 오기노'라고 한다. 원래 오
기노법은 피임법이 아니라 오히려 여성이 가장 임신이 잘되는
기간을 파악하는 방법이었다고 한다. 여성의 배란기는 '교황의
날'이라고 부르기도 했다. 자손을 보려면 교황님의 축복을 받
아야 하기 때문이라나.

그다음 정의를 보자. 세로줄 네 번째, 열두 글자. "임신을 막
는 것" 정말이지, 라베 씨는 이쪽 분야를 잘 아는 모양이다. 이
건 쉽다. 게다가 t와 f가 이미 나왔기 때문에 더 볼 것도 없다.
답은 '피임약(contraceptif)'이다.

요즘 젊은 여자들은 다 피임약을 복용한다. 심지어 어쩌다
하루 깜박했을 경우에 먹는 '사후 피임약'도 있다고 한다. 우리
때에는 그런 게 없어서 조심, 또 조심을 했다. 오기노법이 나오
기 전에도 그렇고, 나온 후에도 '질외 사정'으로 임신을 피하려

고 무척이나 애를 썼다. 일단 임신이 되고 나면 돌이킬 수 없었다. 결혼을 하든가, 피눈물을 흘리며 미혼모가 되든가, 뜨개바늘로 자궁을 찔러 애를 떼어준다는 낙태시술사를 찾아가든가 셋 중 하나였다. 나는 그런 일이 불확실한 시대에 젊은 날을 보낸 것을 아쉽게 생각하지는 않는다. 사는 게 참 힘들었지만 그때는 그런 줄도 몰랐다. 우리는 이토록 획기적인 변화, 항생제, 텔레비전, 컴퓨터, 휴대전화, 전자레인지, 그때로서는 상상도 못했던 온갖 신기한 물건들을 보게 될 줄 몰랐다. 고작 한 세기 만에 얼마나 신통방통한 것들이 쏟아져 나왔는지…… 지금은 내가 알지도 못하는 것들이 얼마나 많은지! 이를테면 우리 딸이 집착하는 게랑드 꽃소금이라든가(부적절한 예인 줄은 안다. 어쨌든 내가 잘 모르는 물건이라서 말하는 거다). 딸이 꽃소금을 사와서 우리 집 가스레인지 옆 양념 칸에 넣어놓았다. 지난번에 우리 집에 왔을 때 그 애는 그 조그만 종이 상자 하나 찾겠다고 주방을 온통 들쑤셔놓았다. 그래서 결국 찾기는 했다. 포장에는 '꽃소금'이라고 적혀 있는데 내용물은 그냥 고운 소금이었다. 그 애는 물론 분통을 터뜨렸다. 내가 꽃소금 상자에 고운 소금을 넣어서 합쳐버렸기 때문이다. 내가 신경을 못 쓰기는 했지만 그게 뭐 어떤가? 솔직히 두 소금의 차이를 모르겠다. 오히려 꽃소금이 치아와 혀에 알갱이가 까끌까끌하게 느껴져서 더 별로다. 그냥 유행의 문제일 뿐이다. 우리 딸이 만날 자몽에 아보카도와 올리브오일을 곁들여 먹는 것도 유행일 뿐이다. 나는 그런 거 정말 싫다. 그냥 자몽만 먹으면 얼마나 맛있는데!

자, 다음은 "빈에 빛을 던져준 사람"이고 네 글자다. 이건 내가 안다. 정답은 가스등을 발명한 오스트리아인 '아우어(Auer)'가 틀림없다. 가스 얘기가 나와서 그런가, "'천연가스를 내뿜다'라는 뜻의 동사를 삼인칭 미래형으로 변화시키면?" 이 문제도 쉽다. 답은 여섯 글자, 'rotera*'!

4월 9일 목요일

기진맥진이다! 방금 전에 집으로 돌아왔다. 투아네트가 집 앞까지 차를 태워줬다. 우리는 물랭에서 하루 종일 브리지 게임을 하다가 왔다. 투아네트 차를 타면 마음을 놓기 어렵긴 하지만 내가 운전을 하지 않아도 되어서 좋다. 내가 보기에 투아네트는 우측 차선 유지가 잘 안 되는 것 같다. 우리는 별다를 것 없는 평범한 음식점에서 간단히 점심을 먹고 클럽까지 걸어갔다. 공식 개회 시각인 오후 2시보다는 조금 일찍 도착해야 했다. 이제 이 짓도 그만두게 될 것 같다. 고작 카드놀이를 하기 위해 차를 타고 이렇게 한참을 가다니 피곤하기 짝이 없다. 그

---

* 'roter(트림하다)'의 삼인칭 미래형.

리고 게임이 시합이 되면 너무 심각해진다. 정말로 즐기는 거라고 볼 수가 없다. 유일한 장점은 남자를 많이 구경할 수 있다는 거다. 하지만 뭐, 이제 남자랑 뭐 할 것도 없고…… 아무튼 이런 장소에서는 서로 말을 나눌 일이 거의 없다. 옥션도 큰소리로 외치지 않을 정도다. 입을 꾹 다문 채 케이스에서 우리가 말한 카드, 이를테면 '하트 3'을 꺼내어 모두가 볼 수 있게끔 탁자에 내려놓는다. 귀먹은 사람이나 치매 초기 환자에게는 이 방식도 실용적이겠지만 도무지 흥이 나질 않는다. 트릭을 피하기 위해서 그러는 거라고들 하는데 그런다고 트릭을 못 쓰라는 법은 없는 것 같다. 우연히 실책을 범하기라도 하면 그 대가가 호되게 돌아오니 긴장을 풀고 즐기기가 어렵다.

나는 브리지 게임을 어디까지나 재미로 한다. 물론 나도 이기면 좋다. 이기는 걸 싫어하는 사람이 어디 있나. 하지만 간간이 농담이라도 주고받는 재미가 있어야지! 게임을 즐기면 실력 발휘에 방해가 되기라도 하나? 나는 교황님처럼 근엄하게 상대 카드를 하나하나 공격하는 사람들을 알고 있다. 그들은 상대가 소리 내어 웃기라도 할라치면 눈을 부릅뜨지만 게임은 더럽게 못한다! 내가 질베르트, 닌, 투아네트와 브리지 게임을 할 때는 잡담도 나누고, 서로 약을 올리기도 하고, 차도 마시고, 케이크도 먹는다. 그러면서 우리는 흐르는 세월과 우리 나이를 잊는다.

4월 11일 토요일

지난 주말에 아들이 전해준 스크랩 기사를 읽었다. 그 애는 아마 제목 때문에 내가 흥미를 가질 만한 기사라고 생각했던 모양이다. '슈퍼시니어(supersenior)가 젊게 사는 비결은?' 내가 '슈퍼시니어'라는 건가? 사람을 싸잡아 지칭하는 신조어들이 참 끊이지도 않고 나온다. 기사에는 푸석푸석한 팔과 쪼글쪼글한 얼굴의 쭈그렁 할망구 사진이 딸려 있다. 그녀의 이름은 마리로즈, 나이는 일흔일곱 살(아직 어린애네!), 미국에 사는데 매주 월요일엔 골프를 치고, 일요일엔 교회에 가며, 자기네 요양원에서 신입 환영회를 주최하는 일을 맡고 있단다. 입술에는 늘 '진분홍' 립스틱을 바르고, 가끔 담배도 한 대씩 피우며, 주 1회 '피트니스' 강습을 받을 때에는 짧은 운동용 스커트를 착용한다고 한다. 그래서 이 여자가 '슈퍼시니어'라는 건가 보다. 글쎄. 뭐, 아흔 살의 슈퍼시니어는 어떤 건지 잘 모르겠지만 나도 이 여자 못지않게 잘살고 있다고 본다! 나도 일흔일곱 살에는 테니스를 쳤고, 지팡이 없이 숲길을 몇 시간이고 잘만 걸었으며, 정원을 잘 건사했고, 내 삶의 많은 시간을 운전석에서 보냈다. 여기서 브르타뉴까지 직접 운전을 해서 갈 정도였으니까. 립스틱을 칠하거나 어울리지도 않는 짧은 치마를 걸쳐야만 건강하게 사는 건 아니다!

그래도 나는 두 페이지에 달하는 그 기사를 끝까지 읽었다.

기사는 마지막에 가서 '슈퍼센티네리언(supercentenarian)*'을 언급했는데 그게 뭔지 다 이해하지는 못했다. 어쨌든 결론적으로 "슈퍼센티네리언의 장수 비결은 그들의 백혈구에 있다."라고 한다. 115세에 사망하면서 자기 시신을 연구용으로 기증한 여성의 뇌와 신체를 해부하고 혈액을 분석한 결과, 일반 성인은 백혈구가 "수백 개의 조혈 모세포에서 비롯되는 반면, 이 여성의 백혈구는 대다수가 단 두 개의 조혈 모세포에서 파생된 것"으로 밝혀졌다. 과학자들은 이 사실을 발견하고 상당히 충격을 받았다. 내 백혈구가 몇 개나 되는지, 그것들이 몇 개의 조혈 모세포에서 나왔는지 나는 모른다. 어쨌거나 나한테는 다 귀신 씻나락 까먹는 소리 같다. 중요한 것은 내가 머리, 두 다리, 눈, 귀가 여전히 건재하다는 것이다. 다음 일에 대해서는 그분이 결정하실 터다. 주님이 나를 거두시기로 결심하시면 백혈구 수 따위가 무에 중요하랴.

4월 12일 일요일

질베르트가 살아났다. 오늘 아침 미사에도 다시 모습을 나타냈다. 여전히 걷기 힘들어하고 통통 부은 다리가 쑤시고 아프

---

* 110년 이상 생존한 사람.

다지만 활력과 사는 재미를 되찾은 듯하다. 그 집 아들이 이번에 큰일을 했다. 아들이 집에 가서 보니 약사가 의약품들을 전에 먹던 것과 다른 것으로 바꾸어준 이후로 어머니가 헷갈려서 약을 잘못 먹고 있었다나. 즉, 질베르트는 매일 밤 수면제 대신 혈압약을 먹었고 아침마다 혈압약 두 알 대신 수면제 두 알을 먹었던 것이다! 그랬으니 하루 종일 정신 못 차리고 늘어질 수밖에!

이제 질베르트는 매년 그랬듯이 6월 초에 루아양에 가서 홀로 바다를 바라보면서 가재 요리에 샴페인 반병을 곁들여 먹을 생각에 즐거워한다. 투아네트와 나는 해마다 저런 식도락도 올해가 마지막일지 모른다는 생각을 했고, 특히 지난겨울에는 질베르트가 너무 쇠약해져서 그녀의 좋은 날도 이제 다 갔구나 싶었다. 수면제를 먹고 잠이 와서 그랬을 줄이야! 하지만 올해는 질베르트 혼자 차를 몰고 루아양에 가지 못할 것이다. 아들이 그건 너무 위험하니까 자기가 모시고 가겠다고 했다. 질베르트는 마지못해 그러마고 했지만 한 가지 조건을 걸었다. 늘 가는 호텔, 늘 앉는 자리에서 홀로 대서양을 마주하고 올해의 식도락을 음미할 수 있도록 자리를 비켜줄 것. 그 친구는 그걸 원한다. 나는 마음이 놓였다. 질베르트는 언제까지나 질베르트일 테니까.

4월 14일 화요일

어제 아침에 차를 라팔리스 정비소에 맡겨야 했다. 마르셀이 2CV를 몰고 따라와서 나를 우리 집까지 태워다 줬다. 내일 차를 찾으러 갈 때도 같이 가주기로 했다. 집으로 오는 길에 조수석에 앉아 가방을 무릎에 올려놓고 있으려니 몸이 움츠러들었다. 정비소에서 집까지는 고작 15킬로미터지만 그 15킬로미터 안에서 많은 일이 일어날 수 있다. 프랑스 국토 반대편까지 가지는 않더라도, 차가 어디 처박히든가 홱 미끄러지거나 뭔가를 들이받는 일은 충분히 일어날 수 있다. 게다가 요즘 들어 마르셀이 자꾸 요상한 행동을 하는지라……

일이 난처하게 됐다. 프랑세트가 예고도 없이 딱 오늘로 날을 정해놓고 질베르트와 자클린과 나를 다과에 초대했다. 나는 일주일 전에 정비사와 약속을 잡아둔 터라 또 전화를 걸어 미루기가 뭐했다. 게다가 내 차는 이미 점검을 받아야 할 주행 거리에서 31킬로미터나 더 달렸다. 아들이 100킬로미터 이내는 괜찮다고 말했지만 나는 일을 정석대로 처리하는 것을 좋아한다. 자클린이 프랑세트 집으로 갈 때 우리 집 근처를 지나가기 때문에 나를 태워서 가기로 했다. 자클린이 모는 차도 그리 안심이 되지 않기는 마찬가지다. 어쨌거나 그 친구도 이제 아흔여섯 살이 다 되어가니까. 자클린은 속도를 많이 내면서도 늘 정신을 딴 데 팔고 운전하는 것 같다. 몽테귀에앙포레 교차로까지 가서 국도 하나만 건너가면 목적지였다. 오른쪽에서 오는 차가 잘 보이지 않기 때문에 사고가 나기 쉬운 지점이다. 나는 교차로가 나오기도 전에 엉덩이에 힘이 들어갈 정도로 긴장했다. 그런데 이 친구가 우선멈춤 표시 바로 앞에서 감속을 하기는커녕 냅다 액셀러레이터를 밟는 게 아닌가! 우리는 국도를 시속 80킬로미터로 휙 가로질렀고 어쨌거나 무사히 반대편으로 건너왔다. 너무 순식간의 일이라 겁낼 틈도 없었다. 내가 오른쪽이나 왼쪽에서 차가 튀어나올 수도 있지 않느냐고 했더니 자클린이 하는 말이 걸작이다. "아니, 보긴 뭘 봐! 어차피 저기는 차가 안 보여. 눈에 보이는 차가 없을 때 최대한 빨리 지나가는 게 상책이지. 난 이 교차로에 올 때마다 눈을 감고 기도를 해. 그러고는 페달을 확 밟고 최대한 빨리 건너가는 거야. 봐, 그래도 지금까지 잘만 살아 있잖아." 다과를 마친 후에는 질베르트에게 받아야 할 책이 있다는 핑계를 대고 질베르트 차를 타고 왔다. 질베르트도 아흔네 살이지만 그래도 이 친구는 교차로에서 감속 운전을 하고 우선멈춤 표시를 지킬 줄 아니까 괜찮다.

4월 15일 수요일

오늘 아침에는 마르셀과 함께 정비소에 내 차를 찾으러 갔다.

새것처럼 말끔해진 나의 작은 차를 직접 몰고 돌아오니 기분이 좋았다.

커피를 마시고 나서 산책을 나갔다. 농가 옆 오솔길에 늘어선 라일락나무가 흰색과 연보라색 꽃 무리로 뒤덮였다. 라일락 향기가 어찌나 그윽하던지 지팡이에 의지한 채 코를 꽃 무더기에 파묻고 숨을 한껏 들이마시지 않을 수 없었다. 전지가위로 라일락 가지를 몇 개 잘라내어 꽃다발을 만든 후 집 안 곳곳에 두고 향기를 즐긴다. 내 침실에도 라일락 가지를 꽃병에 담아두었지만 저녁에는 욕실로 옮겨놓는다. 꽃이 산소를 빼앗아가기 때문에 잘 때는 옆에 두지 않는 편이 좋다.

4월 16일 목요일

오늘은 작은 모험을 했다. 비스킷 몇 조각과 차를 즐기고 난 오후 다섯 시 즈음, 지팡이를 챙겨 들고 산책 나갈 채비를 하는데 창 너머로 우리 집 화단에서 뭔가가 꿈틀거리는 모습이 얼핏 보였다. 처음에는 덩치 큰 개가 꽃을 뜯어 먹는 것처럼 보였는데…… 지팡이로 쫓아버려야지 작정하고 현관 계단으로 나갔다가 깜짝 놀라서 그 자리에 못박혀버렸다. 암소였다! 어디서 왔는지 모를 암소 한 마리가 우리 집 원형 화단에 떡하니 서 있는 게 아닌가! 나는 소를 별로 좋아하지 않는다…… 소가 나에게 잘못한 건 없지만, 소는 산울타리나 철조망으로 둘러싸인 풀밭에 있는 게 낫다고 본다. 내가 꽃을 가꾸는 공간에 소가 들어오다니, 이게 어떻게 된 걸까? 나는 산책을 포기하고 지팡이를 도로 건 다음, 페르낭에게 전화를 걸었다. 페르낭이 이 동네 농가들을 한 바퀴 돌아보고 어느 집 소인지 알아냈다. 소 주인은 도망간 소를 찾았다고 기뻐하면서 녀석을 데리러 왔다. 다행히도 소가 내 팬지들을 많이 망가뜨리지는 않았다. 염소도 함께 키운다는 소 주인은 폐를 끼쳐 미안하다면서 치즈를 좀 주고 갔다.

4월 17일 금요일

오늘은 산책을 방해하는 소도 없었고 무탈하게 하루가 지나갔다. 하여간 소는 자기네 풀밭에서 어찌 됐든 빠져나가려는 습성이 있는 모양이다. 시골에서는 도로 한복판에서 소를 맞닥뜨리는 경우도 드물지 않다. 르네는 그럴 때도 눈썹 하나 까딱하지 않았다. 그이는 당장 차에서 내리고는 손을 크게 흔들며 "자, 가자! 가자!" 외치면서 소를 갓길로 끌어내곤 했다. 나는 그런 일을 당하면 차를 세우고 무작정 기다린다. 때로는 한참 동안 그러고 있어야 할 때도 있다.

나는 시골에서 키우는 동물이 편안하게 느껴진 적이 한 번도 없다. 소는 나를 깔아뭉갤까 봐 무섭고, 양은 나를 들이받을까 봐 무섭다. 여기 사람들 말로는, 염소도 사람을 뿔로 들이받을 수 있다고 한다! 그래서 나는 네 발 달린 것은 죄다 경계한다.

형편이 그리 좋지 않았던 신혼 때 생각이 난다. 르네는 우리 살림이 좀 펴려면 돼지를 사서 키우는 게 제일이라고 생각했다! 그이는 돼지를 피둥피둥 살찌워서 내다 팔 계획이었다. 그이는 돼지에게 울타리를 만들어주고 나에게 돼지 먹이는 일을 맡겼다. 나는 그 일이 영 내키지 않았다. 파리에서 온 나는 돼지를 직접 본 적도 없는 도시 처자였으니까. 나는 돼지가 겁나서 죽을 지경이었다. 지금 생각해보면 아무거나 막 먹였던 것 같다. 아무 성의도 없이 먹다 남은 음식, 감자 껍질, 상한 과일, 달걀 껍데기, 그 밖의 찌꺼기를 모아서 저녁마다 갖다줬다. 그런 걸 울타리 안 양동이에 얼른 쏟아붓고는 부리나케 도망쳤다. 나는 돼지가 얼른 가버렸으면 좋겠다는 생각밖에 없었다. 석 달을 키워 되팔았지만 돼지는 살이 별로 찌지 않았다. 우리 손에 떨어진 돈은 별로 없었다. 그래도 그때 남긴 돈으로 암탉을 네 마리 샀다.

4월 20일 월요일

또 시작이다. 침실에 놓여 있는 전화기에 그놈의 빨간 불이 또 깜박깜박 들어온다. 빨간 불이 계속 깜박거리니 신경 쓰여서 잠을 잘 수가 없다. 딸내미 말로는, 걸려온 전화를 못 받으면 그렇게 표시가 뜨는 거란다. 빨간 불 끄는 법을 걔가 족히 열 번은 가르쳐줬는데 내가 해보려니 또 모르겠다. 이제 다음에 딸이나 아들이 올 때까지 기다리는 수밖에 없다. 그때까지는 잠자리에 들기 전에 전화기를 양말로 씌워서 벽 쪽으로 돌려놓아야겠다. 텔레비전도 끄면 빨간 불이 남는다. 알람 버튼도 끄면 빨간 불이 남는다. 왜 사람들은 빨간 불을 여기저기 많이도 만들어놨을까?

4월 25일 토요일

마르셀이 없어졌다. 이웃집 소만 도망가는 줄 알았는데 별일도 다 있다. 2CV도 차고에서 자취를 감췄다. 인근 마을을 전부 수색하기로 했고, 페르낭은 동종에 사는 마르셀의 오빠 내외와, 블롯을 함께 하는 친구들 모두에게 전화를 걸었다. 트루아잔에 사는 형네 농장에는 전화가 없어서 페르낭이 직접 스쿠터를 몰고 다녀오기까지 했다. 소용없었다. 마르셀은 없었다. 사람이 증발하기라도 한 것처럼. 페르낭은 제정신이 아니었다. 자기 마누라밖에 모르는 사람이니까. 마르셀과 그녀가 끓여주는 수프가 세상에서 제일 좋다는 사람 아닌가. 하루가 다 저물어갈 무렵, 드디어 마르셀의 행방을 찾았다. 마르셀은 언니 집에 가 있었다. 언니 집은 리모주, 여기서 200킬로미터나 떨어진 곳이다…… 그렇게 멀리 갔으니 못 찾았지! 마르셀은 예고도 없이, 어디 간다는 말도 없이, 그냥 불쑥 생각이 나서 갔다고 한다. 아무래도 마르셀이 온전한 정신으로 그랬던 것 같진 않다. 단순히 당뇨 문제가 아닐지도 모른다. 마르셀의 어머니인 마리 아주머니도 치매를 앓았고 나중에는 자기에게 다가오는 사람을 아무나 지팡이로 때리곤 했다. 아주머니는 검은 옷을 입고 지팡이를 곤봉처럼 쥔 채 그 집 문턱에 자주 서 있곤 했다. 그러면 아무도 집에 들어갈 엄두를 못 냈고 그 집 아이들조차 차고에 자전거를 가지러 가면서 일부러 멀리 돌아갔다. 사슬에 묶여 있는 말라빠진 개보다는 마리 아주머니 때문에 그 집에는 얼씬대는 사람들이 없었을 거다.

4월 28일 화요일

지난주부터 손자들 방학이다. 요즘 애들은 방학도 참 많다. 공부를 많이 하지 않으니 아는 게 없어도 이상하지 않다. 어쨌거나 딸이 이번 봄 방학(옛날에는 '부활절 방학'이라고 했는데 지금은 '봄 방학'이라고 한다. 하느님보다는 계절이 중요한 세상이 됐다) 둘째 주에 자기네 애들을 맡아달라고 했다. 첫째는 열두 살이고 둘째는 일곱 살, 둘 다 아들이다. 그 아이들은 파리의 오염된 공기와 개똥 천지 보도와는 영 딴판인 세상에 와 있다. 여기는 시골이고 들, 숲, 소, 채소밭 천지에 공기도 맑다. 하지만 나도 이제 나이가 있기 때문에, 아이들이 여기서 지내는 동안 동종의 빵집 딸내미가 매일 오후 도와주러 온다. 그 아가씨가 저녁 준비도 하고, 아이들에게 목욕하라고 잔소리도 하고 한다.

오늘 아침에 소동이 좀 있었다. 주방에서 생강빵을 만들고 있었는데 손자들이 헐레벌떡 들이닥쳤다. "할머니! 마르셀 아줌마가 화단에 넘어졌어요! 넘어졌는데 못 일어나요!" 뭐라고? 화단에 쓰러졌다고? 나는 생강빵이고 뭐고 팽개치고 허겁지겁 아이들을 따라 나갔다. 과연, 마르셀이 내 튤립들 위에 벌러덩 누워 있었다. 내가 직접 마르셀의 팔을 잡아 일으킬 엄두가 나지 않았다. 마르셀은 체격이 크고 몸무게도 많이 나가서 나 같은 노인네가 감당하지 못한다. 큰손자가 페르낭을 데리러 갔다. 달리 어찌할 도리가 없었다. 그 애가 상황을 조리 있게 설명했던 모양인지 잠시 후 스쿠터를 탄 페르낭이 어깨에 굵은 밧줄을 감아 들고 나타났다. 맙소사, 페르낭은 밧줄을 써서 마르셀을 스쿠터의 힘으로 일으키려 했다! 어쨌든 그 시도는 효과가 있었다. 마르셀은 밧줄로 몸을 다 묶기도 전에 정신을 차렸고 아무 일도 없었던 것처럼, 이팔청춘처럼 기세 좋게 벌떡 일어났으니까. 그 후 마르셀은 남편을 따라 얌전히 집으로 돌아갔다. 페르낭은 털털대는 스쿠터 소음이 다 묻힐 정도로 호통을 쳤다. 우리는 깔깔대고 웃었지만 두 번 다시 못 일어날 내 튤립들을 보니 마음 한구석이 좀 쓰라렸다.

4월 29일 수요일

손자들이 차고에서 자전거를 꺼냈다. 오솔길에서 자전거를 타면서 손잡이를 잠깐 놓거나 페달에서 잠시 발을 떼거나 앞바퀴를 슬쩍 들어 올리면서 즐거워한다. 손자들이 그러고 노는 동안 나는 아이들이 다치지 않기를, 아이들을 건강한 모습으로 부모 품에 돌려보낼 수 있기를 기도한다. 살짝 걱정스러운 심정으로 애들을 지켜보다가 문득 궁금해졌다. 내가 아직 자전거를 탈 수 있으려나? 지금도 나의 초록색 지탄(Gitane) 자전거는 차고에 있다. 그 자전거로 주파한 거리만 해도 어마어마할 텐데! 비시에 살았을 때 딸은 우리가 스쿠터를 사주기 전까지 그 자전거로 중학교 통학을 했다. 나는 장을 보러 갈 때 자전거를 자주 이용했다. 짐칸에 달아놓은 장바구니 두 개와 손잡이에 걸린 그물망에 장본 물건들을 야무지게 담아오곤 했다. 마지막으로 자전거에 앉아본 게 몇 년 전인지도 모르겠다…… 20년? 30년? 한번 도전해봐야겠다. 자전거를 타면 심장에도 좋고 근력도 키울 수 있는 모양이다. 그렇지만 낙상과 골절 위험을 무시할 순 없다. 어린아이들이 처음 자전거 배울 때처럼 누가 좀 잡아주고 지켜봐주면 좋겠는데. 아니면, 보조 바퀴를 달아볼까나……?

4월 30일 목요일

오늘, 말세의 전조 같은 것이 보였다. 저녁 여섯 시경, 하늘이 심상찮게 변하더니 위협적인 주홍빛으로 물들었다. 나는 이런 하늘색이 무엇을 의미하는지 익히 안다. 무척 아름답지만 희미한 불안을 지울 수 없게 하는 하늘. 이 고장에서는 하늘이 저렇게 붉은 녹이 낀 것처럼 변하면 조만간 하늘이 내려앉고 무시무시한 얼음 알갱이들이 모든 것을 망가뜨릴 거라고 해석한다. 우박의 재앙. 성경에서도 우박은 이집트에 떨어진 무서운 재앙 중 하나였다. 특히 시골 사람들에게는 일 년 농사를 단 몇 분 만에 망칠 수도 있는 끔찍한 재앙이다.

"하늘이 내려앉는다."라는 말은 절대로 비유적인 표현이 아니다. 우박 폭풍이 휩쓸고 갔던 해가 지금도 기억난다. 그렇게 세차게, 그렇게 별안간 쏟아질 줄이야. 바람이 갑자기 홱 일어나더니 다 쓸어버릴 기세로 불었다. 우리는 그때 서재 방에 있었는데 제대로 걸려 있지 않았던 덧창이 마구 덜컹거렸다. 르네는 덧창을 활짝 젖혀서 벽에 고정시키려 했다. 그이는 창문을 열고 몸을 앞으로 내밀어 손을 뻗었다. 거센 바람과 마구 튀어오는 얼음 알갱이에 맞서 온 힘을 다해 덧창을 밀어냈다. 그때 탁구공 크기만 한 우박이 그이의 머리통으로 날아왔다. 그 순간, 르네의 얼굴에 핏기가 싹 가셨다. 나는 그이가 졸도하는 줄 알았다. 르네는 그때 이미 머리숱이 별로 남지 않았는데 머리통에 우박만큼 커다란 혹까지 생겼다.

설령 머리통에 맞지 않았더라도 우박은 그 자체로 르네에게 커다란 재앙이었다. 르네는 보험업을 했고 그의 고객은 대다수가 농사꾼들이었다. 늦여름에서 초가을, 이 수확철의 우박 폭풍은 막대한 초과 업무를 뜻했다. 전화기에 불이 났고, 유감스러운 소식들은 쌓여만 갔다. 르네는 그 보험 청구 건들을 파리 본사에 보고해야만 했다. 그이는 쉴 새 없이 일했고 잠도 제대로 못 자서 기분이 저기압이었다. 고객들은 가장 위험한 시기가 오기 전에, 주로 겨울이 끝나갈 무렵에 보험을 들었다. 우박 피해를 보상받는 특수한 종류의 보험이었다. 곡물 수확에 대해서만 보상을 받았고 꽃, 과일, 채소는 해당 사항이 없었다. 그것도 보통 일이 아니었다. '윤작' 여부라든가 별의별 사항을 다 문서화해야 했다. 구획별 면적, 곡물의 종류, 그 밖에도 내가 잊어버린 온갖 어휘와 숫자들을 타자기로 정서했다. 내가 그 일에 동원되었다. 나는 소형 레밍턴 타자기 옆에서 서류 두 장 사이에 먹지를 끼우는 일을 맡았다. 저녁 내내 일을 하고 나면 손가락이 시커메졌는데 그 검댕이 얼굴과 팔에도 묻어 온 집 안 굴뚝을 다 청소하고 나온 사람 꼴이 되었다.

오늘 주홍빛 하늘을 보고는 서둘러 창문을 닫고 덧창이 다 고정되었는지 확인했다. 나는 너무 큰 우박이 떨어지지 않기를, 우박이 금방 지나가기를 간절히 기도했다. 그러고 나서는 체념조로 서재 창가에 서서 기다렸다. 손자들은 격자 창살과 정원 탁자에 타닥타닥 부딪히고 튕겨나가는 우박을 보고 희한한 눈이 온다고 흥분하며 좋아했다. 나는 정원사가 정성껏 한 일, 내가 몇 달에 걸쳐 꼼꼼하게 가지를 쳐낸 장미나무들, 예쁘게 피어난 팬지와 그 밖의 작고 연약한 꽃들이 다 망가지겠구나 생각했다.

이번에도 최악의 사태는 피했다. 돌덩이 같은 우박이 인정사정없이 퍼붓지는 않았으니까. 하늘의 음성도, 천둥도, 지진도 없었다. 사람에게 떨어진 우박은 다 합쳐봐야 얼마 되지 않았으니 하느님을 원망할 일도 없었다.

5월 2일 토요일

읍에 가서 블롯 게임을 하고 오후 늦게 돌아온 페르낭과 마르셀은 기분이 아주 좋아 보였다. 두 사람이 일등을 먹었다고 한다. 그 말을 듣고 마음이 놓였다. 마르셀이 여전히 카드를 잘칠 수 있다면 머리에도 문제가 없는 거겠지. 부부가 아주 기분이 째지고 얼근히 취해서는 거대한 햄 한 덩어리를 안고 왔다.

일등을 해도 상품 하나 없는 브리지 대회보다 훨씬 낫다……
남의 돈을 따는 것도 아니고, 상금이 있는 것도 아니다. 음, 나
도 블롯으로 바꾸는 편이 나을지도?

그렇긴 한데, 저렇게 큰 햄으로 내가 뭘 하겠는가? 나라면 주
방까지 들고 가지도 못할 텐데……

5월 3일 일요일

손자들을 돌려보내기 전에 오늘 아침 미사에 데리고 갔다.
아이들이 가만히 있지 못하고 부산스럽게 굴어서 민망했다. 우
리보다 조금 앞에 앉은 질베르트가 몇 번이나 뒤를 돌아보면서
눈을 부릅떴다. 물랭에서 오후 2시 28분 기차를 태우는 데 차
질이 없도록 점심을 일찍 먹었다. 집에서 일찌감치 출발했다.
아이들이 아주 정신없이 굴었다. 운전석 등받이를 자꾸만 무릎
으로 차서 내가 성질을 내기도 했지만 소용없었다. 귀가 따가
울 정도로 고함을 지르고 시끄럽게 굴어서 운전에 집중하기가
힘들었다. 애들을 기차에 태우고 돌아오는데 나의 작은 차가
텅 빈 것 같다.

집에 와서 손자들이 썼던 방들을 창문을 활짝 열어 환기시
켰다. 아이들은 전부 엉망진창으로 어질러놓고 갔다. 침대 시트
를 걷어서 수건과 함께 세탁기에 넣었다. 나머지는 목요일까지

방치할 작정이다. 앙젤이 와서 너저분한 침대를 정리하고 청소기도 돌리겠지. 손자들이 다음에 내려오면 깨끗한 방과 좋은 냄새가 나는 침구가 준비되어 있을 거다.

5월 4일 월요일

우리 집 화단이 참 근사하다. 팬지가 꽃을 많이 피웠는데 지난번 우박에도 거의 상하지 않았다. 온갖 색을 모아놓은 불꽃놀이 같다. 내가 꼬박꼬박 이틀에 한 번 물을 주고 있다는 말을 해야겠다. 정원사가 팬지를 심을 때 초록색 호스를 돌계단 위로 끌어오고는 그냥 내버려뒀는데 내가 잔디 가장자리까지 끌어다 쓰는 데 아무 문제가 없다. 그래서 나는 등나무 의자를 거기 끌어다 놓고 앉아서 물을 준다. 호스 주둥이에 조절 가능한 회전 밸브가 있어서 한 15분 정도 편안하게 앉아서 물을 주면 된다.

수요일에 질베르트, 닌, 투아네트가 점심을 먹으러 오기로 했다. 목요일에 앙젤이 와서 뒷정리를 도와줄 수 있으니 수요일이 안성맞춤이다. 날씨가 좋아서 정원에 둘러앉아 커피를 마실 수 있으면 좋겠다. 친구들이 내 꽃을 보면 감탄할 거다. 그다음엔 다시 실내로 들어와 브리지 게임을 해야지. 아직은 날이 그렇게 덥지 않아서 몸을 많이 쓰는 활동만 아니면 밖에서 시간을 많이 보내도 괜찮다. 그래도 5월 햇빛을 만만하게 보면 안 된다.

코감기에 걸리기 쉬운 철이기도 하고.

조금 전에 계단을 올라오면서 기압계를 툭툭 쳐보았다. 바늘이 오른쪽으로 몇 밀리미터 넘어갔다. 이틀 전에 이렇게 나오면 조짐이 좋다. 수요일은 화창한 날이 될 것이다. 텔레비전 일기예보는 헛다리를 짚어도 내 기압계는 결코 틀림이 없다.

5월 5일 화요일

오전 내내 주방에 있었다. 나는 당일에 너무 피곤하지 않도록 일찌감치 준비해두기를 좋아한다. 내가 만든 음식을 즐기기 위해서도 이러는 편이 낫다. 요리를 많이 하는 날은 식욕이 나지 않기 때문이다. 나는 당근을 넣은 송아지고기 찜을 만들었다. 이 요리는 만들어서 하루 뒀다 먹으면 더 맛있다. 정원사가 심은 당근은 아직 너무 작아서 마트에서 당근, 감자, 샐러드용 채소 등을 사왔다. 고기는 마트에서도 살 수 있지만 번거로움을 무릅쓰고서라도 동종의 단골 정육점에서 산다. 고기와 양파를 냄비에 넣고 익히는 동안 당근을 둥근 모양으로 얇게 썬다. 당근을 냄비에 넣고 육즙, 백포도주, 방울양파, 월계수 잎과 함께 익힌다. 당근이 거의 잼처럼 흐물흐물해질 때까지 푹 익혀야 맛있다. 감자는 따로 익혔다가 껍질을 벗겨서 나중에 넣고 국물이 흠뻑 배게 한다. 완성된 요리를 저녁에 커다란 터퍼웨어에 옮겨서 냉장고에 넣는다. 샐러드용 채소는 씻어서 물기를 적당히 뺀다. 약간 촉촉한 상태로 보관하는 편이 더 낫기 때문에 물기를 완벽하게 제거하지는 않았다. 전채 요리는 따로 생각하지 않았다. 냉동실에 있는 슈 몇 개와 백포도주 한 잔이면 될 거다. 손님들이 도착하기 직전에 오븐에 데워서 식전주 곁들임으로 내야지. 후식으로는 오렌지케이크를 만들었다. 호두케이크, 밤케이크와 함께 내 특기로 손꼽히는 케이크다. 오렌지케이크는 하도 많이 구워서 친구들도 그 맛을 잘 알지만 늘 또 먹고 싶다고 하니 괜찮다! 다른 케이크를 내놓으면 오히려 친구들이 실망할 거다. 레시피는 간단한데 레시피대로 하면 약간 퍼석한 케이크가 나온다. 그래서 내가 '솜씨'를 좀 발휘했다. 케이크 시트가 구워지면 측면을 반으로 자르고 오렌지 즙과 코냑 섞은 것을 촉촉하게 뿌려준다. 그다음에 작은 냄비에 오렌지 제스트*와 달걀노른자를 넣은 일종의 버터크림을 만든다. 반으로 가른 시트지 사이에 이 크림을 듬뿍 바른다. 마지막으로 가루설탕을 뿌리고 오렌지 슬라이스 대여섯 개를 올려서 낸다. 완성된 케이크는 차갑게 해서 낸다.

자, 이제 내일 점심 준비는 끝났다. 백포도주 한 병만 냉장고에 넣어 차게 하면 되는데 그러자면 지하실에 내려가야 한다. 지하실 한 번 갔다 오기가 왜 이리 싫은지…… 일단 계단이

---

* 오렌지, 레몬 등 향이 있는 감귤류의 가장 바깥쪽 표피로, 표피의 색이 남아 있는 부분. 향미를 내기 위해 사용한다.

가파른 데다가 스위치가 계단 밑에 있어서 아무것도 안 보이는 동안 얼굴이라도 부딪힐 것 같다. 진짜 끔찍한 건 따로 있다. 지하실에 박쥐가 산다. 박쥐 생각만 하면 무서워서 정신을 못 차리겠다. 박쥐는 초음파를 감지하기 때문에 사람에게 접근하지 않는다는 말은 많이 들었지만 어떻게 그 말만 믿고 마음을 놓겠는가. 게다가 우리 집 지하실은 천장이 아주 낮다. 그래서 경솔한 박쥐 한 마리가 다가왔다가 내 머리카락에 걸릴지도 모른다는 상상을 하면 너무 무섭다. 머리카락에 엉켜버린 박쥐 이야기는 일종의 전설, 현실에서 결코 일어나지 않는 일인 듯하다. 그래도 포도주를 가지러 내려갈 때마다 나는 르네의 낡은 모자를 쓴다. 앞일은 모르는 거다. 나는 거꾸로 매달려 자는 그 짐승들을 생각하기도 싫다. 쥐의 낯짝에 흡혈귀 날개가 달렸으니 소름 끼치지 않을 수 없다. 그냥 쥐도 무서워 죽겠는데 날아다니기까지 하다니……

힘내자, 잔, 바보같이 굴지 말고. 나는 용기를 내서 현관 외투걸이에 걸려 있는 낡은 펠트 모자를 쓰고 칠흑 같은 어둠 속에서 난간을 더듬으며 계단을 한 칸 한 칸 내려갔다. 상세르 한병을 찾아 들고 무사히 올라왔다. 적포도주는 다행히 투아네트가 한 병 가져온다고 했으니 이걸로 됐다. 한 손은 난간을 잡아야 하기 때문에 한꺼번에 두 병을 가지고 올라오기는 어렵다. 내가 적포도주까지 챙기려면 흡혈귀가 들끓는 지하실에 한번 더 내려가야만 했을 거다.

5월 6일 수요일

나의 기압계는 역시 틀림이 없었다. 나는 새파란 하늘을 향해 덧창들을 활짝 열어젖혔다. 오전 9시에 이미 기온이 10도였다. 나는 덧창들을 고정시키고 나의 멋진 화단을 바라보았다. 아직 잠이 덜 깼는지 꽃들이 눈에 잘 들어오지 않았다. 안경을 쓰고 다시 봐도 아무것도 보이지 않았다. 초록 무더기만 한 가득이고 빨간색, 노란색, 흰색, 보라색 꽃들은 온데간데없었다. 이게 무슨 일이람? 어떻게 이럴 수가 있나, 하필이면 내가 야심차게 친구들을 초대한 날에!

마음이 놓인다. 정원 탁자와 내가 이름을 잊어버린 큰 나무는 굳건하다. 솔방울 비슷한 봉오리를 맺은 목련도 건재하다. 머지않아 하얀 꽃을 피우고 향기를 퍼뜨릴 것이다. 내 눈에 뭐가 씐 것도 아니고, 정신이 평소보다 맑지 못한 것도 아니다. 그런데 내 팬지들은 어떻게 된 걸까? 왜 팬지들만 보이지 않는 거지? 꽃들이 어떻게 됐기에?

가운을 걸치고 실내화를 발에 꿴 후 아래층으로 내려갔다. 현관문 빗장을 풀고 나갔다. 자갈 마당을 지나 잔디밭으로 갔다. 그 자리에서 나는 그만 무너지고 말았다. 원형 화단이 태풍이 휩쓸고 간 것처럼 처참하게 망가져 있었다. 상한 꽃잎 몇 장만 따로따로 흙바닥과 잔디 위에 나뒹굴고 있었다. 울어버리고 싶었다. 도대체 무슨 일이 일어났던 거야? 왜 하필 오늘이지?

내가 이 화단을 얼마나 자랑스럽게 생각했는데……

"노루들이네요, 간밤에 싹 다 먹어치웠구먼요!"

어느새 내 옆에 페르낭이 지팡이를 두 손으로 짚고 서 있었다. 페르낭도 나만큼 죽을상을 하고 있었다. 나는 그가 언제 거기 와 있었는지도 몰랐다. 노루라니? 이 근처에 가끔 노루가 출몰하고 점점 더 민가(民家) 가까이 접근한다는 말을 듣기는 했다. 이른 아침이나 황혼 녘에, 순한 눈으로 나를 뚫어져라 바라보다가 눈 깜짝할 사이에 수풀로 도망치는 노루를 본 적도 많았다. 노루가 연한 풀을 좋아하는 줄은 알고 있었지만 꽃을 뜯어 먹을 줄이야……

나는 당근을 넣은 송아지고기 찜과 오렌지케이크를 생각하면서 마음을 다잡았다. 무엇보다, 친구들과 함께 백포도주를 마시면 기분이 살아날 것이다. 그래도 정원사에게 마음이 쓰인다. 속상하다.

5월 7일 목요일

앙젤은 아침에 오자마자 망가진 화단 얘기부터 꺼냈다. 내가 노루 때문이라고 했더니 그녀는 별로 놀라지도 않았다. 앙젤은 노루가 못 들어오게 조치를 취해야 한다고 했다. 올 나간 헌 스타킹과 머리카락이 해결책이 될 수 있다나.

나는 어이가 없어서 앙젤을 멍하니 쳐다보았다. 하지만 표정을 보아하니 나를 놀리려고 하는 말은 아닌 것 같았다. 앙젤은 더없이 진지하게 다시 한 번 말했다. 헌 스타킹과 머리카락을 화단에 빙 둘러놓으면 노루가 두 번 다시 들어오지 못한단다.

그래, 좋다······ 헌 스타킹이라면 집에 굴러다니는 게 몇 개 있다. 어쨌거나 내 스타킹은 자주 올이 나간다. 나는 올이 아주 고운 스타킹을 고집하는데 딸은 촌스러워 보인다고 질색을 한다. 하지만 머리카락은 어디서 구하나? "어휴, 미용사에게 좀 달라고 하면 되잖아요!" 아, 그 생각은 못 했다. 그러고 보니 어려운 일도 아니네. 하지만 미용사에게 비닐봉지에다가 손님들 머리카락을 담아달라고 하면 무슨 생각을 할까? 날 미친 여자로 볼 텐데······ "절대 그럴 일 없어요! 이 동네에선 다들 그렇게 해요. 미용사도 벌써 알고 있을 걸요." 다행히 얼마 전부터 나도 비시가 아니라 동종으로 머리를 하러 다닌다. 앙젤은 그렇게 말했지만 비시 미용사는 이런 사연을 모를 거다······ 그리고 나 역시 멋쟁이 도시 여성들 앞에서 감히 머리카락을 좀 달라는 말은 할 수 없을 거다. 비시는 여기서 38킬로미터밖에 떨어져 있지 않지만 시골 촌구석과는 확실히 다른 세상이다.

5월 11일 월요일

마르셀 때문에 걱정이다. 리모주 가출 사건이 불과 얼마 전

일이다. 그다음에는 우리 집 튤립 화단에 뻗어버려서 내가 혼비백산했던 일이 있었다. 마르셀이 연극을 했던 걸까, 아니면 정말 어딘가에 이상이 있어서 그랬던 걸까? 단것을 마음대로 못 먹게 된 후로 마르셀은 늘 신경이 바늘처럼 곤두서 있다. 그리고 주방에서 들리는 소리로 미루어 짐작건대, 그 집 부부가 자주 싸우는 것 같다. 페르낭 딴에는 마르셀을 생각해서 설탕 상자들을 다 감춰놓았는데 그것 때문에 마르셀은 화가 났나 보다. 마르셀은 의사가 쓸데없는 소리를 한다고, 자기는 절대로 당뇨가 아니라고, 그런 병은 하루아침에 오는 게 아니라고, 그러니까 설탕이나 도로 내놓으라고 큰소리를 친다.

지난주에, 처음으로 햇살이 아주 좋은 날을 맞아 밖에서 커피를 마시며 《피가로》를 뒤적이고 있는데 마르셀이 왔다. 마르셀은 아무렇지도 않은 체하면서 나와 한두 마디 주고받으려 했지만 나는 그녀의 시선이 온통 쟁반 위에 있는 각설탕에 꽂혀 있음을 눈치챘다. 아니나 다를까, 잠시 후 마르셀이 각설탕 하나만 먹어도 되느냐고 물었다. 나는 무척 난감했다. 처음에는 건강을 생각해 참으라고 타일렀지만 마르셀은 물러나기는커녕 애걸복걸하다시피 했다. 내 마음이 영 안 좋았다. 나는 혹시 페르낭이 보지 않을까 주위를 살핀 후 마르셀에게 항복했다. 나는 마르셀이 이 일을 페르낭에게 말하지 않기만을 바라며 각설탕 한 조각을 건넸다. 그런데 오늘 오후, 페르낭의 스쿠터가 어디론가 떠나는 소리가 들리자마자 마르셀이 오솔길로 씩씩대며 달려오더니 우리 집 초인종을 누르는 게 아닌가. 마르셀은 나에게 뭘 주러 온 것도 아니었고, 할 말이 있는 것도 아니었다. 그녀는 설탕을 먹으러 왔다. 또다시. 나는 지난번과 마찬가지로 처음에는 "안 돼요, 마르셀, 자기한테 좋지 않아요."라고 했지만 마르셀은 굽히지 않았다. 마침 페르낭도 집을 비웠겠다, 이 기회를 놓치지 않을 태세였다. 나는 또 지고 말았다. 나는 식당에 들어가 각설탕 한 조각을 가지고 나왔다. 마르셀은 고맙다고 하면서 돌아갔다. 이 모든 일로 심란해 죽겠다. 마르셀도 자기 어머니 마리 아주머니처럼 완전히 정신을 놓아버리면 어떡하나?

5월 12일 화요일

치매 얘기가 나와서 말인데, 조금 전에 텔레비전에서 끔찍한 걸 봤다. 냉동 인간이 되기로 결심한 사람들이 있다고 한다! 그들은 이 과정을 '크리오(cryo)*' 뭐시기라고 부른다. 세상에나…… 소생 가능 여부도 확실치 않은 냉동 인간이 되기 위해 그들은 억만금을 쏟아붓는다! 돈이 그렇게까지 썩어나지 않는 사람들은 백 년, 천 년 후에 자기 팔다리를 되찾기 포기하고 자

* '저온, 냉동'을 뜻하는 라틴어에서 비롯된 접사.

기 뇌만 냉동 보존시킨다고 한다. 전신 냉동은 비용이 훨씬 더 많이 들기 때문이다. 소름 끼쳐라! 머리를 자르고 뇌만 꺼내서 냉동시킨다는 건가…… 정말이지, 그들이 제정신일까? 이 시대를 살던 뇌로 수백 년 후에 깨어나면 어떨 것 같은가? 세상이 이미 미쳐 돌아가기 시작했는데 내일의 세상은 어떨까? 나는 미래의 세상을 보고 싶지 않다. 분신자살을 하는 사람들(이 사람들은 언젠가 깨어나기를 바라지야 않겠지만)이나 냉동 인간이 되려는 사람들이나 다들 미쳤다.

5월 13일 수요일

드니즈가 투아네트와 닌과 나를 저녁 식사에 초대했다. 우리는 차 한 대로 움직이기로 했다. 로드에 사는 닌과 투아네트가 드니즈네 집으로 가는 길에 나를 태워가기로 했다. 닌이 자기 차로 기사 노릇을 했다. 이제 나도 밤길 운전은 가급적 피한다. 특히, 조금 먼 거리는 시야 확보가 안 되기 때문에 운전을 삼간다. 다른 차 헤드라이트가 너무 눈이 부셔서 한 대씩 마주칠 때마다 재채기하듯 반사적으로 눈을 감게 된다. 게다가 우리는 저녁 모임을 차츰 줄이고 그 대신 다과 모임을 늘리고 있다. 다과 모임은 귀가가 일러서 좋고, 준비도 덜 힘들다. 맛있는 차 한 주전자, 케이크나 비스킷 약간이면 족하다. 차를 마실 때에는 카드놀이나 스크래블 게임도 할 수 있다. 하지만 식사를 할 때에는 먹고 마시고 얘기하는 게 전부다. 문제는, 우리 나이가 되면 얘깃거리도 바닥이 보인다는 거다. 그러니까 자꾸 한 얘기를 또 하고 남의 흉이나 보면서 사람을 신물 나게 한다. 귀먹은 사람 한두 명, 노망난 노인네 두어 명이 있기라도 하면 똑같은 얘기를 열 번 듣는 것도 예삿일이다. 그럴 때면 아주 넌더리가 나고 빨리 집에 가고 싶다는 생각밖에 들지 않는다.

전에는 드니즈도 리에르놀에 살았다. 그 친구 집은 마을에서 약간 떨어져 있는 대저택이었는데 질베르트네 집과도 가까웠다. 2년 전, 드니즈는 혼자 살기 불안하다면서 물랭 중심가의 작은 아파트로 이사를 했다. 드니즈는 남편이 죽고 나서 더 젊게 산다. 그녀는 영화, 연극, 연주회를 자주 보러 간다. 브리지 클럽과 동호회도 열심히 나가고 시합에 나가 곧잘 우승을 차지한다. 항상 공들여 모양을 내고, 보름에 한 번은 미용실을 가며, 쇼핑도 자주 하는 멋쟁이다. 외출을 하고, 사람들을 만난다. 사는 것처럼 산다. 드니즈는 얼마 전에 여든이 되었으니 우리 중에서는 막내다. 그 집 자식들이 어머니 팔순이라고 인도 여행을 보름 보내주기로 했단다! 맙소사…… 드니즈가 늘 인도에 가보고 싶다고 했던 모양이다. 결혼 안 한 딸이 하나 있어서 그 딸하고 같이 가기로 했다나. 나 같으면 꿈도 꾸지 않을 거다. 그렇게 장시간 비행기를 타고 가서 얼마나 대단하게 궁전과 사원 구경을 하겠다고. 나라면 사양한다.

5월 14일 목요일

잠을 설쳤다. 어제 드니즈 집에서 너무 많이 먹고 마신 것 같다. 나는 과식에 익숙지 않다.

게다가 어제 아주 늦게 잠자리에 들기도 했다. 모임이 파할 즈음부터 비가 내리기 시작했고 닌은 아주 천천히 차를 몰았다. 밤새 바람이 소란스럽게 불었고 빗물이 빗물받이에 타닥타닥 떨어졌다. 빈집에서 문들이 덜커덕거렸고 어디선가 나뭇가지가 부러졌다. 나는 텔레비전을 켰고 새벽까지 비몽사몽으로 시간을 흘려보냈다.

5월 15일 금요일

헌 스타킹과 미용실에서 얻어온 머리 타래가 노루들을 화단에서 쫓아주었는지는 잘 모르겠다. 내 팬지들이 다시 살아나지 못했다는 것만은 확실히 알겠다. 참사가 일어난 지 열흘 됐는데 꽃은 거의 보이지 않고 흙만 보인다. 이렇게 침통할 데가 있나…… 오늘 아침에 정원사가 곡괭이를 들고 와서 다 뽑아버렸다. 어차피 팬지는 여름에 피는 꽃이 아니고 여러해살이도 아니어서 6월 말에는 다른 꽃을 심을 작정이었다. 정원사는 원형 화단에 이미 꽤 자란 피튜니아 모종을 옮겨 심었다. 정원사가 하는 말이, 내가 물만 잘 주면 금세 예쁘게 꽃을 피워서 여름 내내 볼 수 있을 거라고 한다.

5월 17일 일요일

딸과 사위가 개를 데리고 주말을 보내러 왔다. 손자들은 주님승천대축일[*] 연휴를 맞이하여 나흘간 페르슈에 있는 사촌네 집에서 지낸다고 한다. 한두 번 그런 것도 아니지만 그 개가 내 주방을 또 엉망으로 만들었다. 딸이 뭐라고 해도 소용없다. 나는 딸이 개를 배불리 먹이지 않아서 그런 거라고 믿어 의심치 않는다. 그 개는 허구한 날 주방 쓰레기통에 코를 처박고 지내질 않나, 여기서 몇백 미터 떨어져 있는 바티스트네 집까지 개 사료를 훔쳐 먹으러 가질 않나. 바티스트는 늘 거대한 사료 봉투를 잘 닫지도 않고 광에 처박아둔다. 딸이 키우는 개는 밖에 나갔다가 항아리형 술통처럼 배가 불룩해져서 돌아와서는 하루 종일 자기 자리에 널브러져 낑낑댄다. 주위에 널려 있는 건 뭐든지 일단 먹고 보는 바람에 쥐약까지 먹을 뻔했다! 딸과 사위가 그 개를 키우게 된 후로 나는 지하실에서 다락방까지 군데군데 놓아둔 분홍색 쥐약 알갱이를 말끔히 치워야 했고 다

---

[*] 기독교에서 그리스도가 승천한 날을 기리는 날. 부활절 40일 후의 목요일.

른 동물들에게 피해가 가지 않게 쥐만 잡아준다는 쥐약 전용 상자까지 일부러 비싸게 사왔다.

르네가 살아 있을 때에는 쥐덫을 여기저기 설치하고 염소젖 치즈나 호두 같은 미끼를 놓았다. 어쩌면 쥐덫이 개에게는 덜 위험할지도 모르겠다. 최악의 경우라고 해봐야 콧잔등이 깨지는 정도일 테고, 개는 두 번 다시 쥐덫 근처에 얼씬도 하지 않을 것이다. 뭐, 그래도 인정한다. 그 값비싼 쥐약 전용 상자를 놓은 후로 우리 집에서 단 한 번도 쥐를 본 적이 없다. 얼마나 잘된 일인가, 이제 쥐가 튀어나와도 탁자 위로 도망가기가 힘들단 말이다.

쥐덫의 문제점은 들쥐나 생쥐가 잡힌 후에도 팔팔하게 살아 있는 경우가 많다는 거다. 르네가 뒤처리를 해주었기 때문에 나는 그런 경우 어떻게 해야 하는지 모른다…… 시어머니가 계시던 시절에는 덫을 그렇게 많이 놓아도 쥐가 집 안에서 설치고 다녔다. 밤에는 쥐가 벽을 긁는 소리가 들렸다. 시어머니는 호두를 많이 쌓아두곤 했는데 망할 놈의 쥐새끼들이 그걸로 아주 잔치를 벌였다. 당신이 제일 예뻐하는 막내아들 '귀염둥이 장'에게 준다고 호두를 자루로 몇 개씩 모아두곤 했다. 정작 그 막내아들은 집에 일 년에 한두 번밖에 오지 않았는데 말이다. 시어머니는 호두 자루를 여기저기 숨겨두었다. 돌아가셨을 때 침대 밑판과 매트리스 사이에서 썩은 호두가 몇 킬로그램이나 나왔을 만큼……

5월 18일 월요일

마르셀이 며칠 전에 우리 집 초인종을 눌렀다. 나는 문을 열어주러 나가면서 또 설탕을 얻으러 왔나 보다 생각했다. 마르셀은 예쁜 튤립 세 송이를 손에 들고 현관 앞 계단에서 활짝 웃고 있었다. 나는 꽃을 받아 들고 고맙다고 했고 마르셀은 그대로 돌아갔다. 튤립 세 송이는 전지가위로 줄기를 고르게 다듬어서 꽃병에 꽂아두었다. 그런데 오늘 아침, 점심으로 먹을 대구살을 냉동실에서 꺼내 준비하다가 무심코 창밖을 보니 마르셀이 우리 집 정원에 와 있는 게 아닌가. 마르셀은 수국이 만발한 화단으로 주저하는 기색 없이 걸어갔다. 그녀가 내 튤립들을 향해 고개를 숙였다. 그러고는 튤립 한 줄기를 휙 잡아당기고 비틀어 꺾었다. 줄기 하나가 더 끝장났다. 세 번째 줄기도 마르셀의 손에 들어갔다. 마르셀은 내 튤립들을 망가뜨리고 있었다. 나는 황당해서 말이 안 나왔다. 창문도 열지 않고 그냥 지켜봤다. 내 화단의 꽃을 다 꺾을 작정인가? 마르셀은 화단에서 물러났다. 그러고 나서 5분도 지나지 않아 초인종이 울렸다. 나의 마르셀이 아무렇게나 꺾은 튤립 다발을 손에 들고 현관 계단참에 서 있었다. 가엾은 다섯 송이 튤립은 크기와 길이가 들쭉날쭉 제멋대로였다. 줄기가 여기저기 꺾였고 심하게는 꽃송이에서 3센티미터 아래가 부러져 있었다. 나는 일단 고맙다고 말하고 나서 튤립은 청회색 수국 아래 있어야 색이 예쁘게 어우러지니 이제 꺾으면 안 된다고 일렀다. 마르셀은 잘못을 지적당한 여자아이 같은 표정으로 고개를 푹 숙였다. 저러다가 엉엉 울어버리면 어쩌나 걱정이 됐다. 마르셀 때문에 마음이 아프다. 그 순간 페르낭이 지팡이를 짚고 절뚝거리며 나타나 마누라에게 호통을 쳤다. "당신 여기서 뭐 하는 거요? 자, 갑시다! 얼른 집에 갑시다!"

5월 20일 수요일

오후 12시 30분 즈음에 점심 식사를 마치고 커피를 준비하는데 우리 동네 우체부가 노란 차를 몰고 나타났다. 내가 나가자 우체부는 차창을 내리고 우편물을 건네주었다. 그녀는 내가 부쳐야 할 우편물은 없는지 물었고, 나는 없다고 대답했다. 우체부는 잘됐다고, 그렇잖아도 오늘 아침 우편배달이 지연되어 몹시 바쁘다고 말했다. 그녀는 방긋 미소를 지으면서 손을 흔들어 인사를 하고 떠났다.

나는 다시 등나무 의자로 돌아와 우편물을 뜯기 시작했다. 《피가로》, 은행 계좌 통지서, 광고성 편지 두세 통, 내가 한 달에 한 번 받아보고 대개 폐지함에 집어넣는 가벼운 소식지가 다였다. 햇살도 따뜻하겠다, 특별히 할 일도 없겠다, 나는 그 소식지를 무심하게 들춰보았다.

오, 동종 대표가 이 지역 블롯 대회에서 우승을 했단다. "동종에서 온 여성 2인조가 4,663점을 획득하여 우승 상품인 햄 두 덩어리와 샴페인 두 병을 차지했다."

다음 쪽으로 넘어가니 발드베스브르 읍에서 '슈크루트 댄스 파티'를 개최한다는 소식이 있다! 아니, 어떻게 슈크루트*를 먹고 나서 춤을 출 수가 있담?

좀 더 아래로 내려가니 6월 21일에 '여름 도보 행진'이 있단다. 베르에서 출발하는 이 도보 행진의 참가비는 3유로다. 자기 발로 걷는데 돈을 내야 하다니, 참 희한타!

그래, 로드에는 뭐 재미있는 거 없나 보자. 닌과 투아네트와 함께 가볼 만한 거 없을까? '스크랩북 만들기 체험'이라, 세상에, 이건 또 뭘까? 3시간 체험에 16유로라니, 비싸긴 엄청 비싸네! 그 돈이면 우리 셋이서 투아네트 집에서 다과를 즐기고도 남는다.

그다음에는 이 지역에서 열리는 블롯 대회 목록이 있다. 페르낭과 마르셀을 위한 정보다. 좀 더 읽어 내려가니 생푸르생쉬르베브르에서 '육류 해체 체험'을 할 수 있다고 한다. 별걸 다 하네! 소 도축을 구경하고 체험하고 싶어 하는 사람들이 정말로 있단 말인가?

아, 드디어 좀 더 흥미로운 소식이 있다. 6월 13일 토요일에 영

---

* 양배추를 소금에 절여 발효시킨 음식.

화 상영을 한다. 동종 시청에서 한 달에 한 번씩 하는 행사다. 나도 투아네트와 한 번 가봤다. 이번 달 영화 제목은 「조금, 많이, 무조건」이다. 주연 배우는 클로비스라는 남자였다. 그렇다, 수아송의 꽃병* 이야기에 나오는 클로비스 말이다! 요즘은 다시 애들에게 이상한 이름을 많이 붙여주는 것 같다…… 대충 줄거리를 보니 일부러 보러 가지는 않을 것 같다.

마지막 장은 출산, 세례, 결혼, 그리고 가장 많은 지면을 차지하는 부고 소식이다. 쓱 훑어봤는데 내가 아는 사람은 없었다.

나는 소식지를 광고지 옆에 내려놓았다. 광고지는 굳이 읽을 필요 없다. 예전에는 대형 마트 광고 전단에 할인 쿠폰이 나오면 다 오려두었는데 막상 장을 보러 갈 때 깜박 잊고 가기 일쑤였다. 기간 안에 못 쓴 쿠폰은 그냥 버려야 했다. 지금은 광고 전단을 들여다보지도 않는다. 잠시 후에 전부 폐지 바구니에 넣을 거다.

크레디아그리콜 은행 계좌는 잠깐 확인해보니 아무 이상 없다. 나는 은행에서 날아온 봉투를 열 때마다 왠지 살짝 겁이 난다. 내가 돈을 쓸데없이 낭비해서 아들에게 잔소리를 들을지 모른다는 불안감이 늘 있다.

---

* 프랑크 왕국을 통일한 클로비스 1세에 얽힌 일화. 클로비스는 자기에게 복종하지 않고 귀한 꽃병을 깨뜨린 어느 프랑크족 장군을 마음에 담아두었다가 훗날 그 장군의 머리를 도끼로 내리치고 "네가 수아송에서 꽃병을 다루었던 대로 나도 한 것이다."라고 말했다고 한다.

그다음에 나는 초콜릿 한 조각을 베어 물고 《피가로》를 펼쳤다.

5월 21일 목요일

투아네트는 오랫동안 과부로 살았다. 닌도 마찬가지다. 질베르트도 그렇다. 드니즈도 과부, 자클린도 과부다. 재혼은 아무도 하지 않았다. 지금 이 나라에는 여든 살 넘은 남자가 거의 남아 있지 않다. 결혼을 한 번도 하지 않았던 친구는 샹탈뿐이다. 샹탈은 그 나이에도 처녀일지 모른다는 얘기가 있긴 하다만……

닌은 우리를 만나면 늘 저 북부에 산다는 막내 여동생 얘기를 한다. 그 동생도 남편이 죽었는데 처음에는 외롭다고 개를 한 마리 들였단다. 개를 잃고 난 후에는 외로움을 달래려고 컴퓨터를 들였단다. 그러고 나서 몇 달 후에 재혼을 했다나…… 인터넷에서 남자를 만났다고 한다! 다정하고 매력도 있고 제법 괜찮은 남자라는 것 같다. 참 희한한 사연 아닌가?

어제 닌의 집에서 투아네트가 '태블릿'을 사고 싶다는 말을 해서 우리를 한바탕 웃겼다! 투아네트가 태블릿만 있으면 뭐든지 할 수 있다고 했다. 카드점, 스크래블 게임, 십자말풀이, 이메일 주고받기, 사진 찍기, 동영상 만들기…… 그게 다 인터넷 덕분이라나. 어쩌면 투아네트도 새 남편을 만나고 싶은 건 아닌지? 우리는 대놓고 투아네트를 추궁했다. 그 친구는 "무슨 생각을 하는 거야!"라면서 깔깔대고 웃었다. 우리는 다 함께 크레망 잔을 높이 들고 새 남편을 위하여 건배했다.

5월 22일 금요일

가엾은 프로더로 대령*을 살해한 범인이 누구인지 나는 영영 알 수 없으리라…… 어젯밤, 나는 미스 마플과 함께 사제관에서 잠들었다가 어딘지 모르는 번호로 6시에 전화를 걸어달라고 하는 처연한 자태의 속옷 차림 아가씨와 함께 깨어났다. 그 아가씨는 자기가 "이것저것 해줄 수 있어요."라는데 도대체 뭘 해줄 수 있다는 건지 도통 모르겠다.

늘 이런 식이다. 나는 침대에 누워서 텔레비전을 켠다. 관심 가는 방송을 좀 보다가 스르르 잠이 든다. 한두 시간 지나 깨어보면 벌써 다른 프로그램을 하고 있다. 나는 내가 보던 프로그램이 이미 끝난 줄도 모르고 뭐가 뭔지 모르겠다며 얼떨떨해한다.

---

* 미스 마플이 처음으로 등장하는 애거서 크리스티의 추리 소설 「사제관 살인 사건」의 등장인물. 동명의 영국 드라마가 있다.

텔레비전은 늘 내 곁에 있었다. 우리 가족이 비시에 정착한 지 얼마 안 됐을 때, 텔레비전은 처음으로 우리 생활 속으로 들어왔다. 당시의 흑백텔레비전은 황록색 외장재와 초록색 화면의 둥글넓적한 물건이었다. 텔레비전은 신속하게 우리의 삶을 차지하고 우리의 하루에 리듬을 부여했다.

우리는 점심 식사 후에 텔레비전을 처음 켰다. 비시에 살 때 르네는 아침에 나가서 저녁에 들어왔다. 집에도 자기가 일하는 방이 있었지만 그이 얼굴 보기가 힘들었다. 그래도 점심은 집에 와서 먹었다. 내가 주방에서 음식을 준비하는 동안 그이는 상을 차렸다. 후식까지 먹고 나면 그이는 빵, 소금, 물을 치우고 식탁보의 부스러기를 쓸어냈다. 내가 설거지를 하면 그이는 커피를 준비했다. 그 시절만 해도 커피 원두를 사다 먹었기 때문에 르네는 매일 아침 요란한 소리를 내면서 원두를 갈았다. 내가 거실 소파에 앉아 있으면 그이가 한 손에는 커피 주전자를, 다른 손에는 잔 두 개를 들고 왔다. 그이는 커피를 따르기 전에 자못 진지한 자세로 텔레비전 수상기의 커다란 빨간색 버튼을 눌렀다. 우리는 경건하다 싶을 정도로 조용하게 뉴스를 시청했다. 그러고서 한두 해 지나서였나, 이브 무루시*가 커다란 안경과 분장으로 첫 등장을 했던 때가 생각난다. 그의 뉴스가 끝나

* 이브 무루시(Yves Mourousi: 1942~1998): 프랑스의 유명한 뉴스 진행자이자 방송인.

갈 때면 팔레 브롱니아르*에서 종이 울리고 근엄한 표정의 도
나티 씨가 우울한 음성으로 주가 등락 소식을 전했다. 언제나
호재보다는 악재에 민감했던 르네는 주가가 마음대로 풀리지
않을 때마다 "이런, 떨어졌어!"라고 탄식을 하곤 했다. 그러고는
자리에서 일어나 텔레비전을 끄고 다시 일을 하러 나갔다. 그
러면 나도 일어나 주방을 마저 정리하고 친구를 만나거나 테니
스를 치러 나갔다.

　우리는 저녁에도 뉴스를 놓치지 않으려고 볼일을 미리미리
마쳤다. 뉴스 시청 때문에 저녁을 너무 일찍 먹어야 했지만 그
래도 밥을 먹으면서 텔레비전을 본다는 생각은 해보지 않았다.
뉴스가 끝나면 거실에는 나 혼자 남았다. 《거대한 체스판》을
하는 목요일에는 그 프로그램이 방영되는 채널2를 틀었다. 세
개의 회색 버튼 중 하나를 아주 세게 눌러야만 채널을 바꿀 수
있었다. 텔레비전은 보는 둥 마는 둥, 뜨개질을 하거나 책을 읽
다 보면 여자 아나운서가 나와서 방송 종료를 알렸고 화면 조
정 시간으로 넘어갔다. 르네는 저녁에도 자기가 일하는 방에
들어가 자정까지 일하는 날이 드물지 않았다. 르네가 침실로
오면 나도 그제야 잠을 잤다.

　그 시절에는 딸한테 매달리느라 남편의 부재를 잊을 수 있었
다. 한집에 살아도 남편은 늘 없는 사람이었다. 그런데 지금은

---

* 팔레 브롱니아르(Palais Brongniar): 파리 증권 거래소 소재지.

르네의 빈자리가 버겁게 느껴지곤 한다. 이제 이 집에는 저녁의 공허함을 채워줄 사람이 아무도 없다.

5월 25일 월요일

주방 냉장고에 빨간색과 흰색 스티커가 붙어 있다. 스티커에는 '응급 의료'라고 씌어 있다. 냉장고 안에도 버터와 달걀 중간에 작은 비닐 파일이 들어 있다. 파일에는 내 증명사진이 붙어 있고 성, 이름, 생년월일, 혈액형, 그 외 몇 가지 개인 의료 정보, 그리고 응급 상황에서 연락받을 사람의 이름과 전화번호까지 기재되어 있다.

이걸 '건강 신원 정보 파일'이라고 부른다. 응급 구조대가 출동하면 냉장고부터 보게 되어 있다. 이 파일 덕분에 내가 죽다 살아날지도 모르는 거다. 약국 여자가 나한테 알려줬다.

5월 28일 목요일

오늘은 동종에 다녀왔다. 페디큐어 예약이 되어 있었다. 내가 늘 발을 맡기는 아가씨는 아주 싹싹한 데다가 한 번도 아프게 한 적이 없다. 두 달에 한 번꼴로 굳은살, 티눈, 옹이를 다듬어준다. 그녀는 발의 각화된 피부를 아주 작은 기계로 꼼꼼하게 갈아낸 후 냄새가 좋은 크림을 듬뿍 발라 마사지를 해준다. 그 아가씨 하는 말이, 내 피부가 아주 얇고 건조한 편인데 원래 나이가 들수록 그렇게 되는 거란다. 그녀는 나에게 매일 저녁 발을 씻은 후 특수한 보습제로 수분을 충분히 공급해주라고 했다. 나는 아가씨에게 가끔 깜박한다고 둘러댔지만 실은 한 번도 발에 뭘 발라본 적이 없다. 키는 자꾸 쪼그라들지만 발까지 손을 뻗기는 점점 더 힘들어진다. 심지어 침대에 앉아 무릎을 접어도 발에 뭘 바르기가 힘들다. 그런 자세를 취하면 온몸이 당기고 쑤시기 때문이다. 고작 발가락에 보습제 바르겠다고 그런 수고를 해야만 하나. 나는 발톱이 너무 길어서 깎지 않고는 못 견딜 때만 예외적으로 이 고난도 체조와도 같은 자세를 취한다. 오늘의 페디큐어는 특히 더 만족스러웠다. 내 발톱가위로는 오른쪽 첫째 발가락 발톱을 도저히 못 깎겠어서 내버려뒀더니 이제 신발을 신으면 발가락이 아플 지경이었기 때문이다. 페디큐어 아가씨는 핀셋으로 발톱을 잡고 완벽하게 잘라낸 후 줄로 다듬었다. 그다음에는 내 발톱에 무색 매니큐어를 발라주었다. 맨발을 드러낼 일이 많은 여름에는 예쁜 체리색 매니큐어를 발라준다. 아가씨는 나이가 들수록 피부는 얇아지지만 발톱은 반대로 두꺼워진다고 설명해주었다. 우리 몸에서 유일하게 세월이 갈수록 견고해지는 부분이라나. 머리카락과 마찬가지로 손톱, 발톱도 사람이 죽은 후에도 일정 기간 자란다고 하는데 정말 그럴까? 르네가 히피처럼 머리를 기른 모습을 상상해본다. 그이는 머리카락이 목에 닿는 걸 도무지 못 참았는데……

5월 31일 일요일

저녁에 딸이 축하한다고 전화를 했다. 나는 하루 늦었다고, 성녀 잔 다르크 축일은 어제였다고 대꾸했다. 그러자 딸은 잔이라는 이름의 영명축일*이 아니라 어머니날**을 축하하려고 전화한 거라고 했다. 그러고 보니 오늘이 어머니날이다. 나는 그런 줄도 몰랐다. 텔레비전 뉴스에서는 아무 소식도 못 들었다.

6월 3일 수요일

6월 초라기에는 몹시 더운 날이었다. 지금도 실외 온도가 24도나 된다. 창문을 다 열었지만 바람 한 점 느낄 수 없다. 날이 더워지니 발이 약간 부었다. 나는 잠옷 바람으로 노란색 포

---

* 영세 때에 받은 세례명을 기념하는 날. 곧, 그 이름을 가진 성인이나 복자(福者)들의 축일이다.
** 5월 마지막 일요일.

마이카 간이 의자에 앉았다. 세족대에 찬물을 받고 베이킹 소다를 탄 후 발을 담그고 있다.

내 다리를 내려다본다. 왼쪽은 아직 나쁘지 않다. 오른쪽은 그보다 영 못하다. 오른쪽 다리 따로, 왼쪽 다리 따로 나이를 먹은 것 같다. 오른쪽은 장딴지가 좀 부었고 혈관이 부풀어 있다. 딸이 하지정맥류인 것 같으니 병원에 가서 치료를 받아야 한다고 했다. 나는 그럴 필요 없다고, 아프지도 않은데 왜 병원에 가느냐고 대꾸했다. 아프진 않을지도 모르죠, 하지만 보기 싫잖아요, 라고 딸이 말했다. 그 애의 말본새가 거슬렸다. 나도 별로 좋아 보이지 않는 줄은 안다, 그 애길 꼭 그렇게 말로 해야 하나? 그래도 누가 내 다리를 주무르거나 주사를 놓는 건 싫다. 병원에 갔다가 고생은 고생대로 하고 시간만 빼앗길지 어떻게 아나? 내가 내 발로 서고 걷는 데 지장이 없는데 왜 하지정맥류인지 나발인지에 신경을 쓴단 말인가. 더구나 의사도 내 다리를 봤을 텐데 아무 말도 하지 않았다. 그거야말로 내 다리에 별문제 없다는 증거다. 물론 의사도 모양새가 흉하다고 생각했을지는 모르지만 단지 보기 싫다는 이유만으로 치료를 받을 수야 있나. 내 나이를 감안한다면 의사도 굳이 그럴 필요가 없다고 생각할 것이다. 그리고 내 생각도 그렇다. 딸이 정히 내 다리를 못 봐주겠다면 개가 딴 데를 보면 될 일이다.

6월 4일 목요일

오늘 아침에 앙젤이 지하실 청소를 하다가 쥐똥을 발견했다. 어휴, 거기에도 특제 쥐약 상자들을 놓아야겠다. 쥐새끼와 맞닥뜨리는 일은 결코 경험하고 싶지 않다.

"고양이를 키우시지 그래요? 일주일이면 쥐가 싹 없어질 거예요!"

그래, 나도 안다, 알아…… 자클린도 실제로 고양이를 키우면서부터 천장에서 쥐 지나가는 소리가 사라졌다고 한다. 하지만 난 고양이도 별로 좋아하지 않으니까 문제지…… 솔직히 말하자면 나는 고양이도 좀 무섭다. 그리고 고양이가 아무리 개처럼 귀찮게 굴지는 않는다 해도 아예 손이 가지 않을 수가 있나. 시골에 산다고 해도 별수 없다. 배변용 모래도 깔아줘야지, 생선 캔도 따줘야지, 그 고역스러운 냄새라니…… 자클린은 고양이용 생선 캔을 한 번 따면 남은 것을 그대로 냉장고에 보관한다. 고양이 사료와 자기가 저녁에 먹을 국을 나란히 보관하다니! 생각만 해도 밥맛이 떨어진다.

고양이에 대한 나의 두려움은 아주 먼 옛날로 거슬러 올라간다. 내 기억으로는 열한 살 아니면 열두 살 때였던 것 같다. 베리에 사는 사촌 언니들 집에서 며칠 지냈는데 그 집에 덩치가 아주 크고 털이 까만 고양이가 있었다. 사촌 언니들은 그리부유라는 이름의 그 고양이를 무척 귀여워했다. 어느 날 밤, 내가 방문을 잘 닫지 않고 잠이 들었는지 그 고양이가 내 침대에 올라와 발을 쭉 뻗고 누웠다. 나는 겁에 질려서 침대에 누운 채 꼼짝도 하지 않았다. 내가 선불리 움직였다가는 고양이가 나를 덮칠 것 같았다. 나는 새벽 동이 트고 그리부유가 침대에서 내려갈 때까지 그 상태로 밤을 꼬박 샜다.

지난번에 자클린네 집 정원에서 차를 마시고 있었는데 그 집 고양이가 쥐를 물고 나타났다. 고양이는 아직 죽지도 않은 쥐를 사방으로 흔들고 다녔다. 고양이는 쥐를 놓아주는 척하다가 쥐가 도망치려고 하면 잽싸게 잡아채면서 아주 가지고 놀았다. 불쌍한 쥐가 완전히 뻗을 때까지 고양이의 잔인한 놀이는 계속되었다. 나는 고양이보다는 쥐약이 훨씬 마음에 든다.

하지만 앙젤은 쥐약 알갱이를 싫어한다. 앙젤은 쥐약이 화학약품이라는 점을 강조했다. 그런데 고양이가 쥐를 사냥하고 죽을 때까지 괴롭히는 건 자연의 섭리라나. 여우가 암탉을 채가고, 오소리가 토끼를 와작와작 씹어 먹고, 말똥가리가 양을 덮치고, 담비가 다람쥐를 잡아먹고, 고슴도치가 독사를 죽이는 것도 자연의 섭리다. 영양을 갈가리 찢어 죽이는 표범, 사자…… 앙젤이 들 수 있는 예는 무궁무진할 것이다. 진짜 이 고장 토박이들이 그렇듯, 앙젤도 그러한 섭리를 당연한 것으로 받아들인다. 나도 자연을 좋아하지만 어느 선 이상은 아니다. 나는 동물은 나한테서 멀리 떨어져 있을 때에만 참을 수 있다. 아니면, 텔레비전에 나오는 동물이나 벽에 걸린 그림 속의 동물만 좋아할 수 있다. 우리 집 식당에는 여우 그림이 있고, 거실에는 말 그림이 있으며, 서재 방에는 개 그림이 있다. 내 집 안에서 자유로이 활보하는 동물은 싫다. 그러니 고양이는 사절이다. 어림 반 푼어치도 없는 소리다.

6월 8일 월요일

오늘 아침에는 체조를 조금 했다. 내가 하는 동작이 몇 가지 있다. 안락의자에 앉은 채로 발뒤꿈치에 힘을 주면서 다리를 똑바로 들어 올린다. 그 상태에서 상체를 최대한 앞으로 숙인다. 이 동작을 열 번 반복한다. 자작나무 서랍장 옆에서 발끝으로 섰다가 다리를 구부리면서 서서히 내려온다. 이 동작도 열 번을 한다. 전에는 카펫 위에서 하는 동작도 있었지만 지금은 바닥에 내려가면 일어나기가 힘들어서 못한다. 그 동작은 이제 침대에서나 할 수 있다. 침대에 똑바로 드러누운 채 발차기를 하거나 페달을 밟는 시늉을 한다. 매일 체조를 해야 하는데 엄두가 안 나거나 깜박 잊거나 해서 거르기 일쑤다. 다행히도 체조만큼 귀찮지 않으면서도 건강 관리에 도움이 되는 것들이 많다. 이를테면 모든 의사들이 적극 추천하는 걷기라든가. 그래, 걷기라면 나도 꼬박꼬박 하고 있다. 달랑 5분 걷고 이런 말 하는 게 아니다! 우리 집 옆 오솔길이 600미터쯤 뻗어 있는데 매일 그 길을 왕복하고 있으니 1킬로미터 이상은 걷는다. 행여 넘어질까 봐 지팡이를 소지하지만 걸음걸이나 자세가 썩 괜찮다. 그리고 하루에도 몇 번씩 계단을 오르락내리락한다. 게다가 내가 정신이 없다 보니 위층에 올라가면 아래층에서 가져와야 할 물건이 생각나고 아래층에 내려가면 위층 갈 일이 생기고 그런다. 계단이 몇 단이나 되는지 세어봤더니 22단이다. 한 번만 올라갔다 내려와도 44단, 그 정도면 허벅지 근력과 호흡을 단련할 만하다! 그리고 의사가 그러는데 내가 심장만큼은 청년 못지않게 튼튼하다고 한다. 가끔은 박쥐 공포를 무릅쓰고 지하실 식품 저장고에 잼이나 포도주나 과일을 가지러 간다. 철이 바뀔 때마다 이층과 다락 사이도 여러 번 오간다. 여름이 다가오면 겨울옷을 다락방 수납장에 넣고, 겨울이 다가오면 여름옷을 정리해 넣기 때문이다.

한동안은 자식들이 1층 북쪽 방을 내 침실로 쓰면 어떻겠느냐고 했다. 그 방은 겨울에 유독 썰렁해서 크리스마스에 냉장고에 다 못 넣은 음식을 놓아두는 곳이다. 오죽하면 우리끼리 그 방을 '냉방' 또는 '시체 보관실'이라고 불렀을까! 나는 딱 잘라 싫다고 했다. 나는 햇빛이 잘 들고 널찍한 내 침실이 좋다. 왜 내 생활 습관을 굳이 바꿔야 하지? 아들딸은 나를 거동도 못하는 노인네로 보는 걸까? 왜, 아예 간병인이라도 붙여주지? 광고에 나오는 흉측한 리프트 카라도 달아주지? 계단 난간에 의자를 달아서 사람을 싣고 오르내리는 그 장치는 아래층 주방에서 위층 손님들에게 요리를 올려 보내는 리프트 비슷하다. 자식들은 내가 좀 더 편리하게 생활하기를 바라지만 그렇게 살면 나는 조금씩 죽어갈 거다.

6월 11일 목요일

점심 식사 후 정원에 자리를 잡고 커피를 마시면서 여유롭게 십자말풀이를 시작하려는데 길 저쪽에서 뭔가가 얼핏 보인 것 같았다. 자동차도 아니고 트랙터도 아니고 지나가는 산책객도 아니었다. 저만치서 뭔가 제법 크고 거무튀튀한 것이 빠른 속도로 다가오고 있었다. 흰 가로대까지 금방 오지 싶었다. 부요네 농가 쪽으로 방향을 돌리려나? 아니, 그것은 가로대를 지나 우리 집 옆을 지나는 길로 직진하고 있었다. 그제야 그게 뭔지 알아볼 수 있었다. 크고 검은 말 한 마리가 사람을 태우고 이쪽으로 오고 있었다. 아니, 어떻게 말을 타고 다닐 수가 있지? 저 사람이 왜 우리 집 쪽으로 오는 거지? 우리 집이 아니라 페르낭네를 찾아온 거 아냐?

그 남자는 이제 아주 가까이 와 있었다. 활짝 웃는 얼굴을 하고서. 그는 나를 찾아온 게 틀림없었다. 남자는 우리 집 마당에 말을 세우고 바로 내리더니 고삐를 잡고 내가 앉아 있던 안락의자 쪽으로 다가왔다. 체격이 아주 건장한 사람이었다. 키가 크고 긴 금발에 검은 모피 모자를 썼다. 이삿짐 나르는 사람처럼 어깨가 떡 벌어졌고, 헐렁한 바지 위에 방수 장화를 신었다. 그 사내가 빨랫방망이처럼 우악스러운 손을 내밀면서 쩌렁쩌렁한 목소리로 인사를 했다. "안녕하세요, 잔!" 나는 당황해서 우물우물 "네, 안녕하세요."라고만 했다. "저 모르시겠습니까? 저예요, 그레구아르! 우리 어머니 이름이 올가예요!" 세상에, 올가라고? 약간 괴팍한 데가 있었던 그 러시아 아주머니? 올가 아주머니는 우리 시어머니를 굉장히 좋아하고 잘 따랐는데 그 사실 자체도 내 눈에는 이상해 보였다. 아주머니는 어머님보다 족히 서른 살은 어렸고 내 기억이 맞는다면 꽤 예쁜 분이었다. 올가 아주머니는 프랑스어를 칼로 툭툭 끊는 것 같은 억양으로 구사했고 'r'를 비둘기 울음소리 비슷하게 발음했다. 시어머니가 어디서 그 아주머니를 알게 됐는지는 모른다. 해마다 겨울이면 호텔에서 묵곤 했는데 그런 데서 서로 안면을 트지 않았을까. 어쨌든 올가 아주머니는 한 번인가 두 번인가 아들을 데리고 여기에 와서 지내다 간 적이 있다. 그 아들이 얼추 내 또래였던 것 같다. 시어머니가 돌아가신 후로 그 아주머니 얘기는 처음 듣는다. 아주머니가 어머님 장례식에 왔는지, 아니 아직 살아 있기나 한지 그것도 나는 모른다. 그런데 커피 마시다 말고 별안간 말을 타고 온 러시아 양반을 만났으니 내가 무슨 말을 하겠는가. 그는 전혀 어색해하는 기색 없이 나에게 잔디밭 한가운데 나무에 말을 매어도 되는지, 말에게 물을 먹이려고 하는데 양동이를 빌려줄 수 있는지 물었다. 그러고는 우리가 허물없는 친구라도 되는 양 세상 편안한 얼굴로 하룻밤 자고 가도 되느냐고 물었다. 나는 뭐라 대답해야 할지 몰랐다. 점점 더 난처한 기분이 들었다. 이 양반을 옛날 외양간 자리에 짚단 깔고 자라고 할 수도 없고…… 어쩌다 가끔 스카우트 단원들이 하룻밤 재워달라고 하면 거기서 자라고 한다. 이 양반, 침낭은 있나? 내가 침대 시트까지 내어줘야 하나? 게다가 내가 저녁도 먹여야 한다는 얘기인데…… 몸집을 보니 내가 평소 먹는 채소수프로는 간에 기별도 안 가게 생겼다. 냉동실에서 뭔가 꺼내야 할 것 같다. 이 사람과 식탁에 앉아서 함께 밥을 먹고 대화를 나눈다? 맙소사, 내가 이 사람하고 할 얘기가 뭐가 있다고?

치즈파이와 라타투이유를 꺼냈다. 내놓을 만한 음식이 그것밖에 안 보였다. 냉동실에 생넥테르 치즈 한 조각, 바게트 한 쪽이 보이기에 그것도 꺼내서 전자레인지로 해동했다. 치즈는 원래 그렇게 해동하면 안 되지만 그냥 무시했다…… 후식으로는 프랄린 아이스크림을 냈다. 식사는 주방에서 했다. 밖은 찌는 듯이 더웠지만 오래된 두툼한 벽은 그래도 서늘한 기운을 유지해주었다. 대화는 곤란할 게 없었다. 그 사람이 쉬지 않고 떠들어댔기 때문이다. 그는 자기가 얼마나 범상치 않은 일들을 겪었고 얼마나 놀라운 사람들을 만났는지 삶의 이력을 소상히 말해주었다. 나는 저 사람이 얘기를 좀 보탠 게 아닌가 싶기도 했다. 그는 전 세계를 누비고 다녔다. 몽골에서는 유르트에서 잤고, 카르파티아 산맥을 말을 타고 넘었으며, 아이슬란드의 화산과 빙하를 횡단했다. 그는 지구상에 모르는 땅이 없고, 러시아의 푸틴 대통령과 악수를 했으며, 교황(교황의 이름을 말해주었는데 기억이 안 난다)의 반지에 입을 맞추었다. 그는 처자식이 없는 듯했다. 뭘 해서 먹고 사는지도 분명치 않았다. 내가 식전에 그에게 지하실에서 포도주를 한 병만 가져와달라고 부탁을 했는데 우리 집 구조를 자기 집처럼 훤히 꿰고 있는 듯 보였다. 그는 먼지가 뽀얗게 내려앉은 적포도주를 가지고 올라왔고 나는 그 술이 너무 좋은 건 아니길 바랐다. 어쨌든, 그 사람 입에는 잘 맞는 술이었나 보다. 자기 혼자 한 병을 다 비우다시피 했으니까. 나는 딱 한 잔, 그것도 술잔 바닥에 깔릴 정도만 따라서 마셨다. 이미 그 양반이 늘어놓는 얘기만으로도 머리가 어질어질했기 때문에 취하고 싶지 않았다. 혹시 모르니 정신을 똑바로 차려야지…… 이렇게 별난 사람을 우리 집 지붕 아래 재우면서 마음을 완전히 놓을 수는 없으니까. 이 남자가 살인범이라면? 강도일지도 모르잖아? 우리 집에 뭘 훔치러 온 건 아닐까? 만약 그렇다면 오늘 밤에 귀금속과 보석을 훔치러 내 침실에 몰래 들어오지 않을까? 내가 못 본 사이에 내 술잔에 잠 오는 러시아 약 같은 것을 넣지는 않았을까? 나는 조심하는 차원에서 금목걸이와 팔찌 두 점을 스타킹에 넣어 속옷 서랍 팬티와 브래지어 사이에 감추었다. 여기 숨겨놓고 나중에 깜박해서 또 온 집을 뒤집어엎는 건 아니겠지…… 당연히 경보 장치도 켜고 침실 문도 잠갔다. 그 사람에게는 내 침실에서 가장 멀리 있는 방을 내주었다. 밤새 뭔가 불안한 소리가 들리는 것 같았다. 마룻바닥이 삐걱댔나, 덧창이 덜컹거렸나, 경첩이 뻑뻑했나, 자물쇠가 움직였나. 난생처음 전화기를 끌어안고 수화기 선을 목에 걸고 잤다. 난생처음 침대 오른쪽을 차지하고 누웠다. 르네가 늘 눕던 자리인데 거기서는 여차하면 바로 경보 장치를 누를 수 있다. 피 칠갑을 하고 말을 몰아 스텝을 질주하는 러시아 카자크, 사악한 마력을 지닌 라스푸틴이 환생한 듯한 그레구아르-그리고리의 모습이 눈앞에 어른거려 잠을 거의 못 잤다.

6월 12일 금요일

카자크는 오늘 새벽에 벌써 조용히 떠나고 없었다. 그는 아무것도 훔치지 않았다. 주방 식탁 위에 감사 인사를 남기고 갔다. 그는 다정하면서도 호감 가게 글을 쓸 줄 알았다. 우리 집에서 어머니와의 옛 추억의 향기를 느낄 수 있었다고, 이 고마운 마음을 영원히 잊지 않겠다고 했다. 나는 그가 묵었던 침실과 욕실에 올라가보았다. 그는 뒷정리까지 완벽하게 해놓고 떠났다. 잘 개어놓은 시트, 자기가 쓴 수건과 목욕장갑이 침대에 놓여 있었다. 세면대와 욕조가 앙젤이 방금 청소한 것처럼 반짝반짝 빛났고 비누와 치약 냄새가 청결하게 풍겼다. 덧창은 활짝, 창문은 살짝 열려 있어서 봄날의 공기가 방 안으로 새어 들어왔다. 나는 잠옷 가운에 실내화 차림으로 아침을 먹은 후 지팡이를 들고 정원으로 나왔다. 밤새 말이 매여 있던 나무로 다가갔다. 잔디도 깨끗하고 말똥 따위는 찾아볼 수 없었다. 말이 발굽으로 풀을 마구 짓이겨놓지도 않았다. 나는 지하실 문 옆에 얌전하게 엎어놓은 양동이를 보았다.

내가 왜 그렇게까지 겁을 냈을까? 그 양반이 나에게 해코지할 일이 뭐가 있다고? 우리 시어머니는 올가 아주머니와 그 사람을 늘 극진히 대접했다. 이유는 단지 하나, 세월이 갈수록 낯선 사람이 무서워져서 그렇다. 그리고 나는 이제 예측되지 않는 일이 싫다. 예상 밖의 일이 생기면 당장 나 불편할 걱정부터 앞선다. 무슨 대화를 해야 하나, 하루 일정이 어떻게 꼬이는 건가, 미뤄질 수밖에 없는 십자말풀이…… 솔직히 내 새끼들이 내일 당장 내려오겠다고 할 때도 귀찮다는 생각이 먼저 든다. 자기네 먹을 음식은 자기네가 다 싸온다고 해도 소용없다. 결국은 늘 뭐가 없다고 난리다. 가령, 우리 집에는 신선한 빵이 없다. 나는 일주일에 한 번 빵을 사와서 냉동한다. 그리고 필요할 때마다 오븐에 돌려서 먹는다. 애들은 빵이 맛없다, 속은 축축하고 빵 껍질은 따로 노는데 바삭하지도 않다, 라면서 불만을 토로한다. 하여간 까다롭기는! 자기들이 전쟁을 겪어봤으면 그런 배부른 소리를 못할 텐데. 아이들이 파리에서 알아주는 맛집 빵이라면서 사가지고 온 적도 있다. 완전히 갈색으로 구워진, 속이 꽉 차고 묵직한 빵이었다. 하지만 갓 구워 나왔을 때도 우리 애들이 경멸하는 카르푸 빵이 나는 더 좋다. 내가 늘 깜박 잊고 사놓지 않는 또 다른 식품으로는 우유가 있다. 나는 우유를 마시지 않는다. 어렸을 때부터 우유가 싫었다. 내가 여기 처음 내려왔을 때에는 마리 아주머니가 소를 세 마리 키웠다. 매일 오후 늦게 베베르가 소젖을 짰는데 우리 아들과 사촌들은 그게 재미있다고 매일 그 집 외양간에 가서 세 발 의자에 앉아 구경을 했다. 아이들은 따뜻하고 거품 나는 생우유를 통으로 하나 가득 받아오곤 했다. 아이들은 좋다고 큰 잔으로 생우유를 마실 때 나는 냄새만 맡아도 토할 것 같았다. 우리 집에는 생수도 없다. 파리 사람들은 돈 주고 사서 마시는 물에 집착한다. 나는 평생 수돗물을 마셨지만 물 때문에 탈 난 적은 한 번도 없다. 수돗물이 약간 탁한 색을 띠고 금속 맛이 나는 것 같은 때가 가끔 있긴 하다. 그럴 때는 수돗물을 직접 마시지 않고 끓여서 차나 커피로 마신다. 그러고도 지금까지 멀쩡하게 잘만 살았다. 유통 기한 문제도 그렇다. 나는 고기나 육가공 식품을 살 때에만 유통 기한을 따진다. 나머지는 이상한 냄새가 나지 않는 한 그냥 먹는다. 멀쩡한 요구르트를 유통 기한이 일주일 지났다는 핑계로 쓰레기통에 처넣진 않는다!

나는 마트에 장을 보러 갈 때마다 아이들이 좋아할 만한 것들을 곧잘 장바구니에 담는다. 나 혼자 먹을 거라면 절대로 사지 않을 크림푸딩, 과일향 요구르트, 바삭바삭한 칩 따위…… 그냥 아무거나 산다. 좋은 먹거리를 고집하는 것도 아니다. 오히려 엄마 아빠가 평소 못 먹게 하기 때문에 손주들에게 인기가 좋은 것들을 산다. 크림푸딩은 당연히, 그것도 꼭 초콜릿 맛으로 사놓아야 하고 알록달록한 사탕도 한 보따리 산다. 아이들이 반색을 하는 짠맛 혹은 겨자맛 칩은 손주들이 돌아가고 나면 방바닥에 부스러기만 한 줌이 나오는데 나는 냄새도 맡기 싫다……

6월 15일 월요일

정오에 텔레비전에서 시사 프로그램을 보았다. 작년 11월에 냉장고 크기의 로봇 한 대가 10년 넘는 우주여행을 마치고 목적지에 도착했다고 한다! 그 로봇은 로제타라는 예쁜 이름의 우주선을 타고 머나먼 거리를 여행했다. 그러다 발음하기 어려운 러시아 이름의 혜성과 부딪혀 거기에 내려앉았다. 세상에나…… 인간들은 이 모든 사정을 지구에서 지켜보았다. 뉴스에서도 이 로봇 얘기가 많이 나왔다. 로봇은 태양 에너지를 충분히 받지 못했기 때문에 겨울잠에 들어갔다.

난 정말 옛날 사람이다. 나는 인간이 달에 간다는 것도 상상할 수 없었던 사람이다…… 르네가 나를 잠도 못 자게 했던

1969년 7월 20일의 그 밤이 생각난다. 우리는 브르타뉴를 여행하는 중이었는데 그이는 밤새 라디오를 들었다! 나한테 방해가 될까 봐 이어폰으로 듣긴 했지만 그래도 조그맣게 웅웅대는 소리는 내처 들렸다. 르네는 그날 내가 자꾸만 자다 말고 뒤척여 자기 귀에서 이어폰을 잡아채는 바람에 역사적 사건에 대한 기억을 다 망쳐버렸다고 두고두고 원망을 했다.

아까 그 작은 로봇 얘기로 돌아가자면, 이제 로봇이 다시 깨어났다고 한다! 로봇이 보내는 이미지가 과학자들에게 당도한 모양이다! 혜성에서 햇빛을 받기 힘든 절벽 아래 낙오되는 바람에 태양 전지가 충전되기 힘들었을 텐데도 어떻게 살아남았나 보다.

방송을 보면서 나는 조금 막막해졌다. 새로운 발견은 꼬리에 꼬리를 물고 우리에게 점점 더 넓은 우주를 보여준다. 수십억 별과 행성이 쉬지 않고 도는 어둠의 세상. 우리의 지구는 그 세상에서 푸른 구슬 한 알에 불과할 뿐…… 하느님은 어디에 계실까? 천국은 어디 있을까? 르네, 에드몽드, 르포르 부인은 어디에 있을까? 나는 어디로 갈까?

6월 17일 수요일

우리 정원사는 참 별나다. 르네가 살아 있을 때에는 텃밭이 아주 잘 정리되어 있었다. 토마토는 토마토끼리, 강낭콩은 강낭콩끼리, 호박은 호박대로, 딸기는 딸기대로, 아티초크는 아티초크대로 완벽하게 작물별로 구획을 나눠서 관리했다. 그런데 우리 정원사는 다 한데 섞어놓고 기르기를 좋아한다. 그래서 내 텃밭은 뒤죽박죽이다. 한 줄은 호박, 다음 두 줄은 토마토, 다시 한 줄은 호박, 또 두 줄은 토마토, 이런 식이다. 딸기 네 줄도 여기저기 흩어져 있다. 배나무 두 그루 사이에 약간, 타임 두 포기 사이에도 약간, 까치밥나무 두 그루 사이에도 약간…… 아로마허브와 작은 무를 키우는 온실 프레임에도 체리토마토가 드문드문 끼어 있다. 나무딸기들만 미라벨* 나무 두 그루 옆에서 제자리를 지키고 있는데 아마 이것들은 옮겨 심기가 까다로워서 그대로 둔 듯하다. 시어머니 때부터 늘 한 자리를 지키던 커다란 루바브 두 줄은 몽땅 뽑아내고 대여섯 포기만 다시 심었는데 두 포기는 까치밥나무 옆에, 한두 포기는 또 강낭콩 옆에, 나머지 두어 포기는 나무딸기 근처에 있어서 늘 한눈에 알아보기가 힘들다.

처음에는 뭐가 뭔지 몰랐다. 뭘 어디서 수확해야 할지 알 수 없었다. 나는 어쩔 줄 몰라 하면서 내 딸기가 다 어디 간 거냐고 물었다. 정원사는 나를 끌고 가서 딸기를 가리켰다. 그는 의기양양하게 "보세요, 얼마나 예쁩니까!"라면서 자기 작품에 감탄했다. 정원사가 너무 흡족해하니 나는 대놓고 뭐라고 할 수가 없었다. 우리 정원사

* 시앙의 작은 자두.

는 예술가다. 그는 물감 상인처럼 과실과 채소를 심고 내 텃밭을 자신의 팔레트 삼는다. 뭐, 그렇다고 하더라도 딸기를 딸 때 효율성이 떨어지는 건 사실이다. 바구니를 들고 텃밭 전체를 누비고 다니며 여기서 찔끔, 저기서 찔끔 따야 한다. 하지만 예쁜 건 사실이다.

6월 19일 금요일

나는 왜 이 기나긴 생의 끝자락에서 하나도 특별하지 않은 생활을 글로 적어두는가? 마지막으로 눈을 감은 후에도 완전히 사라지고 싶지는 않다는 욕구 때문인가? 나는 이런 식으로 자신을 돌아볼 나이가 아니다. 늙어버린 머리와 닳아빠진 심장으로 무슨 글을 쓴다고. 일기는 할머니가 아니라 아가씨가 쓰는 거다. 나는 이제 일기장에 털어놓고 싶은 비밀 이야기가 없다. 골백번 했던 말을 지루하게 되풀이할 뿐이지, 내가 달리 무슨 할 말이 있겠는가? 내가 죽은 후에 이 일기장을 발견한 사람들이 비웃을 것이다.

정말로 일기를 썼어야 했던 나이에는 아무것도 쓰지 않았다. 나는 할 얘기가 없었다. 털어놓고 싶은 풋사랑도, 사귀는 남자도 없었다. 나는 열여덟 살까지 남자를 거의 구경도 못 하고 살았다. 우리 학교 기숙사에는 여학생밖에 없었다. 물론 장밋빛 뺨과 뜨거운 배의 우리는 남자를 상상하고 꿈꾸었다. 하지만 우리는 아는 게 별로 없었다. 내가 남자와 첫 키스를 했을 때는 이미 스물세 살이었고 나는 그 남자와 결혼했다. 결혼식 날 어머니는 나를 붙들고 딱 그 시절에 어머니가 딸에게 할 법한 얘기를 했다. "내키지 않더라도 남편 하는 대로 내버려두렴. 남편에게 저항하지 말려무나." 실은, 그렇게까지 내키지 않을 것도 없었다. 르네도 그런 일에는 거의 나만큼 숙맥이었고, 나에게 다정하고 참을성 있는 모습을 보여주었다. 나도 조금씩 밤일에 익숙해졌고 늘 남편을 기쁘게 하려고 노력했다. 나는 사정보다는 전희를 좋아해서 가급적 그 단계를 오래 즐기고 싶어 했다. 지금은 여자들이 평균 열일곱 살 반에 첫 경험을 한다는 기사를 본 적이 있다. 요즘 세상은 참 희한하다.

6월 20일 토요일

내일부터 여름이다.* 한 해 중 낮이 가장 긴 날이 될 것이다. 텔레비전에서 내일이 아버지날**이라는 말을 들었다.

---

* 서양에서는 한 해 중 낮이 가장 긴 날(하지)에 여름이 시작된다고 생각한다.
** 6월 세 번째 일요일.

여름

6월 21일 일요일

질베르트, 닌, 투아네트에게 오늘 우리 집으로 차를 마시러 오라고 했다. 건포도와 호두가 든 케이크를 구워두었다. 질베르트가 첫 번째로 도착했다. 찻잔과 케이크를 차려놓은 정원 탁자 옆에 자리를 권했다. 파라솔도 펴놓았다. 오후가 한창이라 햇볕이 뜨겁게 내리쬐었기 때문이다. 그러고 나서 나는 주방에 들어가 찻물을 끓였다. 찻주전자를 들고 나와 보니 마르셀이 회색 나무 의자 중 하나를 차지하고 세상 편하게 앉아서 케이크 한 조각을 먹어치우면서 질베르트와 얘기를 나누고 있었다. 질베르트는 반가워하는 척하면서 보조를 맞춰주고 있었다. 잠시 후, 페르낭이 씩씩대며 나타나 마르셀을 집으로 데리고 갔다. 그는 정말로 무섭게 화가 난 것처럼 보였다. 저 양반이 저러다 지팡이로 마누라를 치는 건 아닌가 싶을 만큼.

닌과 투아네트도 도착했다. 우리는 바람이 조금 불 때까지 한참을 밖에서 보냈다. 그다음에 안으로 들어와 브리지 테이블을 펴고 카드놀이를 시작했다. 오후 나머지 시간은 쏜살같이 지나갔다. 우리 중에는 급한 볼일이 있는 사람도 없고 집에서 누가 기다리는 사람도 없었으므로 내가 냉장고에서 뮈스카 포도주를 한 병 꺼내오고 짭짤한 비스킷을 한 상자 뜯어서 가볍게 식전주를 마셨다. 친구들이 저녁 8시쯤 돌아갔지 싶다. 나는 배가 별로 고프지 않아서 저녁 식사 생각이 없었고 뭔가 요리를 할 엄두도 나지 않았다.

다시 정원으로 나갔다. 이제 바깥 기온이 딱 좋았다. 자갈들은 아직 낮의 온기를 머금고 있었지만 바람이 한결 상쾌했다. 나는 6월의 기나긴 저녁을 좋아한다. 낮이 길어서 하늘이 아직 환한데도 첫 별이 보이곤 하는 저녁. 나는 지팡이를 짚고 텃밭으로 나갔다. 한낮에는 텃밭에 나가고 싶어도 못 나간다. 너무 덥기도 하거니와 그늘이 없기 때문이다. 나무딸기 있는 데까지 걸어갔다. 시어머니가 계실 적만 해도 이쪽으로 오기가 무서웠다. 나무딸기 사이에 독사가 숨어 있는 경우가 많았기 때문에 나무딸기를 따러 올 때에는 반드시 긴 장화를 신었다. 장화를 신고도 이쪽으로 올 때에는 독사를 쫓는답시고 늘 입으로 "쉬이이익…… 쉬이익……" 소리를 내면서 왔다. 그 시절 이후에 나는 그 징그러운 뱀들이 소리를 전혀 못 듣는다는 사실을 알

왔다. 지난 몇 년 동안은 독사를 발견하면 페르낭을 부르러 갔다. 곡괭이로 단번에 머리를 내리쳐 독사를 즉사시키는 솜씨는 페르낭을 따를 자가 없다. 요즘은 독사가 잘 보이지 않아서 잘 됐다. 독사의 천적은 고슴도치다. 고슴도치도 항상 조심을 해야 하는 동물이다. 운전하다가 도로를 지나가는 고슴도치를 발견 한다면 차를 멈추고 놈이 지나갈 때까지 기다려야 한다. 독사 를 박멸하는 귀한 분이시니 잘 모셔야지. 내 냉장고에는 지금도 주사기와 해독 혈청이 들어 있지만 아마 유통 기한이 지난 지 오래됐을 거다. 쓸 일이 생겨도 내 손으로 내 몸에 주사를 놓지 는 못할 테지만.

나무딸기를 하나 따먹었다. 하나를 더 따먹고, 또 하나를 따 먹었다. 딱 맞게 익어서 즙이 달고 풍부하다. 나무딸기는 이럴 때 따야 한다. 나무딸기가 많이 열려서 잼을 만들어놓을 수 있 겠다. 앙젤에게 부탁을 해야지. 앙젤은 햇볕을 두려워하지 않는 다. 분홍색 달리아를 따라서 걸어가다가 까치밥나무에 흘끗 눈 길을 주었다. 아직 며칠은 더 있어야 열매가 빨갛게 물들 것이 다. 딸기는 계속 잘 열리고 있다. 앙젤이 나무딸기를 따면서 딸 기도 샐러드볼로 하나 가득 거둘 수 있겠다.

빨랫줄 맞은편의 반쯤 무너진 낡은 돌담을 따라 걸어서 집 으로 돌아왔다. 그 길에서 수염패랭이꽃을 몇 송이 꺾어 왔다. 꽃다발을 만들어서 서재 방에 놓을 거다. 수선화도 예쁘게 피 었지만 그냥 내버려두었다. 수선화는 향기가 너무 진해서 머리가 아프다.

집 앞에 도착해서 접이의자에 드러누운 후 눈을 감았다. 날씨
가 참 좋다. 텔레비전에서 이제 무더위가 계속될 거라는 일기 예
보가 나왔다. 마지막으로 즐길 수 있는 이 쾌적한 저녁을 만끽하
련다. 해는 텃밭 저 너머 키 큰 수목들 너머로 모습을 감추었다.

잠이 깨었을 때에는 벌써 밤이었다. 나는 좀 추웠다. 올빼미
울음소리를 들었는데 그리 멀지 않은 곳에서 나는 소리였다.
나의 선잠을 깨운 것이 그 올빼미인지, 아니면 내 코에 날아와
부딪힌 나방인지 잘 모르겠다.

6월 22일 월요일

침대에 앉아서 이 공책을 무릎에 펼쳐놓고 있다. 잠이 오지
않는다. 하지만 밤이 깊었다. 럼주를 한 잔 마셨는데 아직도 정
신을 못 차려서 그런가 보다. 조카 내외가 이쪽에 볼일이 있어
서 온 김에 우리 집에서 저녁을 먹고 갔다. 내가 만든 펀치를
정원에서 식전주로 마셨다. 날씨가 좋았고 우리도 기분이 좋아
서 미적대다 보니 큰 병으로 하나를 다 마셔버렸다. 낮 동안 무
더위가 기승을 부렸기 때문에 모두들 목이 말라서 시원한 펀치
가 술술 넘어갔던 모양이다.

우리는 많은 이야기를 나누었다. 술이 몇 잔 오간 후에는 화제

가 정치 쪽으로 옮겨갔다. 어쩌다 작년에 온 나라를 뒤흔들어놓은 결혼 이야기까지 나왔는지는 모르겠다. 그때 조카 내외도 우리 아들처럼 거리 시위에 나갔다고 한다. 당연히 그들은 반대하는 입장이었다. 나는 이 야단법석을 도무지 이해할 수 없었다. 왜 이렇게 되어버렸을까? 내가 보기에는 여러 가지 사안이 뒤죽박죽이 되어 있는 것 같다. 동성애, 입양, 대리모, 하느님, 사회주의자, 그 밖에도 일일이 다 말할 수 없는 여러 가지가 개입해 있다. 나는 대리모를 탐탁지 않게 여기지만 동성애자 결혼은 허용되거나 말거나 상관없다고 본다. 하루가 멀다 하고 나는 다른 세상에 살던 사람이로구나라고 느낀다. 생각해보라, 나는 스물다섯 살이나 먹고서 처음으로 동성애 얘기를 들었다. 시동생이 르네와 나를 파리의 어느 '호모 클럽'──부적절한 명칭이지만 그때는 그렇게 불렸다──에 데려갔다. 그런 광경은 태어나 처음 봤다. 나는 동성끼리의 사랑이 존재한다는 것조차 몰랐다. 그리스 역사에 그런 개념이 있다는 것 정도는 알았지만 문학에나 있는 얘기라고 생각했다. 그제야 뤼베크 기숙사에서 지낼 때 수녀님들이 왜 2인 1실을 허용하지 않으셨는지, 왜 여학생 두 명이 '지나치게' 가까워지면 걱정부터 하셨는지, 왜 여자들밖에 없는데도 칸막이 뒤에서 옷을 갈아입게 하고 '부끄러운 부분'을 남의 눈에 보이지 말라고 목소리를 낮추어 당부하셨는지 이해가 갔다.

조카는 동성애가 그리스 및 로마 제국들이 쇠퇴하게 된 주요 원인이었다고 주장했다. 그 말을 듣고 조금 놀랐다.

6월 23일 화요일

날이 점점 더워진다. 어제는 밤에도 기온이 20도 아래로 떨어지지 않았다. 그래도 어제는 바람이 좀 불었는데 오늘은 바람 한 점 없으니 밖에 나가면 숨이 턱턱 막힌다. 점심을 먹고 나서 침실에 올라가 딸이 날씨가 너무 더울 때 하라고 한 대로 해보았다. 내가 손빨래할 때 쓰는 대야에 찬물을 하나 가득 채우고 발을 담갔다. 발만 담갔는데도 온몸이 시원하게 느껴지고 한결 숨통이 트였다. 작년 여름에 동종의 전자 제품 상점에서 에어컨 비슷한 것을 사다가 침실에 달았다. 통에 얼음을 채우고 버튼을 누르면 기계가 작동한다. 선풍기가 돌면서 발생하는 바람이 얼음통을 통과해서 방 전체를 서늘하게 만들어준다고 했다. 그런데 이걸 한 번 쓰려면 주방에 내려가 얼음 꺼내야지, 얼음 들고 올라오느라 손이 얼얼해지지, 통이 작아서 한꺼번에 들이붓지도 못하고 한 조각 한 조각 얼음을 집어넣어야지, 이만저만 귀찮은 게 아니었다. 결론적으로, 들이는 수고에 비해 냉방 효과는 별로였다. 게다가 소형 냉장고만큼 자리를 많이 차지해서 얼마나 보기 싫었는지 모른다. 나는 결국 아들에게 부탁해서 그놈의 냉방 장치를 다락방으로 치워버렸다.

그래서 오늘은 오후 내내 침실에 틀어박혀 지냈다. 찬물에 발을 담그고 《피가로》, 《마담》, 《마가진》까지 세 군데 십자말풀이를 다 해치웠다. 원래 자주 그러긴 하지만 옛날 문제를 재탕했는지 라클로 씨 특유의 재미있는 단어 정의들을 찾아볼 수 있었다. "정말로 후회할 것이 아무것도 없음"에 해당하는 아홉 글자는? 정답은 '기억상실(amnésique)'이다! "나비를 수집하는 것"은 두 단어로 '와이퍼(essuie-glace)'다! "가장 최근에 지나간 날"은 '어제'다! "양말 장수가 제일 좋아하는 날"은? '크리스마스'다! 몇 번째인지도 모르지만 대야의 물을 한 번 더 갈고 나서 공책에 글을 좀 끼적거렸다.

어제 저녁 식사가 또 생각난다. 정말이지, 아흔 살인데도 젊은 사람들보다 더 너그럽게 생각할 수 있는 모양이다. 돌아보니 나도 제법 진보한 것 같다⋯⋯ 내가 젊을 때는 너무 순진해서 아무것도 몰랐다. 지금 벌어지고 있는 일을 그때 알았다면 아마 겁에 질렸을 것이다. 남녀 사이에 이루어지는 일도 열여덟 살이나 되어야 어렴풋이 알까 말까 하던 시절이었으니 동성 결혼이나 어제저녁에 우리가 나누었던 대화를 상상이나 할 수 있었을까⋯⋯ 게다가 나는 대학입학자격시험을 보기 전까지 여자들만의 세상에서 살았다. 어디 그뿐인가, 당시는 전쟁 중이었고 우리는 독일 강점기를 살았다. 그때는 통행금지도 있었다. 열여덟 살 때인가 열아홉 살 때인가, 처음으로 또래들과 파티도 하고 춤도 추면서 놀아봤다. 그래 봐야 부모님들도 다 계신 좁은 아파트에서 오후에 잠깐 모여 노는 정도였지만 말이다. 남녀가 감히 손도 잡지 못하고 살짝 스치는 게 다였다. 우리 집에서 손님을 맞는 경우는 거의 없었다. 아버지 일이 잘 풀리지 않아서 우리 식구는 알뜰하고 조신하게 살림을 꾸려갔다.

내가 아홉 살 때 부모님은 형편에 조금이라도 도움이 될까 해서 내 방을 어떤 미국인 여학생에게 세를 주기로 했다. 나는 하루아침에 16구에 위치한 뤼베크 여학교 기숙생이 되었다. 우리 어머니도 그 이름난 여학교 출신이었고 기숙사비도 우리 집 형편으로 충분히 감당할 만했기 때문이다. 수녀님은 나를 공동 침실로 데려가 침대 옆 대야와 목욕장갑을 보여주었다. 샤워를 하려면 잠옷을 챙겨가지고 가야 했다. 6학년부터는 옷을 갈아입거나 개인적인 용무를 볼 때 칸막이를 이용할 수 있다고 했다. 수녀님은 복도 맨 끝 문을 가리키면서 '간단하게 씻는 곳'이라고 했다. 나는 그게 무슨 말인지 몰랐기 때문에 처음에는 거기 가볼 생각도 못했다. 그래서 기숙사에 들어가서 일주일 동안은 용변을 보고 뒤를 씻지도 않았다……

목욕은 일주일에 한 번만 할 수 있었다. 욜랑드 드 레이날이 자기 고향 마르티니크 섬에서 럼주를 가져왔던 일이 생각난다. 우리는 기숙사 지하에 있는 목욕탕으로 내려가면서 목욕수건에 술병과 각설탕을 몰래 숨겨갔다. 우리는 욕조 위에서 각설탕 위에 럼주를 부어서 먹었다. 목구멍이 활활 타는 것이 겨자를 삼키는 기분과 좀 비슷했고 향을 느낄 수 있었다. 우리는 열두 살이었고 그게 너무 좋았다.

나는 기숙사에 대한 추억을 소중히 간직하고 있다. 집에는 같이 놀 상대가 남동생밖에 없었기 때문에 기숙사 생활이 더 재미있었다. 나는 뤼베크 기숙사에서 친구를 아주 많이 사귀었다. 목요일 오후에는 친구들이 돌아가면서 나를 자기네 방으로 초대해 같이 놀곤 했다. 하지만 기숙사에 들어가고 처음 몇 달은 집에 가고 싶어서 밤마다 울었다. 공동 침실 감독이었던 아니타 수녀님이 그때마다 나를 위로해주시곤 했다. 나는 아직 어린애였고 부모님이 사무치게 그리웠다. 내 방을 차지한 그 예쁜 미국인 언니가 미웠고 자기 방에서 그대로 살 수 있는 남동생이 미웠다. 남동생도 내가 토요일마다 집에 돌아가면 자기 방을 나와 함께 써야 했지만 말이다.

우리의 기숙사 생활은 성수(聖水)에 푹 젖어 있었다 해도 과언이 아니다. 매일 아침 미사에 의무적으로 참석해야만 했다. 미사 시각이 일러서 하루를 일찍 시작해야만 했기 때문에 정말 싫었다. 어떤 날은 꾀병을 부리고 미사를 빠졌는데 너무 자주 그러지만 않으면 수녀님들도 적당히 눈감아주셨다. 학과 공부가 끝난 저녁 시간에도 예배당에 모여 성체강복*에 참례했다. 나는 성체강복 시간은 좋아했다. 우리에게는 그 시간이 그날의 학교 공부를 마치는 일종의 쉬는 시간처럼 느껴졌기 때문이다. 우리는 20여 분간 성가를 부르거나 음악을 들었다. 나는 모차르트의 「거룩하신 성체(Ave verum corpus)」에 감동했고 성 토마스 아

---

* 주일이나 어떤 특정한 날에 사제가 성체(聖體)로써 강복하여 주는 일. '성체'란 성스럽게 된 빵을 예수의 몸에 비유하여 이르는 말이다.

퀴나스의 「지존하신 성체(Tantum ergo)」를 열심히 따라 불렀다.
지금도 그 노래는 부를 수 있다. 탄툼 에르고, 사크라멘툼, 베네
레무르 체르누이 에트 안티쿰 도쿠멘툼, 노보 체다트 리투이, 프
레스테트 피데스 수플레멘툼, 센숨 데펙투이…… 우리 기숙사
는 주프루아 거리에 있었다. 기숙사 수위였던 뒤소주 아주머니
는 우리 부모님께 내가 장차 훌륭한 수녀가 될 거라는 말을 했
다. 자기가 운동장에서 쓰레기를 정리하고 있었는데 내가 '교회
노래'를 목청껏 부르면서 지나가더라나.

기숙사 공동 침실 창밖으로 파리 만국박람회 불꽃놀이를 구
경했던 것도 기억난다. 1937년이었을 거다. 그 모든 일이 얼마
나 오래전 이야기가 되었나……

해넘이가 가까워지니 더위도 참을 만했다. 나는 구리 대야를
씻어놓고 샌들을 신었다. 텃밭으로 빨래를 널러 나갔다. 나간
김에 풋강낭콩을 둘러봤다. 풋강낭콩이 왜 이리 더디게 자라는
지 모르겠다. 아직도 너무 작아서 줄기와 잎 사이에서 겨우 알
아볼 정도다. 물을 좀 더 줘야 할 것 같다. 몇 미터 옆에 있는
페르낭의 작은 텃밭은 흠잡을 데가 하나 없다. 잡초라고는 한
포기도 찾아볼 수 없고, 깍지완두는 벌써 먹음직스럽게 자랐으
며, 불그스레한 토마토도 아직 시퍼렇기만 한 우리 집 토마토를
비웃는 듯하다. 양배추, 샐러드용 채소, 강낭콩, 호박…… 뭐가
됐든 그 집 것이 더 튼실하고 탐스럽다고 보면 된다. 흙조차도

더 기름지고 덜 푸석푸석한 것이 때깔이 좋아 보인다. 손바닥만 한 밭이지만 그만큼 페르낭이 지극정성을 들여서 그렇다. 그는 매일같이 파란 작업복을 입고 스쿠터를 몰고 밭에 나온다. 한 손은 손잡이를 잡고 다른 손으로는 어깨에 둘러맨 연장 몇 가지를 붙든 채로 텃밭에 나온다. 그는 밭에서 시간을 많이 보낸다. 이제 다리 힘이 없다 보니 그냥 땅바닥에 퍼질러 앉아서 닦고, 갈고, 뽑고, 자르고, 물을 준다. 엉덩이만 들썩여 옆으로 옮겨가면서 한 포기 한 포기 그렇게 공을 들인다. 그 사이에 우리 집 풋강낭콩은 자라지 않았고, 샐러드용 채소도 약해빠졌고, 호박은 작은 오이만 한 데다가 말라비틀어졌다. 사위가 자동 급수 장치를 설치하자고 말한 지 10년이나 됐지만 여전히 초록색 호스를 여기까지 끌고 오든가 낡은 아연 물뿌리개를 들고 와야만 밭에 물을 줄 수 있다. 앙젤이 가끔 짬이 나면 물을 준다. 그러지 않으면 정원사나 자식 중 누가 올 때까지 기다리는 수밖에 없다. 이제 내 힘으로는 이 밭을 건사할 수 없다. 게다가 밭 규모를 좀 줄여야겠다고 생각한 지도 좀 됐다. 이 밭은 나에게 너무 크다. 몇 달 동안은 아무것도 없다가 갑자기 전부 다 동시에 자란다. 앙젤의 도움을 받아도 수확을 다 할 수 없을 정도다. 예전에는 나 혼자 풋강낭콩을 다 거둬들였지만 이제 두세 줄기만 손봐도 허리가 부러질 것처럼 아프다. 페르낭네 같은 한 뙈기짜리 텃밭이 나에게도 더 잘 맞을 것이다.

페르낭과 마르셀이 큰 밭에 채소를 기르지 않은 지가 몇 년이나 됐는지, 왜 그만뒀는지 기억이 잘 나지 않는다. 마리 아주머니가 살아 계실 때에는 그 집 농가 옆에 아주 큰 밭이 있었다. 작은 돌담으로 닭장과 분리되어 있던 그 밭을 우리는 다 '과수원'이라고 불렀다. 실제로 그 밭에는 과실수가 많았고 그 나무들 사이에 온갖 종류의 채소를 키웠다. 날을 잡아 채소를 다 뽑고 나면 금세 두툼한 풀이 자라서 양 대여섯 마리를 충분히 먹였다…… 아마 그때 즈음에 르네가 마르셀 부부에게 큰 밭은 내버려두고 우리 밭 일부를 일구라고 제안했던 것 같다.

나는 집으로 돌아오면서 페르낭의 풋강낭콩을 부러운 눈으로 한 번 더 보고 왔다. 페르낭은 왜 풋강낭콩을 아직 따지 않았을까? 내가 좋아하는 길고 가느다란 모양으로, 딱 먹기 좋게 자란 것 같은데 말이다. 아마 감자 때문이지 싶다. 마르셀과 페르낭은 감자가 알이 여물기를 기다리고 있다. 감자를 캐기 전에는 풋강낭콩에도 관심이 없는 거다. 어쩌면 그 집 부부는 풋강낭콩을 나처럼 그냥 버터와 소금에 볶아 먹지 않고 수프에 으깨 넣는지도 모른다. 내가 풋강낭콩을 몇 개 따가면 페르낭이 바로 알아차리려나? 망설여진다. 그러면 안 되는 거니까. 혹시 날 보면 어쩌나? 아니, 그럴 리 없다. 여긴 나밖에 없다. 그래서 나는 재빠르게 행동했다. 페르낭의 풋강낭콩을 한 움큼, 딱 오늘 저녁 먹을 만큼만 땄다. 우리 집 콩이 잘 여물면 페르낭에게 좀 따가라고 해야지, 라고 다짐하면서 양심의 가책을 달랬다. 마음이 놓인 나는 빨간 토마토도 하나 따서 빨래 대야에 넣었다. 페르낭도 자기네 밭에 우리 집 물을 주니까 이 정도는 괜찮지 않을까……

6월 24일 수요일

이달 초에 심은 샐러드용 채소가 무럭무럭 자라는구나 싶었는데 오늘 아침에 싹 다 없어졌다. 그 자리에는 올리브 씨처럼 생긴 토끼 똥만 뒹굴고 있었다. 토끼는 귀엽지만 이런 식으로 내 채소를 먹어치운 게 한두 번이 아니다. 토끼만 그러는 게 아니다. 다람쥐도 밭을 망치기 일쑤다. 두더쥐도 땅굴을 파서 잔디밭에 흙무더기를 만들어놓곤 한다. 이놈들을 없애려고 별짓을 다해봤다. 약도 놓아봤고 두더지 굴에 연기도 피워봤다. 미끼와 덫을 놓기도 했고, 금잔화와 황수선화도 심어봤고, 아주까리기름도 써봤지만…… 전혀 먹히지 않았다. 이렇게 가다가는 잔디보다 흙이 더 많아지겠다.

6월 25일 목요일

오늘 아침에 앙젤이 한 시간 정도 밭에 나가서 나무딸기를 따왔다. 내일 저녁에 우리 딸이 오기 전에 최대한 많이 따놓고 싶었다. 그 애가 기르는 개가 오면 우리 집 쓰레기통을 뒤지든가 이 밭에 나와서 나무딸기를 닥치는 대로 먹어치울 테니 말이다. 그 개가 땅에 떨어져 반쯤 상한 배나 사과를 먹는 건 상관없다. 하지만 나무딸기를 먹어치우면 나도 화가 나서 한소리 한다. 내가 만든 잼을 딸이 얼마나 좋아하는데! 나무딸기잼은 만들기도 쉽다. 잼을 만들 때 나무딸기를 물에 씻으면 맛이 없다. 씻지 않은 채로, 벌레가 있어도 한꺼번에 다 솥에 넣고 설탕과 함께 끓인다. 위에 뜨는 거품은 수시로 국자로 걷어낸다. 이것을 중탕용 그릇에 옮겨서 냉장고에 하루 둔다. 다음 날 아침 식사에 바로 내놓을 수 있다. 잘 구운 빵에 나무딸기잼을 발라서 중국차와 곁들이면 얼마나 맛있는지 모른다. 우리 손주들은 반색을 하며 숟가락으로 마구 퍼먹는다. 그래서 손주들이 여기와 있으면 절대 오래 두고 먹을 수가 없다.

6월 26일 금요일

내가 뭘 만든 건지 모르겠다. 지난 60년 동안 이런 일은 한 번도 없었다. 나무딸기잼을 망쳤다. 하지만 나는 전부 평소대로 했다. 그런데도 과일 시럽같이 되어버렸다. 검붉고 끈적끈적한 액체에 나무딸기가 둥둥 떠다니는 것처럼 되어버렸다. 맛 자체는 나쁘지 않지만 이래서야 빵에 발라 먹을 수가 없다. 그냥 줄줄 흘러내리니 여기저기 다 묻는다. 이걸 옷에 묻혔다가는 아무리 빨아도 지워지지 않는 푸르스름한 자국이 남을 거다. 사실, 지난주에 이미 한 번 딸기잼을 실패했다. 그때는 불에 너무 오래 두어서 잼이 갈색의 끈끈한 퓌레처럼 되어버렸다. 약간 마르멜로* 젤리 비슷한 모양새였다. 수고가 다 허사가 되었다! 나도 슬슬 머리가 맛이 가기 시작하나…… 그래서일까?

나는 책상 서랍에서 전에 신문에서 오려놓은 기사를 꺼냈다. 어떤 신문인지는 기억나지 않지만, 미용실에서 얻어온 거다. 어떤 의사가 주의 깊게 봐야 할 치매의 전조들을 열 가지로 소개했다.

1. 기억 상실: 옛날 일은 아주 잘 기억하면서도 최근에 자신이나 주위 사람들에게 있었던 일은 점점 더 자주 잊어버린다.

애들이 나보고 점점 더 자주 깜박깜박한다는 말을 하긴 한다. 그래서 주말에 내려가겠다, 이번 휴가에는 무슨 요일에 가겠다, 아이들도 데려간다든가 자기들끼리만 간다든가 하는 말을 분명히 미리 했는데도 또 전화를 해서 알려줘야 한다나…… 내가 똑같은 걸 여러 번 물어본다고 한다. 하루 동안에도 불과 한 시간 전에 했던 얘기를 토씨 하나 바꾸지 않고 또 한다나. 내가 똑같은 우스갯소리, 똑같은 질문을 한다는데……

---

* 과일의 한 종류. 생으로 먹기 힘들 정도로 과육이 단단하고 맛도 매우 시기 때문에 잼, 젤리 등으로 가공해서 먹는 것이 일반적이다.

난 모르겠다. 내가 정말 그러나? 애들이 좀 과장해서 말하는 건지도 모른다. 지난번에 딸이 한 말에 나는 마음이 상했다. 나는 《피가로》에 실린 기사를 들먹이면서 정말 놀라운 내용이었다는 말을 했다. 내가 뭘 잊었을 수도 있다. 나는 "세상에, 나로서는 상상도 할 수 없는 일이지……"라고 말하고는 웃음을 터뜨렸다. 그러자 딸이 난감하다는 듯이 대꾸했다. "엄마, 아까도 그 얘기 했잖아요. 아까도 너무 놀랍다는 듯이 말하고 지금과 똑같이 박장대소했잖아요. 불과 30분 전 일이에요." 전에는 그 애가 나에게 그런 얘기를 한 적이 한 번도 없었다.

2. 일상적으로 하던 일을 처리하기 힘들어한다: 오랜 시간 익숙하게 했던 일을 잘 해내지 못한다. 단계적인 식사 준비, 장보기, 냉장고 속 식품의 유통 기한 확인하기……

일상적으로 하던 일이라…… 잼 만들기……?

3. 언어 문제: 평소에 쓰던 간단한 단어들이 잘 생각나지 않아서 비슷한 의미의 다른 말을 대거나 대충 둘러댄다.

아, 그렇지 않다. 한 번도 그런 적 없다.

4. 시간과 공간 감각의 혼란: 방향 감각이 떨어진다. 익숙한 장소에서 길을 잃기도 하고 계절을 착각하기도 한다.

나는 원래 방향 감각이 없는 사람이어서 젊을 때도 걸핏하면

길을 잃었다. 르네는 그런 나를 늘 놀리곤 했다. 젊을 때보다 방향 감각이 떨어졌다고 볼 수 없으므로 이 항목은 해당 사항이 없겠다.

5. 추상적인 논리 전개에 어려움을 겪는다: 공무 서식 작성이나 돈 관리를 힘들어한다(특히 프랑화에서 유로화로 바뀐 이후). 수표 쓰기, 전화 거는 일을 힘들어하기도 한다.

나는 수표를 잘 쓴다. 프랑화와 유로화를 헷갈린 적도 없다. 그리고 비록 전화를 싫어하긴 하지만 누군가에게 전화 거는 일을 어렵다고 느끼지도 않는다. 서류 작성이나 금전 관리 쪽으로는 지적당할 일 자체가 없었다. 그런 일은 전부 르네가 맡아서 했고 지금은 아들이 해준다.

6. 물건 분실: 물건을 엉뚱한 장소에 놓아두고는(오븐에 시계를 넣는다든가) 까맣게 잊어버린다.

이미 안경을 냉장고에서 찾은 전적이 있다. 500프랑짜리 지폐를 쓰레기 배출구에 집어넣은 적도 있다. 하지만 그건 40년도 더 된 일이다……

7. 판단력 쇠퇴: 상황을 제대로 파악하지 못한다. 한여름에 겨울옷을 입고 나가기도 하고, 식재료를 다 먹을 수도 없을 만큼 사들이기도 한다……

아, 그런 일은 결코 없다! 식품을 산더미처럼 사들인 사람은 르네였다. 그이는 경제 위기, 원유 파동, 쿠바 미사일 사태 등이 일어날 때마다 설탕을 몇 상자씩 카트에 채워 사재기했다. 왜 하필 설탕이었는지는 잘 모르겠다…… 나는 오히려 손이 좀 작은 편이다. 계절에 맞지 않는 옷이라면 딱 한 번(이 한 번을 르네는 두고두고 우려먹었지만) 한겨울에 코트 천지인 옷가게에 들어가 수영복을 입어보고 싶다고 말한 적이 있다. 그때 아마도 몇 주 후에 마르티니크 섬으로 휴가를 떠날 예정이었던 것으로 기억한다. 그러니까 경우에 좀 맞지 않는 일이었을 뿐 내 판단력에 문제가 있었던 건 아니다.

8. 행동 변화: 주위 사람들에게 우울해하는 경향을 지적받거나 불안, 짜증, 동요가 점점 더 두드러진다.

잠을 심하게 설쳤을 때만 제외하면 나는 기분 변화가 크지 않고 늘 즐겁게 지내는 편이다.

9. 의욕 상실: 매사에 의욕이 떨어진다. 예전에 좋아했던 활동들조차 하기가 싫어진다.

나는 여전히 십자말풀이에 심취해 있고 브리지 게임과 스크래블 게임도 못 말리게 좋아한다! 그러니까 이건 아니다.

10. 성격 변화: 본래 성격을 잃어버리고 완전히 딴사람이 된다. 샘이

많아지거나 편견에 강박적으로 매달리거나 극성스러워진다……

나는 샘이 많은 편도 아니고 극성스러운 성격도 아니다. 강박적으로 매달리는 이념이나 생각은 없다.

비교적 안심이 된다. 10개 항목 중 2개만 걸리니 그럭저럭 괜찮은 편 아닌가. 기억력이 별로 안 좋고 잼 만들기에서 한 번 낭패를 보았을 뿐, 내 머리도 아직까지는 쓸 만한 것 같다.

6월 28일 일요일

잼을 망쳤다고 하니까 딸이 위로해줬다. 그 애는 실패한 나무 딸기잼을 큰 솥에 모조리 넣고 다시 끓이더니 불을 끄고 내가 수프를 만들 때 쓰는 하얀색 핸드 블렌더(어디에 있는지 못 찾아 애먹었던 그 핸드 블렌더)를 돌렸다. 나는 딸이 하는 대로 내버려 두었다. 어차피 잼은 딸이 먹을 거니까. 내 입맛에는 잼은 너무 달아서 별로다. 옛날에도 내가 먹고 싶어서가 아니라 르네를 위해 만들었고 지금은 자식과 손주 들을 위해 만든다. 젤리처럼 굳어진 딸기잼은 그 애도 뾰족한 수를 쓸 수 없었다. 딸은 잼 특유의 식감이 나오지 않았을 뿐 맛은 나쁘지 않다고 말했다. 사위와 손자들은 주말 동안 전부 다 퍼먹고 스푼까지 쪽쪽 빨면서 맛있다고 했다. 자기네가 알록달록한 조개껍데기 모양 사탕과자를 아주 좋아했는데 그것과 맛이 비슷하다나. 학교가 끝나면 먼지투성이 더러운 손으로 그 사탕과자를 쥐고서 몇 시간씩 빨아먹곤 했다고 한다. 심지어 파리로 돌아가면서도 한 병을 기어이 챙겨 갔다. 딸은 휴가를 며칠 얻어서 나와 함께 지내기로 했기 때문에 사위와 손자들만 갔다.

우리 모녀 사이는 늘 각별했다. 그 애를 낳았을 때 아들은 이미 열다섯 살이었고 오래 가지 않아 집을 떠났다. 아들은 아버지와 자주 부딪쳤기 때문에 대학입학자격시험을 통과하자마자 릴에 있는 대학으로 진학해버렸다. 나는 집에 거의 붙어 있지 않은 남편과, 가급적 피하고 싶은 시어머니 사이에서 자주 외로워했다. 그런 나에게 딸은 선물과도 같았다. 그 아이는 아주 순했다. 내가 책을 읽거나 뜨개질을 하는 동안 몇 시간이고 혼자서도 차분하게 잘 놀았다. 나는 딸과 손을 잡고 오솔길로 산책을 다니곤 했다. 둘이서 "숲길을 걸어요, 늑대가 없는 동안……" 노래를 부르면서 길가에 자라는 협죽도를 꺾거나 나무딸기를 따곤 했다. 왠지 모르지만 지금은 협죽도를 찾아볼 수 없다. 자동 경작기를 돌리는 바람에 다 없어졌나 싶다. 요즘은 그놈의 기계를 사방으로 아무 데나 내돌리는 것 같다. 그래서 옛날에는 텃밭에서 많이 보였던 들상추도 찾아볼 수 없는 모양이다.

시어머니와 이 집에 살던 시절에는 딸과 하루 종일 붙어 지냈다. 그러다 그 애를 노트르담 드 루르드에 입학시키기 위해 비시로 이사를 갔다. 딸은 네 살 반에 벌써 학교에 가서 다른 친구들을 만나고 싶다고, 읽기와 쓰기와 산수도 배우고 싶다고 졸랐다. 그래서 나는 15년 전에 아들을 위해 샀던 보셰 읽기교육법 교재를 다시 꺼내서 딸에게 직접 읽기를 가르쳤다. 딸이 잘할 때마다 상으로 르네의 보험 증권 설명서에서 오려낸 장미를 하나씩 붙여주었다. 그걸 받고 자랑스러워하던 아이의 뺨도 장밋빛이었다.

그래도 딸과 가장 가깝게 지낸 때는 아마 비시에서 살던 시절일 것이다. 딸을 세상의 중심처럼 키우고 싶지는 않았지만 어차피 나의 관심은 온통 그 애에게 쏠려 있었다. 그 애는 오빠와 터울이 워낙 많이 졌기 때문에 사실상 외동아이처럼 자랐다. 나는 딸을 자기밖에 모르는 변덕쟁이 공주님으로 키우고 싶지 않았다. 애 아빠는 딸이 바늘구멍으로 들어가라면 들어가는 시늉이라도 하는 딸 바보가 되었기 때문에 내가 똑바로 정신을 차려야 했다.

처음에는 각자 나름대로 이 새로운 생활을 만끽했다. 원래 도시에서 나고 자란 나는 도시인 특유의 감각을 되찾았다. 나는 밖에 많이 돌아다녔다. 알리에 강변을 거닐면서 상점에 진열되어 있는 탐나는 물건들을 눈에라도 담아보는 것이 좋았다. 찻집에 들러 케이크를 먹거나 수르스 공원 밴드스탠드 옆 벤치에서 미적대며 시간을 보내곤 했다. 그렇게 밖에 나갔다가 집에 돌아오면 우리 딸은 자기 방에서 얌전하게 놀고 있었다. 그 애는 바닥에 앉아 종이 인형들로 학교 놀이를 하면서 그날 학교에서 있었던 일을 재연했다. 내가 핑킹가위 쓰는 법을 가르쳐줬더니 그애는 패션 카탈로그에서 아이들 사진을 오려내어 종이 인형을 만들고 반으로 접어 바닥에 앉혔다. 딸은 학교에서 짝꿍을 정하듯 종이 인형도 꼭 둘씩 짝을 지어 앉혔다. 딸의 인형 놀이는 왠지 감동적이었다. 내 나이 마흔에 낳은 딸이 내가 주프루아 거리 기숙사에서 했던 놀이를 그대로 하고 있었으니까.

딸은 성장했고 우리는 친구 같은 사이가 되었다. 오후에는 르네가 타자기를 치는 소리를 들으면서 브리지 테이블을 펼치곤 했다. 우리는 나무 상자에서 카드를 꺼내 초록색 펠트천 위에 펼쳐놓았다. 나는 딸에게 카드점 치는 법을 알려주었고 크라페트, 에카르테, 카나스타 등의 다양한 게임 규칙을 설명해주었다. 나에게 카드놀이 규칙을 처음 가르쳐준 사람도 우리 어머니였다. 어떤 날은 둘이서 파란색 벨벳 소파에 서로 기댄 채 널브러져 「아르센 뤼팽」, 「닥타리」, 「내 사랑 마녀님」에 정신없이 빠져들었다. 코를 마음대로 움직일 수 있는지 한 번 해보자, 만약 그렇게 된다면 어떤 일들을 할 수 있을까, 얘기하면서 배를 잡고 웃은 적도 있다.

오후 다섯 시를 전후해 나는 르네가 일하는 방으로 차 한 잔과 그이가 좋아하는 계피향 비스킷 몇 개를 가져다주었다. 그러고 나서 우리 둘이 주방에서 노란색 포마이카 식탁에 마주 앉으면 딸은 크림치즈 빵과 박하시럽 탄 물을 먹으면서 그날

학교에서 있었던 일을 재잘재잘 이야기하곤 했다.

나는 일주일에 한 번씩 오후 늦은 시각에 딸을 도팽 클럽의 벨리브 수영장에 데려다줬다. 습기 찬 계단식 좌석에 앉아서 딸아이의 수영 강습을 지켜봤다. 비시의 모든 초등학교 여자아이들이 몰려드는 클레르 데스레로의 무용 교실에도 꼬박꼬박 딸을 데리러 갔다. 엘리제 궁에서 연례 갈라가 열리면 꼬마 무용수들은 화장을 해야 했다. 내 인생에서 파운데이션을 구입한 것은 그때가 처음이자 마지막이지 싶다.

르네는 거래처를 도는 날에는 매우 늦게 들어왔다. 그럴 때는 기다리지 않고 우리끼리 저녁을 먹었다. 비시 집에서는 현관을 들어오면 바로 식탁이 보였는데 거기에 르네의 식기를 차려놓고 우리 먼저 식사를 했다.

우리 세 식구의 작은 세계는 차츰 두 사람만의 작은 세계로 변해갔다. 가끔은 우리끼리 긴밀한 얘기를 나누거나 아이가 청소년기의 비밀을 털어놓고 있는데 르네가 거실로 불쑥 고개를 내밀곤 했다. 그러면 우리는 갑자기 목소리를 낮추거나 입을 다물었다. 르네가 약간 따돌림을 당하는 기분으로 다시 자기 볼일을 보러 가면 우리도 수다를 재개했다. "나 참, 모녀가 무슨 작당을 하는 거야! 둘이 할 얘기가 그렇게 많아?" 그이는 곧잘 기분 상한 말투로 그렇게 말했다.

우리 딸은 호기심이 유별났다. 그 애는 엄마는 뭐든지 대답할 수 있다는 듯, 엄마라면 인생과 사랑, 딸의 고민을 다 알아야 마땅하다는 듯이 별의별 것을 다 묻곤 했다. 텔레비전 연속극은 허구한 날 사랑 타령이었다. 우리는 「노엘의 동분서주(Noële aux Quatre Vents)」는 한 회도 빼놓지 않고 다 보았다. 그 애는 장프랑수아가 잘생겼다고 좋아했기 때문에, 어째서 노엘이 우락부락하게 생긴 위고에게 빠져서 장프랑수아를 버리는지 이해하지 못했다. 나는 여자들은 나긋나긋하고 예쁘장한 꽃미남보다 말 잘하고 패기 넘치는 천생 남자를 더 좋아할 때가 많다고 설명했다. 원래 얌전한 약혼자보다는 고뇌하는 유혹자가 더 멋있어 보인다, 서로 훤히 아는 사이보다는 신비감이 있는 사이가 매력적이다, 쉬운 상대는 재미가 없다, 내가 정복하기보다는 못 이기는 척 항복하고 싶은 법이다, 매끄럽고 평탄한 길보다는 거칠고 울퉁불퉁한 길이 더 짜릿하다. 나는 지나치게 노골적인 단어를 피하면서 신체적 외모가 욕망('관능'이라는 근사한 단어로 싸잡아 말할 수 있는)의 발현에 미치는 영향을 설명했다. 그런 다음 내 삶을 생각해보니 내 남편은 너무 얌전하고 예측 가능한 사람이어서 살짝 우울해졌다.

딸은 세월을 늦춰주었다. 나는 머릿속으로는 여전히 꿈을 꾸고 있었다. 나에게는 이 정돈된 삶에서 탈출하고 싶다는 바람이 있었다. 아이 학교에서 알게 된 다른 엄마들은 대부분 나보다 열다섯 살은 어렸다. 그 엄마들과 어울리면서 세대 차를 느끼기보다는 오히려 내가 쉰 살이 다 되어간다는 사실을 잊을 수 있었다. 그렇게 나이보다 십 년은 젊게 살다가 얼마 전부터는 결국 내 나이대로 살게 된 것 같다.

6월 29일 월요일

참 재미있는 하루였다! 딸이 내가 이름도 처음 듣는 친구 하나를 점심에 초대했다. 그 친구는 남자인데 여기서 40킬로미터쯤 떨어진 시골과 파리를 오가며 살고 있다고 한다. 친구는 정오가 되기 전에 와서 동네 구경도 할 겸 딸을 데리고 드라이브를 나갔다. 둘이서 베르와 로드를 둘러봤고 딸이 바레뷔솔의 자그마한 로마네스크 양식 교회도 보러 가자고 했다고 한다. 그런데 우리 애가 길을 못 찾아서 어쩌다 보니 몽테귀에까지 갔다나. 흥, 네가 나보고 길치라고 할 입장은 아니로구나!

두 사람이 돌아왔을 때 나는 점심 준비를 마쳐놓았다. 베이지색 파라솔을 펼쳐놓고 정원의 나무 탁자에서 점심을 먹으면 좋겠다 싶었다. 딸내미 친구는 사람이 괜찮아 보였다. 그는 상차림을 돕겠다면서 냉큼 주방에 따라 들어와 예전부터 잘 알던 사이처럼 편안하게 대화를 이끌어나갔다. 그 친구 집에서는 우리 집처럼 상을 차리지 않는지 접시 위에 그대로 포크와 나이프를 놓는 등 모든 면에서 조금 차이가 있었다. 하지만 그게 거슬리지는 않았다. 되레 늘 똑같은 일상에서 약간의 변화를 느낄 수 있어 좋았다. 식탁에서의 행동거지도 우리 집 식구들과는 달랐다. 나는 한마디 하기는 했지만 아무래도 상관없었다. 저마다 자기가 생각하는 예의가 다른 거니까. 그런 건 둘째 치고, 사람이 어찌나 붙임성이 좋은지! 그는 잠시도 쉬지 않고 놀랍다 못해 황당무계한 이야기를 늘어놓았다. 아주 재미있고, 재치가 넘치고, 아둔하지 않은 사람이었다. 싹싹하게 일손도 잘 거들고 말이다. 게다가 인물도 빠지지 않았다. 체격도 좋고 목소리도 컸다. 세상에, 내 마음에 쏙 들었다! 만날 노인네들끼리 다과회나 하고 다소 경직된 브리지 대회나 눈살 찌푸려지는 시골 동네 춤판이나 구경 다녀서 그런가, 오늘 점심 자리가 참 신선하게 느껴졌다. 그 친구는 점심 식사 후에 상 치우는 것도 거들었고 설거지는 자기가 하겠다고 나섰다!

그래서 잠깐 주방에 나랑 그 친구만 있었다. 나는 집에서 만든 자두주를 한 잔 권했다. 그는 사양을 할 줄 몰랐다! 르네가 살아 있을 때, 그이가 자가 주조(酒造) 자격을 써먹던 시절에 빚은 술이다. 우리는 해마다 우리 밭에서 나는 자두, 배, 미라벨로 술을 빚었다. 욜랑드 드 레이날이 가져왔던 럼주처럼 꽤 독하고 열이 확 올라오는 술이지만 나는 아주 좋아한다. 특히 점심 식사 후에 커피 마시면서 한 모금 맛보면 아주 그만이다. 저녁에는 음주를 삼간다. 너무 일찍 잠들어버릴까 봐 걱정이 되기 때문이다. 옛날에 시골 사람들은 식후에 으레 한두 잔의 술을 즐기곤 했다. 요즘은 그런 사람이 별로 없기 때문에 나도 같이 마시자고 권하지 않는다. 술병에는 먼지가 뽀얗게 앉아 있었다. 맛이 변하거나 김이 빠졌을까 봐 걱정이 됐다. 자두술을 함께 마셔줄 사람을 만나서 그만큼 내 기대가 컸던 모양이다! 나는 식당 수납장에서 리큐어*잔 두 개를 꺼냈다. 크리스털에 은빛 바닥을 한 제일 예쁜 잔이었다. 그 친구에게는 술병을 건네주고 나는 술잔을 들고, 그렇게 둘이 죽이 맞아 거의 어깨동무를 하다시피 하고 정원으로 나왔다. 딸은 어이없다는 듯이 우리를 바라보았다. 그 친구는 잔에 가득하니 술을 따랐다. 그는 술맛이 좋다고 감탄했고 내가 느끼기에도 르네의 자두술은 여전히 맛있고 향기로웠다. 한 잔을 비우자 나는 벌써 머리가 어질어질했는데 그는 술병을 잡고 마개를 또 열더니 술잔을 찰랑찰랑하게 채웠다. 술판이 한두 잔에서 끝나지 않자 딸내미가 이건 아니라는 눈빛을 보냈지만 그러거나 말거나. 정말 많이도 웃었다! 우리는 완전히 한편이 됐다. 그는 나를 오래된 또래 친구 대하듯 했는데 그래서 좋았다. 별안간 스무 살은 젊어진 기분이 들었다.

그는 오후 4시쯤 자리에서 일어났다. 우리 집에서 아주 기분 좋게 놀다 가는 기색이 역력했다. 나는 딸에게 언제든지 원하면 저 친구를 이리로 초대하라고 했다. 딸은 깔깔 웃으면서 내가 자기 친구에게 홀딱 반한 것 같다고 놀려댔다. 그러고는 그 친구 얘기를 조금 했다. 자기가 어떻게 그를 알게 됐는지, 그가 사실은 어떤 사람인지 말이다. 나는 자초지종을 듣고 뒤로 넘

* 혼성주(混成酒)의 하나. 알코올에 설탕과 식물성 향료 따위를 섞어서 만든다.

어갈 뻔했다. 내가 홀딱 반한 그 친구가 전직 강도란다! 처음에는 딸이 나를 놀리려고 하는 말인 줄 알았는데 웬걸, 그 애는 진지했다. 나의 술친구는 젊어서는 도둑놈이었고 진짜 총을 들고 은행을 털러 간 적도 있다고 한다! 그 대가를 치르느라 옥살이도 했다나. 감옥에서 나온 후 깨끗이 손을 씻었고 총은 두 번 다시 건드리지도 않았다고 한다. 그래도 다행이다!

세상에 그런 일이…… 실은 그런 사연을 듣고 나니 그 사람에게 더 호감이 간다. 내가 이 이야기를 하면 질베르트, 닌, 투아네트가 어떤 표정을 지을지 벌써 상상이 된다. 그 친구들은 틀림없이 나한테 샘을 낼 거다.

6월 30일 화요일

정원사가 왔다. 집 앞 잔디를 깎고, 울타리를 다듬고, 텃밭에 쌓인 것을 치우고, 상추와 들상추를 좀 심어주었다. 페르낭은 토끼를 막으려고 샐러드용 채소, 당근, 깍지콩, 토마토 주위에 철망을 둘렀다. 이제 토끼가 채소를 먹어치우지 못할 것이다. 문제는 나도 채소에 접근을 못한다는 거다. 페르낭이 철망 여는 법을 족히 열 번을 가르쳐줬는데도 어떻게 해야 이놈의 철사 나부랭이에 걸리지 않고 들어갈 수 있는지 도통 모르겠다. 목요일에 앙젤이 와서 풋강낭콩 첫 소출을 거둬들일 거다. 첫 소출이라서 아직 얼마 안 되지만 두세 끼 해결할 정도는 되겠지. 토마토는 아직도 익지 않았고 샐러드용 채소도 한참을 기다려야 한다. 이번에는 정원사가 씨를 심어 키우려면 너무 오래 걸린다면서 작은 모종을 심어주고 갔다.

딸은 오늘 아침에 우리 정원사를 처음 봤다. 그 사람이 잘생겼다나. 나는 신경 쓴 적이 없어서 몰랐다…… 그러고 나서부터 딸내미가 계속 나를 놀려댄다. 짓궂게 킬킬대면서 솔리스 부인*이라는 사람 얘기를 자꾸 한다. 나는 그 부인이 누구인지도 모르는데 말이다. 그 여자도 자기보다 젊은 정원사를 부르는 모양이다. 정원사가 미남이라서 그 여자가 아주 좋아한다나. 질베르트에게 솔리스 부인이라는 사람을 아는지, 그 여자가 우리 집 정원사와 무슨 관계가 있는지 한 번 물어봐야겠다.

7월 1일 수요일

어제저녁에 딸이 밭에 나갔다가 스위트피 꽃다발을 들고 돌아왔다. 그 모습을 보니 시어머니 생각이 났다…… 어머님은 스위트피를 제일 좋아해서 집 주위 곳곳에 그 꽃을 심으셨다. 예전에는 현관 계단 양쪽으로도 스위트피와 개머루 천지였다.

---

* 미국 드라마 「위기의 주부들」의 등장인물. 나이 어린 정원사와 바람을 피웠다.

그 많던 스위트피가 어떻게 됐는지 모르겠다. 르네가 죽은 후에 아마 다 뽑아버렸지 싶다. 나는 풋강낭콩이나 완두 깍지를 닮은 이 꽃이 그렇게 예쁘다고는 생각지 않는다. 게다가 분홍 꽃송이가 길고 굵고 못생긴 줄기 끝에 달리는 이 식물을 왜 '향기로운 콩(sweet pea)'이라고 부르는지 이해가 가지 않았다. 이 꽃에서 향기를 느껴본 적이 한 번도 없었으니까.

딸은 우리 밭 가로대 근처 들판에서 꽃을 꺾어왔다고 했다. 그쪽에 야생으로 자라는 꽃들이 있는 줄도 몰랐다. 어떻게 스위트피가 거기서 자라게 됐을까?

어머님이 살아 계실 때 심었던 스위트피는 이제 겨우 몇 송이, 그나마도 비리비리한 모습으로 빨랫줄 맞은편에 남아 있다. 그 꽃들은 여전히 벚나무들의 벽에 덩굴을 뻗으려 안간힘을 쓴다. 어머님은 매일 오후 그 자리에 코바늘과 실타래를 챙겨 가서 해가 완전히 넘어갈 때까지 중국 양산을 쓰고 앉아 계시곤 했다.

7월 2일 목요일

맙소사, 기압계가 난리가 났다. 바늘이 2센티미터쯤 왼쪽으로 넘어갔다. 눈금이 가리키는 자리에는 '비 혹은 강풍'이라고 쓰여 있는데 '태풍' 바로 전 단계다. 오늘 저녁 하늘을 보니 달이 구름에 가린 것이 조짐이 영 좋지 않다. 큰 구름이 밭으로 몰려든다.

앙젤은 빨랫줄에 널었던 침대 시트와 수건을 모두 걷어 와서 주방 안 빨래 건조대에 다시 널었다. 딸이 도와줘서 정원의 접이의자와 베이지색 파라솔도 전부 접어서 집 안으로 들였다. 늘 그렇듯 차가운 밤 공기를 쐬려고 창을 조금 열었는데 어제보다 10도나 떨어져 있었다. 내일은 흐리고 습한 날이 될 것 같다.

7월 3일 금요일

아침부터 비가 온다. 비도 오겠다, 슈를 한 판 구워서 따끈할 때 뮈스카 포도주를 곁들여 점심으로 준비한 호박 그라탱이 익기를 기다리는 동안 먹었다. 후식으로는 어제 마트에서 사온 버찌를 마저 다 먹었다. 세일 상품이었는데 몇 개는 벌써 썩 신선해 보이지 않았지만 대체로 아주 달고 맛있었다. 딸내미는 버찌를 한 알 한 알 검사하고 과도로 반을 갈라가면서 벌레가 없는지 살피느라 깨작거렸다. 친정어머니가 생각났다. 어머니는 과일에서 벌레를 발견하면 혼비백산해서 접시를 떨어뜨리고 "여보!!!"를 외쳤다. 그러면 아버지가 부리나케 달려와 벌레 먹은 사과나 배를 처리해줬다.

우리 밭에서 딴 사과, 배, 자두, 미라벨에도 곧잘 벌레가 있다. 나는 이제 익숙해졌기 때문에 아무렇지도 않다. 하지만 르네가 살아 있을 때에는 내 몫의 사과에서 꿈틀대는 벌레를 보기가 무섭게 의자가 뒤로 넘어가게 펄쩍 뛰고 비명을 질렀다. 그러면 르네는 내 사과를 가져가서 아무렇지도 않게 벌레까지 한꺼번에 먹어버렸다. "벌레도 고기야, 이 사람아!" 그이는 고기를 좋아하지도 않았으면서 그렇게 말하곤 했다. 그다음에는 꼭 자기가 군대 있을 때에는 염소젖 치즈에 벌레가 너무 많이 꼬여서 치즈가 저 혼자 움직일 정도였다는 얘기를 했다. "당신은 전쟁을 안 겪어봤구먼……"

르네는 음식을 버리면 난리를 쳤다. 그이는 뭐든지 다 먹었다. 유통 기한 지난 요구르트, 시큼해진 버터, 색이 변한 오이, 벌레 먹은 과일, 돌처럼 굳은 빵, 곰팡이 슨 치즈, 소스에 절여진 샐러드, 농익은 배, 물렁해진 무도 버리지 못하게 했다. 내가 햄 따위를 상한 것 같다고 버리면 쓰레기통에서 도로 꺼내 올 사람이었다. 비위도 좋은 양반이었다. 상추를 먹다가 민달팽이라도 나오면 접시 가장자리로 밀어놓고 아무 일 없다는 듯 상추를 마저 먹곤 했으니까.

7월 4일 토요일

오늘도 하루 종일 비가 왔다. 벌써 11월이 된 것 같은 날씨였다. 우리는 서재 방에서 차를 마시고 비스킷을 먹었다. 그다음에 딸이 자기가 좋아하는 영화를 함께 보자고 했다. 미국 어딘가를 배경으로 하는 영화인데 자기가 대학생이 되고 나서 가 봤던 곳이라고 한다. 약간 노망이 난 사내가 자기가 백만 달러를 얻게 됐다고 확신하면서 이런저런 일이 벌어진다. 하지만 나는 하나도 알아듣지 못했다. 인터넷에는 자막 없는 영어판밖에 없었고 나는 영어를 잘 못 한다. 딸이 간간이 재생을 중단해가며 나에게 설명을 해줬지만 그것도 한두 번이지, 나중에는 머리가 다 지끈거렸다. 르네와 함께 영국에 갔을 때만 해도 내가 그럭저럭 영어로 의사소통을 했던 것으로 기억한다. 르네는 내 영어 발음이 이상하다고 놀렸지만 내가 그이보다 아는 단어도 많았고 필요한 말은 다 영어로 할 수 있었다. 그이는 눈웃음을 치면서 "헤이, 실리 걸(Hey, silly girl)!" 소리만 연신 해댔지, 정작 영어가 필요할 때는 한마디도 못했다. 그이의 영어는 우리에게 아무 도움이 안 됐다.

7월 5일 일요일

딸은 오후 늦게 파리로 돌아갔다. 사흘 전부터 날씨가 꼭 가을 같고 축축한 흙냄새가 진동을 한다. 비가 와서 집이 서늘해졌다. 오늘 아침에는 타이즈까지 꺼내 신었다. 라디에이터를 켰고 점심 식사 후에는 벽난로에 잠시 불도 피웠다. 기온이 이렇게 큰 폭으로 널뛰면 밭을 건사하기가 힘들어진다. 토마토는 익

기도 전에 썩어버릴 것이다. 풋강낭콩도 이제 건지기 글렀다. 그
나마 지난번에 앙젤이 바구니로 하나 가득 따놓아서 다행이다.
마지막 남은 나무딸기도 비를 너무 많이 맞아서 다 떨어지게
생겼다…… 예쁘게 꽃 피운 내 달리아들은 또 어떻고! 아쉬워
죽겠다.

7월 8일 수요일

엿새나 이어졌던 끔찍한 날씨는 물러가고 해가 나왔다. 하지
만 마르셀의 정신 건강에는 햇빛이 비칠 생각조차 하지 않는
것 같다. 태양이 돌아오면서 마르셀도 다시 모습을 드러냈다.
비 오는 날은 마르셀이 밖에 못 나간다는 점에서 좋았다. 여름
으로 접어들면서 마르셀은 점점 더 자주 설탕을 청하러 왔다.
이제 초인종도 누르지 않고 다짜고짜 찬장을 뒤지고 설탕 그릇
을 뒤집어엎는다. 그러다 보니 나도 설탕 그릇에 딱 한 조각만
남겨놓으려고 신경을 쓴다. 그 설탕은 마르셀 거다. 그릇이 비어
있으면 마르셀이 먹었구나 생각하면 된다. 하지만 마르셀은 금
세 한 조각으로 만족할 수 없게 되었고 온 주방을 돌아다니면
서 문이란 문은 다 열어봤다. 나는 설탕이 상자째로 찬장 속에
엎어져 있는 것을 발견했다. 그러고 나서는 내처 비가 오는 바
람에 마르셀을 보지 못했다.

나는 낮 동안에는 집 안에 있을 때에나 외출할 때에나 별일 없도록 현관문을 잠가둔다. 오늘 아침에도 현관문을 잠그고 내 침실로 올라갔다. 점심 차릴 시각이 되어 내려왔더니 마르셀이 내 주방을 한바탕 뒤지고 있는 게 아닌가! 귀신이 곡할 노릇이네, 대체 어디로 들어온 걸까? 다용도실과 계단으로 연결된 문이 열려 있는 것을 보니 답이 나왔다. 내가 빗장을 걸어두지 않은 지하실을 통해서 집 안으로 들어왔구나……

마르셀은 내 앞에 와서 버티고 섰다. "설탕 하나만 줘!" 이제 마르셀은 반말을 쓰고 있었다. 아예 문 앞을 가로막고 나를 그냥 보내지 않을 태세였다. "이봐요, 마르셀, 정신 차립시다. 의사가 설탕을 먹으면 안 된다고 했잖아요, 마르셀에게 안 좋은 거니까……", "설탕 하나만 줘! 응? 잔, 설탕 하나만!" 마르셀은 언성을 높이기 시작했고 나를 살짝 밀치기까지 했다. 나는 겁이 났다. 마르셀이 나를 넘어뜨리면 어쩌지? 그 상황에서는 설탕을 한 조각 내어줄 수밖에 없었다. "두 개! 두 개 줘!" 나는 한 조각을 더 건넸다. 마르셀이 빨리 가줬으면 좋겠다는 바람밖에 없었다. 마침내 마르셀은 그쯤에서 철수하고 자기 집으로 돌아갔다.

가엾은 마르셀, 가엾은 페르낭…… 나는 또 이 일을 어떻게 받아들여야 하나? 마르셀이 완전히 정신을 놓아버려서 다시는 볼 수 없게 된다면? 마르셀이 이곳을 떠난다면 페르낭은 여기서 혼자 살 수 있을까? 아니, 그도 떠날 것이다. 어디로 가게 될지는 모르지만, 그 양반은 절대로 여기서 혼자 못 산다. 둘 다 여기 없으면 나는 어떻게 될까?

7월 9일 목요일

우리 앙젤이 나에게 풋강낭콩을 한 바구니 따줬다. 비가 그렇게 왔는데도 풋강낭콩은 다 망가지지 않았다. 외려 비를 맞고 나서 더 싱싱해진 것 같기도 하다. 나는 파라솔 아래 회색 나무 탁자에 자리를 잡고 앉았다. 탁자에 샐러드볼 두 개를 가져다 놓았다. 하나는 껍질 벗긴 콩을 담을 거고, 다른 하나는 벗겨낸 껍질을 담을 거다. 풋강낭콩 손질을 시작했다. 나는 손이 야무져서 딴생각을 하면서도 금방 손질을 끝낸다. 머릿속에서 생각이 급해질수록 손놀림도 빨라진다. 나는 밭에서 따온 풋강낭콩 손질을 좋아한다. 일 자체는 번거롭지만 맛있게 먹을 생각을 하면 즐겁다. 한꺼번에 다 먹을 수는 없으니 일부는 당연히 냉동 보관한다. 매번 떠오르는 의문이 하나 있다. 어째서 세상 어디서도, 심지어 인근 마을 장터에서도 우리 집 밭에서 키운 것만큼 맛있는 풋강낭콩은 찾을 수 없는 걸까? 왜 부드러우면서도 아삭하고 늘 한결같이 맛있는 풋강낭콩은 우리 집에서만 먹을 수 있는 걸까?

7월 12일 일요일

자식들이 내 안전을 생각한답시고 일종의 전자 팔찌를 채우고 싶어 한다. 내가 넘어져서 일어나지도 못할 때 팔찌로 구조 신호를 보낼 수 있다고 한다. 아주 먼 거리까지 신호를 보내는 물건인가 보다. 그 팔찌를 차면 나 혼자 숲속으로 산책을 가도 자식들이 걱정하지 않을 것이다. 이 물건이 어떻게 작동하는지는 나도 잘 모른다. 어디에서 울린다는 건지, 누구에게 신호가 간다는 건지…… 경찰? 소방서? 이웃집? 그런 것도 모른다. 내가 만약 의식을 잃어서 버튼을 누르지 못해도 팔찌로 위치 추적이 되는 걸까? 휴대전화가 꺼져 있어도 몸에 지니고 있기만 하면 위치 추적이 가능하다고 어디서 들은 것 같다. 도둑이나 강도를 잡을 때에도 위치 추적 기능을 사용할 거라 생각한다. 납치당한 사람을 찾을 때에도 그렇고. 그러니까 이 팔찌도 결국 같은 것이지 싶다. 아마 좀 더 쉽게 사람을 찾을 수 있다 이거겠지.

7월 13일 월요일

루이즈가 전화를 했다. 어젯밤에 내 사촌 앙리에트가 세상을 떠났다고 한다. 앙리에트와 나는 친사촌지간이고 생일도 사흘밖에 차이가 나지 않는다. 앙리에트 혼자서 사는 베리의 대저택을 우리 아들과 함께 방문한 이후로 한 번도 못 만났다. 그게 작년의 일이다. 그때만 해도 앙리에트는 그럭저럭 괜찮아 보였다. 아들과 나는 점심으로 먹을 음식과 포도주 한 병을 싸 가지고 갔다. 우리는 옛날 그 시절처럼 농담도 하고 잘 놀았다. 전쟁 때 앙리에트와 나는 발드그라스로 부상병 간호 봉사를 하러 갔다. 몸 상태가 안 좋은 와중에도 무척 웃겼던 장교가 한 명 있었다. 그 사람은 우리에게 입술에 키스하는 법을 가르쳐주려 했다. 우리가 스무 살도 안 됐을 때다.

이런 말이 이상하게 들리겠지만 파리의 전시(戰時)는 내게 좋은 추억으로 남아 있다. 춥고 배고픈 시절, 폭격이 두려운 시절이었는데도 우리는 즐거웠다. 우리는 밖에 나가면 안 된다는 부모님 말씀도 무시한 채 자전거를 타고 친구 집에 카드놀이를 하러 가곤 했다. 기억난다, 6월의 어느 날, 파리 시내에서 동생을 자전거에 태우고 가다가 군용 트럭 뒤를 따라가게 되었다. 트럭에 타고 있던 독일군 병사들이 킬킬대면서 나에게 고함을 질렀다. 나는 아무렇지 않은 척했지만 속으로 무서워 죽을 뻔했다. 우리는 무모하고 생각이 없었다. 그것만이 파란만장한 시대에도 행복할 수 있는 유일한 방법이었기에.

독일 점령기에 우리 삼촌과 외숙모 집은 독일군이 차지했다. 베리에 있는 그 집안 소유 재산도 전부 징발당했다. 앙리에트와 루이즈, 그리고 막내 카미유는 목숨을 잃을지도 모른다는 생각을 하면서 독일군 장교들의 수프에 몰래 침을 뱉곤 했다.

그것이 그들이 할 수 있었던 유일한 저항의 행위였다. 앙리에트는 평생 결혼을 하지 않고 그 집에서 살다가 그 집에서 눈을 감았다. 말년에 이르러 그 아름다운 대저택은 한낱 추억이 되었다. 앙리에트는 그 거대한 정원을 관리할 정원사, 금이 간 벽을 수리할 석공, 인테리어를 손볼 도장공을 고용할 여력이 없었다. 그녀 앞으로 나오는 연금도 없었고, 평생 일을 했지만 직업다운 직업이라고 하기는 뭐했다. 앙리에트는 파리 16구 부르주아들을 위해 푼돈을 받고 커튼을 만들어주거나 수선해주는 일을 했다. 전지가위와 물뿌리개가 그렇듯, 그녀의 낡은 싱거(Singer) 재봉틀, 그 매일매일의 작업 도구도 이제 멈춘 지 오래됐다. 장례식은 금요일 오전에 작은 마을 묘지에서 치른다고 한다.

7월 15일 수요일

희한하게도 세월이 갈수록 죽음 앞에서 초연해진다. 심지어 가장 사랑했던 사람들의 죽음조차 그렇다. 사별도 많이 겪어보면 익숙해지는 걸까. 추억에 눈물이 나고 가슴속에는 고독이 점점 더 두텁게 한 겹 한 겹 깔린다. 고독이 우리를 에워싸고 세상과 괴리시킨다. 우리는 마치 두 갈래 강 사이에 사는 것 같다. 산 자들의 강이 한 갈래, 죽은 자들의 강이 또 한 갈래. 어쩌면 떠나간 사람은 그렇게 멀리 가지 않았는지도 모른다. 그 사람은 완전히 사라진 게 아니다. 저 멀리 어딘가에 그 사람이 있는 것 같은데 아주 멀지만은 않은지도 모른다. 우리도 차례가 오면 그 사람에게로 갈 것이다. 그래서 죽을 날이 가까운 만큼 사별은 덜 슬픈지도 모르겠다. 우리도 진즉에 그 길에 들어섰고 그 사람은 단지 조금 앞서갔을 뿐이기에.

7월 17일 금요일

오늘 저녁은 몹시 피곤하다. 아들과 당일치기로 장례식에 다녀오느라 왕복 400킬로미터를 달렸다. 다행히 아들 차가 승차감이 좋아서 나는 돌아오는 길에 잠이 들었기 때문에 그렇게 멀게 느껴지진 않았다. 우리는 앙리에트의 장례식에 참석하려고 아침 일찍 출발했다. 자그마한 콩크레소 교회에는 사람이 별로 없었다. 앙리에트의 동생 루이즈는 여전히 정정해서 여든여섯 살로 보이지 않았다. 반면, 오랫동안 못 보고 지냈던 남자형제들은 폭삭 늙은 것 같았다. 너무 오래 못 만났던 사람들은 그냥 안 보는 게 나을 때가 있다. 신체 경련, 지팡이, 휠체어는 안 볼 수 있으면 안 보는 게 낫다. 키가 작아지고 치아가 빠지고 머리가 빠지든가, 아니면 아예 정신이 빠져 있기 일쑤다. 사촌 제부는 완전히 망령이 들어서 나를 알아보지도 못했다. 막

내 사촌 카미유는 너무 변해서 내가 못 알아볼 뻔했다. 호탕하게 잘 웃고 참 예뻤던 아이, 남자들이 졸졸 따라다녔던 아이가 지금은 얼마나 가련하고 왜소하고 어리바리한 모습으로 딸내미의 부축을 받고 있던지 안쓰러워 혼났다. 더는 할 말과 살날이 남지 않은 때 간직해야 하는 것은 오직 우리가 살았던 시절의 이미지(어린애들의 웃음과 다툼, 사랑의 고뇌 어린 눈물과 분노의 이미지)이다. 마지막을 슬퍼하는 통곡이 아니라 말이다.

7월 18일 토요일

오늘은 눈이 늦게 떠졌다. 내가 늦잠을 자는 날은 아주 드물다. 잠에서 깨고도 벌떡 일어나지 않고 침대에서 뭉그적댔는데 이러는 날은 더욱더 드물다. 어쨌거나 나도 충격을 받긴 했나 보다. 어린 시절을 함께 보냈던 사촌들이 이제 다들 인생 역정의 끝에 와 있다. 사촌들은 나에 대해서 무슨 생각을 했을까? 쭈그렁 할망구가 되어 지팡이를 짚고 나타난 나를 보면서 어땠을까? 그들이 마지막으로 나를 보았을 때만 해도 나는 토끼처럼 펄쩍펄쩍 뛰어다녔는데……

이제 다음 차례는 누구일까? 어쩌면 나 아닐까? 제일 골골대던 사람이 제일 먼저 가라는 법은 없더라. 남의 죽음은 필연적으로 우리 자신의 죽음을 생각하게 한다. 오늘 아침 내가 침대에 틀어박혀 골몰했던 생각도 그런 것이었다. 머리와 발치에 구리 창살이 있는 이 침대는 분명히 나의 임종 침상이 되리라.

나는 죽음보다는 장례식을 상상한다. 그편이 기분이 좀 낫다. 장례식에는 꽃과 노래가 있다. 적어도 고인에게 가장 힘든 순간은 이미 지나고 난 후다. 아름다운 음악이 있는 장례 미사였으면 좋겠다. 슬프고 처지는 분위기가 아니었으면 좋겠다. 바이올린보다는 첼로가 듣기 좋으면서도 약간 진중함이 느껴질 것 같다. 오르간만 아니면 된다. 오르간은 소리가 침울해서 싫다. 무엇보다 오르간 연주를 들으면 동종 교회의 미사, 할머니들만 모여서 염소 우는 소리를 내는 성가대가 떠오르기 때문에 싫다. 관은 뭘 쓰든 상관없다. 외장재는 마지막 인사를 하러 오는 사람들을 생각해 너무 조악하지 않은 목재를 쓰더라도 안쪽을 누가 들여다보겠는가? 안쪽에 호박단을 대든, 새틴이나 면을 대든, 무에 그리 중요하랴. 좋은 천을 푹신하게 대어봤자 내가 아는 것도 아닌데 쓸데없는 낭비는 하지 않았으면 좋겠다. 가엾은 우리 그이를 생각해본다. 나는 투박하고 거칠어도 진솔한 것을 제일로 쳤던 르네가 매끄럽고 번들번들한 비단에 싸여 누워 있는 모습을 보면서 정말로 마음이 아팠다.

나는 가끔 광고물을 받는다. 그런 광고물은 우리나라 숲의 떡갈나무에서부터 아주 이국적인 나무들까지 다양한 수종(樹種)을 제안하면서 나의 종교, 취향, 환경에 대한 관심을 고려해 관을 선택하라고 하는데…… 시신을 관에 눕혀두고 두 시간 정도 손님들을 맞이할 거라면 좀 두꺼운 목재가 좋다. 화장을 할 거면 18밀리미터 두께로 충분하다. 하지만 나는 화장을 원치 않는다. 주님 앞에 나아갈 때 시커멓게 그을린 육신을 끌고 가고 싶지는 않으니까. 어쩌면 무슨 옷을 입을지도 생각해봐야 하지 않을까? 시골에서는 여전히 고인의 침상에 줄줄이 인사를 하러 오는 전통이 남아 있다. 그러니 너무 민망하지 않은 옷차림으로 죽음을 맞으면 좋겠다. 늘 입는 연분홍색 잠옷……? 안 될 말이다. 우리 앙젤 앞에서도 그런 꼴은 보인 적 없다. 그리고 정원사가 오면 어쩌려고? 페르낭에게도 그런 꼬락서니는 보일 수 없다. 이미 내가 죽은 후라고 해도 용납하지 못한다. 거의 속옷에 가까운 잠옷이란 말이다. 조금 긴 가운은 어떨까? 그런데 어떤 가운을 입어야 하지? 나한테 가운이 하나밖에 없었나? 하지만 일부러 가운을 사러 가지는 않을 거다…… 그럼, 신발은? 죽은 사람에게도 신발을 신겨주나? 양말은? 내 기억에 르네도 검정색 구두를 신었던 것 같다…… 그래, 그이에게는 진회색 양복을 입혔다. 어두운색 옷을 차려입었는데 구두가 없으면 이상할 거다. 내가 신을 구두 생각도 해봐야겠다……

지금은 일단 침대에서 일어나야 할 때였다. 나는 실내화를 신고 서늘한 공기를 집 안에 잡아두기 위해 덧창도 열지 않고 창을 다 닫은 후 주방으로 내려갔다. 버터 빵을 먹고 차를 마셨더니 벌써 오전 10시였다.

7월 19일 일요일

신부님께서는 우리를 연민과 나눔으로 초대하셨다. 그분은 오늘의 복음 말씀에 비추어 때로는 멈출 줄도 알아야 한다고, 충분히 시간을 들여 휴식을 취하고 재충전을 할 수도 있어야 한다고 힘주어 말씀하셨다. 미사가 끝난 후 질베르트가 자기 집에 가서 백포도주나 한잔하자고 하기에 따라나섰다. 질베르트가 나에게 선택의 여지를 주었다고 하기는 뭐하다. 내가 요 며칠 마음이 힘들었을 거라면서 기분 좋은 시간을 갖자는 것이었다. 나는 내 장례식 신발 얘기를 했다. 질베르트가 그러는데 그 친구 남편 고향 가스코뉴에서는 고인에게 꼭 운동화를 신긴다고 한다. 죽은 이가 저승길로 여행을 떠난다는 의미가 담겨 있다나.

7월 21일 화요일

아들이 평소와 다름없이 번갯불에 콩 볶아 먹듯 다녀갔다. 그 애는 어제저녁에 와서 밥만 먹고 차를 마신 후 바로 돌아갔다. 내가 쓰러지면 신호를 보낸다는 그 장신구를 가져다주러 온 것이다. 실은, 내가 버튼을 누를 정신이 있어야만 가능한 얘기다. 얼마 전부터 내 다리 힘이 예전 같지 않은 건 사실이다.

그런데 나는 원래 잘 넘어지곤 했다. 르네는 나에게 제발 잘 보고 다니라고 성질을 내곤 했다. 나에게 문제는 넘어지는 게 아니라 — 넘어져서 다친 적은 거의 없다 — 일단 넘어진 후에 일어나는 거다.

팔찌 형태와 목걸이 형태 중에서 고를 수 있다고 해서 목걸이 형태를 택했다. 목걸이가 스웨터나 셔츠 깃 속에 넣어서 숨기기 좋을 거라 생각했기 때문이다. 그도 그럴 것이, 장신구라고는 하지만 전혀 예쁘지 않은 물건이다. 솔직히 이걸 정말로 자주 착용하고 다닐지 그것도 잘 모르겠다. 게다가 나는 이미 목에 휴대전화를 걸고 다닌다. 목에 이것저것 걸고 다니기는 싫다. 쳇, 그 생각을 진즉에 했어야 했는데. 딸이 알았다면 나에게 팔찌를 고르라고 했을 거다. 내가 하는 일이 늘 이렇지 뭐. 왠지 조금 우울하다.

7월 24일 금요일

이런저런 일이 많아서 지난주 토요일에 받은 《마담》의 십자말풀이를 아직도 못 끝냈다. "필리핀의 유명한 화산 이름은?" 세 글자인데 '-po'로 끝난다. 모르겠다. 아포(Apo)? 에포(Epo)? 이포(Ipo)? 오포(Opo)……? "홍수를 피했으나 만취는 피하지 못했던 자" 아, 이건 알지, 답은 노아(Noé)다! 노아는 아들들을 데리고 방주에서 나와 포도밭 근처에 정착했고 인사불성이 되도록 포도주를 마셨다. "마려움을 해소하다"가 여섯 글자로는…… 오, 설마! 나는 빈칸을 다시 세어봤다. 하나, 둘, 셋, 넷, 다섯, 여섯. 그래, 맞구나. 답은 '소변보다(uriner)'다. 문제가 좀 거시기하다.

7월 25일 토요일

조카들 집에서 저녁을 먹기로 되어 있었다. 조카들은 해마다 라팔리스에서 몇 킬로미터 떨어진 본가에서 여름을 보낸다. 여전히 낮이 길기 때문에 조카들은 내가 한 7시 반쯤 오면 저녁을 먹고 가도 한밤중은 아닐 거라고 했다.

수영장 옆에서 식전주를 마셨는데 분위기가 아주 좋았다. 그다음에는 밖에서 초저녁 선선한 공기를 느끼며 소를 채워 구운 채소와 맛있는 딸기파이로 저녁을 먹었다. 식전주로 샴페인을 좀 마셨기 때문에 식사에 곁들이는 포도주는 몇 방울 입에 대다가 말았다. 취한 채로 운전대를 잡고 싶지는 않았다.

조카들은 성격이 참 유쾌하다. 그들은 나에게 잔정이 많다. 우리는 아주 많이 웃었고, 웃으면 복이 온다!

9시 반이 지나 어느덧 돌아갈 시각이 되었다. 밤이 내가 집에 도착할 때까지 기다려줄 리 만무했다. 나는 들뜬 기분으로 차에 올라 안전벨트를 매고 시동을 건 다음 기어를 1단에 놓고 출발했다. 갈 때는 시간이 30분 정도밖에 걸리지 않았다. 그러니 집에 돌아가서도 잠깐 화단에 물을 줄 시간 정도는 있을 법했다. 나는 숲을 가로지르는 도로로 진입했다. 조금 가다 보니 분기점이 나왔다. 나는 난감했다. 기억력을 동원해보았다. 내가 아까 왼쪽에서 왔던가, 오른쪽에서 왔던가? 나는 일단 가보자는 심산으로 왼쪽 길을 택했다. 계속 달리면서도 막연히 불안했다. 아무리 가도 끝이 보이지 않는 것이, 아무래도 아까 왔던 길보다 훨씬 더 오래 걸리는 것 같았다. 드디어 아스팔트 도로가 나왔다. 여기서 또 한 번 고민했다. 오른쪽으로 가야 하나, 왼쪽으로 가야 하나? 나는 이번에도 왼쪽을 택했다. 점점 더 자신이 없었다. 나는 시속 30킬로미터를 유지하면서 라팔리스 방향 표지판이 보이지 않는지 살폈다. 조카들 집은 라팔리스에서 4~5킬로미터밖에 떨어져 있지 않으니 몇 분만 달리면 라팔리스가 나와야 하는데 나는 이미 그보다 더 멀리 온 것 같았다. 계속 달렸지만 라팔리스 표지판은 보이지 않았다. 그사이에 날은 완전히 어두워졌다. 나는 헤드라이트를 켜야 했고 어쩌다 가끔 보이는 이정표들은 죄다 내가 들어본 적도 없는 마을 이름을 달고 있었다. 맙소사, 이걸 어쩐다, 전혀 알아볼 수 없는 길이었다. 게다가 밤이 되면 이 길이나 저 길이나 다 비슷비슷해 보인다. 나는 내가 어디쯤 와 있는지조차 몰랐다. 겁이 나서 혼잣말이 막 튀어나왔다. 내가 무슨 바람이 불어서 저녁을 먹으러 오겠다고 했지? 이 나이에 혼자서 저녁 외출이 가당키나 하냐고! 마침내 내가 아는 지명이 눈에 들어 왔다. 비시! 몇 킬로미터만 더 달리면 비시란다! 어쩌다 이렇게 됐지? 완전히 엉뚱한 방향으로 달렸구먼…… 그래도 나는 마음이 놓였다. 비시는 적어도 내가 아는 곳이니까. 비시에서 우리 집까지 가는 길은 확실히 안다. 심하게 돌아서 가는 셈이긴 하지만 그 구세주 같은 이정표를 보고 비시로 진입했다. 역 앞 원형 교차로에서 차를 돌려 반대 방향으로 다시 달렸다. 거기서부터는 눈 감고도 외울 정도로 길을 잘 안다. 족히 50킬로미터를 돌아서 간다는 게 문제지.

나는 헤드라이트를 켜고 시속 50킬로미터로 달렸다. 한밤중이 되어 있었다. 나는 달리 아무것도 보이지 않았기 때문에 도로의 흰 선에서 눈을 떼지 않았다. 이따금 전조등 켜는 것을 깜박한 채로 달리다가 다른 차와 마주치면 저쪽에서 라이트를 깜박깜박하며 주의를 준다. 그러면 나는 너무 눈이 부셔서 반사적으로 눈을 감아버린다. 한번은 커브를 틀기 직전에 급브레이크를 밟았다. 정말로 아무것도 안 보였기 때문에 어쩔 수 없었다. 뒤에서 다른 차가 전속력으로 달려오다가 나를 들이받지 않기만을 기도하며 잠시 그대로 서 있었다. 정신을 가까스로 수습하고는 다시 천천히 출발했다. 겨우겨우 집에 도착하니 현관 벽시계가 11시를 알렸다. 화단에 물을 주기에는 너무 늦은 시각, 아니 잠자리에 들기에도 평소보다 훨씬 늦은 시각이었다.

내 상태는 말이 아니었다. 지나치게 겁을 먹었던가 보다. 잠자리에 누워서도 몸이 부들부들 떨렸다.

7월 26일 일요일

조금 전에 아들에게 전화를 받았다. 나는 아들에게 팔찌를 할 걸 그랬다고 했다. 목걸이를 했다고 하니까 네 여동생이 뭐라고 얘기했느냐 하면……, 하는데 아들은 내가 목걸이를 고르기를 잘했다고 말해주었다. 그 말이 미덥지는 않지만 조금 위로가 됐다. 그러고 나서 나는 어젯밤의 운전 소동에 대해서 털어놓았다. 아들은 "차량용 GPS를 사드릴게요. 그러면 길 잃을 염려는 없어요."라고 했다.

저 조그만 차에 GPS를 달아? 나는 그런 게 가능한지도 몰랐다……

7월 27일 월요일

닌이 피서차 아들 집에서 보름을 지내고 돌아오자마자 병원에 입원했다. 며칠 전부터 배가 그렇게 아프더란다. 피서지에서 병원에 갔더니 의사가 장염이라고 하면서 위통과 구토를 다스리는 약을 한 보따리 처방했다. 하지만 집에 돌아와서도 복통은 계속되었고 증세가 좋아지기는커녕 점점 더 심해졌다. 검사를 해보자는 말이 있어서 다시 병원에 갔더니 대장암이 발견되었다고 한다. 닌은 즉시 응급 수술을 받았다. 그래도 암이 너무 늦기 전에 발견된 터라 많이 걱정하지는 않아도 되는가 보다.

암만큼 심각한 병은 아니지만 드니즈도 얼마 전에 한쪽 눈에 백내장 수술을 받았는데 앞이 잘 안 보인다고 한다. 그래서 다른 쪽 눈도 흐릿하게 보이지만 꼭 수술을 받아야 할지 망설이고 있다.

7월 28일 화요일

닌이 많이 생각나는 하루였다. '너무 늦기 전에 발견된 암'이라는 말을 곱씹어본다. 대장암이 완치가 가능한 병인가?

나는 투아네트의 집에서 닌을 처음 만났다. 그 친구가 남편을 잃은 지 얼마 안 됐을 때였다. 닌도 투아네트와 마찬가지로 남편이 의사였다. 닌은 얼마 후 투아네트의 집 근처, 로드에서 약간 떨어진 곳에 예쁜 집을 사서 정착했다. 닌은 튀지 않는 타입이다. 그 친구는 언뜻 보아 눈길을 확 잡아끄는 구석이 없다. 키가 크지도 않고 작지도 않고, 몸매가 뚱뚱하지도 않고 마르지도 않고, 얼굴이 예쁘지도 않고 못생기지도 않았다. 그녀는 늘 있는 듯 없는 듯 행동한다. 목소리가 늘 차분하고 지금껏 언성 높이는 모습을 한 번도 못 봤다. 웃어도 소리를 내지 않고 꼭 할 말이 있을 때만 입을 연다. 투아네트는 수다스럽고 활기가 넘쳐서 어디로 튈지 모르지만, 닌은 말수가 적고 마음을 편하게 해주는 친구다. 그 친구는 자신을 잘 드러내지 않기 때문에 시간을 두고 천천히 겪어봐야 사람됨을 알 수 있다. 닌을 처음 본 사람들은 그녀의 인상이 좀 차갑다고 한다. 하지만 정말 마음을 터놓고 얘기를 나누는 단계까지 가면 이렇게 진국인 친구가 없다. 이제 닌은 내 인생의 일부가 되었다. 닌 없이는 나도 살 수 없을 것 같다.

그래서 나는 생각한다, 우리는 그 어떤 것에서든지 벗어날 수 있고 치유될 수 있다고.

7월 30일 목요일

잠을 잘 못 잤다. 엄밀히 말해, 나는 혼자 잤다고 말할 수 없다. 밤새 방 안에서 윙윙대는 소리에 잠을 설쳐야만 했다. 나는 그 소리에 귀를 기울이다가 내 쪽으로 다가온다 싶으면 이불을 머리끝까지 뒤집어썼다. 밤에 창문을 열어놓을 때에는 덧창을 닫아야 하는데 바보같이 깜박 잊었다. 그래서 그놈의 징그러운 무늬말벌이 침실에 들어오고 만 것이다. 나는 말벌에게 너무 바짝 다가가지 않으면서 총채를 흔들어 밖으로 내보내려 했지만 실패했다. 말벌이 오늘 밤에는 나갈 생각이 없는 것 같아서 침실 불은 끄고 복도 불을 켜서 최소한 내 잠자리에서만이라도 몰아내려 했지만 그것도 허사였다. 그 무늬말벌은 아주 나와 한방에서 자려고 작정이라도 한 것 같았다. 그래, 마음대로 해라. 벌과 함께 밤을 보내보자고……

컴컴한 방에서 말벌 날아다니는 소리를 듣고 있기도 불안해서 다시 불을 켜고 복도 불을 껐다. 말벌을 내보낼 마음도 접고 문을 닫았다. 집에 살충제가 있긴 할 텐데 어느 구석에 있는지도 모르겠고 너무 오래전에 산 물건이라 아직도 효과가 있을지 모르겠다. 살충제는 단번에 벌레를 죽일 만큼 강력해야지, 어설프게 효과가 있으면 사람에게 독이 된다.

르네는 잡지 따위로 일격을 날려 말벌을 잡곤 했지만 나는 시도도 해보지 않았다. 그런 일에는 서툴러서 아마 못 잡을 거다. 공연히 말벌의 성질만 건드리겠지. 그리고 겁이 나서도 못했다. 말벌에게 쏘이면 굉장히 아프다. 경우에 따라서는 병원에 가야 할 정도이고 더러는 사망에 이르기도 한다! 라팔리스에서 어떤 운전 교습 강사가 무늬말벌에 쏘인 지 한 시간 만에 숨을 거둔 적도 있다. 내가 본 건 아니고, 누구한테 들었던 기억이 난다. 그리고 무늬말벌의 독과 완전히 똑같은지는 모르겠지만, 몇 년 전에 나도 말벌에게 쏘여서 혼쭐이 난 적이 있다. 아주 작은 말벌이 내 요구르트에 빠졌는데 그런 줄도 모르고 먹다가 혀를 쏘인 것이다. 르네는 그렇게 생긴 벌에게 쏘였을 때 붉은 점이 생겼을 뿐 아주 아프지는 않았다면서 당장은 별다른 조치를 취하지 않았다. "괜찮아, 아주 작은 벌이야!" 르네가 집에서 15킬로미터 거리에 있는 라팔리스 병원에 나를 데려가기로 했을 때 나는 이미 차 안에서 호흡 곤란 증상을 보이고 있었다. 의사는 나에게 주사를 두 방 놓았다. 의사 말로는 내가 '숨이 넘어갈 것 같아서' 굉장히 걱정했다고 한다. 나한테 아마 벌독 알레르기가 있는 것 같다면서 벌에 쏘였을 때 바로 복용해야 하는 약도 처방해줬다. 하지만 그 후로는 한 번도 벌에 쏘인 적이 없고 그 약은 어떻게 했는지 기억도 안 난다.

그래도 잠을 아예 못 잔 건 아니다. 윙윙대는 소리가 들리지 않을 때 잠깐씩 눈을 붙였다. 나와 벌이 동시에 잠들었나 보다. 그래도 내가 이불을 머리끝까지 뒤집어 쓴 채로 깨어난 것을 보면 확실히 잠자리가 편치는 않았던 것 같다. 말벌 녀석도 잠을 설쳤을까. 말벌도 오늘 아침에 늦잠을 잤다. 쥐 죽은 듯 조용한 것이 어젯밤에 그렇게 윙윙대던 녀석이 맞나 싶었다. 나는 커튼에 말벌이 붙어 있을까 봐 감히 건드리지도 않았다. 놈을 방해하고 싶지 않았다. 어쨌든 벌이 나를 쏘지는 않았으니까, 나에게 해를 끼치지 않았으니까. 나는 가운을 걸치고 아침 식사를 하러 내려갔다. 차 한 잔에 기운을 차리고 다시 올라와서 머리를 수건으로 잘 덮고 조심조심 커튼을 걷은 후 창을 활짝 열었다. 환한 햇살과 장미 향기가 드디어 말벌을 밖으로 끌어냈다. 나는 샤워를 하고 양치질을 한 후 낡은 하늘색 치마에 흰색 블라우스를 입고 니트를 걸쳤다. 그러고는 아래층으로 내려가 지팡이를 챙겨서 아직 햇볕이 너무 뜨겁지 않을 때 산책을 나갔다. 그래도 오늘 오후에는 동종의 카지노*에 가서 말벌 살충제를 새로 한 통 사와야겠다.

8월 3일 월요일

딸내미가 이제 결정을 내리라고 성화다. 이제 더는 둘러댈 핑계도 없긴 하다. 브르타뉴에 있는 자기 집에서 이번 달 말에 며칠 지내다 가라는데 못 간다고 말하기에는 그럴듯한 이유가 없다. 딸은 내가 아무것도 하지 않아도 된다고, 자기가 다 알아서 할 거라고 큰소리친다. 파리에서 자기 차로 가면 되니까 운전할 필요도 없다나. 그래, 하지만 우리 집은 파리가 아니란 말이지. 내가 파리로 올라가야 한다. 다시 말해, 기차를 타야 한다는 얘기다. 그런데 지금은 기차 타는 것도 일이다.

예전에는 라팔리스에 있는 작은 여행사에서 기차표 예매를 할 수 있었다. 거기서 일하는 여자가 참 싹싹했다. 행선지와 날짜만 말하면 그 여자가 알아서 차편을 찾아줬고, 나는 돈 내고

---

* 프랑스의 대형 유통업체.

표만 받아오면 됐다. 몇 달 전에 그 여행사가 문을 닫았다. 이제 역에 직접 가든가——제일 가까운 역도 30킬로미터나 떨어져 있는 생제르맹데포세 역이다——전화로 예매를 하는 수밖에 없다. 일전에 딸이 인터넷 예매를 해준 적이 있다. 나는 열차표를 잘 받았고 확실히 편리하기는 했다. 하지만 그때 딸이 갱신한 노인 승차 카드는 결코 받을 수 없었다. 그래서 나는 결국 매표구에 직접 가서 새로 카드를 만들어야 했다. 다행히 그때 나는 툴루즈에 사는 내 친구 엘리예트 집에서 지내고 있었다. 30킬로미터나 가야만 기차역이 나오는 상황이 아니었다는 얘기다. 오늘 아침에 3635(철도청 안내 전화)에 전화를 걸어봤다. 음악이 잠시 흘러나오더니 어떤 여자가 이상한 목소리로 나에게 몇 가지 질문을 했다. 나는 대답을 했지만 그 여자는 "죄송합니다, 대답을 잘 알아듣지 못했습니다."라고 했다. 재차 대답을 해도 그쪽에서는 똑같은 억양과 어조로 "죄송합니다, 대답을 잘 알아듣지 못했습니다." 소리만 되풀이했다. 그 여자는 꼭 녹음기를 틀어놓은 것처럼 말을 했다. 세 번째에 가서는 "저희가 잘 알아듣지 못해 죄송합니다."라고 하더니 "그럼, 안녕히 계십시오."라는 게 아닌가. 도대체 뭐지? 이 여자는 바보인가? 나는 딸에게 전화를 걸었다. 그걸로 문제는 해결됐다. 딸이 차표를 끊어서 우편으로 보내주겠다고 한다. 세상이 발전했다는데 왜 매사 더 복잡해지기만 하나?

8월 4일 화요일

오늘은 새로운 이웃이 차를 마시러 왔다. 베르티에네 집을 새로 매입한 사람이다. 지난주에 그 사람에게 전갈을 받았다. 나에게 폐가 되지 않는다면 이웃끼리 인사를 나누고 통성명도 할 겸 잠시 방문하고 싶다는 말을 아주 빙빙 돌려 하고 있었다. 우리 친구들은 며칠 후에 다과회를 하면서 그 사람을 부르자고 했다. 질베르트 말로는—그 친구는 가장 연장자이니만큼 이미 이 새로운 이웃의 방문과 인사를 받았다—아주 괜찮은 사람이라고 했다. 전직 대령이고 말도 잘 타고 굉장히 세련됐다고 했다. 일흔다섯 살이라니까 우리보다 훨씬 젊지만 이제 이 고장에 사는 노인네들도 얼마 없다 보니 서로 나이에 신경을 안 쓴다. 아내와 오래전에 사별했지만 재혼은 하지 않았고 외아들은 남아프리카에서 산다고 한다. 그가 그 대저택을 매입한 지는 1년이 넘었지만 최근에야 이사를 왔다. 그가 거주하기에는 집 안 구석구석이 너무 심하게 낡아서 대대적으로 공사를 했을 거다.

나는 사과파이를 구웠다. 제철 간식은 아니지만 차와 잘 어울린다. 내가 아끼는 파란색과 금색 찻잔도 내왔고 주로 장식장 안에 진열해두고 어쩌다 한 번씩 쓰는 은제 찻주전자도 꺼냈다. 남자가 차를 마시러 오는 게 날이면 날마다 있는 일은 아니니까.

오늘을 위하여 미용실도 다녀왔다. 납작하게 푹 꺼진 머리로 손님을 맞이하고 싶지 않았다. 지금의 머리는 단정하고 좋은 냄새가 나고 적당히 부풀어 있다. 나는 자작나무 화장대 앞에 앉았다. 내가 아가씨 때 쓰던 방의 서랍장, 탁자, 책상과 잘 어울리는 화장대다. 이제 화장대 앞에 앉을 일도 거의 없다. 거울의 방향을 돌려가면서 내 얼굴을 비춰보았다. 세월이 파놓은 주름은 어쩔 수 없지만 뺨은 아직 불그스름하고 살갗이 부드럽다. 나 자신을 유심히 살펴보니 아직도 못 봐줄 정도는 아니라는 생각이 든다. 백내장 수술을 받은 후로 안경이 필요 없어졌지만 나는 여전히 안경을 쓴다. 거의 50년을 안경을 쓰고 살았더니 이제 안경 벗은 내 얼굴이 어색해서 못 보겠다. 자식과 손주 들에게도 물어봤는데 모두들 안경 쓴 모습이 더 낫다고 했다. 안경을 벗고 보면 눈이 옛날보다 더 작아진 것 같다. 그게 아니면, 젊을 때만큼 눈꺼풀에 힘이 없어서 눈을 크게 못 뜨는 걸까? 잘 모르겠다. 어쨌든 얼굴에 생뚱맞게 자리 잡고 있는 두 눈이 참 작아 보인다. 소싯적에는 남들이 내 눈부터 봤는데. 눈이 예쁘다는 소리도 많이 들었는데…… 눈동자의 파란색이 흐려져서 예전만큼 또렷해 보이지 않나 보다. 눈동자에도 세월의 더께가 내려앉았는지 예전보다 회색에 더 가까워 보인다.

눈 화장은 한 번도 해보지 않았다. 내가 아이섀도를 좀 칠했다면 르네는 좋아했을 거다. 우리 딸이 조금 컸을 때 한 번 해보기는 했다. 그 애가 할인 매장에서 예쁜 케이스에 작은 붓이

들어 있는 파란색 아이섀도를 내 선물이라고 사왔다. 나는 붓을 눈 가까이 가져가는 게 겁나서 아이섀도를 제대로 칠하지도 못했고 우리 딸도 그런 쪽으로는 별 도움이 안 됐다. 그 아이섀도는 몇 년간 화장대 서랍에 그냥 처박혀 있었다.

오늘 아침에도 분홍빛 도는 향기로운 분만 뺨에 살짝 발랐다. 은색 케이스에 보관하는 분을 분첩으로 톡톡 두드려주면 끝이다. 르네와 좋은 데 가서 외식을 할 때면 기분도 낼 겸 입술도 살짝 분홍색으로 칠하곤 했다. 그 이상의 화장은 해본 적 없다.

장신구도 마찬가지다. 결혼반지, 약혼반지, 손목시계 말고는 뭔가를 착용한 적이 손에 꼽을 정도로 드물다. 아주 가끔 진주 목걸이나 얌전한 팔찌를 찼다. 귀걸이는 한 번 시도했지만 귓불이 너무 아파서 30분 만에 빼버렸다. 내가 성장한 환경에서 귀를 뚫는다는 것은 있을 수 없는 일, 하면 안 되는 일이었다.

나는 늘 자연스러운 것이 좋았다. 나는 금발에 파란 눈이었고 햇빛을 자주 못 보는 영국 여자처럼 낯빛이 희끄무레했다. 나는 약간만 인위적으로 멋을 내도 인형처럼 부자연스럽게 보이는 것 같았다. 젊을 때는 나도 예쁜 편이었다고 생각한다. 예쁘다는 말을 제법 들었고, 마음 약하게도 그런 말을 곧이곧대로 믿었다. 지금도 예쁜 할머니 소리를 종종 듣고, 영감들이 살살 장난을 걸어오기도 한다. 내가 그들의 생기 없는 눈동자에 잠시 빛이 돌아오게 하면 스무 살 때처럼 기분이 좋다. 명줄이 얼마 안 남았어도 누군가의 마음에 든다는 것은 기분 좋은 일이다. 얼굴 붉어지는 나이가 따로 있지는 않더라.

이제 이웃집 남자가 곧 올 것이다. 은색 케이스를 연다. 분첩을 넣었다가 꺼내서 뺨에 살짝 두드려준다. 분이 주름에 끼어 뭉치지 않도록 주의해야 한다. 입술도 살짝 분홍색으로 칠한다. 립스틱을 붓에 칠해 광대뼈에 톡톡 점을 찍고 손가락으로 문대어 자연스럽게 색을 펴준다. 준비는 끝났다.

8월 5일 수요일

참 지루했다. 전직 대령은 인품이 점잖고 세련되긴 했지만 재미가 없는 사람이었다. 그리고 하필이면 재미없는 사람들이 으레 그렇듯이 말이 너무 많았다. 저 사람 집에 안 갈 건가, 라는 생각이 들 정도였다. 게다가 내가 맛있게 구워낸 사과파이에는 거의 손도 대지 않았다. 내가 독이라도 넣었을까 봐 그랬나. 그는 무려 두 시간 동안 단조로운 목소리로 단조로운 자기 인생을 이야기하다가 갔다. 나도 나중에는 거의 듣지도 않고 '기강'이라는 단어와 '우리의 딱한 조국에 필요한 재건'이라는 표현이 등장할 때마다 예의 바르게 고개만 끄덕였다. 그리고 '드골 장군' 이름이 나올 때에는 좀 더 열심히 동의하는 척했다. 그는 군대, 병영, 참모부, 말 얘기만 하다가 갔다. 정말 재미없는 대화였다. 나에 대해서 뭔가를 물어보는 말은 한마디도 없었던 것 같다. 날 바라보기는 했나? 그는 이제 그만 가야겠다고 일어나서 전직 군인답게 반듯한 자세로 내 손에 입을 맞췄다. 나는 진이 빠져서 "또 놀러오세요."라고 말하기는 싫고 달리 뭐라고 말해야 할지는 모르겠고 해서 그냥 서 있었다. 왠지 그 사람이 '해산!'이라고 외치기 전에 움직이면 안 될 것 같았다. 그는 자기 차를 향해 걸어갔고 그 차가 우리 집에서 멀어지는 모습을 보면서 비로소 숨통이 트였다. 찻잔과 주전자, 케이크 남은 것을 주방에 가지고 들어갔다. 종이 냅킨은 버리고 찻잔, 접시, 포크를 씻었다. 케이크의 반은 잘라서 알루미늄 포일로 쌌다. 겉에다가 검정색 사인펜으로 '대령의 사과파이'라고 쓰고 냉동실에 집어넣었다.

나도 참 뭘 몰랐지. 르네를 만나기 전에는 군인과 결혼하는 게 꿈이었으니……

8월 6일 목요일

혼자 살아도 심심할 겨를이 없다. 할 일은 늘 있다. 요리도 하고, 독서도 하고, 십자말풀이도 하고, 카드점도 친다. 침대머리 서랍에 간직해놓는 몰스킨 수첩에 라디오나 텔레비전에서 들었던 인상 깊은 말, 책이나 신문에서 발췌한 문장을 적어두기도 한다. 삶, 죽음, 신, 교황에 대한 이야기. 상관관계도 없고 순서도 없는 사진들을 앨범에 모으듯 여기 어울리지 않을 별의별 말을 수첩에 모아둔다. 나는 뜨개질도 아직 그만두지 않았다. 반복적인 손놀림이 통증으로 돌아오기 때문에 뜨개질하는 시간이 점점 더 짧아지긴 한다. 손주들이 아직 아기였을 때만 해도 온갖 색깔로 손수 스웨터를 짜서 입혔다. 일부러 비시의 베르제르 드 프랑스까지 가서 좋은 양모 털실을 사다가 뜨뜻한 옷을 만들어주곤 했다. 그러다 손주들이 할머니가 짜준 옷은 유행에 뒤떨어진 데다가 피부가 가려워서 싫다고 했다. 그 애들은 모자가 달리고 배에 뭐가 쓰여진 흉측한 기모 스웨터를 좋다고 입고 다니기 시작했다. 요즘은 동종 양로원에 보낼 목도리나 짜는 정도다. 혹은, 친손주들이 엄마 아빠가 된다는 말을 들으면 배내옷을 짠다. 비시까지 털실을 사러 가는 게 힘들어서 그렇지, 아기 옷 같은 건 금방 짠다. 하지만 까다로운 작업은 아예 시작을 하지 않는다. 며느리가 처음 임신했을 때 생각이 난다. 나는 아기 덧신을 한 켤레 짜기로 마음먹었다. 그 전까지 아기 덧신은 짜본 적이 없었다. 이게 바늘 네 개로 짜는 거라서 만만치가 않았다. 일단 한 짝은 짰다. 그러고 나서 하나를 더 짰다. 짝이 안 맞아서 새로 하나를 또 짰다. 네 번째까지 짰는데도 영 아니었다. 아무리 애를 써도 똑같은 크기로 한 켤레가 안 나왔다! 이해가 가지 않았다. 처음부터 끝까지 책에서 시키는 대로 똑같이 했는데도 크기가 조금씩 다른 덧신 네 짝이 나왔을 뿐이다. 결국 손주가 태어났을 때에는 될 대로 되라는 심정으로 네 짝 다 며느리에게 줬던 것 같다. 그때 이후로 집안에 아기가 태어난다는 말을 들으면 조끼에 소매만 붙인 단순한 모양의 배내옷을 가터뜨기로 짜는 선에서 만족한다. 물론 바늘 두 개로 짜는 거다.

나는 독서도 한다. 물론 예전만큼은 못한다. 이제 눈이 금세 피로해지기도 하고, 흥미를 끄는 소설을 만나기도 어렵다. 나는 늘 책을 좋아했다. 어렸을 때에는 장미문고로 나왔던 세귀르 백작 부인의 동화들에 푹 빠졌다. 지금도 다락방에 빨간색과 금색으로 장정된 그 멋진 책들이 몇 권 남아 있을 거다. 소녀들을 위한 주간지 《라 스멘 드 쉬제트(La Semaine de Suzette)》한 권만 있으면 베카신, 룰로트, 그랑데르 아주머니 이야기에 정신이 팔려 몇 시간이 후딱 갔다. 좀 더 커서는 「닥터 지바고」, 「바람과 함께 사라지다」, 그리고 「티보 가 사람들」처럼 나의 평범하고 소소한 삶과는 전혀 다른 세계를 보여주는 장편 소설들이 좋아졌다. 나는 애거서 크리스티를 읽으면서 탐정 놀이를 했고 내가 아르센 뤼팽의 마음을 빼앗은 '초록 눈의 아가씨'라고 상상했다. 비시의 단골 서점 덕분에 나는 앙드레 셰디드를 알게 됐다. 「타자(Autre)」를 읽고 엄청난 충격을 받은 후로 셰디드의 소설은 한 권도 빼놓지 않고 다 읽었다. 나는 아주 재미없는 책만 아니면 손에 잡히는 대로 다 읽는다. 나는 우리 딸의 『팡토메트』시리즈, 『앨리스』시리즈, 『내 친구 플리카』삼부작과 마르그리트 유르스나르, 장 도르메송, 자클린 드 로밀리를 전부 다 마찬가지로 재미있게 읽었다. 나는 뜨개질을 하거나 텔레비전을 보면서 책을 읽곤 했는데 르네는 내가 어떻게 그럴 수 있는지 의아해했다.

몇 년 전에 친구들끼리 책 돌려 읽기 모임을 만들었다. 열 명쯤 모여서 각자 두 권의 소설을 골라서 구입한 후 죽 돌려가며 읽고 서로 감상을 나누는 다과회를 가지기로 했다. 문제는 타인의 취향은 대체로 나의 취향을 부채질하지 않더라는 것이었으니…… 그런 소설이 내 침실 탁자에 놓여 있으면 우리 딸이 표지를 보고 깔보는 표정을 지으면서 "이거 엄마가 읽는 거예요? 진짜?"라고 물어본 적이 한두 번이 아니었다. 남이 골라준 따분한 책을 몇 페이지씩 통째로 건너뛰는 짓을 2년쯤 하고서 결국 때려치웠다. 내 취향에 맞는 책을 전부 내 지갑에서 나가는 돈으로 사서 읽는 편이 나았다.

나는 역사서도 좋아한다. 막스 갈로의 「나폴레옹」이나 엘렌 카레르 당코스가 러시아 역사에 대해서 쓴 책이 좋았고 보르도노브가 프랑스 군주들에 대해서 쓴 책은 한 권도 빠짐없이 읽었다. 근래에 나온 소설 중에도 재미있는 것이 있다. 앙투안 로랭이라는 작가가 쓴 「프랑스 대통령의 모자(Le Chapeau de Mitterrand)」처럼 말이다. 미테랑의 모자가 이 사람에게서 저 사람에게로 돌아다닌다는 아이디어가 참신하지 않은가! 마땅히 읽을 만한 책이 없으면 애거서 크리스티를 다시 펼쳐든다. 기억력이 별로 좋지 않아서 늘 범인 이름을 잊어버리기 때문에 다시 읽어도 괜찮다. 가끔은 막바지로 갈수록 범인이 생각나지만 그래도 긴박감은 어디 가지 않는다

반면, 신문은 잘 읽지 않는다. 정치면과 경제면은 물론, 패션이나 인테리어 같은 주제를 다뤄도 신문은 읽기가 싫다. 저녁 시간에 텔레비전을 보는 게 낫다. 한밤중에 자다가 깨어보면 텔레비전에서 클래식 연주회를 방영해주곤 한다. 모차르트, 쇼팽, 바흐가 내 취향이라는 것 정도는 알지만 딱히 클래식을 좋아하는 건 아니다. 아, 요한 슈트라우스도 좋아한다. 그의 왈츠를 들으면 내가 젊었을 때, 그러니까 종전(終戰) 직후의 무도회가 생각나기 때문이다. 그때는 탱고나 폭스트롯을 추기 전에 으레 왈츠로 시작을 했다. 하지만 굳이 클래식 음반을 듣지는 않는다. 서재 방 서가에 클래식 음반이 있고 그 옆에 축음기도 있지만 나는 그걸 어떻게 트는지조차 모른다. 르네는 자기도 음악을 잘 모르면서 '클래식의 보석'이라는 그 거창한 상자 세트를 사들였다. 어쩌다 가끔 오래된 폭스트롯 음반을 들으면 세월을 거슬러 올라간 기분이 들어서 좋다. 나는 그런 78RPM 음반을 대여섯 장을 가지고 있지만 턴테이블로 재생 가능한 것 같지는 않다. 뭐, 확실히는 모르겠다. 16RPM이 재생 불가였던가. 어쨌든 16RPM도 우리 집에 한두 장은 있을 거다.

텔레비전으로는 주로 저녁에, 혹은 점심 먹고 침대에 누워서 좀 쉴 때 영화를 본다. 오후에 채널 27번에서 종종 에르퀼 푸아

로*를 틀어준다. 몇 년 전, 아마도 내가 여든 살쯤 됐을 때 자식들이 'DVD 플레이어'를 사줬다. 디스크를 안에 넣으면 텔레비전 화면으로 영화를 볼 수 있다. 그 물건이 내 침실 텔레비전 아래 설치되어 있다. 또 다른 어느 해에는 딸이 생일 선물이라면서 히치콕의 영화들을 DVD로 여러 장 사줬다. 그 영화들도 텔레비전 옆에 「21번가의 살인자」, 「사형대로 가는 엘리베이터」, 「즐거운 인생」, 그리고 손주들이 선물한 마르셀 파뇰 삼부작과 함께 꽂혀 있다. 하지만 그 DVD들은 한 번도 보지 않았다. 아마 셀로판지 포장도 뜯지 않은 새것 그대로일 거다…… 나는 아이들이 영화에 대해서 물어보면 어떡하나 계속 걱정했다. 이제 걔들도 잊어버렸기를 바란다. 자식들이 기껏 선물을 했는데 어미가 사용법을 몰라 못 쓴다고 고백할 수는 없다. 아들은 사용법을 여러 번 가르쳐줬고 종이에 따로 적어주기까지 했지만 난 그 종이도 잊어버렸다. 내가 죽으면 자식들이 이런 물건들을 다 거둬가겠지. 적어도 상태는 괜찮을 거다. 기계는 더 최신식으로 가지고 있겠지만 영화들이야 낡아버리는 게 아니니까.

그리고 나에게는 브리지와 스크래블이 있다. 게임도 시간을 상당히 차지한다! 친구 집에 가는 시간, 친구들이 우리 집으로 오기로 했을 때 상을 차리고 다과를 준비하는 시간을 제외하

* 애거서 크리스티의 작품에 등장하는 대표적인 명탐정.

더라도 말이다.

마지막으로, 오솔길이나 숲으로 산책 나가는 것도 중요한 일과다. 자갈 깔린 마당에서 잡초를 뽑아야지, 테라스 포석(鋪石) 사이로 돋아난 이끼를 긁어내야지, 여름에는 저녁마다 의자에 앉은 채로 물이 새는 초록색 호스로 화단에 물도 줘야 한다.

사실 내가 유일하게 지루하다고 느끼는 순간은 나 혼자 있을 때가 아니라 지루한 사람들과 함께 있을 때다. 평소에는 정신없이 흐르는 시간이 그럴 때만 축축 늘어지는 것처럼 느껴진다.

남들과 함께하는 시간이라면 모를까, 자신과 함께하는 시간은 결코 지루하지 않다.

8월 10일 월요일

닌이 퇴원해서 집으로 돌아왔다. 며칠 안으로 얼굴을 보러 가겠노라 말해두었다. 닌은 좀 피곤하긴 하지만 내가 찾아와주면 무척 기쁠 거라고 했다.

8월 12일 수요일

자갈들이 낮의 열기를 저녁까지 품고 있는 날에는 이따금 접이 의자를 꺼내와 최대한 길게 펼친다. 의자와 함께 넘어가지 않도록 의자 다리를 잘 고정시킨 후 드러눕는다. 벌써 나와 있는 샛별이 보인다. 솔직히 말하자면 샛별이 확실한지 어떤지 잘 모른다. 다른 별들도 그 별만큼 빛나는 것 같다. 그리고 일전에 손주가 설명하기로는, 계절이나 태양과의 위치에 따라 샛별도 우리 눈에 보이지 않을 때가 있다고 한다.

뉴스에서 오늘 밤에는 별똥별을 볼 수 있다고 했다. 새벽 5시경에 1분에 1개꼴로 보일 거라니! 물론 나는 그 시각에 잠자리에 있겠지만 잠자러 가기 전에 바깥에서 조금 쉬고 싶었다. 나는 접이의자에 다리를 쭉 펴고 누워 하늘을 바라보면서 밤이 오기를 기다렸다.

눈은 차츰 어둠에 익숙해져가고 하늘에는 점점 더 많은 별이 드러났다. 부모님과 남동생과 함께 큰곰자리를 찾아보곤 했던 내 어릴 적 밤하늘과 똑같다. 큰곰자리는 찾기 쉽다. 그리고 작은곰자리, 거문고자리, 내가 제일 좋아하는 플레이아데스 성단도 있다. 나는 별똥별이 보이는지 찾아보았다. 나는 늘 별똥별을 너무 늦게 봐서 소원을 빌 기회를 놓친다. 이제 머리가 그렇게 빨리 돌아가지 않는다. 게다가 나중에 가서 생각해봐도 딱히 떠오르는 소원이 없다. 나에게 반사적으로 튀어나올 만큼 절실한 소원이 뭐가 있겠는가. 기껏해야 평온하게 자다가 죽고 싶다 정도인데…… 이건 별똥별에게 빌 만큼 희망찬 소원은 아니다. 어릴 때는 멋진 사랑을 하게 해달라고, 공부를 잘하게 해달라고, 좋은 남편을 만나게 해달라고, 예쁜 아기를 낳게 해달라고 빌었다. 이제 너무 힘들지 않게 떠나는 게 소원이다.

별을 쳐다볼수록 마치 허공에 빨려 들어가는 것 같은 느낌이 들었다. 온몸이 스르르 풀어지고 정신이 빠져나가 저 혼자 방황하는 것 같은 기분이랄까. 저 하늘에서 무슨 일이 일어나는 걸까? 과학자들은 점점 더 무한한 우주를 발견해왔고 이제 평행우주 얘기도 나온다. 나는 그런 얘기를 들으면 무섭다. 정말로 우리 인간들밖에 없는 걸까? 하느님은 계신 걸까? 90년을 살았지만 내가 어디서 와서 어디로 가는지는 여전히 모른다.

막막한 우주를 바라보고 있노라면 내가 비워진다. 흡사 내가 아예 존재하지도 않는 것처럼. 이제 시간도, 공간도, 두려움도 없다. 접이의자에 누워 여름 밤하늘을 바라보고 있는 지금 이 순간처럼 내가 '거대한 전체'에 속해 있음을 절감한 적은 없었다. 바로 옆에서 날아다니는 박쥐들의 춤도 이제 무서운 줄 모르겠다. 적막한 침실에 누웠을 때에는 불안하게 들리던 올빼미 울음소리도 나를 잠식하는 위대한 고요 속에서는 한낱 작은 밤의 음악일 뿐이다.

8월 16일 일요일

오늘 넌을 보고 왔다. 내가 보기에 얼굴이 그렇게 많이 상하지는 않았다. 수술을 잘 견뎌낸 것 같았고 당분간은 화학 요법 치료를 받을 계획도 없다고 한다. 닌은 자기가 이제 다 나았다면서 예전처럼 돌아가면서 한 집에 모여 다과도 나누고 브리지 게임도 하고 싶다고 했다. 단지 이제 먹으면 안 되는 음식이 많아서 주의해야 하고, 식사도 여러 번에 나누어 조금씩 해야 한다. 가장 안타까운 소식은 술을 한 방울도 입에 댈 수 없다는 것이다. 이제 닌은 질베르트와 투아네트와 어울려 백포도주 한 잔조차 할 수 없는 신세다.

8월 17일 월요일

아들이 며칠 지내러 와 있다. 금요일까지 여기 있다가 나를 파리행 기차에 태워주고 자기는 친구들과 주말 산행을 하러 간다. 우리 아들은 이제 은퇴를 했기 때문에 여기 내려오고 싶으면 아무 때나 내려올 수 있다. 하지만 그 애는 나와 지내는 것보다 어디 먼 곳으로 여행을 떠나기 좋아한다. 당연한 거다. 아들은 요트를 즐기는데 이 고장에는 사냥꾼들이 오리를 잡으러 오는 연못이 몇 군데 있을 뿐, 바다가 없다. 그 애는 보통 사람들이 지하철을 타듯 일상적으로 비행기를 탄다. 나 같으면 그렇게 못 산다. 일단, 나는 비행기가 정말 무섭다. 그리고 왜 그렇게 멀리 가야만 하나? 계절과 상관없이 무조건 태양과 더위를 즐기고 싶어 하는 이유를 모르겠다. 나는 여기 시골 생활이 여름은 여름답고 겨울은 겨울다워서 좋다. 아들은 낯익은 풍광에서 벗어나는 것을 좋아한다. 나는 갈수록 낯선 곳이 싫어진다. 나에게는 내게 익숙한 지표들이 필요하다. 내가 아는 장소를 알아보고, 내가 아는 사람의 이름을 부르는 게 마음 편하다. 비행기도 싫고, 배 타는 것도 별로다. 그런 것들은 너무 흔들리기 때문에 균형을 잡기가 힘들다. 이제 나는 진흙탕이나 빙판이 아니라 맨땅에서도 두 다리로 서 있기 힘든 나이다.

둘이서 점심을 먹고 밖에서 커피를 마셨다. 그때 아들이 갑자기 상자에서 시커먼 물건을 꺼내서 의기양양하게 내밀었다. "어머니 GPS예요!" 나는 그냥 "아⋯⋯"라고만 내뱉었다. 내게 GPS가 필요할까? 게다가 이 물건 쓰는 법을 배워야 한다고 생각하니 눈앞이 캄캄하다. 이런 첨단 장비들은 다 질색이다. 다들 편리하다고 하는데 나는 쓸 줄도 모르니 바보가 된 기분이다. 그리고 나에게 꼭 필요한 물건도 아니다. 난 길을 자주 잃는 편도 아니다. 어차피 모르는 길, 먼 길, 밤길을 운전할 일은 점점 줄어든다. 이날 이때까지 내가 집을 못 찾아온 적 있었나. 물론 늘 최단 코스로 돌아오진 않았지만 무사히 돌아오면 된 거 아닌가. 그런데 GPS라니⋯⋯

아들은 나의 경차 계기반에 그놈을 달아줬다. 옛날 집 전화 수화기에 달렸던 것처럼 꼬불꼬불한 전선이 하나 늘어져 있다. 시가라이터 잭이랑 연결해서 쓰는 건가 보다. 화면이 있고 버튼이 몇 개 있는데 요즘 젊은 애들이 쓰는 휴대전화나, 뭐든지 할 수 있다는 태블릿과 비슷하게 생겼다.

우리는 차에 타고 출발했다. 베르까지 잠깐 다녀왔다. 운전은 아들이 했다. 아들이 조작을 어떻게 하는지, 행선지를 입력하려면 뭘 눌러야 하는지 가르쳐줬다. 그럴 줄 알았다. 간단하다는 기계가 실상은 끔찍이도 복잡했다. 아들 말을 잘 듣고 시키는 대로 했다. 열심히 한다고 했지만 조금 지나면 다 까먹었다. 어느 순간부터는 머리가 어질어질했다. 집으로 돌아오는 길에 아들이 흡족하다는 듯이 말했다. "어때요, 별로 어렵지 않지요? 이제 다 배우셨으니까 잘 쓰실 수 있지요?" 나는 잘할 수 있다고 했다. 그러지 않으면 우리 아들은 처음부터 다시 붙잡고 가르쳤을 거다.

이것만은 확실하다. 저 물건을 쓰면 길은 잃지 않겠지만 내가 차를 그대로 도랑에 처박고 말 거다.

8월 19일 수요일

기유메트가 어제저녁에 자기 딸을 데리고 우리 집에 와서 하룻밤 자고 갔다. 그들은 어제 베르사유에서 내려와서 오늘 아침 일찍 리옹으로 떠났다. 동서를 오랜만에 보니 정말 반가웠다. 기유메트는 하나도 변하지 않았다. 겨울에는 스코틀랜드 체크무늬 스커트에 흰색 블라우스, 여름에는 실크 프린트 원피스, 손에는 언제나 뜨개바늘이 들려 있고, 가방 속에는 항상 실타래가 들어 있는 기유메트. 르네의 막내동생 장이 기유메트의 남편이다. 두 사람은 모로코에서 결혼했다. 우리 부부는 시어머니 등쌀에 못 이겨 마르세유에서 배를 타고 모로코로 건너가 쿠투비아까지 차로 가기로 했다. 출발하기 며칠 전부터 르네가 나에게 뱃멀미를 피하는 방법이라면서 별의별 얘기를 다 해줬다. 나는 그때까지 배를 타고 여행한 적이 없었다. 모로코로 가는 뱃길은 상상 이상이었다. 바다는 쉴 새 없이 출렁였고 배는 그보다 더 많이 흔들렸다. 르네는 병든 닭처럼 비실거렸다. 시어머니도 누워만 있느라 자기 선실 밖으로 나오지도 않았기 때문에 나는 되레 편했다. 나는 여행 내내 불편한 데가 하나도 없었고 갑판에서 선원들과 농담을 주고받을 정도로 멀미라고는 몰랐다. 카사블랑카에서 내린 다음부터는 알제리 국경 근처 우지다의 사돈댁까지 험난하고 복잡한 길을 차로 달려야 했다. 결혼식을 치르자마자 시어머니는 당신의 '귀염둥이 장'과 이대로 헤어질 수 없다고 어깃장을 놓았다. 신혼부부는 졸지에 신혼여행에 어머님을 모시고 가야 했다. 어머님은 중국 양산을 들고 이 도시에서 저 도시로, 이 호텔에서 저 호텔로 신혼부부를 따라다녔다. 밤에 두 사람이 한 방으로 들어가는 모습을 한숨 쉬면서 바라볼 때만 빼고, 하루 종일 바짝 붙어 다니면서 잠시도 둘만의 시간을 내어주지 않았다. 첫날밤을 치르고 난

바로 다음 날 아침 식사 자리에서 며느리를 불안한 눈으로 훑어보고는 자기 아들에게 가서 "그래, 우리 아들, 잘 치른 게지?" 라고 했던 분이다.

장은 진즉에 죽었다. 정확히 몇 년 전이었는지 이제 기억도 안 난다. 말년에는 몸이 완전히 틀어져서 어떻게 허리가 저렇게 꼬부라졌는데도 다리로 균형을 잡고 서 있을 수 있나 신기할 정도였다. 동서 부부는 늘 금실이 좋았다. 힘든 일, 슬픈 일도 둘이서 힘을 합쳐 잘 견뎌냈다. 장은 아픈 데도 없었는데 먼저 저세상으로 떠났다. 아픈 사람은 기유메트 쪽이었다. 의사는 동서에게 유방암이 이미 많이 진행됐다고 하면서 길어야 6개월 정도 더 살 수 있을 거라고 했다. 하지만 기유메트는 그 정도로 동요할 사람이 아니었다. 우리 딸이 전화를 했더니 깔깔 웃으면서 "무슨 생각을 하는 거야? 또 어르신 한 분이 가시는구나 싶어? 나 그렇게 쉽게 가지 않아!"라고 했다. 그게 12년 전 일이다. 기유메트는 쉽게 가지 않았다. 여전히 가발을 삐뚜름하게 쓰고, 반짝반짝 생기 넘치는 눈을 하고, 카랑카랑한 목소리로 수다를 떤다. 하지만 동서는 고생을 많이 했다. 10년 사이에 아이를 다섯이나 낳았고 그 아이들을 몇 푼 안 되는 돈과 사자 같은 기력으로 부족함 없이 먹이고 입혔다. 그러면서도 넋두리나 팔자타령 한 번 하지 않았다. 쉰 살이 갓 넘었을 때는 아들 하나를 잃었다. 그래도 꿋꿋이 버티면서 남편과 나머지 자식들을 건사했다. 그리고 한참 뒤에는 손주 하나가 트럭에 치여서 먼저 저세상으로 갔다. 그때도 동서는 교회에서 딱 한 번 약한 소리를 했을 뿐이다. "하느님, 저를 잊으셨습니까……"

기유메트는 12년째 화학 요법 치료를 받고 있다. 12년 사이에 머리칼이 다 빠져 반들반들 대머리가 되었다. 딸이 길을 떠나기 전에 엄마의 가발을 바로잡아주었다. 동서는 늘 아무렇게나, 그냥 모자를 집어서 쓰듯이 가발을 머리에 휙 올리고 신경도 쓰지 않는다. 가발을 썼다는 사실을 잊은 채 손을 가발 아래 넣어 머리를 긁기도 한다. 그러면 가발이 이쪽으로 흘러내렸다가 저쪽으로 흘러내렸다가 아주 볼썽사나워진다. 누군가가 넌지시 그 사실을 일러주면 그녀는 호탕하게 웃을 뿐 개의치 않는다. 기유메트는 에너지로 똘똘 뭉친 폭탄 같은 사람이다.

8월 20일 목요일

가방을 쌌다. 딸이 나랑 같이 있기가 창피하다고 할 만큼 질색하는 빨간색 나일론 가방에다가 짐을 챙겼다. 그 가방이 좀 보기 싫긴 하지만 굉장히 가벼운 데다가 일주일 지낼 짐을 싸기에는 크기도 안성맞춤이다. 짐은 늘 최소한으로 꾸린다. 갈아입을 치마 한 개, 블라우스 두 개, 티셔츠 한 개, 팬티 여섯 개, 브래지어 한 개, 스웨터 한 개, 스카프 한 개, 얇은 방수 재킷한 개, 화장품 파우치, 머리빗, 매일 먹는 혈압약. 오래된 검정색 수영복도 가져갈까 하다가 결국 그만두었다. 오히려 날이 좀 흐려야 바닷가에 나갈 수 있을 것 같다. 햇볕이 정수리에 뜨겁게 내리쬐는 날은 결국 두통으로 고생한다. 이제 나는 수영을 하지 않는다. 일단 바닷물이 너무 차다. 그리고 살을 드러내면 너무 흉물스럽기 때문에 수영복 입은 모습을 아무에게도 보이고 싶지 않다. 배만 볼록 나오고 나머지는 다 처졌다. 날씨가 좋은 날에는 정원에서 파라솔 아래 앉아 책이나 읽으련다. 비가 오면 방수 재킷을 걸치고 지팡이를 짚은 채 바닷가 산책로나 걸어야지.

손가방 안에 기차표, 노인 승차 카드, 휴대전화, 지갑과 동전 지갑을 챙겼다. 기차 시각을 스무 번쯤 확인했고 아들에게도 출발 시각을 약간 당겨서 스무 번쯤 말해두었다. 우리 아들은 늘 시간 여유 없이 딱 맞게 출발하기 때문에 불안하다. 그래서 9시 31분 출발인데 아들에게는 9시 10분이라고 말했다. 중간에 타이어를 교환하거나, 느려터진 콤바인 뒤를 따라가거나, 물랭 입구에서 정체에 걸리더라도 20분 여유가 있으니 괜찮다.

8월 21일 금요일

힘든 하루였다. 나는 완전히 녹초가 됐다…… 이제 멀리 다닐 나이가 아니다. 집을 떠날 일이 있으면 늘 그렇지만 밤새 뒤

척이다가 새벽같이 일어났다. 뭘 빼먹지는 않았는지 자꾸 걱정
이 됐다. 아들은 나를 역 앞에 내려주었고, 출발 시각은 삼십
분도 넘게 남아 있었다. 당연히 아들은 떠나기 전에 내가 타야
할 차편과 플랫폼 번호를 찾아주려고 했다. "파리행 열차는
9시 31분에 있네요. 어머니는 9시 10분이라고 하셨잖아요? 차
표 좀 보여주세요……" 그 애는 어미가 늙어서 노망이 났다고
생각했을 거다. 그래도 출발 시각까지 같이 기다려주었고 객차
에 같이 올라가서 빨간색 가방을 내 옆에 옮겨줬다. 나는 가방
이 없어지면 어떡하나 걱정이 되어서 짐칸에 넣지 않고 내 옆
에 두고 싶었다. 아들은 내 뺨에 뽀뽀를 하고 브르타뉴에서 잘
지내다 오기를 바란다고 인사를 한 후 기차에서 내렸다. 객차
안은 반밖에 차지 않았다. 내 옆자리도 빈 좌석이었는데 느베
르 역에서도 아무도 타지 않았다. 베르시 역에 딸내미가 자기
차와 개를 끌고 마중을 나와서 나를 태우고 곧바로 출발했다.
나는 잠시 숨 돌릴 겨를도 없었다. 딸이 샌드위치를 싸와서 점
심도 차 안에서 먹었다. 차에서 뭘 먹는 게 익숙지 않다 보니
사방에 음식을 흘렸던 것 같다. 샌드위치가 워낙 두툼해서 깔
끔하게 먹기가 쉽지 않았다. 원래 이런 걸 베어 물면 빵 사이의
내용물이 마구 삐져나오기 마련이다. 딸은 나를 미덥지 않은
시선으로 흘끔거렸지만 아무 말도 하지 않았다. 샌드위치를 먹
은 다음에는 차 안에서 꾸벅꾸벅 졸았기 때문에 시간이 금방
갔다. 우리는 베노데에 저녁 6시쯤 도착했다. 크레이프를 먹으

러 나갔다가 다시 들어왔다. 딸은 내 잠자리를 봐주고 수건과 생수 한 병을 준비해줬다. 나는 "오늘 저녁에 보니까 내가 살날이 얼마 안 남긴 한 것 같구나."라고 했다. 간단하게 샤워를 하고 이를 닦은 후 침대에 누웠다. 내일은 바다를 보러 갈 거다.

8월 29일 토요일

집에 돌아와서 기분이 정말 좋다. 딸네 집에서 일주일 동안 잘 지내긴 했지만 내 집이 제일이라는 것을 새삼 깨달았다. 내 집이 아니면 내가 지표 삼을 만한 것들이 없기 때문에 자꾸 남에게 의존하는 기분이 든다. 내가 짐이 되는 것 같은 기분 말이다. 나는 쓸모없는 사람이다. 장보기도 그렇고, 식사 준비도 그렇고, 나는 이제 대단한 도움을 줄 수 없는 사람이다. 상을 차리고 치우는 일을 조금 거들 뿐인데 그나마도 처음 사흘은 식기가 어디 있는지, 냅킨과 소금과 냄비 받침은 어디 있는지 꼬박꼬박 물어봐야 했다.

브르타뉴 날씨답게 일주일 내내 햇빛과 비가 오락가락했다. 안개비가 뿌리는 날에 딸과 바닷가로 산책을 나갔다가 아니나 다를까, 그 애를 망신스럽게 했다. 방수 재킷 아래로는 닳고 닳은 빨간 치마, 발에는 아들이 열두 살 때 신었던 고무장화, 머리에는 투명한 비닐 삼각모 차림이었으니까. 딸은 몇 번이나 나를 붙들고 제발 '그 보기 싫은 것' 좀 내다버리라고 호소했다. 비닐 모자가 예쁘지 않은 건 사실이지만 얼마나 실용적인데. 이미 몇 년째 애용 중인 물건을 이제 와 버릴 생각은 추호도 없다. 딸내미의 손바닥만 한 반바지와 큼지막한 노란색 후드 티 차림이 나보다 썩 나아 보이지도 않는다. 비가 안경알에 흩 뿌려지니 앞이 잘 보이지 않았다. 딸이 내 팔짱을 끼고 부축을 하면서 걷는데 표정이 좋지 않았다. 어미가 늙은 모습을 보기 가 괴로웠던 모양이다. 하지만 저 애도 익숙해질 때가 됐는 데……

그래도 딸네 집도 구경하고 한 주간 같이 지내기를 잘했다고 생각한다. 정말 잘 지냈다. 집은 안락했고, 모래 정원이 마음을 편안하게 해주었다. 바다 냄새가 나고 밀물 때에는 파도 소리가 들린다. 우리는 스크래블 게임을 많이 했고 크레이프와 곰새우 에 사과주로 포식을 했다. 사소하게 부딪힐 일이 아예 없었던 것 은 아니지만 딸과 나는 마음이 잘 맞았다.

한번은 저녁에 소파에 앉아 있는데 딸이 컴퓨터로 손자들 사 진을 잔뜩 보여줬다. 큰손자는 지금 아일랜드에 가 있다. 그리 고 작은손자는 아르카숑에서 열리는 여름 캠프에 갔다. 딸은 그러고 나서 근사한 풍경, 가족, 친구, 손자들 친구, 심지어 자기 친구들의 아들딸 사진까지 차례로 보여주는 것이었다. 아니, 어 떻게 이럴 수가 있지? 자기 가족도 아닌 사람들 사진을 이렇게 많이 가지고 있단 말이야? 심지어 그냥 이름만 아는 사람 사진도 가지고 있다고? 딸은 "페이스북에 올라온 사진이거든요."라고 대답했다. 난 참 희한한 일이라고 생각했다. 그러니까 컴퓨터에 접속만 하면 모두의 소식을 받아볼 수 있고 그들이 뭘 하고 사는지, 어디에 갔는지, 누구랑 있는지, 나아가 가끔은 무슨 생각을 하는지까지 알 수 있다니! 딸은 페이스북 덕분에 오래전에 연락이 끊어진 친구들을 찾았다고 했다. 비시에서 초등학교 다닐 때 같은 반이었던 친구 소식까지 알게 됐다나. 나는 그 말을 듣고 흥분해서 나도 페이스북이라는 걸 하면 젊었을 때 친구들, 그러니까 결혼 전에 파리에서 알았던 친구들을 찾을 수 있겠느냐고 물어봤다. 가령, 뤼베크 기숙사 욕탕에서 함께 럼주를 몰래 마셨던 욜랑드 드 레이날을 찾을 수 있을까? 딸은 미소를 지었다. 내 옛 친구들이 살아 있으면 아흔 살은 됐을 텐데 그 연령대 사람들이 페이스북을 하고 있을 확률은 거의 없다면서……

8월 30일 일요일

오늘은 초장부터 뭐가 잘 안 풀렸다. 미사에 못 갔다! 차고에 가서 시동을 걸었는데 차가 도통 말을 듣지 않았다. 아무리 시동을 걸고 또 걸고 액셀러레이터를 밟고 또 밟아도 차는 꿈쩍도 하지 않았다. 누가 자동차 엔진을 통째로 들어낸 것 같았다.

페르낭에게 전화를 했더니 그렇잖아도 내가 차고에 들어가는 걸 봤는데 한참이 지나도 나오지 않아 걱정했다면서 득달같이 달려왔다. 그는 금세 결론을 내렸다. "배터리가 문제네요, 방전됐어요." 아하. "충전해야 되는데 선은 있습니까?" 선? 무슨 선? 아니, 차량용 배터리를 충전하는 선은 없는데…… "이럴 때 쓰는 케이블이 있어야 해요, 어디 한 번 봅시다……"

페르낭이 없으면 내가 어떻게 될지 모르겠다. 그는 잠깐 사이에 나는 어디 있는지도 몰랐던 빨간 집게 달린 케이블을 찾아와 마르셀의 2CV 보닛을 열고 두 대의 자동차를 연결했다. 그는 마르셀 차에 공회전을 걸고 나서 나에게 내 차 시동을 걸어보라고 했다. 페르낭은 그냥 차를 몰아도 된다고, 원래 차량용 배터리는 운행 중에 저절로 충전이 되는 거라고 했지만 나는 우리 집 차고에서 공회전을 한참 시켰다. 일단 동종에 도착해서 교회에 차를 세워둔 동안 배터리가 또 나가서 집에 못 올까 봐 걱정이 됐다. 겨우 교회에 도착해보니 이미 영성체 시간이었다. 뒤쪽에 앉아 있던 사람들이 전부 놀란 눈으로 나를 쳐다봤다. 하긴, 사건이라면 사건이다! 사실, 이런 일은 처음이다. 왜 배터리가 방전됐을까? 집을 일주일 비우긴 했지만 라이트를 켜놓고 간 것도 아니고…… 아직 그렇게까지 정신이 나가지는 않았다. 그러다 마침내 원인을 찾았다.

내가 그 망할 놈의 GPS를 시가라이터 잭에 연결해놓았던 모양이다. 아들이 있는 동안은 그 애 심기를 거스를까 봐 GPS를 치울 엄두도 못 냈다. 바보 같은 목소리로 떠들기만 하고 아무 짝에도 쓸모없는 주제에 내 차의 에너지를 몽땅 잡아먹다니! 나는 당장 GPS를 떼어서 글러브박스에 처넣었다.

8월 31일 월요일

아침에 날씨가 좋기에 큰 거실을 환기해야겠다고 마음먹었다. 큰 거실은 식구들이 많이 오는 부활절 휴가나 크리스마스 휴가에만 열어놓는다. 나는 커다란 두 창문의 덧창을 모두 열고 테라스로 통하는 유리문도 열었다. 그러고 나서 상들리에 아래 다탁 옆을 지나가는데 뭔가가 물컹하고 밟히는 느낌이 났다. 끈끈한 반죽 같은 것이 내 실내화 밑창에 붙었다. 껌을 밟았는지 걸음을 옮기는데 발만 쏙 빠지고 실내화는 마룻바닥에 붙어서 떨어지지 않았다. 허리를 구부리고 바닥을 살펴보니 끈적끈적한 금빛 반점이 눈에 들어왔다. 나는 탁자를 붙잡고 엎드려서 그 반점을 손가락으로 찍어서 냄새를 맡았다. 꿀이었다! 마룻바닥에 꿀이 떨어졌구먼! 고개를 들어보니 상들리에 바로 옆 천장에 이상한 흔적이 눈에 들어왔다. 바로 그 흔적에서 뻑뻑한 액체 방울이 뚝 떨어지더니 내 실내화 위에서 뭉그러졌다. 세상에, 집 안에서 꿀이 떨어지고 있었다. 어떻게 이런 일이 가능하담? 정원에 있는 벌집에서는 올해 꿀이 전혀 나오지 않았는데! 아들에게 전화를 했더니 양봉가를 불러준다고 한다. 양봉가가 와서 살펴보면 우리 집 천장 위에서 무슨 일이 벌어지고 있는지 밝혀질 것이다.

9월 2일 수요일

양봉가가 조수를 데리고 집으로 찾아왔다. 그 사람이 큰 거실 위층에 벽난로가 있는지 물었다. 나는 그렇다고, 이층 아이들 방에 벽난로가 있긴 한데 한 번도 쓴 적은 없다고 대답했다. 우리는 이층에 올라가 계단에서 제일 가까운 방부터 들어가보았다. 벽난로 위치는 정확히 거실 샹들리에 바로 위였다. 양봉가가 시커먼 판들을 뜯어내자 사나운 꿀벌들이 우르르 튀어나왔다.

벌 떼가 벽난로 도관에 자리를 잡고 꿀을 많이도 모아놓았다. 꿀은 그을음이 뒤섞여서 먹을 것은 못 되었다. 양봉가와 조수가 그걸 다 치우고 닦아냈지만 거실 천장이 10센티미터 정도 망가진 것은 돌이킬 수 없었다. 천장 꺼진 데를 메우고 도료를 다시 칠해줄 사람을 구해야겠다……

9월 4일 금요일

아침에 현관에 나가 있을 때 우리 우체부가 배달을 왔다. 마침 파리에 보낼 우편물이 한 통 있었다. 첫째 외손자, 그러니까 딸내미 장남에게 보내는 우편물이다. 나는 예쁜 그림엽서에 생일 축하한다고 쓰고 용돈으로 소액의 수표를 동봉했다. 내가 보내는 돈은 딸과 사위가 그 애 통장에 저금을 해줄 것이다. 나중에 손자가 고맙다고 전화를 걸겠지. 요즘 아이들은 다 그러니까. 하지만 나는 전화 말고 편지를 받았으면 좋겠다. 어쩌다 가끔 편지를 받으면 그렇게 기분 좋을 수가 없다…… 지금은 아무도 편지를 쓰지 않는다. 어른들은 그럴 시간이 없고 아이들은 편지 쓰는 법을 배운 적이 없다. 요즘 아이들은 휴대전화 아니면 컴퓨터로만 메시지를 전하는 시대에 태어났으니까.

외손자가 하나뿐이었을 때, 그러니까 그 애가 아직 어리고 동생이 없었을 때에는 매년 여름 여기 와서 나랑 살다가 갔다. 아마 대여섯 살 때까지는 늘 그랬던 것 같다. 그 애는 조금도 심심해하지 않았다. 자기 방에서 레고를 가지고 놀거나 자갈밭에 길을 만들어놓고 장난감 트럭과 자동차를 굴리면서 놀았다. 외손자는 순하고, 늘 명랑하고, 뭐든지 잘 먹고, 목욕을 하거나 잠자리에 들 때에도 참 고분고분한 아이였다. 침대에 누워서는 나와 함께 「콩고에 간 땡땡」을 읽었다. 우리는 그 책을 늘 처음부터 다시 읽었기 때문에 전날 밤에 어디까지 읽었는지는 중요하지 않았다. 그 만화책 앞부분만 도대체 몇 번을 읽었는지 모르겠다…… 이제는 가물가물하지만 당시에는 앞부분 대사를 줄줄 외울 정도였다. 적어도 「시라노」나 라신의 시구(詩句) 못지않게 외웠던 것 같다. 우리는 늘 끝을 못 봤다. 손자는 네 쪽을 넘기지 못하고 새근새근 잠이 들곤 했다.

우체부를 딱 맞게 만나서 다행이긴 한데 집에 우표가 없었다. 나는 우표 한 벌 값을 건네고 남은 우표는 내일 아침에 가져다달라고 했다. 그러고도 우체부와 잠시 얘기를 나누었다. 오늘 내 앞으로 온 우편물은 광고지들과 청구서 한 장이 다였다. 평소에도 이렇다. 새해 인사가 몇 장 오는 1월과 자식 손주 들이 휴가지에서 엽서를 보내는 여름을 제외하면, 내가 받는 우편물은 개인이 아니라 회사에서 보내는 것이 전부다. 전화국, 통신사, 전력공사, 주거래 은행, 세무서 등등. 그리고 카르푸, 앵테르마르셰, 브리코마르셰, 카지노 같은 유통업체의 알록달록한 광고 전단이라든가 채소와 화초를 구입하는 원예상 카탈로그, 별의별 상품 광고, 이름도 못 들어본 자선 단체와 기부 재단 홍보물, 뭐가 뭔지는 모르겠지만 자식들의 장례 부담을 덜어준다는 상품 제안, 비시 연극 시즌 프로그램, 교구 주보도 있다. 주보와 세금 관련 우편물과 청구서를 제외한 나머지는 폐지함이나 벽난로로 직행한다.

내 잘못도 있다. 우체국에서 초록 우편함을 달아줄 때 한사코 거부했더라면 이렇게 종이 쓰레기가 많아지지 않았을 텐데.

아들이 우편함에 '광고 사절' 스티커를 붙여놓기는 했다. 그러면 우편함이 광고지가 덜 들어온다고는 하는데…… 광고 외의 우편물이 없을 때에는 굳이 오지 않아도 된다고 우체부에게 말할 수도 있을 것이다. 하지만 그러면 우체부를 자주 못 본다. 나에게는 《피가로》가 있지만 신문도 가끔은 제 시각에 나오지 않아서 다음 날 두 부를 한꺼번에 받아보기도 한다. 그리고 우편물이 하나도 없는 날은 슬플 것 같다. 아직까지는 아침에 아무것도 없는 현관 옆 탁자를 보느니 종이 쓰레기라도 받고 싶은 심정이다.

9월 8일 화요일

꿀벌 소동이 일단락된 줄 알았건만, 아니었다! 올해 봄 햇살이 비칠 때부터 다락방의 늘 닫혀 있는 작은 창 옆에서 꿀벌 왱왱대는 소리가 유난히 자주 들린다 싶긴 했다. 시간이 갈수록 그 소리가 자주 들렸다. 그러다 이제 꿀벌들이 그쪽에 살림을 차렸나 싶을 정도가 되었다. 이번에는 내가 직접 양봉가에게 전화를 걸었다. 전에 보니 사람이 싹싹하고 괜찮았다. 오늘도 그는 조수를 데리고 왔다.

우리는 다 함께 다락방에 올라갔다. 내가 마지막으로 거기 올라간 게 여섯 달 전이다. 초봄에 겨울옷을 정리해서 나프탈렌과 함께 상자에 넣을 때, 그리고 찬 바람이 불기 시작해서 겨울옷을 도로 꺼낼 때 아니면 다락방에는 아무 볼일이 없다. 양봉가와 조수는 바로 왱왱 소리의 진원지를 찾아냈다. 나는 귀가 좀 어두워서 처음에는 잘 몰랐지만 이내 어디서 나는 소리인지 알았다. 우리 집에서 다락방은 서쪽에 해당하는데 그쪽으로 오랫동안 사용하지 않은 작은 방들이 몇 칸 있다. 옛날에 이 집에서 부리던 사람들이 쓰던 방이라서 르네가 젊었을 때 이후로는 쓸일이 없었다. 현재 그 방들은 늘 닫혀만 있고 상태가 말이 아니다. 전기 설비도 노후했고 스위치를 눌러도 불이 안 들어온다. 나는 별로 들어가고 싶지 않았다…… 일단 양봉가가 손전등을 가지고 들어갔다. 옛날에는 세면실이었을 것으로 짐작되는 불결한 골방, 덧창의 나무판들 사이로 간신히 새어드는 빛 속에서 완벽한 자연 상태의 벌집이 모습을 드러냈다!

창문 뒤 덧창에 벌집 하나가 통째로 들러붙어 있었다. 꿀벌과 유충이 바글바글했고 대여섯 개 밀랍판에는 꿀이 가득 차다 못해 흘러넘치고 있었다! 양봉가는 나에게 나가 있으라고 했다. 나는 기다렸다는 듯이 몸을 피했고 그들은 양봉용 작업복을 입고 방충 모자를 썼다.

작업은 꽤 오래, 거의 한 시간이나 걸렸다. 나의 구원자들 ─ 그들은 또한 꿀벌 몇 마리도 구해주었다 ─ 은 왱왱 소리가 진동하는 상자들, 밀랍판, 그리고 꿀 한 단지를 들고 내려왔다!

사례를 하려고 했지만 양봉가는 한사코 받지 않았다. 내가 어찌해야 할지 몰라 난감했다. 나는 '수확물'이라도 그들이 가져가길 바랐지만 자기네는 이미 꿀이 너무 많다면서 그것도 받지 않았다. 그래서 나는 뭐라도 마시고 가라고 권했다. 양봉가와 조수는 파스티스 한 잔과 소금에 볶은 땅콩만 먹었다. 나도 술친구가 생긴 김에 차가운 뮈스카 포도주를 조금 마셨다.

9월 9일 수요일

점심 식사 후에 서재 방에서 책을 읽고 있었다. 창문 두 개를 활짝 열어두고 감미로운 여름 끝자락 공기를 즐기고 있는데 페르낭이 마르셀에게 뭐라고 고함치는 소리가 났고 이어서 2CV가 부르릉 소리를 내면서 멀어졌다. 그때까지는 평소와 다를 바가 없었다. 그 부부는 차를 쓸 때마다 페르낭이 차고 입구에 지팡이를 짚고 서서 마르셀이 차 빼는 것을 봐준다. 페르낭이 목이 쉬어라 외치는 동안 차는 시동이 걸리고, 약간 빠졌다가 앞으로 나오고, 다시 후진을 하고, 주춤거리고, 하여간 소란을 한참 피운다. 그래도 결국 요란한 소리를 내면서 출발을 하기는 한다. 그런데 오늘은 평소보다 더 출발하기가 힘든 것 같았다. 자동차에서 나는 소음도 심상치 않았고, 페르낭의 고함소리도 심상치 않았으며, 마르셀이 받아치는 소리도 장난이 아니었다. 제대로 듣지는 못했지만 "자!", "앞으로 가라고, 앞으로!", "후진!", "당신 뭐 하는 거야?", "아이고!", "어이!" 소리는 계속 나는데 진척이 없는 것 같았다. 나는 호기심이 동해서 창가로 갔다. 파란색 경차가 길에서 용쓰는 모습을 구경하는 건 늘 재미있다. 마르셀은 늘 기어를 1단으로 놓고 고막을 찢으려고 작정한 듯한 굉음을 내다가 도저히 못 참을 지경이 되어서야 2단으로 변환을 한다. 하지만 이번에는 내가 헛것을 보나 했다. 2CV는 평소처럼 요란하기는 했지만 길 왼쪽으로 진입하는 게 아니라 오른쪽으로 방향을 틀고 있었다. 자동차는 아예 길을 가로질러 잔디밭으로 뛰어들었고 아무렇지도 않은 듯 잔디밭을 지나 텃밭으로 향하고 있었다! 조수석에 페르낭까지 태운 채로! 차창이 열려 있어서 그의 감자 자루가 보였다. 저런.

30분 정도 고함 소리가 이어진 후 또다시 소동이 일어났다. 2CV가 우리 집 잔디밭을 가로질러 반대 방향으로 가고 있었다. 차는 트렁크가 열려 있었고 그 안에는 달걀처럼 동글동글한 감자가 가득 담긴 마대 자루가 실려 있었다. 감자 몇 알이 자루에서 떨어져 우리 집 원형 화단과 큰 나무 사이에 나뒹굴었다.

9월 10일 목요일

잠을 거의 못 잤다. 요즘은 자주 이런다. 전에는 베개에 머리만 대면 잠들어서 다음 날 아침까지 한 번도 깨지 않았다. 우리 집 불면증 환자는 르네였다. 그이는 경련통이 심해서 밤에 잠을 못 이룰 때가 많았다. 남편이 밤새 왔다 갔다 하는 바람에 나도 자다가 깨곤 했다. 그럴 때면 어슴푸레한 빛 속에서 이상한 춤이라도 추듯 마룻바닥 위에서 이쪽 발을 들었다가 저쪽 발을 들었다가 하는 그이의 실루엣이 보였다. 그렇게 하면 다리 경련이 좀 가라앉는다고 했다. 르네는 그놈의 고질병을 고치려고 할 수 있는 건 다 해봤다. 며칠 동안은 장딴지에 두툼한 쿠션을 받쳐서 다리를 들고 자기도 했다. 마사지를 했고, 효험이 있다는 체조 동작을 배워 오기도 했으며, 잠자리에 들기 전에 스트레칭과 페달로 운동*도 해보았다. 그이가 어디서 효과가 좋다는 글을 보고는 몇 주 동안 침대 시트 아래 마르세유산(産) 비누를 넣어놓기도 했다. 그 비책은 전혀 소용이 없었기 때문에 결국 비누는 욕실로 돌아갔다.

어젯밤에는 새벽 2시쯤 깼다. 늘 그렇듯이 잡생각이 많아져서 라디오를 켰다. 라디오에서 어제가 1715년 9월 9일에 세상을 떠난 루이 14세의 사망 300주기라고 가르쳐줬다. 깊은 동굴에서 울리는 것 같은 목소리가 프랑스 국왕이 정확히 300년 전에 죽었고 그의 유해가 생드니에 안치되었다고 말했다. 루이 14세가 대부분의 다른 프랑스 왕들과 마찬가지로 생드니 성당의 왕실 묘지에 안치되었다는 바로 그 대목에 이르러 나는 그

---

* 페달로(pédalo) 운동: 기구를 사용하여 자세의 안정과 균형을 꾀하는 운동.

묘지에 한 번도 가보지 않았구나라는 생각이 들었다…… 내가 알기로 왕실 묘지는 프랑스 대혁명 당시에 상당 부분 파괴되었다. 그래도 나에게 아직 그럴 시간이 있다면 직접 한번 그곳에 가보고 싶다.

왕과 왕비 들의 시신을 끄집어내어 생석회 구덩이에 내던졌다는 사실을 생각해보면…… 훗날 왕실 묘지를 재건하려 했을 때에는 유해를 수습하고 신원을 파악한다는 것이 불가능했는데…… 앙리 4세만은 예외였다! 그의 시신은 잘 보존되어 있었다. 심지어 그의 시신은 성당에 안치되기 전에 며칠 동안 군중들에게 공개되기까지 했는데 말이다! 나는 비몽사몽으로 장례 미사에 대한 묘사를 들었다. 120명의 수도사들이 아침 7시에 국왕의 관을 맞이했다. 관을 아침 7시에 안장하는 이유는 그때가 '해가 다시 태어나는 시각'이기 때문이란다. 라디오에서 설명한 대로라면 성당은 빛, 신이 약속한 부활을 상징한다. 따라서 죽은 이는 여기서 사망의 밤을 보내고 부활의 빛으로 이행하게 되는 것이다. 방송은 아름답고 엄숙한 음악을, 아마도 추도 성가를 틀어주었다. 비록 나는 아직 영원한 잠에 들어갈 준비가 되지 않았지만 어쨌든 한번 깼던 잠이 돌아오기에 딱 좋은 배경 음악이었다. 왕은 마를리에서 저녁 식사를 한 지 얼마 안 되어 통증을 호소했다. 왕실 주치의 파공은 "위장이 쇠약하다."라고 진단하고는 '카라베'라고 하는 약을 처방했다. 이 약은 사실 호박(琥珀)에 해당했고 다른 말로는 '응고된 역청'으로 통하기도 했다. 하느님, 그 시대에 태어나지 않게 해주셔서 감사합니다. 역청을 약이랍시고 삼켜야 하다니…… 그 시대 사람들이 환자를 치료한답시고 사용한 방법들은 얼마나 괴상한가! 사혈(瀉血) 요법, 거머리 요법, 온갖 희한한 약들은 또 어떻고! 그중에서도 가장 희한한 것은 이보다 몇 세기 앞서 루이 8세가 죽어가는 와중에 처방받은 '약'일 것이다. 왕실 의사들은 그에게 처녀의 순결을 빼앗으면 병이 나을 거라고 했다! 가엾은 루이 8세는 이 처방을 거부했다. 그가 달리 어떻게 할 수 있었겠는가? 그는 이질을 앓았는데 이미 고열에 시달리며 단말마의 고통을 겪는 상황이었다. 루이 14세 이야기로 돌아가자면, 왕실 주치의의 진단은 틀렸다. 가엾은 왕의 병명을 제대로 밝혀낸 사람은 왕실 외과의 마레샬이었다. 루이 14세는 괴저병*을 앓고 있었고 완치는 불가능했다. 나는 루이 14세가 암탕나귀 젖을 처방받았다는 대목에서 다시 잠이 들었다.

9월 11일 금요일

감자 수확 사건이 겨우 이틀 전 일이다. 우연히 지역 신문에서 2CV에 얽힌 사연을 몇 줄 읽었다. 이 차는 클레르몽페랑에

---

* 혈액 공급이 되지 않거나 세균 때문에 비교적 큰 덩어리의 조직이 죽는 병.

사는 불랑제 씨라는 사람이 구상을 했으며 처음에는 '아주 작은 차(Très Petite Voiture)'를 줄여서 TPV라고 부르려 했다고 한다. 물론 마르셀과 페르낭이 아직 어렸을 때 일이다. 그리고 그 차는 정말로 그들을 위해서 일부러 설계된 거나 마찬가지였다! 불랑제 씨는 '나막신을 신은 농사꾼 두 명이 감자 50킬로그램이나 작은 술통 하나를 싣고서 시속 63킬로미터 정도로 운행할 만한 차, 기름 3리터로 100킬로미터를 달릴 수 있고 달걀 10여 개를 싣고 밭을 가로질러도 하나도 깨지지 않는 차'를 만들고 싶었다고 한다.

그래서 마르셀과 페르낭이 40년 넘게 그 차를 애용해온 모양이다. 최초의 2CV는 농사꾼 처녀 총각의 연애의 요람이었다. 마지막 2CV는 그들에게 감자 수십 킬로그램을 옮겨주었다. 마르셀이 우리 집 잔디밭을 시속 63킬로미터로 달렸을 거라고는 생각지 않지만……

9월 12일 토요일

오늘은 물랭에 사는 알리스의 집에 점심을 먹으러 갔다. 알리스는 드니즈의 친구다. 질베르트가 오전 11시에 우리 집에 와서 내 차로 함께 갔다. 우리는 12시 정각에 도착하기로 되어 있었다.

우리가 맨 먼저 도착을 했다. 준비는 다 끝나 있었다. 거실에는 브리지 테이블 세 개가 펼쳐져 있고 카드와 득점표가 초록색 펠트천 위에 다 차려져 있었다. 작은 식당에도 물 두 병, 포도주 두 병, 빵 바구니, 식기 열두 벌이 원탁에 차려져 있었다.

손님들이 모두 도착하자 알리스는 우리보고 주방으로 따라오라고 하더니 차게 준비해놓은 요리 접시들을 옮겨달라고 했다. 삶은 달걀, 생햄, 멜론, 토마토, 아보카도, 싱그러운 초록색 샐러드용 채소, 치즈 한 조각 등으로 차게 먹는 점심 한 끼가 준비되어 있었다. 아름다운 리모주산(産) 접시에 단순하지만 재료의 색감이 돋보이도록 잘 차려낸 음식이었다. 후식으로는 아이스크림을 먹었다. 커피까지 마시고 난 후 거실로 자리를 옮겨 브리지 게임을 세 판 했다.

정말 재미있는 시간이었다. 알리스는 영감 두 명을 불러오기까지 했다! 그들은 건강이 좋지 않은 듯했고 믿음직한 게임 상대라고 하기에도 뭐했다. 한 영감은 보청기 끼는 것을 깜박해서 무슨 말을 해도 못 듣는 상태였고, 다른 영감은 눈이 잘 보이지 않아서 다이아몬드를 내야 할 때 하트를 내고 클로버 대신 스페이드를 내기 일쑤였다. 그래도 신부님과 의사 말고 다른 남정네 목소리를 들으니 신선했다. 오후 4시쯤 우리는 뒷정리를 도와주고 각자 집으로 돌아갔다.

물랭의 어느 식당에서 드니즈가 알리스를 처음 소개해줬을 때부터 나는 그 친구가 마음에 들었다. 알리스는 좀 나대는 성격이지만 그 성격 덕분에 고령에도 건강하게 사는 거라고 생각한다. 알리스는 늘 유쾌하고 잘 웃는다. 끊임없이 새로운 계획을 세우는 알리스는 그 어떤 것도, 흐르는 세월조차도 두려워하지 않는 것 같다.

알리스 생일이 아마 유월일 거다. 질베르트와 드니즈와 나는 벌써부터 알리스에게 생일 파티를 열어줄 생각을 하고 있다. 깜짝 파티를 준비할 작정이다. 알리스의 자식들은 어머니가 생일을 따로 기념하고 싶어 하지 않는다고 말하지만 우리는 우리 마음대로 할 거다. 아무나 백 살까지 사는 줄 아나.

9월 14일 월요일

라디오가 어떻게 된 건지 모르겠다. 평소에는 그냥 켜기만 하면 방송이 나왔다. 다른 채널 방송을 듣고 싶으면 1부터 5까지 번호가 매겨져 있는 버튼 중 하나를 누르기만 하면 됐다. 1번과 2번은 클래식 방송이고, 3번은 뉴스 방송이다. 점심 식사 후에는 4번을 듣고 샤워를 하고 난 후에는 5번을 듣는데 둘 다 역사 방송이다. 나는 역사 채널을 아주 좋아한다. 라디오가 5번에 맞춰져 있으면 가끔 자다 깨서 라디오를 틀었을 때 썩 흥미진진한 방송을 우연히 만나기도 한다. 텔레비전도 그렇고 라디오도 그렇고 정말로 흥미로운 프로그램을 사람들

이 다 자는 시간에 재방송으로 내보낸다. 그 덕분에 지난주에
도 자다 깨서 가엾은 루이 14세의 죽음에 얽힌 사연을 들을
수 있었다.

하지만 오늘 아침엔 아무것도 듣지 못했다. 어떤 버튼을 누르
든 귀에 거슬리는 지지직 소리밖에 나지 않았다. 라디오가 완전
히 못 쓰게 된 건 아니었으면 좋겠다. 사실, 그렇게 오래된 물건
도 아니다. 르네가 죽은 후에 그이가 늘 듣던 파란색 트랜지스터
라디오를 대신하라고 내 자식들이 사준 건데…… 가끔 뭔가 문
제가 있는 것 같기는 했다. 가령, 한밤중에 저절로 라디오가 켜
지고 내가 아무리 끄려고 해도 말을 듣지 않은 적도 있다. 나는
라디오가 알람 역할을 했을 거라고 생각한다. 내가 의도치 않게
뭔가를 눌러서 그 시각에 라디오가 켜지게끔 설정을 했을 것이
다. 버튼이 한두 개가 아니니 충분히 있을 수 있는 일이다……

지난번에 텔레비전에도 똑같은 일이 있었다. 채널을 아무리
돌려도 잿빛 화면이 하얀 눈밭으로 변할 뿐, 방송을 전혀 볼
수 없었다. 안테나 방향을 요리조리 틀어보았지만 소용없었다.
1번에서 해주는 저녁 뉴스를 못 봤고 10번에서 해주는 에르퀼
푸아로도 놓쳤으며 3번에서 해주는 《뿌리와 날개》*, 5번에서
해주는 《요즘 우리는(C dans l'air)》**을 다 못 봤다. 특히 《요즘

* 프랑스의 텔레비전 다큐멘터리 시리즈.
** 프랑스의 텔레비전 시사 토론 프로그램.

우리는》은 내가 좀 좋아하는 크리스토프 바르비에가 나오면 열심히 본다. 나는 물랭에서 일부러 출장 기사를 불러왔다. 기사가 텔레비전 뒤의 코드를 뺐다가 다시 꽂았더니 문제없이 잘만 나왔다⋯⋯

9월 15일 화요일

정원사에게 라디오를 좀 봐달라고 했다. 그 사람은 뭐든지 뚝딱뚝딱 잘 고친다. 전기도 만질 줄 아는 사람이니 라디오에 대해서도 잘 알 것 같았다. 정원사 손에 라디오가 넘어간 지 1분 만에 모든 채널이 원래대로 나왔다. 그냥 라디오 측면에 있는 버튼 하나만 누르니까 해결됐다. 나는 그게 뭐에 쓰는 건지 몰라서 건드리지도 않았는데 말이다. 정말이지, 그 버튼만 빼고 전부 다 눌러봤는데 말이다. 하지만 내가 모르는 사이에 그 버튼을 누른 적이 있어서 채널이 모두 사라졌던 거라고 한다. 정원사는 나에게 별것 아니라고, 내가 '주파수대를 변경해서' 그렇게 된 거라고 설명했다. 무슨 말인지는 모르겠지만 상관없다. 라디오가 예전처럼 잘 나오면 된 거다. 하여간 우리 정원사가 보물이다.

9월 17일 목요일

오늘은 우리 딸 생일이다. 자주 깜박하곤 하는데 오늘 저녁에는 꼭 전화를 해야겠다. 가끔은 날짜를 헷갈리기도 한다. 사실, 식구들 생일 챙기는 건 르네 담당이었다. 그이는 작은 수첩에 가족과 지인 들의 생일이나 중요한 기념일을 다 적어두고 매년 수첩을 바꿀 때마다 그 날짜들부터 옮겨 적었다.

해마다 9월 17일이면 르네는 생루이 교회에 분만 전문의를 데리러 갔던 그 일요일을 회상하면서 변함없는 감회에 젖곤 했다. 그이는 농담 삼아 나 때문에 그 의사가 미사를 궐해야 했다고 놀리곤 했다.

원래 르네는 둘째 생각이 전혀 없었다. 우리 아들은 이미 열다섯 살이었고 나도 마흔을 넘겼다. 아이를 하나 더 가질 생각을 하기에는 너무 늦은 때였다. 게다가 당시는 태아의 건강 상태를 확인해주는 의료 장비가 없었기 때문에 노산(老産)이 한층 더 두려웠다. 르네는 '미친 짓'이라고까지 말했다. 그이가 둘째 계획에 그리 협조적이지 않았음은 더 말할 필요도 없겠다. 그래도 나는 딸을 꼭 낳고 싶었다. 우리 형편도 많이 좋아져서 둘째를 낳아서 키우는 데 무리는 없을 성싶었다. 비록 시간이 얼마 남지 않았지만 그래도 지금 아니면 영원히 기회는 없을 터였다. 그래서 나도 몇 가지 팁을 동원했다. 가임기를 잘 계산해서 그날이다 싶으면 저녁 식사로 후추를 곁들인 스테이크를 준비했다. 후추가 흥분제 역할을 한다는 기사를 어디선가 읽었기 때문이다. 후추를 곁들인 스테이크로 저녁을 먹을 때에는 르네를 살살 구슬려서 좋은 포도주도 한 병 따게 했다. 식구끼리 저녁을 먹으면서 그러는 경우는 거의 없었다. 일단 우리가 술을 많이 마시지도 않거니와 르네는 생활비 지출에 꽤 신경을 쓰는 편이었기 때문이다. "나는 짠돌이가 아니야, 아껴야 할 것을 아낄 뿐이라고." 그이는 늘 그렇게 말했다. 정작 임신이 되고 나니까 되레 내가 겁이 났다. 산모가 나이가 너무 많아서 아이에게 무슨 문제가 생기면 어떡하지? 하지만 정말 괜찮은 의사를 만났다. 그 사람은 나를 안심시켜주었다. 그 의사가 내 분만을 맡는 한, 아무 문제도 없을 터였다. 굉장히 실력 있는 의사라고 우리 고장에 소문이 자자했다. 심지어 지금 생각하면 나는 그 의사를 남자로서도 좀 좋아했던 것 같다…… 알리에 강 부둣가의 페르골라 병원에서 아기가 태어났을 때 의사는 짓궂게도 "오, 잘생긴 왕자님이네요!"라고 외쳤다. 그러고는 내 품에 아기를 안겨주었다.

드디어 나에게 딸이 생겼다. 르네는 완전히 딸 바보가 되었다. 그이는 마지막 눈을 감는 순간까지 딸내미 일이라면 안절부절못했다.

9월 19일 토요일

오늘 저녁은 르네를 위한 연미사*를 올렸다. 요 며칠, 베르의 작은 교회에서 미사를 집전한다. 이제 그쪽 동네는 주민이 거의 없다. 옛날에는 제법 괜찮은 식료품 가게와 빵집이 있었고 카페 세 곳과 초등학교도 있었다. 식당에서 죽치는 노인네들도 있었고, 거리에서 노는 아이들도 더러 있었다. 지금은 카페 하나와 박쥐들이 들끓는 교회, 투표할 때 빼고는 갈 일이 없는 읍사무소만 남아 있다.

전에는 교회도 매일 문을 열었다. 누구나 자유롭게 교회에 들어가 기도를 드릴 수 있었다. 여름에는 더위를 피해 돌로 지은 오래된 건물 특유의 냉기를 즐기려고, 혹은 그 교회의 단아한 로마네스크 양식을 감상하려고 잠시 들어가곤 했다. 일요일에는 교회가 꽉 찼다. 미사 드리는 사람이 많고 사제들도 부족하지 않았던 시절의 얘기다. 뙤약볕이 기승을 부리는 여름이면 노인 아이 가릴 것 없이 분홍색 타르를 칠한 비탈길을 올라가 작은 앞뜰과 화강암 계단에 이르렀다. 아흔을 넘긴 우리 시어머니도 르네의 부축을 받아 그 비탈길을 올라가셨다. 비록 세 걸음마다 멈춰서 땅이 꺼져라 한숨을 쉬기는 했지만 어쨌든 자기 발

---

* 연옥에 있는 이를 위하여 바치는 미사. '연옥(煉獄)'이란 죽은 사람의 영혼이 천국에 들어가기 전에 남은 죄를 씻기 위하여 불로써 단련받는 곳을 말한다.

로 걸어가셨다. 미사가 끝나면 아이들은 우르르 뛰어나가 까르르 웃으면서 비탈길을 내달렸고 노인들은 콘크리트 배수로를 따라 있는 난간을 부여잡았다. 교회 안에는 우리 이름이 쓰여 있는 좌석이 있었다. 좌석은 사제에게 혀로 성체를 받아 모신 후에 무릎을 꿇는 기도대를 향해 놓여 있었다. 드페 신부님이 수단 차림으로 말을 타고 우리 집을 방문하셨던 일도 생각난다. 시어머니는 신부님에게 배로 빚은 술을 대접하시고 이런저런 죄를 사함 받았다. 그다음에는 스위스 출신의 금욕적인 베르통 신부님이 계셨다. 그 신부님이 자기 하녀와 놀아난다고 쑥덕거리는 사람들이 좀 있었는데 나로서는 도저히 믿기지가 않았다. 우리 아들과 친했던 여자아이에게서도 희한한 얘기를 들었다. 그 아이가 대학생 때 라틴어 과외를 받으려고 일주일에 한 번씩 그 신부님 집에 갔는데 좀 그렇고 그런 일이 있었다나. 소문이 사실인지 아닌지는 모르겠다. 나는 뒷담화가 싫다. 그리고 베르통 신부님이 그렇게 영악한 사람처럼 보이지는 않았다…… 어쨌거나 그 신부님은 교회에서 매우 엄격했다. 그때만 해도 공의회* 이전의 미사 전례를 따랐기 때문에 적어도 우리를 바라보는 시선이 준엄하다고 느꼈다. 그분은 거의 항상 우리를 등지고 있었다. 베르통 신부님은 이미 옛날에 돌아가셨다. 그다음에는 수도사들

---

* 교황이 온 세계의 추기경, 주교, 신학자 들을 소집하여 진행하는 공식적인 종교 회의. 교회 전체에 해당하는 교리나 규율에 관하여 토의하고 규정한다.

이 있었다. 그들을 둘러싸고도 소문은 무성했다. 수도사들은 우리가 잘 모르는 곳에서 두 사람씩 부임해서 그 작은 교회 옆에 딸린 사택에서 지냈다. 그들은 몇 년간 토요일과 일요일에는 교구 내 오지에 위치한 작은 교회 세 군데를 돌면서 미사를 집전했다. 한 사람이 10여 명 되는 아이들을 데리고 성가대를 이끌면 다른 사람은 강론을 맡았다. 수도사들이 더는 부임하지 않게 되면서부터 사택은 빈집이 되었고 그 세 교회에서 성가가 울려 퍼질 일도 없었다. 라팔리스 교구를 맡고 있는 두 사제는 10여 개 이상의 교구 내 교회들을 꾸려 나가기도 바쁘기 때문에 신자들도 얼마 없는 그쪽 교회까지 가서 미사를 집전할 수가 없다. 작년까지는 흰 수염을 길게 기른 노인네가 한 분 있었다. 우리 손자는 그 사람이 산타클로스인 줄 알았다. 그다음에 어떤 중년의 모리셔스 사람이 왔는데 성자가 따로 없겠다 싶을 만큼 헌신적이다. 문제는 이 양반이 하는 말을 우리가 통 알아들을 수 없다는 거다. 나는 종국에 가서는 그 사람의 강론을 들을 생각도 아예 하지 않고 내처 딴생각만 하다가 오곤 한다. 나는 오랜 세월 주님을 믿고 따랐으니 내가 당신의 집에서 딴생각을 좀 하더라도 너그러이 용서해주시리라 믿는다.

토요일 오후 6시, 교회에 모인 사람은 서른 명 남짓했다. 우리는 저마다 한두 명의 고인을 위하여 준비한 미사 예물을 사제에게 미리 전달해두었다. 고인의 영을 미사에 초대하기 위해서 필요한 절차다. 고인 한 사람을 위해서 모일 사람은 대여섯 명

밖에 되지 않으므로 연미사를 봉헌하고 싶은 사람들끼리 뭉쳐야 했다. 그래서 우리는 모두 경건한 자세로 사제가 오기를 기다렸다. 6시 10분이 되었지만 사제는 입장하지 않았다. 20분에도 사제는 보이지 않았다. 6시 30분이 되자 사람들이 술렁대고 서로 당황해서 얼굴을 바라보았다. 어떡한담? 아무도 어디다 전화를 걸어서 알아봐야 할지 모르는 것 같았다. 신부님이 어디 갔을까? 그때 뒤에서 쿡쿡대며 숨죽여 웃는 소리가 나고 묵직한 나무 문짝이 삐걱하더니 거칠게 닫혔다. 딱한 사제 양반이 숨이 턱까지 차서는 낡은 가방을 옆에 끼고 헐레벌떡 들어왔다. 그는 뛸 듯이 성가대석으로 가서 그 누구에게도 시선을 주지 않고 말없이 장백의와 제의를 걸쳤다. 그러고 나서 우리를 향해 돌아섰는데 끈을 제대로 묶지 않은 장백의 아래로 바지와 커다란 구두가 다 보였다. 신부님은 아주 당황해서는 몇 마디 변명을 하면서 자기가 늦은 이유를 납득시키려 했다. 내가 잘못 들은 게 아니라면 그 양반은 혼례 미사를 집전하고서 신랑 신부가 권하는 샴페인을 거절할 수 없었다고 한다…… 하느님 맙소사, 그러면 아직도 술이 덜 깬 거 아닐까? 미사는 30분 만에 끝났고 신부님은 평소와 다름없이 주중 미사와 장례 미사를 공지했다. 그리고 결국 사달을 일으키고 말았다. "월요일 11시, 아무개 씨 장례 미사입니다…… 화요일 10시, 아무개 부인 장례 미사입니다…… 금요일 오후 5시, 아무개 씨…… 어…… 아니, 아무개 부인…… 아니……" 신부님은 죽은 자들 사이에서 생각이 꼬이고 혀가 꼬였는지 잠시 아무 말도 하지 못했다. 누가 죽은 사람이고 누가 산 사람인지, 혹은 누가 곧 죽을 사람인지 알 수 없게 되어버린 것이다. 신부님은 우물쭈물하다가 강복을 주었고 우리는 웃음이 터지려는 것을 겨우 참았다. 결국 금요일은 누구 장례 미사인지 아무도 알 수 없게 되었다. 어쨌거나 모든 것이 제자리로 돌아갔고, 르네를 위한 연미사도 올렸다.

비록 사제도 없이 미사를 올릴 뻔하긴 했지만 말이다.

9월 20일 일요일

날이 짧아졌다. 여름이 능청을 부린다. 이틀만 있으면 가을이다.[*] 그다음에는 겨울이 오고 차 마실 시각에 벌써 하늘이 컴컴할 것이다. 그런 계절에는 저녁 약속을 오후 5시부터, 때로는 그보다 더 일찍 잡는다. 몇 주 동안은 오후보다 저녁이 길고 밤은 낮보다 길 것이다.

어렸을 때는 어둠이 무서웠다. 그래서 침실 문을 살짝 열어놓고 자거나 스탠드를 켜놓고 잤다. 동화책과 만화 영화에서 보았

---

[*] 서양에서는 하지 이후 낮이 점점 짧아지다가 낮과 밤의 길이가 같아지는 날(추분)에 가을이 시작된다고 생각한다.

던 유령과 괴물이 아이다운 상상력을 부채질했다. 그런데 이 나이가 되니까 어릴 적 두려움이 되살아난다. 밤에 침실에 누워 있는 늙은이들의 머릿속을 차지하는 것은 그때와 똑같은 두려움, 미지에 대한 두려움, 우리가 잠든 사이에 덮치러 올 것 같은 보이지 않는 위협에 대한 두려움이다. 살 만큼 살아봤고 허다한 고뇌와 번민을 겪어본 우리도 끝은 아직 모르기에. 우리의 끝. 이승을 떠나 빛으로 나아간다고 믿더라도 죽음은 늘 어둠과 결부된다. 우리가 죽음을 보지 못했기 때문인가? 고인의 눈을 감겨주기 때문인가? 아니면, 우리가 자신의 유한성을 눈 감고 외면하는 까닭인가? 검은색은 절망의 색, 슬픔과 서러움의 색이다. 검은색은 애도의 색이기도 하다. 흉조를 나타내는 새 까마귀의 색. 빛도 없고 물질도 없는 무(無)의 색, 우주의 모든 것을 집어삼킨다는 무시무시한 블랙홀의 색이다. 검은색은 폭풍우를 예고하는 구름의 색, 천둥이 포효하는 하늘의 색이기도 하다. 죽음은 폭풍우다. 죽음은 벼락처럼 우리를 내리친다.

그런데 어째서 죽음은 낮보다는 밤을 기하여 우리를 데리러 오는 것일까? 르네는 날이 밝을 무렵 숨을 거두었고 그의 밤은 평온했다.

이제 가을이 온다. 가을은 붉은색, 주황색, 금색 단풍과 낙엽의 계절이다. 어릴 적 맡았던 따끈한 군밤 냄새, 무르익은 포도의 단맛, 프라이팬 하나 가득 볶아낸 그물버섯의 나무 향이 떠오르는 계절이다.

가을

9월 22일 화요일

아침에 이가 너무 아파서 눈이 떠졌다. 어제저녁부터 치통이 도지는 것 같다고 생각했지만 아프다 말다 하기에 크게 걱정하지 않았다. 그런데 지금은 어금니와 잇몸을 칼로 마구 쑤시는 것처럼 아프다. 통증이 귀를 타고 올라가 머리까지 지끈거린다. 나는 구강 살균제로 입안을 한 번 헹궈냈지만 진통 효과는 전혀 없었다. 하긴, 우리 집 약장에 몇 년이나 처박혀 있던 물건이니 약효가 사라졌을 법도 하다. 르네가 살아 있을 때부터 거기 있었던 것 같기도…… 돌리프란을 따로 챙겨 먹었지만 정오가 되도록 통증은 여전했다.

딸이 조금 전에 전화를 걸었기에 이가 아프다는 얘기를 했다. 치과에 약속을 잡아주겠다고 해서 아직은 아니라고, 저절

로 나을지도 모르니까 좀 더 두고 보겠다고 했더니 노발대발한
다. 딸은 나에게 당장 치과에 응급 진료를 요청하라고 성화다.
나는 그런 걸 요청할 줄 모르는 사람이다. 뭐, 그래도 전화를
하겠다고 그 애에게 약속했다. 딸은 돌리프란은 아무 효과가
없으니 다팔강 코데인을 먹고 치과에 갈 때까지 버티라고 했다.
그건 원래 처방전이 있어야 하지만 내가 치통이 심하다고 말하
면 아마 약사가 줄 거라나. 나는 딸에게 약 이름을 세 번이나
다시 물어보고 겨우 메모를 했다.

  손가방과 자동차 열쇠를 챙겨서 동종으로 출발했다. 이렇게
통증이 심한데 운전을 하려니 고역스럽다. 다행히 약국은 우
리 집에서 가깝다. 약사에게 메모지를 보여줬지만 그 여자는
나에게 그 약을 주려고 하지 않았다. 그 대신 다른 약을 권하
면서 함량이 낮을 뿐 성분은 동일하다고 강조했다. 그녀는 나
에게 지금 당장 두 알을 먹고 아침저녁으로 두 알씩 먹으면서
치과에 갈 때까지 통증을 참아보라고 했다. 집에 돌아오자마
자 그 약을 두 알 먹고 비시의 브루스 선생 치과에 전화를 걸
었다. 접수계 직원이 금요일 오전 진료가 가능하다고 했다. 오
늘은 화요일이지만 나는 진료를 더 앞당겨달라는 말을 감히
하지 못하고 그냥 "저, 그게, 많이 아프거든요……" 소리만 했
다. 괜찮다, 다른 사람들도 어지간히 아프지 않고서야 치과에
오고 싶겠는가. 내가 생각해도 그쪽에서 내 편의를 봐줄 이유
가 없다.

점심 식사를 하는데 떠먹는 요구르트를 삼키기 힘들 정도로 아팠다. 입맛도 없고 속이 좀 느글거렸다. 약효가 도느라 그랬던 것 같다. 다행히 머리는 좀 덜 아팠다. 나는 좀 누워 있으려고 텔레비전을 켰다. 바보 같은 게임 프로그램이 나와서 꾸벅꾸벅 졸았다. 깨어보니 밤이 되었던 걸로 보아 상당히 오래 잤던 모양이다. 자명종 시계는 이미 저녁 7시를 가리키고 있었다. 오늘은 별로 한 일이 없었다. 산책을 나가기에도 너무 늦은 시각이었다. 어차피 밖에 나가기에는 이미 다리 힘이 너무 없었다. 게다가 그 끔찍한 치통이 또다시 기승을 부리기 시작했다.

주방에 내려갔다. 다행히 터퍼웨어에 채소수프가 좀 남아 있어서 그놈을 데워서 한 사발 먹었다. 후식은 먹지 않았다. 요구르트나 과일절임, 오렌지 따위를 먹고 싶은 생각이 없었다. 나는 약국에서 받은 약을 두 알 먹고 컵, 사발, 숟가락을 씻었다. 냅킨을 개고 내일 아침 먹을 약과 잔을 챙겨놓았다. 가스 밸브를 잠그고 현관 빗장을 걸고 경보 장치를 켜고 불을 다 끈 다음에 침실로 올라갔다. 간단하게 씻고 이불 속에 들어가 누웠다. 책을 좀 읽으려고 했지만 머리가 어질어질했다. 적적한 기분이 싫어서 텔레비전을 켰다. 내 생각에는 그러고 나서 금방 잠이 들었던 것 같다.

9월 24일 목요일

앙젤이 아침에 일을 하러 왔다가 내가 다 죽어가는 꼴을 보고 질겁했다. 앙젤이 나에게 정향을 씹으면 치통이 가라앉는다고 알려주었지만 주방 전체를 뒤집어엎고도 정향을 찾을 수 없었다. 나는 밖에 나갈 형편이 못 되었다. 한 번 나가려고 시도는 했는데 사방이 빙글빙글 도는 기분이었다. 아침에 일어날 때부터 어지럼증이 심하긴 했다. 행여 넘어졌다가 내 힘으로 일어나지 못할까 봐 겁이 많이 났다. 게다가 아들이 사준 그놈의 안심목걸이를 늘 깜박 잊고 아무 데나 놓아두기 일쑤다. 꼭 아래층에 내려와서야 목걸이를 빼먹었다는 걸 깨닫는데 그걸 챙기러 스물두 개나 되는 계단을 다시 올라가기는 싫다. 안됐지만 할 수 없다. 나중에 올라가서 123을 눌러보면 된다. 누가 나에게 전화를 걸었다면 음성 메시지라도 남겼겠지. 화요일 이후로 먹은 게 거의 없다. 약간 구역질이 나고 배가 살살 꼬이는 것처럼 아프다. 도대체 왜 이러지? 치통 때문에 이렇게 다 죽어가고 있는 게 맞나? 잠이 들었을 때에만 좀 쉴 수 있다. 어차피 먹지도 못하고, 밖에 나가지도 못하고, 책도 못 읽기 때문에 잠자는 것 말고는 할 일이 없다. 그래서 나는 잔다. 잠을 자지 않을 때에는 아주 기묘한 기분이 든다. 마치 내가 천장에 붕 떠 있는 것 같은 기분이…… 이가 아프지만 않다면 이 기분도 아주 나쁘다고 할 수는 없다. 내 집 안에서 작고 가벼운 구름을 타고 다니는 것 같은 기분이니까……

투아네트가 나를 보러 잠깐 우리 집에 들렀다. 다행히 그 친구가 시간을 잘 맞춰 왔다. 그때 마침 약사가 준 약을 약간 증량해서 먹고 상태가 반짝 좋아졌기 때문이다. 이도 전혀 아프지 않아서 잠깐이지만 내일 치과 약속을 취소해도 괜찮지 않을까 생각했을 정도다. 나는 아주 기분 좋게 투아네트를 맞이했다. 투아네트 얼굴을 보니 반갑고 좋아서 자꾸만 웃음이 났다. 그녀는 나를 희한하다는 표정으로 바라보았다. 내가 아프다는 소식을 듣고 걱정깨나 했던 모양이다. 나는 투아네트에게 단순한 치통일 뿐이고 효과가 좋은 약을 구해서 이제 견딜 만해졌다고, 어차피 내일 아침이면 치과에 가서 치료를 받을 거라고 안심시켰다. 투아네트가 펄쩍 뛰었다. "그 몸을 하고서 운전을 하겠다고!? 게다가 비시까지? 40킬로미터는 가야 하잖아!" 사실, 약 기운에 몽롱한 상태로 운전대를 잡는다는 게 위험하긴 하다…… "내가 데려다줄게! 내일 아침 9시에 데리러 올게. 내친 김에 나도 시내에서 몇 가지 사야 할 것 좀 챙기지, 뭐. 그다음에 같이 차나 한잔하고 집으로 다시 데려다주면 되잖아." 투아네트가 말했다.

9월 25일 금요일

치과에서 치료를 잘 받았다. 투아네트가 쇼핑할 물건이 많아서 다행이었다. 그 친구는 상점들을 둘러보거나 진열 상품 구경하는 걸 즐긴다. 그도 그럴 것이, 나는 치과에 꽤 오래 붙잡혀 있어야 했다. 엑스레이를 찍고, 주사도 맞고, 의사가 뭘 하는 건지는 모르지만 한참이나 내 입안을 뒤적거렸다. 나는 처음 들어갈 때보다 더 병이 날 것 같은 상태가 되어서 치과를 나왔다. 입술이 붓고 아무 감각이 없는 것이 턱 전체가 강철이 된 것 같았다. 투아네트가 나를 기다리고 있었고 우리는 함께 치과에서 처방받은 약을 사러 갔다. 치과 의사는 약국에서 산 약을 더는 먹지말라고 했다. 내가 이미 그 약을 너무 많이 먹어서 중독 증상을 보이고 있다나! 복통과 구역질, 새가 되어 둥둥 떠다니는 것 같은 기묘하지만 기분 좋은 느낌도 그러한 증상의 일부라고 한다. 내가 손주들에게 이 이야기를 했더니 그 애들은 깔깔 웃으며 좋아했다. "와, 할머니 엄청 높은 데 올라간 거네요!!!"

9월 26일 토요일

해마다 9월 26일이면 생각한다. 그이가 살아 있으면 몇 살이더라? 헤아려보고, 한 번 더 헤아려본다. 세상에, 아흔다섯 살이겠네! 그이가 살았다면 어떻게 늙어갔을까? 세월에 쪼그라들었을까? 조금씩 쇠약해지고 누군가의 도움이 절실해지면서 나이 앞에서 포기해야만 하는 소소한 것들을 그이는 어떻게 받아들였을까? 앞일을 계획하기보다는 옛일을 돌아보기 좋아했던 그이가 그래도 계속 앞으로 나아갈 수 있었을까? 흐르는 시간을 몹시 두려워하던 그이가 이 세월을 어떻게 넘어왔을까? 그래도 조금씩 부르보네* 땅에 대한 애착을 버리고 주님의 나라로 다가갔으려나? 르네는 매일 저녁 얼굴을 두 손에 묻고 기도를 바쳤다. 그이는 신을 진정으로 믿지 않으면서도 신앙에 충실한 사람이었다. "난 가끔 저 하늘에 아무도 없다고 생각해." 그이는 이따금 서글픈 표정으로 내게 그렇게 고백하곤 했다. 그래, 르네는 늙기 전에 죽기를 잘했다. 그이는 그래야 하는 사람이었다.

르네는 매주 체중계를 뚫어져라 바라보면서 언짢은 기색으로 알리곤 했다. "여보, 나 100그램 또 빠졌어……" 나와 딸내미는 그이가 그런 식으로 계속 몸무게가 빠진다면 언제쯤 0킬로그램에 도달할지 장난삼아 계산을 해보았다. 르네는 우리가 계산한 그날이 오기 전에, 어느 날 새벽 댓바람에 마지막 숨을 거두었다.

9월 28일 월요일

어제저녁에 딸에게 전화를 받았다. 딸은 파리에서 르네의 조

---

* 프랑스 중부 알리에 주를 포함한 지방. 주인공이 살고 있는 곳이 속한 지방이다.

카를 어쩌다 한 번씩 만나면서 지냈는데 그 조카가 젊은 나이에 세상을 떠났다고 한다. 나는 그 조카를 잘 모르지만 한창 나이에 유명을 달리한 사람들 얘기를 들으면 늘 마음이 아리다. 그 조카도 에드몽드의 아들이나 닌과 투아네트의 남편들처럼 담배 때문에 죽었다고 한다. 딸에게 장례 미사는 어디서 열리고 묘지는 어디인지 물어봤다. 딸은 장례 미사는 없고 묘지도 따로 없을 거라고 대답했다. 하느님도 없고 매장도 없다. 실용적이기는 하다. 추모 '의식'과 화장을 같은 장소에서 해결할 수 있을 테니까. 하느님 없이 치르는 의식이 어떤 것일지 나는 잘 모르겠으나 아마 그런 게 요즘 식이겠지. 지금은 뭐든지 너무 빨리빨리 해치운다…… 인간에게는 육신이 있다. 우리 영혼이 육신을 떠난다. 칙칙하고 음산한 홀에서 세 마디 말을 하고 시신을 불구덩이에 처넣는다. 몇 분 지나면 재 한 줌만 남고 벌써 아무것도 없다.

확실히 지금은 화장이 유행이다. 안됐지만 나는 유행을 따르지 않을 것이다. 일단 나의 장례 미사가 아름답게 치러지기를 원하기 때문이다. 그리고 내 시신이 불 속보다는 흙 속에 들어갔으면 좋겠다. 나를 목관 속에 살며시 눕혀 내 남편 옆에 묻어주고 충분한 시간을 두고 안식에 들도록 내버려두기를 바란다. 나를 순식간에 재로 만들어 괴상한 유골 단지에 넣는 것은 싫다. 미국에 사는 질베르트의 딸이 생각난다. 미국에서는 사람이 죽으면 으레 화장을 하는 것으로 안다. 아무튼, 그 딸은 자기 남편을 화장했고 그 재를 어디에 가든지 지니고 다닌다. 그래서 오랜만에 프랑스 친정에 왔을 때에도 작은 유골함을 가져와서 거실 서랍장 위에 떡하니 올려두었다. 질베르트는 앙젤이 그 함에 든 것을 벽난로에 쌓인 재와 함께 쓰레기통에 비우기라도 할까 봐 아주 전전긍긍했다.

10월 1일 목요일

앙젤이 몹시 안타까운 소식을 전해주었다. 동종의 제과제빵점이 완전히 문을 닫았다고 한다. 동종에서 머랭, 프랄린 크림, 아몬드 페이스트로 맛있는 케이크들을 만들어 팔던 유일한 곳인데 말이다. 몇 주 전부터 항상 가게 셔터가 내려져 있기는 했다. 대외적으로 주인 여자가 기관지염 때문에 가게를 쉰다고 알려져 있었지만 모두들 여전히 희망을 버리지 않았다. 그 집 케이크는 내가 도저히 흉내조차 낼 수가 없다. 르네가 살아 있고 아들딸이 우리 품 안에서 살던 시절에도 이미 일요일에는 꼭 그 집 케이크를 나눠 먹곤 했다. 케이크를 같이 먹기 싫다는 사람이 있으면 가족 단합에 지장이 생긴다 해도 과언이 아니었다.

어째서 좋은 것들은 결국 사라지게 마련일까? 아케이드 상점가로 이어지는 작은 골목의 육가공식품점도 진즉에 문을 닫았다. 그 집 주인 여자는 안색이 늘 햄처럼 발그레하고 아주 예뻤다. 그 여자가 지나가면 다들 고개를 돌려 바라볼 정도로 미인이었다! 다행히 정육점은 아직 남아 있다. 그 집 고기는 육질이 아주 부드러워서 우리 아들도 일부러 거기서 구이용 고기를 사가지고 파리에 올라갈 정도다. 정육점 주인은 아직 그렇게까지 늙지 않았다. 적어도 내가 눈을 감을 때까지는 건재해주기를 바란다. 그 사람은 감자파이도 아주 맛있게 만드는데 동종 주민들에게는 이 고장의 별미로 통한다.

10월 2일 금요일

밭을 한 바퀴 둘러보고 왔다. 토마토가 아직 조금 남아 있다. 이렇게 화창한 날씨가 계속된다면 다음 주에는 따야 하지 싶다. 반면에 풋강낭콩은 이제 끝난 것 같다. 마지막 남은 것들을 어제 앙젤이 따다 줬는데 달랑 한 줌밖에 안 되어서 저녁 한 끼 먹고 끝이었다. 나는 부엌칼로 샐러드용 채소 밑동을 잘랐다. 이미 너무 크게 자라서 맛이 썩 좋을 성싶지 않다. 어쨌든 샐러드용 채소도 이제 끝물이다. 당근 고랑을 살펴봤더니 뽑을 때가 거의 다 됐다. 프레임에서 파슬리도 키우고 있으니 이제 곧 카로트 비시*를 만들 수 있겠다. 오늘 저녁거리로는 호박 네

* 당근을 버터나 육수에 뭉근하게 조려서 파슬리를 뿌려 내는 비시의 전통 요리.

개, 작은 고추 두 개, 가지 세 개를 바구니에 담아 왔다. 이걸 약한 불에 오래 끓여 라타투이유를 만들고 계핏가루 한 자밤으로 맛을 냈다.

시댁 식구들이 나를 밭에 내보낼 때마다 한바탕 웃음거리로 삼던 시절이 생각난다. 나는 도시 출신이라서 농사에 대해 아무것도 몰랐다. 구두를 신고 밭에 채소를 가지러 가서 기름진 흙만 헤집고 다니고 결국은 빈손으로 돌아오기 일쑤였다. 파슬리를 따오라고 했는데 당근 줄기잎을 따온 적도 있다. 나는 샐러드용 채소와 양배추 잎을 구분할 줄 몰랐고 참소리쟁이와 시금치가 어떻게 다른지도 몰랐다. 들상추나 잡초 뭉텅이나 내 눈에는 그게 그걸로 보였다. 파와 양파 줄기를 헷갈렸고, 풋강낭콩이나 완두콩깍지나 다를 바 없어 보였다. 사과와 마르멜로 열매조차 잘 구분하지 못했고, 까막까치밥나무 열매와 까치밥나무 열매가 같은 것인 줄 알았으며, 보통 오이와 절임용 작은 오이가 같은 품종인데 크기가 다를 뿐이라고 생각했다.

그리고 내 입에는 고약한데 이 고장 사람들이 매우 좋아하는 채소가 있었다. 그건 바로 근대였다. 나는 여기 내려오기 전까지 근대를 먹어보지 않았고 본 적도 없었다. 여기 사람들은 근대 잎을 시금치와 비슷한 방식으로 조리해 먹는데 좀 쌉쌀하고 질기기까지 해서 맛은 시금치와 전혀 다르다. 줄기 부분, 약간 노리끼리한 흰색의 '엽맥'은 주로 그라탱으로 먹는데 베샤멜 소스와 잘게 다진 그뤼예르 치즈를 잔뜩 넣기 때문에 차라리 먹을 만하다. 근대에 대한 기억은 별로 좋지 않다. 우리는 거의 매일 근대를 먹었다. 월요일엔 잎을 버터에 볶아 먹고, 화요일엔 엽맥을 화이트소스에 버무려 먹고, 수요일엔 소스만 토마토소스로 바꿔 먹고, 목요일엔 잎을 수프에 넣어 먹고, 금요일엔 엽맥을 팬에 볶아 먹고…… 밭에 근대가 너무 많이 나서 어떻게든 먹어치워야만 했다. 근대는 아무리 먹어도 늘 남아돌았다. 그때 평생 먹을 근대를 다 먹어서 지금까지도 근대라면 치가 떨리는가 보다.

10월 7일 수요일

올 것이 왔다. 가을이 되니까 좀도둑들이 설치고 다닌다. 샹탈은 물랭에 하루 외출을 나갔다가 왔더니 자물쇠가 박살이 나 있었다고 한다. 샹탈은 장신구와 은제 식기를 도둑맞았다. 도둑은 집 안을 난장판으로 만들어놓고 갔다. 하필이면 그날 비가 왔는데 진흙투성이 군화 발자국으로 마룻바닥과 거실 양탄자가 엉망진창이 되어 있더란다. 트레젤에 사는 샹피네 집에도 도둑이 들었다. 식구들이 집에 있을 때였는데 외따로 떨어져 있는 방들만 골라서 털어 갔다고 한다. 그래도 끔찍하기로는 프랑세트에게 있었던 일에 비할까. 프랑세트가 자다가 밤중에 문득 깨어보니 스타킹을 얼굴에 뒤집어쓴 괴한이 자기 서랍장을 뒤지고 있었다고 한다! 프랑세트가 비명을 지르자 괴한이 "닥쳐, 이 할망구야!"라고 고함을 질러서 그때부터 그 친구는 찍소리도 못 했다. 가엾은 프랑세트는 벌벌 떨면서 그자가 자신의 추억이 깃든 소중한 물건들을 하나하나 쓸어 담는 모습을 지켜봐야만 했다. 이튿날 그녀는 경찰에 신고를 했지만 찾아봐야 헛수고일 거라는 말만 들었다. 그런 좀도둑들은 절대 잡히지 않는다나. 나도 조심해야겠다. 집을 비우지 않을 때에도 매일 저녁 경보 장치를 켜놓을 작정이다. 내가 잠에서 깼는데 어떤 놈이 내 침대 옆에서 그러고 있다면 심장마비가 올 것 같다.

10월 8일 목요일

잠을 설쳤다. 문득 누군가가 우리 집 자갈길에서 걷는 것 같은 느낌이 들었다. 다락방에서 무슨 소리가 난 것 같기도 했고 자꾸만 신경이 날카로워졌다. 시골에서 혼자 사는 것만 해도 마음 놓이는 일이 아닌데 도둑들이 설친다는 소리를 듣고 어떻게 두 발 뻗고 자겠는가…… 집에 사람이 있는데도 도둑이 들어온다는 얘기가 특히 무섭다. 도둑이 나를 죽일까 봐 무섭다기보다는, 공포 자체가 무섭다. 내 침대 옆에는 손만 뻗으면 누를 수 있는 경보 버튼이 있다. 하지만 만약 내 침실에 누가 침입한다면 나는 겁에 질려서 손가락 하나 까딱하지 못할 것 같다. 그래서 지금은 침대에 눕기 전에 침실 문도 꼭 잠근다. 열쇠를 두 번 돌려 잠가도 자물쇠가 워낙 오래되어 힘센 장정이 한 번 내리치면 박살이 날 것 같지만 그 사실을 잊으려 애쓴다. 문앞을 노란색 안락의자로 막아놓을까 생각도 했지만 포기했다. 어차피 그 의자는 너무 가벼워서 소용없을 것이다. 장롱이나 서랍장 정도는 되어야 문 앞을 막는 의미가 있다.

우리 집 경보 장치도 이 고장에 처음으로 도둑들이 크게 들끓을 때 설치한 물건이다. 그때는 아직 휴대전화가 없었고 도둑이 전화선을 끊고 들어오기 십상이었다. 전화선이 매립되어 있는 경우는 드물었다. 집에 있을 때 도둑이 전화선을 끊고 들이닥치면 어디 연락할 방법도 없이 완전히 고립되는 거다. 우리 집도 11월의 어느 밤에 괘종시계와 실내 장식품 몇 점을 도둑맞고 나자 르네가 대책을 세워야겠다고 결심했다. 도둑들은 어디서 정보를 얻었는지 몰라도 우리가 파리에 일주일 지내러 간 틈을 노렸다. 그때 마침 우리 손녀가 태어나기도 했고 상경한 김에 르네의 사촌들도 만나고 왔다.

르네는 집을 한 번 비울 때마다 귀중품을 숨긴다고 꼬박 하루를 매달렸다. 값나가는 물건은 하나하나 오래된 《피가로》와 《앵베스티르》 신문지로 쌌다. 나이가 들면서는 자기가 물건 감춰둔 곳을 늘 소지하고 다니는 수첩에 적어두어야 했다. 여행에서 돌아오면 수첩을 들고 물건을 도로 꺼내어 풀고 제자리에 갖다놓느라 꼬박 하루가 걸렸다. 그이는 귀중품을 아무 데나,

가끔은 생각지도 못한 엉뚱한 곳에 숨겼다. 처음에는 메모를 하지 않고 자기 기억력만 믿었다. 그러다가 어머니께 물려받은 은쟁반을 어디 감췄는지 몰라서 소동을 피운 적이 있다. 몇 달 후에 우리 딸내미가 그 쟁반을 손에 들고 당황한 얼굴로 우리 침실에 달려와서는 자기 방 장롱 구석에 신발들과 함께 처박혀 있는 '이 물건'이 뭐냐고 물었다…… 딸과 나는 그이를 비웃곤 했지만 나중에는 우리가 한 방 먹었다. 그이가 큰일을 했다. 르네 덕분에 도둑들은 우리 집 은 식기도, 그이가 낡은 모자 속에 소중히 감춰놓은 내 귀금속들도 발견하지 못했다.

10월 10일 토요일

어젯밤에 딸과 사위가 아이들과 개를 데리고 상식적으로 말이 안 되는 시각에 찾아왔다. 나는 그 집 식구들이 쿵쿵대면서 계단을 올라오는 바람에 잠에서 깼다. 순간적으로 도둑이 들었나 싶어서 겁이 더럭 났다. 그러다 개 짖는 소리가 나서 안심을 했다. 도둑이 남의 집 털러 오면서 개를 데리고 다니진 않을 테니까. 그래도 잠이 쉬이 다시 들지 않아서 뒤척이다가 오늘 늦잠을 자고 말았다.

딸이 오늘 저녁거리로 라팔리스의 대형 마트에서 엄청나게 큰 호박 4분의 1쪽을 사왔다. 그 애가 이 호박으로 만드는 수프는 아주 별미다. 나는 오랫동안 바보 같은 고집을 부리면서 딸의 호박수프를 사양하곤 했다. 나는 호박에 대한 고정 관념이 있었다. 왠지 모르지만 나는 호박 하면 전쟁이 생각났다. 독일인들이 우리의 감자, 닭, 달걀을 가로채고 우리가 짠 우유를 먹을 때 우리는 온갖 채소들이나 한데 끓여 억지로 삼켜야 했다. 딸이 그 주황색 수프를 만들어주겠노라 나설 때마다 어릴 때 억지로 먹던 채소 곤죽이 생각나면서 구역질이 올라오곤 했다.

전시(戰時)에 파리 사람들은 먹을 것이 없었다. 볶은 보리를 주재료로 하는 멀건 죽, 스웨덴 순무나 돼지감자로 만든 밍밍하고 들척지근한 퓌레가 기억난다. 그런 채소가 가축 사료나 토끼 먹이로 쓰였던 것은 결코 우연이 아니다! 독일인들이 좋은 것을 다 빼앗아가던 시절에도 무시당하던 그런 채소들이 요즘은 각광을 받는 것 같다. 요즘 사람들은 입맛도 참 별나다······ 그런 채소도 버터와 생크림으로 잘 조리하면 맛이 있으려나, 나는 뭐가 뭔지 모르겠다. 하지만 옛날에는 버터와 생크림이 정말로 구하기 힘든 사치품이었다.

호박 얘기로 돌아오자면 내가 잘못 생각하고 있는 것 같다. 전쟁 중에 딱히 호박을 먹었던 기억은 없다. 그렇지만 우리 딸이 만드는 호박수프가 1914년 전쟁 때 배급하던 '식량 제한 레시피'에 해당한다는 글을 어디서 읽은 적이 있다. 그러니까 내가 호박수프에서 전쟁을 연상하더라도 완전히 헛다리를 짚은 건 아니다. 그 전쟁이 내가 겪은 전쟁이 아니었을 뿐, 독일인들을 상대로 한 전쟁은 맞다.

10월 11일 일요일

애들이 키슈*와 어제 먹고 남은 케이크를 부랴부랴 먹어치우고 조금 전에 파리로 돌아갔다. 이제 금방 밤이 될 것이다. 실외등을 켰다. 집 안이 쥐 죽은 듯 조용하고 텅 빈 것처럼 느껴진다.

10월 13일 화요일

점심을 먹고서 해가 아직 키 큰 나무들 위에 떠 있을 때 산책을 하러 나갔다. 이제는 해가 금세 기울고, 해가 지자마자 공기가 서늘해진다. 날이 벌써 많이 짧아졌다.

늘 보는 경치인데도 지팡이를 짚고 주위를 둘러보면 경치에 싫증 날 틈이 없다. 바다처럼 새파란 하늘 아래 자연이 불타오르는 것 같다. 이 아름다운 광경도 오래가지 않을 테니 지금 즐겨야 한다. 이제 얼마 안 가 저 폭발적인 색채의 향연은 빛바랜

---

* 페이스트리 반죽에 달걀, 크림, 베이컨 등을 채워서 구워낸, 프랑스의 전통 음식.

적갈색, 오묘한 회색과 갈색 천지에 밀려날 것이다. 낙엽이 자갈길과 오솔길을 뒤덮고 숲에서 버섯과 지의류 냄새가 풍기겠지. 애달픈 가을은 그렇게 오리라.

아직까지는 유쾌한 가을, 따뜻한 색감이 저물어가는 날을 잊게 하는 가을이다. 내 집도 온통 활활 타는 붉은색 천지다. 주위의 나무들이 모두 선명한 노란색, 주황색, 주홍색, 진홍색 옷을 입었다. 밭 울타리 너머로 수풀을 뒤덮은 하얀 방울들이 꼭 진주알 같다. 오직 두더지들이 쌓아놓은 흙더미만이 초록 잔디밭에 보기 싫은 얼룩을 남겼다.

매년 시월은 풍경을 새로 그린다. 매년 나는 이렇게 고운 색을 전에도 본 적이 있었나 싶다.

10월 15일 목요일

우리 앙젤이 아침에 밤을 두 바구니나 따다 줬다! 참, 이렇게 고마울 데가…… 앙젤에게도 자기 몫을 좀 챙기라고 말해두었다. 그래도 밤이 몇 킬로그램은 생겼으니 이걸로 뭘 좀 해봐야겠다. 더욱이 올해는 밤이 참 탐스럽게 여물었다. 지난 몇 년 동안은 오솔길 밤나무에서 거둬들인 밤이 영 신통치 않았고 벌레 먹은 것도 많았다.

나는 점심을 먹고 작업에 들어갔다. 주방 식탁에 신문지를 펼쳐놓고 왼쪽에는 밤 두 바구니를, 오른쪽에는 커다란 샐러드볼 두 개를 준비했다. 그러고는 간이 의자에 앉아 열심히 밤을 까기 시작했다. 단단한 겉껍질을 벗기는 것은 어렵지 않다. 칼끝으로 잘 가르기만 하면 쏙 벗겨지니까. 하지만 두 바구니를 다 까려니 두 시간이 걸렸다. 큰솥 두 개에 물을 팔팔 끓이고 밤을 넣은 후 잠시 기다렸다. 나는 카드를 가지고 나와서 밤이 익을 때까지 카드점을 쳤다. 다 익은 밤은 망에 받쳐 물기를 뺀 후 내가 손빨래 할 때 쓰는 초록색 대야에 담았다. 이걸 다시 탁자에 올려놓고 보늬를 벗기기 시작한다. 보늬, 다시 말해 밤의 속껍질은 아주 성가시다. 보늬는 과육에 딱 붙어 있기 때문에 손톱에 자꾸 끼는데 찜찜하기도 하고 따갑기도 하다. 그래도 삶은 감자 껍질 벗길 때와 마찬가지로 완전히 식어버리면 더 벗기기 힘들다. 그래서 아직 뜨끈뜨끈한 밤을 이 손에서 저 손으로 옮겨가면서 쪼글쪼글한 보늬를 칼로 벗기고 곧바로 스튜냄비에 넣는다. 고되고 오래 걸리는 일이지만 그래도 해가 넘어갈 즈음에는 끝을 봐서 기분이 좋았다. 이걸로 케이크를 한두 판 굽고 나머지는 얼려둘 생각이다. 내가 만드는 밤케이크는 시어머니에게 배운 얼마 안 되는 요리 중 하나다. 어머님도 젊어서는 음식을 잘하셨을 거라 생각한다. 하지만 어머님이 나를 위해 음식을 만드신 적도 별로 없거니와 그나마도 맛있게 먹었던 기억이 없다. 생각나는 거라고는 요리에 돼지기름을 쓰셨다는 것, 그리고 양파파이를 만드셨는데 속에서 압핀이 나와서 기함했던 일은 잊을 수가 없다……

그렇지만 어머님의 밤케이크는 특별했다. 그렇게 맛있는 밤케이크는 어디서도 먹어보지 못했다. 밤을 익히자마자 매셔에 넣어 으깬다. 여기에 버터 조각을 넣고(밤과 버터의 비율은 5 대 1이다) 초콜릿 다진 것을 조금 더하면 끝이다. 술은 한 방울도 넣지 않는 것이 핵심이다. 맛을 낸다고 술을 첨가하거나 초콜릿을 너무 많이 넣으면 재료 고유의 풍미를 해치기 때문에 밤케이크 느낌이 나지 않는다. 케이크 틀에 버터를 바르고 밤케이크 반죽을 넣어서 냉장고에서 식힌다. 케이크가 다 식었을 때 뜨거운 물을 틀에 흘려주면 쉽게 빠진다. 긴 쟁반에 케이크를 담고 초콜릿을 얇게 한 층 덮어서 차게 보관한다. 나는 별다른 이유 없이 밭이나 정원에서 얻은 재료로 파이나 케이크를 만들 때면 늘 그렇듯이, 완성된 밤케이크도 냉동실에 보관했다가 자식이나 손주 들이 왔을 때 내놓고 맛있게 먹는다.

10월 16일 금요일

점심을 먹고 잠시 닌을 보러 갔다 왔다. 내일부터 닌은 며칠간 딸네 집에 가 있기로 했다. 딸은 미디 지방 바닷가에서 산다. 닌은 아주 좋아 보였다. 벌써 얼굴에서 휴가 분위기가 느껴졌다. 우리는 마른과자를 곁들여 커피를 마셨다. 닌이 비스킷을 맛있게 와작와작 몇 개나 집어 먹는 모습을 보면서 나도 기뻤다.

닌은 가방을 싸서 현관에 놓아두었다. 비치타월과 수영복도 챙겼다. 10월에도 그쪽 지방은 바닷물이 기분 좋고 모래도 미지근하다고 한다. 투아네트가 닌을 역까지 데려다주기로 했다. 세 시간 후면 닌은 리옹에 가 있을 것이고 거기서부터는 딸이 카시스까지 차로 데려간다고 한다. 이 나이가 되면 기차를 갈아타기가 여간 어렵지 않으니까.

나는 밤이 오기 전에 닌과 작별 인사를 했다. 가슴이 메었지만 다른 한편으로 안심이 됐다. 닌의 미소에서 인디언 서머*의 어느 하루를, 지중해의 잔잔한 평화를 본 것 같았다.

10월 18일 일요일

오늘은 하루 종일 집을 비우다시피 했다. 나는 아침 일찍 출발했다. 질베르트, 자클린, 투아네트와 동종에서 오전 10시 반 미사를 드리기로 약속을 해두었다. 우리는 미사를 마치고 리에르놀에 있는 질베르트의 집으로 갔다.

질베르트는 거실 다탁에 하얀 식탁보를 깔고 식전주를 멋지게 한 상 차려두었다. 귀여운 샴페인 잔을 내놓고 짭짤한 비스킷과 볶은 땅콩을 작은 은잔에 담아냈다. 술은 알자스산(産) 크레망

---

* 가을에 이례적으로 따뜻한 날이 계속되는 기간.

이었다. 여기 사람들은 샴페인 대신 이걸 많이 마신다. 샴페인보다 저렴하지만 내 입맛으로는 우리 아들이 늘 사는 비싼 술과 비교해도 별 차이가 없다. 우리는 각자의 건강을 위하여 건배하고 술 한 병을 깔끔히 비웠다. 네 명이서 나눠 마셨으니 분별없이 과음을 했다고는 할 수 없다. 그다음에 우리는 식탁으로 자리를 옮겼다. 질베르트는 앙젤의 도움을 받아 타라곤*을 곁들인 닭고기구이를 맛있게 만들어두었다. 나도 우리 밭에서 타라곤을 키워보려고 했는데 실패했다. 몇 년 내리 시도했는데도 잘 안됐다. 사촌인 앙리에트 집에서 몇 뿌리를 가져다가 심었는데 늘 며칠 만에 다 죽어버렸다. 작년에도 정원사가 프레임에 산파, 파슬리, 타임, 바질과 함께 타라곤도 심어줬다. 타라곤만 빼고 나머지는 다 잘 자랐다. 제일 키우기 쉬운 게 타라곤이라는 말도 있는데 우리 밭에선 왜 안되는지…… 질베르트는 다음 순서로 요즘 유행하는 대로 샐러드와 치즈를 함께 냈다. 하지만 나는 샐러드를 먼저 내고 치즈는 나중에 내는 것을 선호한다. 우리 집에서 치즈를 포크로 먹을 일은 절대 없을 것이다. 질베르트는 마지막으로 옛날 생각이 나게 하는 후식 플로팅 아일랜드**를 내왔다.

점심을 먹고 나서 우리는 거실에서 커피를 마셨다. 질베르트는 앙젤이 준비해놓은 땔감으로 벽난로에 불을 지폈다. 그 후

---

* 국화과의 여러해살이풀. 잎은 방향이 있어 육류 요리에 냄새 제거용으로 쓴다.
** 가볍고 부드러운 질감의 커스터드 크림 위에 쿠키인 머랭을 얹은 프랑스식 디저트.

에 브리지 테이블을 펴고 카드 두 벌을 꺼냈다. 나는 투아네트와 한편이 됐는데 우리가 압승을 거두었다! 자클린이 두세 번 바보 같은 패를 내서 질베르트가 좀 짜증이 난 것 같았다. 질베르트는 승부욕이 있는 친구다. 오후 5시경에 게임을 잠시 쉬었다. 그다음에는 차와 케이크 몇 조각을 즐기면서 마지막 승부에 들어갔다. 서로의 실수를 분석하고, 요행을 집어내며, 이런저런 가설들을 한없이 세우는 거다. "하트를 냈다면 어떻게 됐을까?", "뭐야, 내가 노 트럼프를 세 번 콜 했는데 왜 너희는……?", "자클린이 내가 스페이드를 원한다는 걸 몰랐다는 게 신의 한 수였어……" 이 짜릿한 즐거움은 우리가 아니면 이해할 수 없다. 마지막 한 판이라고는 했지만 그 즐거움을 좀 더 오래 끌고 싶어서 결국 두 판을 더 했다. 그러고 나서 우리의 질베르트에게 오늘 하루 고마웠다고 인사를 하고 뜨겁게 포옹한 후 시골길을 달려 각자의 집으로 돌아갔다.

내가 아마 8시쯤 집에 돌아왔을 거다. 차는 그냥 집 앞에 세워놓았다. 차고에 들어갔다가 계단으로 다시 올라올 엄두가 나지 않았다. 날씨가 추운데 옷을 든든히 껴입지 않았기 때문에 빨리 실내로 들어가고 싶었다. 브리지 게임에 열을 올리는 날이면 으레 그렇듯 저녁 먹고 싶은 마음이 별로 없었다. 나는 귤만 한 알 까먹고 문을 잠근 후 침실로 올라갔다. 전화기의 그 흉물스러운 빨간 불이 나를 힐책하는 듯 깜박거리고 있었다. 누가 나 없을 때 전화를 걸었다는 얘기인데 나는 집 전화의 음성 메시지를 듣는 방법을 모른다. 3131을 눌렀더니 어떤 여자가 마지막으로 걸려온 전화번호를 알려줬다. 다행히 내가 외우고 있는 몇 안 되는 번호 중의 하나였다. 딸이 전화를 걸었던 모양이다. 그때 내 휴대전화가 울렸다. 휴대전화를 받으러 갔지만 간발의 차로 신호가 먼저 끊어졌다. 휴대전화로 123을 눌렀다. "열한 개의 새로운 메시지가 있습니다."라고 안내 음성이 나왔다!!! 나는 그 열한 개 메시지를 모두 들었다. 전부 우리 딸이 남긴 메시지였다. 아니, 얘는 무슨 생각으로 이렇게 메시지를 많이 남긴 거야? 제정신 맞아? 처음에 남긴 메시지 두어 개는 싹싹하니 괜찮았다. 그러다 말투가 점점 더 짜증스러워지더니 막판에 가서는 아주 못 들어줄 정도였다. 자식들 때문에 골치 아프다. 얘들은 내가 전화를 안 받으면 이성을 잃는다. 딸에게 전화를 걸었더니 또 난리를 피우기 시작한다. 인사말도 생략하고 대뜸 "엄마, 뭐예요! 어디 있었어요???"라고 퍼붓는다. 이제 나도 귀가 약간 먹었는데도 딸내미 고함지르는 소리는 참아주기 힘들다. 나는 미사에 갔다가 질베르트네 집에 갔고 그 집에서 식전주도 마시고 점심도 먹고 브리지 게임도 했다고 보고를 했다. 딸은 화가 머리끝까지 났다. 내가 크게 말썽을 부린 어린애라고 해도 그렇게 혼내지는 않을 거다. "엄마, 휴대전화는 왜 안 받아요? 이럴 거면 휴대전화가 무슨 소용이 있어요?" 휴대전화……? 아, 그래, 휴대전화를 챙겨서 나가긴 했다…… 하지만 그놈을 목에 걸고 질베르트 집에 들어가면 내 꼴이 뭐가 되겠는가? "그래도 몸에 지니기는 했을 것 아니에요. 옷 주머니에 넣는다든가, 하여간 어디 넣어서 가지고 다녔을 거 아니에요?" 내가 휴대전화를 어디에 뒀더라……? 글쎄, 음…… 아, 그렇지, 기억난다. 휴대전화는 차에다 두고 내렸다…… 이런, 이런! 이 얘기는 하지 말았어야 했는데! "휴대전화는 엄마가 집에 없을 때 연락을 받으라고 있는 거예요.", "휴대전화는 하루 종일 차 안에 팽개쳐놓고 친구분들하고 카드놀이를 할 거면 무슨 소용이 있어요?", "만약에 긴급 상황이라도 닥치면 어떡하려고요?", "혹시라도……" 나는 짜증이 났다. 일단, 긴급 상황 따위는 없었다. 심지어 지금은 딸이 그렇게 여러 번 전화를 한 용건이 뭔지조차 모른다. 용건을 밝히지 않는 걸 보면 애초에 중요한 일이 아니었을 거다. 그리고 휴대전화가 없던 옛날에도 다들 잘만 살았다. 지금은 언제 어느 때고, 아무 데서나, 전화 건 사람이 누구든, 당장 전화를 받아야만 한다. 이 빌어먹을 휴대 장치 때문에 우리는 이제 자유롭지 않다. 우리의 자취가 언제라도 추적당할 수 있다니 끔찍하다. 나는 완전히 기분이 상해서 잠자리에 누웠다. 유감스럽다. 깨가 쏟아지게 재미있는 하루를 보내고 나서 이게 뭐람. 이 나이가 되면 이렇게 즐거운 날도 얼마 없다. 왜 이 좋은 날에 전화 나부랭이 때문에 기분을 망쳐야 한단 말인가?

나는 휴대전화를 저주하며 전원을 끄고 침대머리 서랍에 집어넣었다. 충전은 내일 할 거다. 지금 당장은 휴대전화 꼴도 보기 싫고 그 물건에서 나는 소리도 듣고 싶지 않다.

불은 껐지만 잠을 이룰 수 없었다. 딸이 자꾸 생각났다. 그 애가 왜 전화를 했을까? 그 애는 뭘 원했을까? 왜 나는 중요한 용건도 아닐 거라고 단정 지었을까? 혹시 그 애가 뭘 알려줬는데 내가 벌써 잊어버린 건가? 그것도 꽤 중요한 일을? 어쩌면 그저 어미가 잘 지내는지 궁금해서 전화를 했을지도 모른다. 원래 그 애는 일요일에 곧잘 전화를 한다. 그래, 아마 그랬을 거다. 어미가 걱정이 됐겠지. 그래서 겁이 났을 거다. 원래 사람이 겁을 먹으면 버럭 성질을 내는 법이다. 내가 딸의 반응을 너무 부정적으로 받아들이지 않았더라면 좋았을 것을. 안부 전화는 별로 중요하지 않다고 생각한 게 잘못이다. 딸이 특별한 용건도 없으면서 어머니 안부가 궁금해 거는 전화가 오히려 중요하고 소중한 거다. 딸이 안부 전화도 걸지 않게 되는 날이 온다면 그거야말로 심각한 문제 아닐까.

내일은 꼭 휴대전화를 목에 걸고 나갈 테다. 구조 신호를 보내는 목걸이도 착용해야겠다. 딸에게 다시 전화를 걸어서 나는 잘 지내고 있다고 말해줘야겠다.

10월 19일 월요일

오늘은 성(聖) 르네 축일이다. 우리 아버지와 형제지간으로 전쟁 중에 돌아가셔서 내가 잘 알지 못하는 르네 삼촌을 제외하면, 다소 옛날 냄새 나는 이 이름을 지닌 사람은 내 주위에 달리 없었다. 오직 우리 남편뿐이었다.

르네는 사내치고 몸집이 작았다. 나이가 들면서 사람이 점점 왜소해졌고 등이 약간 구부정해지기까지 했다. 머리카락도 많이 빠졌지만 어차피 젊었을 때도 머리숱이 풍성하지는 않았다. 사실, 그이의 용모는 세월을 별로 타지 않았다. 그의 웃음기 어린 약간 째진 눈은 ── 실은 거의 웃지 않는 사람이었지만 ── 세상을 떠날 때까지 그대로였고 흰머리도 거의 찾아볼 수 없었다. 그이와 나는 참 달랐다. 나는 늘 인생을 낙관적으로 보려고 애썼던 반면, 그이는 매사에 부정적인 면부터 보는 사람이었다. 그이는 혼잣말을 자주 했다. 주로 돈을 내지 않은 고객들, 대답 없는 회사, 어디 갔는지 찾을 수 없는 볼펜들, 자꾸만 떨어지는 주가, 자기를 미치게 만드는 어머니, 시동이 걸리지 않는 차, 그 새 또 오른 유가를 불평하는 소리였다. 식탁에 앉아서도 고기가 덜 익었다 싶으면 언짢은 표정으로 "음, 핏기도 안 가셨잖아, 여보……"라면서 접시를 밀어냈고 자기가 눅눅해진 빵과 상한 과일을 꾸역꾸역 먹어치울 때 우리는 신선한 바게트와 잘 익은 배를 와작와작 먹는다면서 툴툴댔다. 나와 딸은 그이를 '배경음'이라는 별명으로 불렀다. 그이가 정말로 잠시도 쉬지 않고 구시렁댔기 때문이다.

우리는 취향도 참 달랐다. 그 사람은 예쁜 걸 봐도 무덤덤했고 싸고 실용적인 물건을 최고로 쳤다. 자기가 일하는 방에 들이는 물건도 모양새는 따지지 않았다. 안락의자가 좀 흉물스러우면 어떤가, 앉을 때 이상 없으면 됐지. 커튼 색상이 뭐가 중요한가, 빛만 적당히 막아주면 됐지. 찻잔의 무늬가 무슨 상관인가, 차를 따라 마실 수 있으면 됐지.

나는 스크래블을 좋아했다. 그이는 체커와 체스 외에는 어떤 게임도 즐기지 않았다. 나는 테니스를 좋아했지만 그이는 페탕크와 크로케만 좋아했다. 나는 브리지를 즐겼지만 그 사람은 카드놀이라면 질색을 했다. 그는 "잔? 또 카드 치러 나갔지."라고 말하면서 한숨을 내쉬곤 했다.

결과적으로 우리의 대화는 고독할 때가 많았다. 그이나 나나 혼잣말을 참 많이 했다. 나는 주로 주방에서, 그 사람은 자기가 일하는 방에서. 우리는 진정한 대화를 거의 나누지 않았다. 그랬기 때문에 부부 싸움도 거의 하지 않았다.

텔레비전이 생기고 나서 내가 보는 영화나 연속극을 그이는 '따분하다'고 했다. 뉴스를 제외하면 그가 유일하게 꼬박꼬박 챙겨 보는 방송은 《라 피스트 오 제투알》*뿐이었다. 르네는 좀 맹한 광대와 영특한 개와 맹수 들이 출동하는 서커스를 늘 좋아했다. 나는 뜨개질에 고개를 처박고 일부러 화면을 보지 않

---

* 라 피스트 오 제투알(La Piste aux étoiles): '별들의 무대'라는 뜻의 서커스 공연 프로그램.

으려 애썼다. 조련사가 맹수에게 잡아먹히거나 공중그네 타는 곡예사가 추락할까 봐 겁이 나서 볼 수가 없었다.

　어쩌다 가끔 비시에 영화를 보러 갈 때면 서로의 취향을 조율하느라 무척 애를 먹었다. 르네는 루이 드 퓌네스*를 좋아했는데 나는 그 사람 영화가 뭐가 웃긴다는 건지 몰랐다. 그리고 전쟁 영화는 나에게 지루하든가 끔찍하든가 둘 중 하나였다. 하루는 자클린과 위베르 부부와 함께 영화를 보러 갔다. 남편들이 작당을 해서 우리를 「엠마뉘엘」** 상영관에 끌고 갔다. 영화가 끝날 때까지 기분이 너무너무 불편했던 기억이 난다. 그 다음 해에는 이 남자들이 또 「O의 이야기」***를 부부 동반으로 보러 가려고 수작을 부려서 자클린과 나는 따로 놀아버렸다. 우리는 남편들과 함께 영화를 보러 가는 척하다가 「르 비외 퓌질」****을 하는 옆 상영관으로 쏙 들어갔다. 그때 자클린이 불쑥 뱉은 말이 잊히지 않는다. "매일 아침 거울로 볼 수 있는 걸 돈 내고 볼 수야 없지!"

　르네는 알뜰하고 보수적이었다. 나는 뭐든지 잘 버리는 사람,

* 루이 드 퓌네스(Louis de Funès): 프랑스의 유명한 코미디언·극작가·영화감독.
** 1974년에 프랑스에서 개봉한 에로티시즘 영화.
*** 프랑스 여성 작가 도미니크 오리의 동명 소설(1954)을 영화화한 에로티시즘 영화(1975).
**** 르 비외 퓌질(Le Vieux Fusil): 1975년에 프랑스에서 개봉한 영화. '낡은 총' 이라는 뜻으로, 아내와 딸이 독일군에게 무참하게 살해되자 주인공이 할아버지의 낡은 사냥총을 들고 복수하는 내용이다. 복수 장면보다는 아내와의 추억을 회상하는 장면이 주를 이룬다.

그이는 뭐든지 못 버리는 사람이었다. 《피가로》와 《앵베스티르》도 폐지함에 차곡차곡 모았다가 난롯불 피울 때 쓰고, 은제 식기를 포장하거나 닦을 때도 쓰고, 화장지로도 썼다. 《릴뤼스트라시옹》, 《엘》, 《마치》 같은 잡지 과월호도 하나도 버리지 않고 곰팡이가 슬 때까지 차고에 모아두었다. 유통 기한이 지난 물약, 가루약 따위도 여전히 다락방 트렁크 속에 처박혀 있었다. 더는 착용할 수도 없는 낡은 모자, 외투, 군화가 한 뭉치였다. 구형 트랜지스터, 실패, 낚싯대는 또 어떻고. 유모차, 헌 가구, 망가진 자동차 부품, 자동차 라이트. 다 쓴 잉크병과 향수병. 커피 그라인더, 문고리, 변기 커버, 비데, 요강. 열쇠와 각종 연장들, 녹슨 못, 펑크 난 타이어, 이 빠진 접시, 구멍 난 바구니, 쓰다 남은 벽지, 잼이나 피클이 들어 있던 유리 단지. 고장 난 토스터, 찌그러진 여행용 가방, 해진 양탄자, 누렇게 찌든 깔개, 금 가고 얼룩진 거울. 각반, 탄약통, 바나니아*와 발다 사탕 캔. 그리고 종이 더미는 또 얼마나 많았는지…… 그이를 저세상으로 보내고 얼마 있다가 우리는 태울 수 있는 것은 다 태우고 나머지는 내다 버렸다.

헌 옷은 가톨릭 구호 단체에 보냈다. 르네는 옷을 올이 다 풀릴 때까지 입으면서도 우리가 크리스마스에 선물한 셔츠, 넥타이, 스웨터는 포장지 그대로 서랍 속에 고이 모셔놓곤 했다. 한

---

* 아침 식사로 즐겨 마시는 초콜릿 음료 분말 브랜드.

번도 입지 않은 웃옷 몇 개는 처음에 태어난 손자들에게 주기도 했다. 하지만 그 아이들은 셔츠나 넥타이는 질색했다. 나는 깔끔한 베이지색 새 점퍼를 가졌다. 죽기 몇 주 전에 라 르두트에서 구매해서 한두 번밖에 걸쳐보지 못한 옷이었다. 그 점퍼는 나에게 아주 잘 맞는다. 나의 낡은 방수 재킷보다 따뜻하면서도 멋스러워서 좋다.

르네는 죽을 때까지 다 큰 어린애였다. 그이는 동물원을, 특히 원숭이를 좋아했다. 불꽃놀이도 좋아해서 생애 말년에도 7월 14일이면 꼭 알리에 호수에 불꽃놀이를 보러 갔다. 나는 동물원도, 불꽃놀이도 별로다. 동물원은 따분했고, 불꽃놀이는 전쟁 때의 공습이 생각나서 나도 모르게 귀를 틀어막게 된다. 내가 어릴 적에는 쾅 소리가 났다 하면 식구들과 함께 황급히 지하실로 대피하곤 했다. 르네는 동물에게 먹이 주기를 좋아했다. 그래서 밥을 먹고 나면 식탁을 치우는 일은 늘 그이 몫이었다. 그이는 빵 부스러기 따위를 나무 사발에 모아서 물고기들에게 주러 갔다. 우리가 거창하게 '수로'라고 불렀던 그것은 사실 돌담과 관목림으로 둘러싸인 작은 늪에 불과했다. 지금 그 수로는 다 말라버렸고 자꾸만 무너지는 돌담의 잔해와 그 사이로 뻗어나간 가시덤불이 그득하다. 물고기는 한 마리도 없고 두꺼비 몇 마리, 그리고 가끔 독사만 출몰한다. 그러니 내가 그쪽으로 발걸음을 할 일은 없다. 우리가 비시에서 살던 시절에 르네는 새들을 불러 모으려고 빵 부스러기를 창턱에 뿌려놓곤 했다. 그리고 일주일에 한 번은 눅눅해진 빵 쪼가리 따위를 비닐봉지에 싸들고 공원에 나가서 백조와 오리 들에게 나눠주었다. 겨울에는 눈사람 만들기를 좋아했고, 여름에는 바닷가에서 모래 언덕과 모래성을 쌓기 좋아했다. 물고기, 오리, 백조, 모래놀이, 그 모든 것이 나는 털끝만큼도 재미있지 않았다.

르네에게는 어른이 되기를 거부하는 구석이 있었다. 그이는 이미 흘러간 시간을 집요하게 거슬러 올라가곤 했다. 어릴 적 추억에 푹 빠져서 가끔은 헤어나지 못하는 것처럼 보였다.

그는 마지막까지 서커스를 사랑했다. 《라 피스트 오 제투알》을 텔레비전에서 볼 수 없게 된 지는 오래되었지만 이 지역 공연장을 기웃거리면서 아마르 서커스단이나 팽데 서커스단이 온다고 하면 손주 중 누구 하나가, 아마도 어린 손주 중 하나가 함께 가주기를 바라면서 표를 샀다.

크리스마스가 되면 르네는 별과 불꽃놀이를 빼놓지 않았다. 그이는 크리스마스가 되면 별과 불꽃놀이를 다시 만들었다. 구유 위에는 늘 목동의 별을 달고 금빛 꼬마전구들을 늘어뜨렸다. 밤이 오면 조명을 다 끄고 크리스마스트리 가지에 매달아놓은 소형 폭죽에 불을 붙였다. 우리는 막대가 페르낭의 스쿠터처럼 탈탈거리면서 타들어가고 사방으로 수많은 작은 별들을 퍼뜨리는 광경을 경건하게 바라보았다. 나는 늘 폭죽이 얼른 다 타기를 바랐다. 나뭇가지에 불똥이 튀어 큰불이라도 날까 봐 겁이 났기 때문이다. 조명을 다시 켠 후에도 내 눈에는 작은 별들이 보였다. 그 별들은 르네의 눈동자 속에 깃들어 있었다.

10월 20일 화요일

내가 진짜 노망이 나려나 보다. 어제 투아네트, 자클린, 질베르트를 점심에 초대했다. 인원이 네 명이기 때문에 커피를 마신 후에는 브리지를 몇 판 두려고 생각하고 있었다. 식전주부터 마시고 식당으로 자리를 옮겼다. 후식을 낼 때까지는 모든 것이 순조로웠다. 나는 체리파이를 구워두었다. 해마다 여름이면 겨울에 먹을 체리까지 얼려두는데 마침 냉동실에 있던 체리가 빨갛고 탱글탱글해 보였다. 체리는 생으로 얼려두면 파이를 구웠을 때 신선한 체리를 쓴 것과 별 차이가 없다. 그래서 오븐을 예열해두고 체리는 파이렉스 접시에 옮겨 해동시켰다. 그다음에 달걀, 설탕, 밀가루를 치대어 파이 반죽을 만들고 체리 위에 부었다. 파이렉스 접시를 오븐에 넣고 180도에서 구워낸다. 파이가 다 구워졌으면 오븐에서 꺼내어 식힌다. 원래 체리파이는 식어야 맛있기 때문이다. 치즈와 샐러드를 즐긴 후 각 사람에게 후식 접시와 케이크 포크를 나눠주고 나는 파이를 가지러 갔다. 파이는 금갈색으로 잘 구워졌고 체리도 탱글탱글 먹음직스러워 보였다. 나는 늘 하는 대로 "조심해서들 먹어, 혹시 체리 씨가 남아 있을지도 몰라."라면서 파이를 내놓았다. 모두들 큼지막하게 한 조각씩 가져갔다. 우리는 파이를 먹기 시작했다. 그러고는 표정이 확 변했다. 아주 희한했다. 사실, 파이는 전혀 맛있지 않았다. 내가 냉동실에서 토마토를 체리로 착각하고 꺼낸 것이었다. 우리 정원에서 자라는 알이 아주 작은 토마토, 일명 체리토마토* 말이다.

생각해보면 나는 늘 요리를 하다가 바보 같은 실수를 저지르곤 했던 것 같다. 아주 오래전에 딸이 다니던 학교 부속 사제님이셨던 슈발리에 신부님을 집에 초대해서 호두케이크를 대접한 적이 있다. 그때도 내 호두케이크는 인기 만점이었기 때문에 자신이 있었다. 다만, 호두를 식재료 다지기에 넣으면서 바로 몇 분 전에 그 기구를 양파 다지는 데 썼다는 사실을 깜박한 것이 문제였다. 그날의 호두케이크에서는 양파 냄새가 진동했다. 도저히 못 먹을 정도여서 전부 버렸고, 음식 버리는 걸 큰 죄로 아는 르네는 펄쩍 뛰었다. 신부님은 껄껄 웃어넘겼지만 르네는 그렇게 재미있는 일은 아니었는지 나에게 정신이 있는 거냐고 잔소리를 했다.

나는 이렇게 생각하면서 마음을 달래본다. 어차피 옛날에도 없던 정신, 이제 와 잃을 일은 없겠구나.

---

* 우리나라에서는 '방울토마토'라고 한다.

10월 21일 수요일

아침에 라팔리스에 의사를 보러 갔다. 아파서 간 건 아니다. 나는 병이라고는 모른다. 그냥 독감 예방 접종을 하러 간 거다. 평생 독감을 앓은 적은 한 번도 없지만 말이다. 의사와 텔레비전에서 독감 예방 접종을 해야 한다고 하니까 그냥 하는 거다. 늘 가는 진료실이 이전을 했다. 예전에는 의사가 자기 집에 진료실을 차려놓고 환자를 받았는데 지금은 '건강 센터'라고 부르는 곳에서 진료를 본다. 의사와 간호사도 여럿이고 물리치료사, 영양사, 발(足)전문의, 치과의사, 조산사까지 다 한곳에 모여 있으니 편리하기는 하다! 내 담당 의사는 경색을 한 번 일으킨 후로 파트타임 진료만 하고 매우 친절한 여의사가 그 자리를 대신하고 있다. 오늘 오전에도 그 여의사가 나를 봐줬는데 솔직히 말하자면 그래서 더 좋았다. 남자 의사 앞에서 맨살을 보이는 게 여전히 불편하기 때문이다. 그 남자 의사가 아마 예순 살 전후일 텐데 그렇다고 해도 나한테는 젊은 남정네다. 외간 남자 앞에서 팬티나 브래지어를 보이는 건 영 거북하다. 더구나 나중에 마트에서 장을 보다가도 마주칠 수 있는데…… 그리고 남자 의사에게는 아무래도 말하지 않게 되는 부분들이 있다. 고령의 여성이 마음 쓰는 소소한 걱정거리들이 있는데 남자 의사를 붙들고 그런 얘기는 못 하겠더라. 의사로서 다른 여자 환자들도 많이 봤을 테고 그중에는 나보다 민감한 여자들도 많이 있었겠지만 어쨌든 좀 난처하다…… 그래서 여의사를 만나면 기분이 좋다. 여의사는 주사를 놓아주고 나서 내 건강 상태를 살폈다. 주사는 하나도 아프지 않아서 거의 아무 느낌이 없었다. 그녀는 심장 소리를 듣고, 혈압을 재고, 목구멍과 귓속을 들여다보았다. 그러고는 내가 여전히 상태가 좋다고 하면서 혈압약만 조금 늘렸다. 여의사는 나에게 마지막으로 유방 촬영을 한 게 언제인지 물었다. 세상에, 이게 뭔 소리람! 평생 단 한 번도 유방 엑스레이를 찍은 적 없는데 굳이 아흔 살에 처음으로 찍을 필요가 있을까. 뭐에 써먹으려고? 설령 나에게 몹쓸 종양 같은 것이 있더라도 이 나이에 치료를 받는 게 옳을까? 장수(長壽)의 복을 누리는 사람한테서는 그런 병이 아주 서서히 진행된다. 그러니까 내 몸에도 어디 한두 군데쯤 암세포가 도사리고 있을지 모르지만 그래도 상관없다…… 내 나이에는 병도 느릿느릿 진행되기에 큰 소란을 떨지 않고 화도 거의 끼치지 않는다.

10월 22일 목요일 (아침)

6시다. 밤새 한잠도 못 잤다. 지금도 침대에 누워 있지만 차마 일어나거나 덧창을 열어볼 용기가 없다. 그놈들이 갔을까? 오, 하느님, 무서워 죽을 것 같다. 이불 속에 웅크리고 있는데도 몸이 부들부들 떨린다.

자초지종은 이렇다. 자정쯤이었을 거다. 내가 어렸을 때 우리 아버지가 나와 내 동생에게 무서워 죽을 것 같다가 결국은 웃느라 눈물이 나는 이야기를 해주셨다. 그 이야기는 이렇게 시작을 한다. "자정은 범죄가 일어나기 좋은 때지……" 아버지가 무덤 저편에서 말하듯이 목소리를 쫙 깔고 음산하고 숨 막히는 광경을 묘사할 때면 우리는 정말로 겁이 났다. 아버지의 이야기는 이렇게 이어졌다. "갑자기, 깊은 밤에 무시무시한 고함 소리가 들렸지……" 그러고는 아버지는 날카로운 목소리로 외쳤다. "아델라이드! 요강 좀 갖고 와!" 그러면 우리는 까르르 웃음을 터뜨렸다. 이야기가 좀 옆으로 샜는데, 아무튼 나에게 자정은 여전히 좀 불안한 기분이 드는 때다…… 요컨대, 자정 즈음에 나는 무슨 소리를 들었다. 덧창 밖에서 번쩍하는 불빛을 본 것 같기도 했다. 나는 불을 켜지 않고 가만히 일어나 창가로 다가갔다. 아무것도 없었다. 나는 어슴푸레한 어둠 속에서(다행히 사방이 완전히 컴컴하지는 않았다) 욕실로 건너가 복도로 나가는 문을 열었다. 거기서는 창문을 통해 테라스가 보인다. 나는 그들을 봤다. 사내 두 명이었다. 키가 큰 남자는 대머리였고 작은 남자는 운동모를 썼다. 그들이 손전등을 들고 거실로 통하는 유리문으로 걸어오고 있었다. 나는 득달같이 침실로 돌아가 침대머리 탁자 옆 큼지막한 회색 경보 버튼을 눌렀다. 귀청이 떨어져나갈 것 같은 굉음이 당장 울려 퍼졌다. 나는 침대에 웅

크려 이불을 뒤집어쓰고 베개로 귀를 틀어막았다. 한 몇 시간을 그러고 있었던 것 같다. 그들이 어디 있는지, 뭘 하는지, 그들이 집 안에 들어왔는지 경보음을 듣고 도망쳤는지조차 몰랐다. 문 열리는 소리가 날까 가슴을 졸였고, 놈들이 들어오더라도 나를 발견하지 못하기만을 바랐다…… 경보음은 그칠 생각이 없는 듯했다. 처음에는 죽은 사람도 벌떡 일어날 것처럼 사이렌이 울리더니 잠시 후에는 날카롭게 찢어지는 신호음들이 시리즈로 나왔다. 몇 시쯤 경보음이 멈췄는지는 모르겠지만 나에게는 영원처럼 기나긴 시간이었다. 그동안 나는 미동조차 하지 않았다. 그냥 해가 뜨기를 기다렸다. 그다음에 페르낭에게 전화를 걸었다.

10월 22일 목요일 (저녁)

이런 날도 있구나. 세상에, 이런 날을 다 겪어보네. 내가 드디어 침대 밖으로 나갈 생각을 한 게 아침 7시경이지 싶다. 페르낭은 내 전화를 받고서 자기 마누라를 걸고 맹세하는데 밤새 아무 소리도 못 들었다고 했다. 나는 수화기를 내려놓고 간단하게 세수를 하고 옷을 갈아입은 후 아래층으로 내려왔다. 아래층은 평소와 다른 점이 전혀 없었다. 이중으로 잠가놓은 현관문을 열고 식당의 덧창들도 열었다. 거실의 유리문은 외부에서 억지로 열려고 한 흔적이 없었다. 그들은 집 안까지 들어오지 않았다. 사이렌이 울리니까 도망쳤나 보다.

페르낭이 초인종을 울렸을 때에는 나도 웬만큼 정신을 수습한 상태였다. 심지어 차를 한 잔 따뜻하게 데워서 마실 여유까지 있었다. 차를 마시니 기운이 좀 났다. 페르낭은 벌써 수사를 시작한 참이었다. 그는 '우리 동네 셜록 홈스' 소리를 들을 만한 초동 수사 결과를 내 앞에서 의기양양하게 보고했다. 우리 집 뒤, 그러니까 테라스 쪽에서 타이어 자국을 발견했는데 자기가 보기에는 소형 트럭 타이어인 것 같다고 했다. 동일한 타이어 자국이 오솔길에도 있더란다. 그러면서 다소 어이없는 얘기로 결론을 내렸다. 오솔길 중간쯤, 그러니까 흰 가로대 옆에서 다 쓴 휴지 쪼가리가 발견됐다. 한 장은 분홍색, 한 장은 파란색이었다. 페르낭은 세상에 둘도 없이 심각한 표정으로 단언했다. "놈들이 완전히 쫄아서 도망도 치기 전에 똥을 쌌구먼요! 한 놈은 거시기를 파란색으로 닦고 다른 놈은 분홍색으로 닦은 게지요."

10시쯤 마르셀이 2CV를 몰고 와서 나를 동종 경찰서까지 태워줬다. 마르셀의 운전이 미덥지는 않았지만 밤새 한잠도 못 잔 내가 운전대를 잡을 수는 없었다. 경찰서에서 나는 프랑세트가 들었던 말을 그대로 들었다. 아시잖아요, 그런 도둑놈들은 절대 못 잡습니다. 마르셀의 차를 타고 집으로 돌아왔더니 페르낭은 경찰들에게 똥 묻은 휴지에 대해서 얘기했는지 그것부터 물었다.

길쭉한 빵 조각을 달걀 반숙에 찍어 먹는 것으로 점심을 해결하고 진한 커피와 초콜릿 한 조각을 먹었다. 오후에는 자식들과 통화를 하느라 전화기를 오랫동안 붙들고 있었다. 아이들은 왜 휴대전화로 경찰에 전화를 걸지 않았는지 물었고 나는 뭐라고 대답해야 할지 몰랐다. 그래도 아들딸은 내가 경보 장치 버튼을 바로 누르기를 잘했다고 칭찬해주었다. 자식들은 나보고 용감하다고 했다. 나에 대해서 좀 놀란 것 같다.

질베르트의 전화도 받았다. 나에게 일어난 일을 듣고서 가슴이 철렁했던 모양이다. 마트에 장을 보러 갔다가 앙젤을 만나서 얘기를 들었다고 했다. 오늘 아침에 앙젤이 우리 집에 왔다가 그때까지도 넋이 빠져 있던 나를 보고 간 참이었다. 그 전화를 끊은 지 한 시간 만에 내가 어젯밤 봉변을 당한 사연이 동네방네 상세하게도 소문이 났다. 친구들이 전부 전화를 했다. 심지어 전직 대령까지 전화를 했다! 내가 오늘의 주인공이다. 페르낭은 내가 좀 괜찮은지, 필요한 것은 없는지 확인하려고 몇 번이나 찾아와주었다. 마르셀도 내가 잘 있는지 보려고 한 번 더 왔다. 오늘은 나에게 설탕을 달라고 조르지도 않았다.

10월 23일 금요일

평온을 되찾았다고는 할 수 없으나 잠은 좀 잤다. 이성적으로 생각하려고 애썼지만 소용없었다. 설마 도둑이 이틀 연속 찾아오진 않겠지, 이제 경보 장치가 있다는 것도 알겠지, 생각하면서도 그들이 소득 없이 돌아갔으니 이번에는 사이렌을 울리지 않고 잠입할 방법을 찾을지도 모른다는 생각에 겁이 났다.

아들딸이 했던 말을 다시 한 번 생각해본다. 솔직히, 사람이 정신이 홀딱 나가니까 누구한테 전화를 건다는 생각 자체를 못하겠더라…… 아니, 그리고 누구에게 전화를 걸 수 있단 말인가? 내가 그저께 밤에 확실히 깨달은 바가 하나 있다면 페르낭에게 도움을 청할 수는 없겠다는 것이다. 페르낭은 자기가 할 수 있다고 말하지만 그 요란한 사이렌 소리도 못 들었다고 하지 않는가! 경찰서에 전화를 건다고 해도 문제다. 수상한 사내들이 내 집 테라스를 훔쳐보고 있는 상황에서 아래층에 전화번호부를 가지러 내려가다니……

아들딸은 나에게 '경찰서 번호를 단축 번호로 저장'하라고 했다. 경찰서 번호를 저장하려면 어떻게 해야 하지? 그건 내가 할 줄 모르는 일이다. 말이 난 김에, 그놈의 휴대전화는 또 어디에 뒀더라? 온 집 안을 뒤지고 다니고 냉장고까지 열어봤다. 지금의 내 정신머리로 봐서는 냉장고에서 휴대전화가 나와도 이상하지 않다. 마침내 차 안에 두고 내린 손가방에서 휴대전화를 찾았다. 라팔리스에 예방 주사를 맞으러 갔다가 여태까지 조수석에 내버려뒀다. 그날 휴대전화 생각이 났어도 어차피 못썼겠구나! 나는 머리를 싸매고 '단축 번호' 저장하는 법을 연구

할 마음이 없었기 때문에 그냥 포스트잇으로 동종 경찰서 전화번호를 적어서 붙여두었다. 내가 실수 없이 숫자 열 개를 잘 누를 수 있다면 20분 만에 경찰이 출동할 것이다. 20분이라, 낯선 이가 내 집에 와 있다고 하면 한없이 긴 시간이다……

휴대전화는 침대머리 탁자에 올려놓고 경보 버튼에 딱 달라붙은 채 누웠다. 불은 끄고 텔레비전은 켰다. 텔레비전이 밤새도록 떠들었다. 몇 미터 옆에서 페르낭과 마르셀이 자고 있다는 사실보다는 텔레비전에서 흘러나오는 소리가 나를 더 안심시켜준다.

10월 24일 토요일

불행은 절대로 혼자 오지 않는다더니, 오늘 밤부터 시간대가 바뀐다. 서머 타임이 끝나고 이제 윈터 타임으로 넘어간다. 나는 윈터 타임이 싫다. 굳이 그러지 않아도 날이 금방 짧아지는데! 엎친 데 겹친 격으로, 날씨도 구질구질하다. 오전 내내 비가 왔고 오후 4시밖에 안 됐는데 벌써 밤중 같다. 하늘은 여전히 먹구름으로 뒤덮여 있고 바깥은 전부 축축하게 젖어 있다. 점심을 먹고 불가에서 커피를 마셨다. 서재 방에서 십자말풀이를 풀 때에도 불을 켜야만 했다. 참 안타까웠다.

새벽 3시, 그러니까 이제 새벽 2시가 되겠다. 시계를 한 시간

뒤로 돌려놓아야 한다. 손목시계뿐만 아니라 집 안의 벽시계들을 모두 손봐야 한다. 복잡하고 성가시다. 시계마다 다 따로 열쇠가 있을 뿐 아니라 문자반을 따라서 큰 바늘 작은 바늘을 돌려서 매시 정각과 삼십 분에 종치는 소리를 다 들어야 한다. 시간이 얼마나 오래 걸리는지 하루의 반을 시계에 매달려야 한다. 작은 바늘만 한 시간 뒤로 돌렸다가는 기계 장치 전체가 어긋나버린다. 하지만 오븐 시계는 건드리지 않을 생각이다. 아무 버튼이나 눌렀다가 지난번처럼 깜박깜박 불이 들어오고 오븐이 먹통이 되어 파이 한 판 구우려면 아들이 집에 올 때까지 기다려야 하는 상황이 되어선 안 되니까. 큰 바늘 작은 바늘 없이 큼지막한 숫자로만 시간을 알려주는 모든 것, 다시 말해 전화기, 텔레비전, 영화를 보여준다는 기계, 자동차, 전자레인지, 자명종은 내가 직접 건드리지 않을 작정이다. 안됐지만 할 수 없지. 그것들은 여름을 조금 더 누릴 수 있겠다. 아들이나 손자가 오면 한꺼번에 맡겨야지. 그런 건 남자들이 하는 일이다. 기술이 필요한 일이니까. 그리고 난 기술하고는 사이가 안 좋다.

10월 25일 일요일

이렇게 기쁠 데가, 닌이 오늘 미사에 왔다. 보기 좋게 볕에 그을린 모습으로! 어제 집에 돌아왔다는데 오늘 당장 우리가 자기네 집에 와서 식전주를 마시고 가야 한다나. 닌은 그쪽 특산물이라는 올리브 크로케*와 고추크림을 우리에게 맛보여주고 싶어 했다. 어차피 점심시간이 얼마 안 남았고 다들 미사가 끝나고 곧바로 귀가해야 할 이유도 없었기에 각자 자기 차를 몰아 닌의 집으로 갔다. 투아네트와 질베르트와 나는 난방이 잘 들어오는 닌의 집 거실에 자리를 잡고 앉았다. 나무로 피우는 불 냄새, 왁스를 칠한 마룻바닥 냄새가 아늑했다. 닌은 풀무로 공기를 불어넣어 불을 살리고 땔감을 더 넣었다. 그 후 우리는 모두 주방으로 따라가 상차림을 거들었다. 닌이 냉장고에서 크레망을 한 병 꺼내고 쟁반에 샴페인 잔 네 개를 준비했다. 투아네트는 크로케 봉지를 뜯어서 작은 접시에 쏟았고 나는 단지에 든 고추크림을 작은 그릇에 덜어냈다. 우리는 불가에 둘러앉아 닌의 건강을 위하여 건배했다. 닌의 잔에는 술이 조금밖에 들어 있지 않았다. 아마 지금도 술을 마시면 안 되지 싶다. 닌이 잔을 입으로 가져가 술을 맛보는 순간, 우리 두 사람의 눈이 마주쳤다. 닌이 나를 보고 눈웃음을 쳤다. 말썽을 부려놓고 자기가 먼저 알아차린 말괄량이처럼 장난기가 가득한 눈웃음이었다.

* 아몬드를 넣은 얄팍한 비스킷.

10월 26일 월요일

원터 타임으로 시간대가 변경되어 좋은 점은 아침에 일어나기가 훨씬 수월하다는 것이다. 아침 7시면 이미 정신이 말똥말똥하고 침대에서 좀 더 뭉그적대고 싶은 생각이 없다. 오늘 아침도 일찍 일어나 덧창을 열어보니 하늘이 맑고 푸르렀다. 온도계는 9도를 가리키고 있었다. 그래도 햇볕을 받으면서 산책을 할 만하겠다 싶었다.

바깥은 아직 온통 물기를 머금고 있었다. 나는 우리 딸이 창피해하는 낡은 장화를 꺼냈다. 아직도 가을 한 철은 너끈히 버티고 남을 장화다. 방수 재킷도 입었다. 공기가 그렇게까지 차지는 않았지만 습도가 높아서 보온을 잘해야 하기 때문이었다. 지팡이를 챙겨 들고 출발했다. 풀밭 쪽으로 붙어서 오솔길을 걸어가다가 어제는 보지 못했던 하얀 점들을 보았다. 가까이 가서 보니 주름버섯들이 균환(菌環)*을 이루고 있었다. 나는 하나를 따서 뒤집어보고 안쪽 주름이 선명한 분홍색을 띠고 있는 것을 확인했다. 기분이 좋아져서 버섯을 몇 개 따서 방수 재킷 주머니에 넣을 수 있는 대로 넣었다. 오늘 저녁은 버섯오믈렛이다. 조금 더 걸어가 흰 가로대를 지나갔더니 주름버섯이 지천으로 깔려 있었다. 문제는 저 들판에 소들이 어슬렁댄다는

---

* 들이나 목장 등지에 버섯이 둥글게 줄지어 바퀴 모양으로 돋아나는 현상.

건데…… 게다가 일단 철조망부터 통과해야 한다. 철사 가시에 옷이 걸리거나 살갗이 까지는 일 없이 들판으로 들어가야 버섯을 따든지 말든지 하겠지. 앙젤도 소를 무서워하려나? 아마 그렇지는 않을 거다. 앙젤은 나와 달리 진짜 시골 출신이니까.

나는 길에서 따온 버섯을 씻어서 제일 큰놈들만 칼로 얇게 저몄다. 어떤 것들은 벌써 오래됐는지 주름이 갈색으로 변해 있었다. 그래도 맛은 좋기를 바라야지…… 독이 있지 않기만을 바란다. 독버섯 사고는 해마다 끊이지 않는 것 같다. 하지만 내가 알기로는, 위험한 건 주로 숲속에서 자라는 버섯들이다. 숲에는 들판에서 자라는 식용 주름버섯과 비슷하게 생겼지만 독이 있는 버섯도 있다. 하지만 그 버섯을 먹는다고 죽지는 않는다. 일반적으로는 복통만 좀 앓다가 괜찮아진다고 한다. 나는 버섯 저민 것을 버터 한 조각, 소금, 얼려놓은 파슬리와 함께 팬에서 볶았다. 조금 있으려니 이상한 냄새가 났다…… 코를 팬에 가까이 가져가 냄새를 맡아보았다. 버섯 몇 개가 노란색을 띠고 있는 것이 왠지 입맛이 떨어졌다. 이제 어떻게 한담? 전부 버릴 수는 없잖아?

나는 결국 그걸 다 먹었다. 맛이 나쁘지는 않았지만 좋지도 않았다. 약간 오래된 걸레 냄새 같은 것이 느껴졌지만 달걀을 넣고 오믈렛을 만들었더니 크게 거슬리지 않았다. 내일도 내 목숨이 잘 붙어 있기를 바란다. 행여 이런 식으로 세상을 떠난다면 너무 바보 같잖아.

10월 27일 화요일

오늘, 믿기지 않는 일이 일어났다. 우리 집에 들었던 도둑을 본 것 같다. 운동모자를 쓴 쪽 말이다. 나는 라팔리스 대형 마트에서 장을 보고 돌아오는 길이었다. 평소에 늘 이용하는 작은 도로에서 위험천만한 급커브를 지나 자동차 정비소 근처에서 우회전을 하려는 참이었다. 그때 내 오른쪽에서 그 남자가 눈에 띄었다. 난 그자가 틀림없다고 생각한다. 그 남자가 운동모자를 쓰고 있어서가 아니라 인상착의가 정말로 비슷했다. 아들딸에게 전화를 했더니 아이들은 나를 비웃는다. 게다가 나한테 노란 버섯 얘기를 들어서 그런지 내가 독버섯을 먹고 헛것을 보는 거라고 놀린다. 나는 화가 났다. 수상한 사내가 내 집 테라스에서 어슬렁거리는 동안 나는 그 사람 얼굴을 충분히 볼 시간이 있었다! 그래, 그 남자가 맞고 말고는 떠나서, 내가 뭘 할 수 있을까? 그 사람은 아마 여기 살지 않을 것이다. 집이 바로 이 근처는 아닐 것 같다. 트럭을 수리할 일이 있어서 온 게 아닐까? 그렇다면 어쨌든 그 사람이 여기서 아주 멀지 않은 곳에 산다는 건데…… 나에게 기분 좋은 일은 아니다.

10월 29일 목요일

11월이 코앞이다. 나는 11월이 별로다. 칙칙하고, 습하고, 날이 추워지기 시작하고, 안개가 끼든가 창백한 해가 떠서 아무것도 안 보인다. 이제부터 맥 빠진 계절이 시작된다. 자연은 잠이 들고 늙은 것들은 세상을 떠나는 계절이. 바깥은 땅이 미끄러워지고 여기저기 물웅덩이가 생긴다. 그렇다고 집 안에서만 살 수는 없으니 진창에 빠지고 장화는 진흙투성이가 된다. 현관 옆에 흙 긁개를 두어야 하고, 깔개에 장화를 열심히 털다 보면 고무 타는 것 같은 냄새가 난다. 앙젤이 오늘 아침에 서재 방 벽난로에 땔감을 준비해주고 갔다. 구겨진 신문지 뭉치에 잔가지 한 다발, 큼지막한 장작 두 개가 놓여 있다. 슬슬 겨울 냄새가 나기 시작한다.

11월 1일 일요일

만성절*이라서 식구들이 내려올 거라 생각했는데 나 홀로 지내게 생겼다. 그래도 괜찮다. 나는 죽은 이들을 우러르지 않는

---

* 모든 성인의 날 대축일. 가톨릭에서 하늘에 있는 모든 성인을 흠모하고 찬미하는 축일이다.

다. 그렇다고 묘지를 우러르는 것은 더욱더 아니다. 르네가 죽은 후로 나 혼자 그이 무덤을 찾아간 적은 한 번도 없다. 르네가 우리 집에서 2킬로미터만 가면 되는 베르의 작은 묘지에 묻혔더라면 좋으련만. 그랬으면 나도 산책 삼아 찾아가곤 했을 텐데. 크고 멋없는 물랭 묘지는 서민 임대 주택 비슷한 콘크리트 덩어리인 데다가 내가 거의 갈 일이 없는 도시의 경계에 있다. 그래서 가게 되지 않는다. 뭐, 일부러 찾아가더라도 르네의 무덤을 제대로 찾을 수나 있을지 모르겠다. 그이의 무덤이 애처롭다. 꽃을 바치는 이 하나 없고, 비석에는 벌써 이끼가 끼었을 텐데. 르네는 유일하게 지하 가족 묘소를 돌보던 사람이었다. 그러니 지금은…… 그 팔자가 딱하다. 자기는 그렇게나 자주 묘지를 찾고 상념에 잠기곤 했는데 그이의 묘지를 찾는 이는 별로 없을 것 같다. 물랭은 회색 도시, 거의 그 묘지만큼이나 죽어버린 도시다. 물랭에 머물 일은 거의 없다. 그냥 가끔 누군가와 작별 인사를 하기 위해, 누군가를 기차역에 내려주기 위해 들르는 곳이다. 대개의 경우는 그냥 지나쳐가는 도시다. 그런데 르네 본인이 이곳에 묻히기를 원했다. 그는 이제 자기 어머니 곁에 잠들어 있다. 그런데 나는 시어머니 무덤을 찾고 싶은 생각이 별로 없다. 어머님은 살아생전에 나를 고생시킬 만큼 고생시켰다. 심지어 돌아가신 후에도, 그러니까 숨을 거두고 묘지에 매장되기까지의 과정에서도 우리를 생고생시켰다……

시어머니는 호텔에서 돌아가셨다. 아침에 객실 담당 하녀가 차를 준비해 올라갔더니 어머님이 옷을 다 차려입고 손에 수첩을 든 채 침대에 누워 계셨다고 한다. 수첩에는 르네의 전화번호가 펜으로 적혀 있었다. 시어머니는 그 번호로 전화를 걸 틈이 없었다. 큰일이라면 큰일이었다. 호텔 여주인은 자기 발로 걸어 들어온 손님이 죽어서 나갔다는 사실을 사람들에게 알리고 싶어 하지 않았기 때문이다. 르네는 친구의 도움을 받아 어머님의 시신을 직원용 엘리베이터로 내린 후 뒷문으로 옮겨야 했고 그 후에도 자동차 뒷좌석에 싣고 일단 집으로 와야 했다. 원래 시신을 그렇게 옮기는 것은 엄격하게 금지되어 있었다. 어머님은 그이를 끝까지 힘들게 한 거다. 그런데 어떻게 어머님과 같이 묻힐 생각을 했을까? 그러고도 두 발 뻗고 안식에 들 수 있을까? 게다가 어머님이 엉덩이에 재봉 바늘이 꽂힌 채 묻히셨다는 사실을 생각하면! 어머님은 반짇고리를 놓아둔 안락의자에 앉았다가 운 나쁘게 바늘에 찔리셨는데 그 바늘을 끝내 못 뽑았다……

나는 미사에 갔다. 닌과 투아네트가 자식과 손주 들을 데리고 와 있었다. 영성체 때 자클린을 얼핏 봤는데 그 친구는 파견성가*를 부르기 전에 나갔다. 자클린은 늘 부리나케 자취를 감추곤 한다. 교회 앞에서 질베르트를 만났다. 질베르트도 오늘

---

* 미사의 맨 마지막에 부르는 성가. 나가서 복음을 전파하라는 내용의 성가이다.

자기 혼자 죽은 이들을 위해 기도하러 왔다. 나보고 점심을 같이 먹자고 했다. 질베르트가 백포도주를 한 병 따서 우리는 죽은 이들의 영혼을 위해 건배했다.

11월 2일 월요일

오늘은 위령절이다. 아침에 오렌지를 사러 마트에 갔는데 입구와 계산대 바로 옆까지 흰색과 보라색 국화가 사방에 놓여 있었다. 나는 이 꽃이 정말 싫다. 이 큼지막한 꽃술을 보고 있으면 팔에 소름이 돋는다. 하지만 사람들은 이 죽음의 꽃을 다발로 사들고 가려고 줄을 길게 늘어섰다. 이 고장에서는 평소 교회에 가지 않는 사람들조차도 위령절에 무덤에 가서 꽃을 바친다. 그들은 신이 아니라 죽은 자들을 섬기고 우러른다.

나는 르네를 위해 팬지 한 송이를 샀다. 내가 자기를 돌보지 않는다고 그이가 너무 원망하지 않았으면 좋겠다. 나는 용서를 비는 마음으로 전지가위를 챙겨서 수국 화단 맞은편 장미나무 덤불을 정리하러 나갔다. 줄기에 아직 달려 있는 두 송이 꽃이 하얗다. 두 송이는 용서를, 흰색은 순수한 애정을 의미한다고 생각해본다.

제2차 세계대전이 일어나기 전에는 주로 장미를 무덤에 바쳤던 것 같다.

11월 3일 화요일

어제저녁, 잠자리에 들기 전에 라디오를 잠시 들었다. 방송에서 새로운 장례 풍속에 대한 이야기가 나왔다. 나는 만성절에 대해서 설명하려는가 보다 했지만 웬걸, 그런 내용이 아니었다. 지금은 사제들이나 만성절 얘기를 한다. 아마 가톨릭 라디오와 텔레비전 방송도 그런 얘기를 하겠지만 나는 그 채널들을 따로 찾는 법도 모른다.

지금은 교회 묘지에 매장되기를 원치 않는 사람이 인구의 절반 가까이 된다고 한다. 나는 적잖이 놀랐다. 복음 강독이나 기도도 없고 사제도 없는 대신, 시를 낭송하고 추억을 돌아보고 심지어 웃기는 농담도 한다고 한다! 시편과 성가를 록 음악, '랩 음악'과 '팝 음악'으로 대신한다는 대목에서 가장 기가 막혔다. 복음 성가 정도는 이해한다. 스카우트 노래까지도 괜찮다. 하지만 록 음악이라니! 어떤 사람들은 '디제이'에게 성가대 단장 비슷한 역할을 맡겨서 장례식 내내 온갖 야만스러운 음악을 틀게 한다고 한다. 이런 게 라디오에서 위령절에 방송할 만한 소재인가. 가엾은 내 남편이 무덤에서 돌아누울 거다. 내 장례 미사에서 부를 노래와 연주할 음악을 정해서 글로 남겨야겠다. 묘지에서 조니 알리데* 노래를 목청 높여 부르는 사태는 무슨 일이 있어도 피하고 싶다!

죽음도 많이 달라졌다…… 생각해보니 내가 젊었을 때에는 상을 몇 주씩 치렀던 것 같다! 우리 할머니가 돌아가셨을 때 내가 열 살인가 그랬는데도 법도를 따라 상을 치러야 했다. 어른들은 서둘러 흉물스러운 상복을 나에게 지어 입혔다. 할머니 옷을 아무렇게나 잘라서 만든 까만 천에 하얀 땡땡이 상복이었다. 나는 매일 학교에도 그 옷을 입고 가야 했는데 그 기간이 정말 길게 느껴졌다. 상복을 입은 내 모습이 너무 창피했다.

지금은 겨우 장례식 당일에만 검은색 옷을 챙겨 입을까 말까 다. 바로 다음 날부터 아무 옷이나 입어도 상관없고, 그거야 나도 괜찮다고 생각한다. 하지만 장례식, 교회에서 열리는 장례 미사, 묘지에 갈 때에는 상복을 입어야지! 우리 딸이 몇 주 전에 직장 동료 장례식에 다녀왔다. 남자 손님들 중 한 사람은 샛노란 바지를 입고 왔고 또 어떤 사람은 체리처럼 빨간 바지를 입고 왔단다. 나는 그들이 관심을 끌려고 작정한 거라 생각한다. 이제 사람들은 제대로 주목을 받으려면 뭘 해야 하는지 모르는 모양이다. 어쨌든 그들의 옷차림에 충격을 받은 사람은 아무도 없었고 내 손으로 키운 딸마저도 아무렇지 않았단다. 하지만 아흔 살인 나는 그런 일이 경악스럽다.

요즘 사람들이 좋아하는 할로윈 축제도 그렇다. 지금은 아이들이 만성절이 뭔지도 모르고 11월 1일에 왜 학교에 안 가는지

---

* 조니 알리데(Johnny Hallyday: 1943~2017): 프랑스의 가수. 다양한 장르를 넘나드는 활동했다. 특히 1960년대 미국 로큰롤을 프랑스에 알리면서 '프랑스 팝의 대부'로 불린다.

도 모른다. 죽은 자들의 영혼을 위해 기도하는 대신 소름 끼치는 무서운 가면이나 쓰고 우르르 몰려다닌다. 호박을 파서 눈과 송곳니가 삐죽한 입을 만들고 그 안에 촛불을 넣어 등불처럼 매단다. 얼마나 흉측한지! 주황색과 검정색 옷에 마녀 모자를 쓰고 쇠스랑까지 든 아이들이 사람들을 겁주면서 즐거워한다. 악마가 신을 밀어냈다. 이제 얼마 안 가 무덤에도 국화 대신 호박을 바치게 될 거다.

나는 미국 사람들을 좋아한다. 그들은 노르망디에 상륙해서 우리나라를 위해 큰일을 해주었다. 하지만 미국인들이 우리에게 전해준 어떤 것들은 미국에만 있었으면 더 좋았을 거라 생각한다.

11월 4일 수요일

아침에 우체부가 현관 옆 탁자에 엘리예트의 편지를 놓고 갔다. 엘리예트는 유일하게 지금까지 나와 연을 이어오고 있는 어릴 적 친구다.

르네가 죽고 나서 3년 후에 그 친구 남편도 저세상 사람이 됐다. 툴루즈 근처에 사는 엘리예트는 그때부터 자기 집에서 한두 주 지내다 가라고 매년 나를 초대한다. 처음 몇 해는 나도 따뜻한 남쪽 지방에서 겨울을 잠시 잊으니 좋았다. 거기는 여기만큼 추위가 혹독하지 않고 눈도 거의 오지 않는다. 하지만 마지막 두 번의 체류는 기억이 그리 좋지 않다. 우리가 싸우거나 한 것은 아니다. 다만, 시간이 갈수록 나는 엘리예트와 지내는 게 따분해졌다. 그 친구는 슬픔이 많다. 그리고 사람이 슬픔을 자주 겪다 보면 결국은 슬픔에게 발목을 잡히고 만다. 엘리예트는 멍하니 정신이 나가 있을 때가 있고, 자꾸 깜박깜박한다. 게다가 귀도 잘 들리지 않아서 내가 소리를 지르다시피 말해야 하니 피곤하다. 그러다 보니 우리는 예전만큼 얘기를 많이 나누지 않게 됐다. 난청도 문제지만 아무래도 세월이 많이 흘렀기 때문에 공통의 화제가 별로 없다.

엘리예트는 편지에서 내가 언제 올 건지 묻고 있었다.

나는 갈수록 집에서 꿈쩍하기가 싫어진다.

거기까지 가려면 기차를 타야만 한다. 환승도 해야 하니 더 골치 아프다. 나는 늘 엉뚱한 기차를 타거나 연결 편을 놓칠까 봐 겁을 낸다. 아는 사람 하나 없는 투르 같은 도시에 뚝 떨어지면 어떡한담? 그리고 일단 툴루즈 역에 잘 내리더라도 다시 차로 30분을 더 들어가야 하는데 엘리예트가 모는 경차는 도무지 안심이 되지 않는다. 지난번에 엘리예트가 우리 앞에서 서행하던 트럭을 추월하는데 내가 오늘 드디어 골로 가는구나 생각했다.

내일 엘리예트에게 답장을 써야겠다. 이제 기차를 탈 엄두가 나지 않는다고 말할 생각이다.

표현에 공을 들여야 할 것 같다. 엘리예트가 속상해하는 것은 나도 바라지 않는다. 까다로운 편지를 쓸 때면 늘 그러듯이 일단 초안을 작성해봐야겠다. 이미 습관이 되어버린 일을 그만두기란 늘 까다로운 법이다. 내가 엘리예트의 집에 가지 않는다면 아마 두 번 다시 그 친구를 못 볼 것이다. 엘리예트가 이제 내가 자기를 보고 싶어 하지 않는다고 생각하면 어쩌나?

사실 난 뭐가 더 곤혹스러운지 모르겠다. 엘리예트를 마음 아프게 하는 것? 아니면, 그 친구에게 상처가 되지 않을 표현을 찾는 것?

내가 나이를 먹으면서 점점 더 이기적으로 변해가는 것 같다. 이제 나는 나 아닌 사람들의 괴로움을 살피려고 충분히 시간을 들이지 않는다. 아마 내게 남은 시간이 나한테 쏟기에도 부족해서 그런가 보다. 이제 내게는 아무래도 상관없는 일들이 많아졌음을 깨닫는다. 살날이 줄어들수록 마음이 강퍅해지는 것 같다. 감정도 다른 것들과 마찬가지로 닳아빠지고 무뎌진다. 분노는 꺾이고, 애정은 잠들고, 연민은 시든다. 소란스러운 세상사가 우리에게는 아주 먼 곳의 일, 이제 우리와 상관없는 생의 희미한 메아리 같기만 하다. 타인들의 슬픔이 우리네 연약한 생의 점점 더 짙어가는 안개 속에서 희석되기에 예전처럼 생생하게 와 닿지 않는다. 사람들이 죽고, 고통스러워하고, 눈물 흘린다. 우리는 우리 앞가림만 생각한다. 우리는 우리처럼 오래 살지 못한 이들이 일깨워주는 우리의 늙어빠진 모습을 거울

속에서 보고 싶지 않다. 그래서 시선을 돌린 채 우리네 옹색한 삶을 영위하기에 힘쓰며 우리도 이제 끝에 이르렀다는 사실을 잊고 싶어 한다.

11월 5일 목요일

간밤에 아주 재미있는 일이 있었다. 정확히 몇 시였는지는 모르지만 잠이 들었고 중간에 깼는데 늘 그렇듯이 다시 잠이 오지 않았다. 그래도 눈을 뜨기는 싫어서 텔레비전 대신 라디오를 택했다. 어제 아침에 옷을 갈아입으면서 5번에서 해주는 역사 방송을 듣다가 그대로 라디오를 껐다. 그러니까 내 라디오는 계속 5번에 맞춰져 있었다. 그리고 마침 그 5번에서 내가 졸음과 싸우면서까지 듣고 싶은 흥미로운 방송을 내보냈다. 사실, 나는 뭔가 마음에 드는 주제를 발견할 때마다 결국은 잠이 와서 끝까지 보거나 듣지 못할 때가 많다. 어제는 잠이 오지는 않았지만 내가 전부 다 알아듣지는 못했기 때문에 몇몇 대목을 놓쳤을 거다…… 어제 방송은 그리스에 대한 것이었다. 어떤 역사학자가 나와서 「리시스트라테」라는 아리스토파네스의 희곡에 대해서 이야기했다. 음, 장담하건대 그 이야기에는 인생에 통달한 할머니라도 정신 차리고 집중하게 할 만한 뭔가가 있었다. 내가 라디오를 켰을 때에는 펠로폰네소스 전쟁을 끝내기 위해 주인공 리시스트라테가 여자들을 이끌고 '섹스 파업'에 돌입하게 된 사연을 한창 이야기하는 중이었다! 대략 말하자면, 여자들은 남편들을 유혹해서 애간장만 태우고 절대 몸을 허락하지 않았던 것이다. 남자들이 섹스를 하고 싶어 해? 아, 그럼 휴전 협정부터 맺고 오라고 해! 잘 생각해보면 그렇게까지 어리석은 일도 아니었다. 여자들은 저마다 맹세를 해야 했는데 그 대사들은 부분적으로만 기억이 난다. "연인이든 남편이든 그 누구에게도 거시기를 세우고 나에게 접근할 권리는 없다." 그리고 또 뭐라고 했더라…… "남편이 완력으로 나를 취한다면 나는 격렬하게 항의하면서(정확하진 않지만 대충 그런 말이었다) 최대한 몸을 구부리겠습니다. 절대로 천장을 향해 다리를 들지 않을 것이며 '치즈 강판 위의 암사자' 자세를 취하지도 않을 겁니다." 하느님, 맙소사! 이게 무슨 얘길까? '치즈 강판 위의 암사자' 자세……? 지금 내가 5번 틀어놓은 거 맞아? 출연자들은 더없이 심각하게 그 치즈 강판 어쩌고를 몇 번이나 인용하고 자명하다는 듯이 섹스와 결부시켰다. 내가 방송을 못 들은 부분이 잠깐 있었나 보다. 나도 내가 섹스에 대해서 조예가 깊지 못하다는 것은 안다만, 그런 평범한 주방 도구가 섹스와 관련이 있을 거라고 생각하기는 힘들다. 출연자들은 이 희한한 희곡에서 발췌한 대사들을 고대 그리스 전통대로 여자 역도 남자가 연기했다. 그리고 아직 잠기운을 다 떨쳐내지 못한 내 머리로는 여자들에게 우리가 들고일어나자고 부추기는 남자 목소리가 주인공 리시스트라테 역이라는 것을 이해하기까지 한참이 걸렸다. 역사학자는 그 작품에 조예가 깊은 것이 분명한데도 "남자가 하는 말이기 때문에 더욱더 여성적이지요."라고 한마디 했다. 이런 게 그리스 희극이라면 내가 이쪽으로는 진짜 아무것도 모르는가 보다. 어쨌거나 비록 작품의 에로티시즘은 이해하지 못했어도 이제 치즈 강판이 예전과는 다르게 보일 것 같다……

11월 6일 금요일

마르셀이 우리 집에 오지 않은 지 며칠이나 됐다. 나는 만약에 대비해서 여전히 하루 종일 현관문을 잠그고 지낸다. 이제 슬슬 걱정이 되기 시작했다. 그래서 오늘 아침에 자기네 텃밭에 김을 매러 나온 페르낭을 찾아가서 물어봤다. 페르낭이 요즘은 집에서 나올 때마다 문을 밖에서 열쇠로 잠근다고 설명해줬다. 페르낭은 자기 없을 때 마르셀이 나에게 설탕을 얻으러 가지 못하게 하려면 이 방법밖에 없다고 한다. 세상에, 아무리 그래도 그렇지, 사람을 가둬놓는 거잖아…… 마르셀은 이 상황을 어떻게 이해하고 있을까?

11월 7일 토요일

1시 반 즈음에 서재 방에서 느긋하게 커피를 마시면서 안락의자에 앉아 따뜻하게 비치는 햇살을 음미하고 있었다. 어디서자동차 소리가 나더니 그 소리가 점점 커지다가 우리 집 앞에서 멈춘 것 같았다. 우체부가 왔나? 아니, 오늘은 벌써 왔다 갔는데. 자동차 문 열리는 소리. 또 다른 문이 열리는 소리. 또 그소리. 여러 사람의 목소리와…… 개 짖는 소리. 맙소사, 딸과사위와 손자들과 그 집 개가 왔구나…… 나는 까맣게 잊고 있었다. 나는 현관 앞에 나가서 주말에 온다는 얘기를 듣고도 완전히 잊고 있었다고 솔직하지만 애처롭게 고백했다. 딸은 정말못 말리겠다는 듯이 양손을 떨구었다. "제가 진즉에 말씀드렸잖아요, 적어놓기라도 하시지……" 그래, 그 말이 맞다. 하지만메모를 하겠다는 생각도 전화를 끊으면서 벌써 까먹는다. "엄마, 예전보다 기억력이 떨어지신 것 같아요……"

내가 요즘 들어 기억력이 더 떨어졌는지는 잘 모르겠다. 난예전에도 정신이 좀 딴 데 가 있었으니까. 어쩌면 내 기억력이점점 더 선택적으로 작용하는 걸지도 모른다. 중요한 정보만 기억하고 나머지는 버리는 식으로. 하지만 내일모레 딸과 손자들이 온다는 정보가 중요하지 않으면 도대체 뭐가 중요한가?

딸은 나에게 주방 벽에 걸 만한 큰 달력을 사주고 싶다고 했다. 거기에 누가 언제 오고 가는지 메모도 하고 초대, 방문, 생일 정보를 적어두라는데…… 미국에서는 다들 그렇게 하는 모양이다. 젊은 사람들도 예외가 아니고 말이다. 딸은 나를 안심시키려고 그런 말을 하는 걸까? 내가 아직 노망이 나지 않았다고 확인시켜주려고?

하지만 내가 결코 잊지 않는 것들도 많이 있다. 라클로 씨의 십자말풀이에 나왔던 단어 정의들, 스크래블에서 점수를 많이 낼 수 있는 단어들, 화학 기호, 그리고 브리지 게임 규칙은 최신판까지 훤히 꿰고 있다. 마작이나 카나스타* 같은 다른 게임 규칙도 다 알고, 각종 요리 레시피를 외우고 있다. 학교에서 배웠던 글 중에서 어떤 것은 그 페이지 전체가 다 기억난다. 시, 희곡 발췌문, 그리고 우리 어머니와 할머니가 불러주셨던 노래들……

나는 기억력 훈련 삼아서, 혹은 밤에 잠을 청하기 위해서 코르네유의 이 시를 자주 속으로 암송한다.

오, 분노여! 오, 절망이여! 오, 원수 같은 내 나이여!
내가 고작 이 욕을 보려고 그리 살아왔던가?
하루아침에 월계수들이 시드는 꼴을 보려고
전장에서 백발이 되었는가?

* 두 팀이 두 벌의 카드로 하는 놀이의 한 종류.

아, 멋있기도 해라…… 왜 요즘 학교에서는 이런 시를 가르치지 않을까? 이런 기쁨을 왜 빼앗는 걸까? 요즘 아이들은 나중에 늙어서 무엇을 암송할 수 있으려나? 걔들이 코르네유가 누구인지는 알까? 「르 시드」*를 읽기나 했을까? 내 나이 열두 살에는 시멘을 생각하면서 부르르 떨었고 로드리그 때문에 심장이 두근거렸다. "로드리그, 당신에게도 심장이 있나요?" 나는 그들의 절절한 심정을 느끼고도 남았고, 사랑과 명예 사이에서 죽도록 고뇌하는 그들의 기나긴 독백을 암송할 때면 나도 눈물이 났다. "당신은 나를 몰아세움으로써 당신이 나에게 합당한 사람임을 보여주었지요. 나 또한 당신의 죽음으로 내가 당신에게 어울리는 사람임을 보여주어야 합니다.", "치욕스럽지 않게 죽는다면 후회 없이 죽을 것이오."

라신은 또 얼마나 멋있는가.

널 피했다기보다, 잔인한 자, 난 널 내쫓았어.

난 네게 가증스럽고 인정 없게 보이려 했어.

네게 저항하려고 너의 증오를 부추겼어.

내 헛된 노력이 무슨 소용이 있었던가?

넌 날 더 미워했고, 난 널 더 사랑했지.

* 르 시드(Le Cid): 프랑스의 극작가인 피에르 코르네유의 5막짜리 운문 비극.

「페드르」*…… 눈물이 다 난다……

나는 라틴어 격(格) 변화도 아직 기억하고 있다. 도미누스 (dominus), 도미네(domine), 도미눔(dominum), 도미니(domini), 도미노(domino), 도미노(domino). 혹은 푸에르(puer), 푸에르(puer), 푸에룸(puerum), 푸에리(pueri), 푸에로(puero), 푸에로(puero)…… 어디 이뿐인가, '코'에 대해서 설명하는 부분'도 여전히 다 생각난다.

서술적인: 바위잖아! 산봉우리잖아! 곶이잖아! 곶이라니, 내가
　　무슨 소릴 하는 거야?……반도야!
호기심 어린: 그 길쭉한 가죽 주머니는 무엇에 쓰는 거죠? 필
　　통? 아니면 가위 주머니?
우아한: 새들을 사랑하시나요, 가냘픈 다리들이 내려앉아 쉬도
　　록 횃대를 뻗어줄 만큼?
원색적인: 선생, 담배를 피울 때 그 큰 콧구멍으로 연기를 내뿜
　　으면 이웃에서 불이 났다고 난리를 치지 않소?

나는 코메디프랑세즈에서 공연하는 「시라노」를 두 번 보았다. 열다섯 살도 안 됐을 때 처음으로 그 연극을 봤다. 두 번째 봤을 때에는 나도 결혼해서 한 아이의 엄마가 되어 있었다. 나

* 프랑스의 시인이자 극작가인 라신의 비극.

는 시라노 역을 연기한 배우 장 피아에게 완전히 반했다. 이 작품만은 우리 손자들도 학교에서 배웠고 이 유명한 대사를 달달 외웠다. 그래도 전부 다 잃지는 않았구나……

11월 8일 일요일

아침에 딸과 손자들은 늘어지게 자고 있었는데 고맙게도 사위가 나를 교회에 데려다주었다. 내가 어제저녁에 냉동실에서 꺼내놓은 뿔닭을 딸이 잊지 않고 오븐에 넣기를 바라면서 나왔다. 투아네트와 질베르트를 봤지만 미사 끝나고 일부러 인사를 나눌 시간은 없었다. 빵집이 문을 닫기 전에 얼른 빵을 사러 가야 했기 때문이다. 우리는 차 안에서 얘기를 많이 나누었다. 나는 사위와 얘기를 나누는 걸 좋아한다. 사위는 침착하고 상식적이며 두루두루 아는 것도 많다.

오후에는 손자가 숙제로 제2차 세계대전에 대해서 조사를 한다고 했다. 손자에게 질문을 참 많이도 받았다. 그 애는 할머니가 역사책에나 나오는 시대에 진짜로 살았던 사람이라는 사실에 놀라워했다. 그 애 할아버지가 살아 있었으면 훨씬 더 많은 얘기를 들려줄 수 있을 텐데 안타깝다. 르네는 일명 '참전 일기'까지 썼던 사람이다. 그이의 소속 연대가 금방 퇴각하는 바람에 르네의 참전 기간은 겨우 보름밖에 되지 않았지

만…… 그 후에는 비교적 평화로운 비점령 지대에서 지냈다고
한다.

　나에게 전쟁은 '단절'과 동의어였다. 전쟁으로 기숙사 시절
친구들 대부분과 연이 끊어졌다. 상당수는 독일군을 피해 파
리를 떠나서는 돌아오지 않았다. 그 친구들은 영원히 못 만날
거다. 전쟁이 끝나고 얼마 안 되어 부모님은 나를 괜찮은 집안
딸내미들이 많이 다닌다는 비서 학교의 케테러 선생 반에 집
어넣었다. 그 후에 나는 르네를 만났고 그이와 결혼했다. 내가
스물네 살 때의 일이다. 결혼하고 몇 달 지나지 않았을 때 나
에게 잘해주시던 시아버지께서 심장마비로 돌아가셨기 때문
에 우리 부부는 이곳에 살러 내려왔다. 나는 여기서 살 준비
가 되어 있지 않았다. 나는 시골과 거리가 멀었고, 모든 것이
겁났다. 이곳 생활이 따분하기도 했거니와 도무지 정이 가지
않는 시어머니와 한집에 살려니 아주 힘들었다. 죽으면 죽었지
그렇게는 못 산다는 생각도 했다. 이 고장 사람들은 내가 파리
에서 친하게 지냈던 사람들과 너무 달랐다. 파리와 내 가족을
떠나 이 외진 시골로 내려온다는 것은 고통스러운 단절을 의
미했다. 여기 내려와서 처음에는 일 년에도 서너 번씩 친정에
올라가 파리 구경도 하고 독일 점령기 시절의 친구들도 만나
고 왔다. 워낙 멀리 살다 보니 그러다가 조금씩 이별의 상처가
아물었다.

　그때는 생활 수준이 참 보잘것없었다. 우리가 씻는 곳은 찬

물만 나왔다. 그냥 도기 세면대와 물병만 작은 탁자에 덜렁 놓여 있는 곳이었다. 더운물을 쓰려면 주방에 내려가 베르 광산에서 나는 석탄으로 화덕에 불을 피우고 솥을 올려야 했다. 시어머니는 욕조와 성냥으로 불을 붙여 쓰는 온수기가 갖춰진 욕실을 쓰셨다. 당신은 아량을 베풀어 한 달에 한 번은 우리에게도 욕실을 내어주셨다. 그때는 수도 시설이 여기까지 가설되지 않았기 때문에 소들이 풀 뜯어 먹는 들판 아래쪽 샘물을 끌어다 썼다. 수로관으로 샘에서 끌어온 물이 다락방 물탱크에 모였다가 욕실이나 주방의 수도꼭지로 나오는 구조였다. 겨울에는 수로관이 꽁꽁 얼어서 수도를 틀어도 물이 나오지 않았다. 그럴 때면 우리는 농가의 우물에서 물을 길어다가 모아놓고 기온이 일시적으로 풀리기만을 기다렸다. 우리 식구는 우물물을 오랫동안 아무렇지도 않게 먹었는데 한참 나중에야 그 물이 식수로 부적합하다는 사실을 알았다……

시어머니는 손가락 하나 까딱할 줄 모르는 사람이었다. 당신은 열여덟 살 때까지 부모님과 함께 홍콩에서 하인들과 요리사까지 거느리고 안락하게 살았다고 한다. 그리고 평생을 철없는 부잣집 아가씨처럼 살았다. 어머님은 당신 방에서 숄을 두른 채 언제나 주전자가 끓고 있는 난로 옆에 딱 붙어서 코바늘로 예쁘지도 않은 조끼를 짜거나 구리 잔으로 중국차를 하루에 몇 리터씩 홀짝거렸다. 잠자리에 들기 전에는 얼굴에다가 버터를 공들여 발랐다. 어머님은 그렇게 하면 주름살이 생기지 않는다면서 나보고도 버터를 바르라고 했다. 어머님이 돌아가실 때까지 버터처럼 노랗지만 매끈한 피부를 유지하기는 했다. 어머님을 껴안고 뺨을 맞대는 인사를 할 때면 산패한 버터 냄새 같은 것이 났다.

나는 결혼한 지 여덟 달이 되도록 애가 들어서지 않았다. 어머님은 애가 타서 매일같이 생프랑수아드살 교회에 가서 성모님께 초를 바치고 집안에 아기를 내려달라고 기도했다. 그 기도가 응답을 받았는지 1년 후에 나는 귀여운 사내아이를 낳았다. 그때는 그냥 집에서, 우리 침실에서 애를 낳았다. 남편에게 밖에서 기다려달라고 하고 진통을 하는데 아기가 빨리 내려오지 않아서 다들 지쳤다. 산파는 아무런 도움이 되지 않았고 시어머니는 한숨을 쉬면서 "아가야, 힘을 줘라, 좀 더……" 소리만 하셨다.

친정엄마가 다음 날 파리에서 내려오셨다. 엄마가 친정으로 돌아가시자 세상에 아기와 나 단 둘인 것처럼 느껴졌다. 여기에 아는 사람도 없었고 아직 친구들도 사귀기 전이었다. 르네는 일주일에 세 번 자전거를 타고 자기 사무실에 가서 밤늦게야 돌아왔다. 사무실이라고 해봐야 라팔리스에서 국도 바로 옆에 있는 셋방 하나를 어떤 부인에게 빌려 쓰는 것에 불과했다.

낮에는 아기가 나의 유일한 친구였다. 아들이 다섯 살이 되었을 때 나는 소일거리도 만들 겸 내가 직접 글을 가르치기로 마음먹었다. 그때 구입한 보셰 읽기교육법 교재는 훗날 늦둥이 딸을 가르칠 때에도 요긴하게 써먹었다. 우리는 매일 아침 식사를 마치고 침실의 난롯가 탁자에 자리를 잡았다. 딸에게 공부를 가르쳤던 시간들은 지금까지도 좋은 추억으로 남아 있지만 아들은 내가 가르치겠다고 붙잡아봐야 늘 끝이 좋지 않았다. 아무리 설명하고 가르쳐줘도 소용없었다. 그 아이는 B와 A가 만나서 BA(바)가 된다는 것을 이해하지 못했다. 나는 머리를 쥐어뜯었다. '브' 소리가 나고 그다음에 '아' 소리가 나는 거야, 두 소리가 합쳐지면 어떻게 될까? 브으으으……아, 바, '브'와 '아'가 만나서 '바'가 된다니까? 내가 결국 화를 내면 아들은 엉엉 울었다. 보통 이 대목에서 시어머니가 '가엾은 우리 손자 울음소리에 놀라서' 자기 방에서 튀어나왔다. 나도 그때쯤 되면 성질을 못 이겨 엉엉 울고 싶은 심정이었다. 어머님 때문에 정말 돌아버릴 것 같았다. 게다가 어머님은 남의 방에 들어가서는 안 될 때 불쑥불쑥 들어가는 재주가 있었다. 노크를 하기는 하지만 안에서 허락이 떨어지기도 전에 문부터 열고 보는 거다. 내가 옷을 벗고 있든, 우리가 침대에 누워 있든, 그런 건 어머님에게 중요하지 않았다. 르네와 내가 오붓한 시간을 가지려고 할 때 어머님이 들이닥친 적이 한두 번이 아니었다…… 침실에 걸쇠를 달까 생각도 해봤다. 우리 부부는 사생활 침해, 끝날 줄 모르는 코미디 같은 상황, 어머님의 변덕과 발작 때문에 제대로 살 수가 없었고 부부 사이도 나빠졌다. 어머님은 삐치기는 또 얼마나 잘 삐쳤는지. 도처에 메모지를 붙이거나 문고리마다 팻말을 달아서 온 집을 명령, 경고, 금지로 도배하시곤 했다. '무슨 일이 있어도 방해하지 말 것', '제발 문 좀 닫고 다녀!', '욕실 사용 금지!', '오늘은 화덕을 사용하지 말 것'. 어머님은 기분 나쁜 일이 있으면 자기 방에 틀어박혀 문을 잠갔다. 르네가 문을 쾅쾅 두드리면서 애원해도 어머님은 전혀 아랑곳하지 않았다. 모자는 사소한 일로 늘 다퉜고 집에서 허구한 날 큰소리가 났다. 나는 부모님이 언성 높이는 모습을 본 적이 없을 만큼 조용한 집에서 나고 자랐기 때문에 이 집안사람들은 다 미쳤나 생각하기도 했다.

우리 아들도 성질이 불같아서 한 시간 내내 울고 소리 지르는 건 예사였다. 잠깐은 보아 넘길 수 있었지만 어느 순간부터는 나도 신경질이 났다. 그럴 때면 아이 손을 단호하게 잡고 나가 밭으로 데려갔다. 빨랫줄 옆에다가 아이만 남겨놓고 "울음 그치기 전에는 집에 못 들어와."라고 했다. 그러고 나서 아이는 울든지 말든지 내버려두고 나 혼자 씩씩대면서 다시 음식을 하거나 뜨개질을 했다. 15분쯤 지나면 아이가 집으로 들어오곤 했다. 아이는 이제 울고 있지 않았다. 벌게진 뺨에는 아직 눈물이 다 마르지 않았고 코가 질질 흐르는데도 아이는 "울음 그쳤어요."라고 했다. 그러면 갑자기 아이한테 미안한 마음이 들어서 얼른 꼭 껴안아주곤 했다.

여섯 살이 되자 그 애도 웬만큼 글을 읽을 수 있게 되었다. 우리는 홈스쿨링을 하기로 했다. 통학을 하기에는 학교가 너무 멀었고, 내가 매달릴 수 있는 일이 생겨서 좋았다. 나는 아트메르 교실*에 아이를 넣었다. 매일 아침을 먹고 세수를 한 후 아들을 붙잡고 수업을 했다. 책도 읽고, 글도 쓰고, 산수 공부도 했다. 초등학교 1학년 과정이 끝난 후에는 자연과학, 역사, 지리 수업도 챙겨야 했다. 오전에 공부를 하고 점심을 먹은 후에는 아이가 장난감 자동차를 가지고 놀게 내버려두었다. 아이는 자갈 깔린 산책로를 흙이 드러날 때까지 파서 '찻길'을 만들었고 시어머니는 자기 안뜰을 '훼손하는' 꼴은 못 본다고 난리를 쳤다. 우리는 아이에게 작은 갈퀴를 사줬다. 저녁 먹을 때가 되면 아이는 장난감 자동차, 레미콘 트럭, 트럭 따위를 열심히 양동이에 주워 담고 자기가 온종일 매달려 만든 것을 울음을 꾹 참으면서 도로 다 부수었다.

고학년이 되어서는 비시의 생도미니크 중학교로 진학을 했다. 아들은 매일 아침 일찍 일어났다. 르네가 아들을 통학 버스가 오는 라팔리스까지 태워줬다. 아들은 귀가도 아버지와 함께 저녁 늦게 할 수밖에 없었다. 그때부터 나에게는 하루가 한없이 길어지기 시작했다. 사는 게 재미없었다. 현실에서 벗어나기 위해 책을 읽었다. 『앙젤리크』 시리즈를 정신없이 읽어치웠다. 나는 조프레 드 페이라크에게 매료되었다. 나도 그렇게 파란만

---

* 로즈 아트메르가 1885년에 설립한 사설 교육 기관. 파리에 소재했으나 홈스쿨링과 병행 가능한 프로그램을 운영하거나 통신 교육 프로그램을 제공하는 등 일종의 대안 학교 역할을 했다.

장한 삶을 살아본다면 어떨까, 내가 천사들의 후작부인이고 해적들의 포로가 되었다가 이국의 재상에게 팔려 간다면…… 안타깝지만 르네는 레스카토르*와 비슷한 데가 전혀 없었다. 그이가 거느린 선박은 낡고 찌그러진 시트로엥 한 대가 다였고, 그이의 성채의 방패휘장은 그이가 다니는 회사의 로고(까만 바탕에 노란 꿀벌)였으며, 그이가 펼치는 모험의 무대는 인근의 농가들로 한정되어 있었다.

이 모든 일이 거의 60년 전이라는 생각을 할 때면 나는 현기증이 나고 머리가 어질어질하다. 어떤 추억들은 쉬이 떠오르지 않는다. 옛날에는 그렇게 가까웠던 사람들의 얼굴이 이제 잘 기억나지 않는다. 심지어 우리 어머니 아버지 얼굴도 희미해져 가고 목소리도 생각이 날 듯 말 듯하다. 나의 청춘이 흐려지고 색이 바랬다. 나의 지난날은 물이 쏟아진 수채화 같다. 그렇게 어떤 이름이 나에게서 도망가고 어떤 추억이 사라진다. 어떤 날짜, 어떤 나이…… 바로 이런 순간에 세월의 무게가 여실히 느껴진다. 부모님, 삼촌, 이모, 사촌, 옛날 친구가 그립다. 이제 나에게는 아무도 없다. 어떤 이미지, 어떤 이름, 어떤 말, 어떤 장소를 나에게 확인시켜줄 수 있는 사람이 없다…… "너도 기억나니?"라고 물어볼 수 있는 사람이 아무도 없다. 나 홀로 이 보

---

* 『앙젤리크』 시리즈에서 조프레 드 페이라크 후작이 누명을 쓰고 죽을 위기를 넘긴 후 해적 노릇을 할 때의 별칭.

잘것없는 기억력, 누렇게 변한 사진들을 붙잡고 있다. 망각과 함께 나 홀로 남았다.

11월 9일 월요일

기운을 차려야 한다. 어제저녁에는 옛 생각에 빠져서 잠시 우울했다. 장밋빛 과거는 아니었지만 그때까지만 해도 나는 인생을 아직 3분의 1밖에 살지 않았다. 격동의 세월이 먼저 와서 그 후의 행복한 시절은 소강상태처럼 느껴졌지만, 어쨌든 이런 마음 상태는 나에게 이로울 게 없다. 집 밖으로 좀 더 자주 나가고 차도 다시 몰아야겠다. 무미건조한 회색의 11월이 내 머릿속까지 헤집고 들어오지 못하도록. 우리 나이에 칙칙하고 우울한 생각은 치명적일 수 있다. 의사라면 누구나 그렇게 말한다. 건강하게 오래 사는 사람을 보면 백이면 백 사고방식이 긍정적인 사람이라고. 천년만년 살고 싶은 생각은 없지만 죽기 전까지는 건강하게 살다가 가고 싶다.

비시에 가야겠다. 비시는 내가 좋아하는 도시다. 유쾌한 분위기의 작은 온천장도 있다. 거리는 활기차고 아주 근사한 찻집들이 있다. 맛있는 케이크를 먹으면서 옛날 분위기에 젖을 수 있기 때문에 그런 찻집에는 늘 노부인들이 복작복작한다. 사람들은 거리를 거닐면서 끔찍했던 전쟁을 생각하지 않으며, 초호

화 호텔들이 거의 다 사라진 공원 거리에 라발과 페탱*의 영이 떠돌지도 않는다. 도시는 그보다 더 먼 과거에 정체되어 있기에 우리는 여전히 세비녜 부인의 향기를 맡을 수 있다.** 하지만 비시 하면 역시 나폴레옹 3세, 벨 에포크***, 1930년대다. 갈르리 데 수르스에서는 바닥에 끌리는 드레스를 입고 컵을 든 채 물을 받으러 가는 우아한 여인들을 만날 수 있을 것 같다.

비시에는 소일거리가 많다. 카지노, 아르누보 양식의 오페라 극장, 몇몇 박물관, 도서관, 열대어를 볼 수 있는 수족관까지 있다! 나야 솔직히 유리 너머로 연어 떼를 구경하러 가고 싶은 마음이 없지만 그런 걸 좋아하는 사람들도 있겠지. 하지만 여름에 알리에 강가에 늘어선 식당들 중 하나에 들어가 고운 모래와 페달 보트를 바라보면서 점심을 먹는 건 좋다. 비시는 감미롭고 단내가 나는 도시다. 도처에서 사탕 냄새가 풍긴다. 나는 이렇게 과자 가게가 많은 도시를 달리 알지 못한다! 그중에서도 '오 마로캥(Aux Marocains)'은 역사적인 명소로 대접받을 정도다.

---

* 라발과 페탱은 둘 다 제2차 세계대전 중 프랑스의 비시 정부에서 활동한 정치가로 독일의 나치스에 협력하였다. 전쟁이 끝난 뒤 라발은 총살되었고. 페탱은 사형 선고를 받고 복역하다가 사망했다.

** 세비녜 부인은 비시 온천에서 요양을 하면서 집필 활동을 했다. 그녀가 묵었던 호텔은 파비용 세비녜로 이름을 바꾸었고 비시 정부 시절에 페탱의 사택 겸 각료들의 집무 공간으로 쓰이다가 종전 후 다시 숙박 시설이 되었다.

*** 벨 에포크(Belle Époque): '좋은 시절'이라는 뜻으로, 19세기 말에서 제1차 세계대전이 시작되기 전까지 기간을 말한다.

나는 우리가 비시에서 살던 시절이 참 좋았다. 딸을 초등학교에 보내려고 이사를 가서 그 애가 파리에 있는 대학으로 진학할 때까지 그곳에서 살았다. 우리는 알리에 호수가 내려다보이는 자그마한 아파트를 구했고 르네는 집 안에 자기 사무실을 꾸렸다. 해마다 시어머니는 우리에게 접근할 구실을 찾으려고 한겨울만큼은 비시에서 보내고 싶다고 성화를 대셨다. 다행히도 우리 아파트는 너무 좁아서 시어머니에게 내어드릴 방이 없었다. 시어머니는 시내의 작은 호텔 루그두눔에 방을 하나 빌렸다. 그리고 거기서 지내던 어느 겨울에 하느님의 부름을 받았다. 그래서 엉덩이에 바늘이 박힌 시어머니의 시신은 관 속에 들어가기 전까지 내 침대에 눕혀져 있어야 했다. 그러니 그 침대에 누울 때마다 어떻게 꺼림칙하지 않을 수 있겠는가.

요즘은 영화나 오페라를 그리 즐기지 않는 대신에 강연회가 아주 좋아졌다. 비시에는 매달 작가가 온다. 작년에는, 그러니까 얼추 이 무렵에, 투아네트와 함께 장 도르메송의 강연을 들으러 갔다. 장 도르메송은 우리 두 사람이 함께 사랑해 마지않는 작가다. 장 도르메송 강연회는 큰 행사였기 때문에 몇 주 전부터 예약을 해야 했다. 투아네트는 흥분해서 펄쩍펄쩍 뛰었다. 그 친구는 배짱이 얼마나 좋은지 몇 년 전에 장 도르메송에게 팬레터를 보내서 답장까지 받았다. 그래서 투아네트는 팬레터를 한 통 더 보냈고, 그 후에 또 보냈다…… 그 정도로 좋아하는 작가를 실제로 만날 수 있게 됐으니 얼마나 들떴겠는가. 결전의 날, 투아네트는 때 빼고 광낸 모습으로 나타났다. 내가 그 친구보다 돋보일 위험은 전혀 없었다. 전날 잠을 못 자서 얼굴은 초췌했고 일부러 미용실에 갈 용기가 없었기 때문에 머리 모양이 납작하게 죽었다. 우리는 차 한 대로 움직이기로 했고 좋은 자리를 잡으려고 일찌감치 도착을 했다. 그런데도 행사장 입구에 갔더니 이미 사람들이 길게 늘어서 있었다. 처음부터 끝까지 모든 절차가 정해져 있었다. 입장권을 보여주고 지나가는 통로에 작가 저서가 산더미처럼 쌓여 있고 계산대도 바로 옆에 있어서 책을 구입할 수밖에 없었다. 젊은 사람처럼 날씬한 초대 작가가 가벼운 걸음걸이로 강연장을 가로지르는 순간, 한바탕 난리가 날 뻔했다. 그날의 청중은 대부분 우리 같은 할머니들이었다. 이 노부인들이 저마다 다른 사람을 밀치고 그 푸른 눈동자의 시선을 한 번이라도 더 받으려고 안달이었다. 나중에 우리는 책에 사인을 받으려고 또 줄을 서야 했다. 투아네트는 안절부절못했다. 내 생각에 투아네트는 장 도르메송에게 간단히 자기소개를 하고 그 열렬한 팬레터 얘기를 꺼내려고 할 말을 따로 준비했던 것 같다. 그 친구는 헛고생을 했다. 작가와의 사적인 대화는 불가능했기 때문이다. 라팔리스 종합 병원에서처럼 우리는 바닥에 표시된 금을 따라가며 얌전하게 차례가 오기를 기다렸다. 작가와 팬 사이에 다리를 놓는 스태프가 따로 있었다. 그 스태프가 팬의 이름을 접수하고 책을 받아서 페이지까지 펼친 상태로 작가 앞에 놓아줬다. 그러면 작가가 몇 마디와 서명을 휘갈겨 쓰고 약간 피곤한 듯한 미소를 지으면서 책을 돌려주었다. 가엾은 투아네트……

나는 매달 받아보는 프로그램을 살펴보았다. 장마리 루아르가 9월에 왔는데 그건 놓쳤다. 다음번 초대 작가는 잘난 척하는 늙은이여서 별로 가고 싶은 생각이 안 든다. 유감스럽지만 할 수 없지. 이래저래 따져보건대, 야트막한 파란색 안락의자에 푹 파묻혀 따뜻한 불가에서 차와 사블레 브르통이나 야금야금 먹는 게 백 배는 낫겠다.

11월 10일 화요일

평온한 하루를 보냈다. 점심을 먹고 오솔길로 산책을 나갔고 오후 4시경에 차를 끓여서 난로를 피운 서재 방에서 마셨다. 주말에 나온 십자말풀이를 끝냈고 카드점을 몇 판 치는 동안 수시로 벽난로에 굵직한 장작을 집어넣었다. 정원사에게 현관 앞 장작 상자를 채워달라고 해야겠다. 이제 상자에 땔감이 거의 남지 않아서 금방 바닥날 것 같다.

벌써 어두워진 지가 좀 됐는데 누군가가 문을 두들겼다. 나는 창문을 열고 누구인지 물었다. "사냥꾼들입니다, 잔 아주머니! 드릴 것이 있어서요!" 아, 그래, 사냥꾼들이구나…… 나는 그들을 잘 모른다. 사냥을 찬양하고 가끔씩 여기를 지나가는 사냥꾼들에게 한 잔 대접하는 사람은 우리 아들이다. 나는 문을 열어주고 그들을 현관으로 맞아들였다. 사냥꾼들은 세 명으로 모두 카키색 옷을 입었고 어깨에는 사냥총을 메고 있었다. 그들은 모자를 벗어 인사를 하고 거대한 비닐봉지를 내밀었다. "아주머니 드리는 겁니다! 선물이에요! 보세요, 이거 아주 굉장한 거예요!" 나는 쭈뼛쭈뼛하다가 비닐봉지 안을 슬쩍 들여다보았다. 뭔가 크고 묵직해 보였다. 이게 뭐지? "허벅살입니다, 잔 아주머니, 아주 좋은 멧돼지 허벅살이에요!" 맙소사…… "주방까지 옮겨드릴까요?" 그래주면 고맙지, 내가 들지는 못할 테니까…… 그들은 주방 개수대 옆에 비닐봉지를 내려놓았다. 나는 최대한 살갑게 고마움을 표현하며 한잔하고 가라고 했지만 그들은 깍듯하게 거절을 했다. 그들은 다시 모자를 쓰고 차가운 어둠 속으로 돌아갔다. 주방에 다시 들어가서 보니 난감하기 그지없었다. 이런 일이 생길 줄이야…… 나는 큰 도마를 끄집어내어 식탁 위에 놓았다. 비닐봉지를 들어올리는 것만으로도 진이 다 빠졌다. 그래도 내용물을 도마에 꺼내놓는 데까지는 성공을 했다. 구역질이 올라왔다. 그건 멧돼지의 허벅살, 아주 거대하고 털과 피가 남아 있는 허벅살이었고 발과 시커먼 발톱 세 개까지 붙어 있었다. 머리가 어질어질했다. 나는 앉아서 잠시 생각을 가다듬었다. 이 끔찍한 물건을 어쩐다?

나는 앙젤에게 전화를 했다. 앙젤은 남편이 사냥을 하니까 이놈을 어떻게 처리하는지 알 터였다. 앙젤은 오늘 저녁은 아무 것도 하지 말고 그냥 깨끗한 행주나 다른 뭔가를 밤새 덮어놓으라고 했다. 그러면 내일 자기가 와서 다 알아서 하겠단다. 앙젤과 남편은 내일 아침 일찍 베르에 추모식을 보러 갈 예정이라고 한다. 거기 가는 길에 잠시 우회해서 저놈의 허벅살을 가져가겠다고 한다. 앙젤이 내가 바로 먹을 수 있게 조리를 해주기로 했다. 나는 앙젤에게 그들 부부가 먹을 몫을 충분히 떼어가라고 말해두었다. 어차피 나 혼자 다 먹지도 못할뿐더러 솔직히 내가 멧돼지고기를 좋아하는지 어떤지도 잘 모르겠다……결국은 조각내서 얼려두게 될 것 같으니 냉동실을 정리해서 자리를 좀 만들어야겠다.

서재 방 난롯불은 거의 다 죽었다. 이제 불길을 살릴 필요도 없겠다. 어차피 시각이 늦었고 피곤해서 그럴 기력도 없다. 핏덩이 허벅살을 옆에 두고 저녁밥을 먹느니 차라리 죽는 게 낫다.

사람이 졸리면 시장한 것도 모르는 법이다. 나는 벽난로 방화문을 내리고, 덧창을 닫고, 불을 끄고, 현관문을 잠그고, 침실로 올라갔다.

11월 11일 수요일

오늘은 제1차 세계대전 휴전 기념일, 추모의 날이다. 내가 어렸을 때에는 휴전 기념일이 그렇고 그런 날 중 하나가 아니었다. 휴전 기념일에는 학교도 쉬었다. 아버지는 기숙사로 아침 일찍 나를 데리러 오시곤 했다. 집에 가면 남동생은 벌써 외출 준비를 마친 모습이었다. 어머니는 갓 다린 블라우스와 치마를 준비해놓고 나를 기다리셨다. 아버지는 개양귀비나 제비꽃 중에서 그날 구할 수 있는 것을 준비해서 한 송이는 내 머리에 꽂아주고 다른 한 송이는 내 남동생 감청색 재킷의 단춧구멍에 꽂아주었다. 그러고 나서 우리는 추모 기념식이 열리는 개선문으로 출발했다. 그 시절에는 집에 텔레비전이 없었다. 그래서 행진을 구경하거나 연설을 들으려면 현장으로 직접 나가야만 했다. 독일 점령기에는 당연히 독일의 제1차 세계대전 패배를 기념할 권리가 없었다. 그래서 우리는 집에서 가족끼리 그날을 기념했다. 아버지는 프랑스 국기를 꺼냈고 우리는 거실에서 잠시 묵념을 했다. 그 후에 아버지는 전장에서 목숨을 잃은 자기 전우들의 이름을 하나하나 입에 올리면서 회상에 잠겼다.

지금은 텔레비전으로 기념식을 본다. 팡파르와 구르는 듯한 북소리가 나를 아주 먼 옛날로 데려간다. 「상브르와 뫼즈 연대 행진곡」, 그리고 민요 「로렌을 지나서」를 듣고 있으려니 아버지 손을 꼭 잡고 샹젤리제에 서 있는 내 모습이 보인다.

전쟁 초기에 아버지는 기병으로서 용(龍) 부대에 들어갔다. 그 당시 사진첩에는 말을 탄 아버지의 위풍당당한 모습이 남아 있다. 그 후에는 부대 변경을 요청해서 알프스 수렵병이 되었다. 아버지는 최전방에서 싸우고 싶어 했다. 당신이 받은 십자 훈장을 나는 지금까지 간직하고 있지만 정확히 어디 두었는지는 모른다. 군인으로서 모범적인 행실을 보여주었다는 내용의 문서도 있었다. 학교에서 나눠주는 성적표 비슷한 것, 이를테면 전쟁터 성적표였다.

우리 아버지는 조국을 지키는 일이라면 두려움을 몰랐다. 프랑스를 위해서라면 목숨도 바칠 준비가 되어 있는 분이었다. 아버지는 세상 떠날 날이 가까워서야 비로소 쇠약하고 힘없는 존재가 되었다. 비틀거리는 걸음걸이, 망설임이 많은 목소리, 멍한 시선. 아버지는 덜덜 떨면서 숨을 거두셨지만 죽음이 두려워 몸을 떨었던 것은 아니다. 어머니가 돌아가시고 2년 후에 아버지는 파킨슨병으로 돌아가셨다.

11월 12일 목요일

이따금 저녁에 불을 끄면서 그런 생각을 한다. 오늘 밤 잠들어 다시는 깨어나지 못할지도 모른다고. 내일은 내가 세상에 없는 하루가 될지도 모른다. 실은 나도 그렇게 갔으면 좋겠다. 잠을 자다가, 꿈을 꾸다가 훌쩍 세상을 뜨고 싶다. 그렇게 되면 내시신은 곧장 발견되지 않을 것이다. 시신이 빨리 수습되기를 원한다면 나는 수요일 밤에 죽어야만 한다. 앙젤이 일하러 왔다가 내가 문을 열어주지 않으면 얼마나 놀랄까. 일요일도 괜찮다. 내가 미사에 나타나지 않으면 질베르트가 놀라서 전화를 할 것이고 통화가 계속 안 되면 분명히 걱정할 것이다.

11월 13일 금요일

아침에 《피가로》와 함께 아베 피에르*의 편지를 받았다. 나는 소액이나마 매년 빈민 구제, 학술 연구, 기아 문제에 힘쓰는 단체나 재단에 기부를 하고 있다…… 영원히 만날 일은 없겠지만 지구 반대편에 내가 후원하는 어린아이들도 있다. 그 아이들은 내 덕분에 학교에 가서 공부를 할 수 있다고 편지를 보내곤 한다. 그런 편지를 받으면 정말로 기쁘다. 내가 아직도 조금은 쓸모 있는 존재라는 생각이 들기 때문이다. 우리 늙은이들은 아무짝에도 쓸모가 없다, 노인은 사회의 짐이다, 이런 소리를 얼마나 자주 듣는지 모른다. 그래서 내 딴에는 가급적 가벼운 짐이 되려고 애쓴다. 내가 만드는 일자리도 한두 개쯤은 있다. 우리 앙젤이나 정원사 같은 사람에게 작으나마 일거리를 주고 있으니까…… 나이에 비해 정정한 편이다 보니 의사에게

---

* 아베 피에르(Abbé Pierre: 1912~2007): 엠마우스회를 설립하고 평생을 빈민 구제 운동에 헌신한 성직자.

는 일거리를 거의 못 주는 것 같지만, 의사는 내가 없어도 잘 먹고 잘사니 괜찮다. 나는 치과의사에게도 돈벌이가 안 된다. 내 이는 아주 가끔씩만 문제를 일으킬 뿐 지금까지 다 남아 있다. 나는 오랫동안 동종의 호스피스 병원으로 봉사를 다녔지만 그 일도 그만두었다. 이제 호스피스 환자들이 다 나보다 젊기 때문에…… 이제 내가 직접 남들을 도울 수 없으니 그 일을 위해 수고하는 사람들을 도울 수 있다면 그렇게 한다. 나이가 들수록 나 자신에게는 돈을 덜 쓰게 된다. 나에게는 크게 돈 드는 일이 없다. 예전처럼 멀리 여행을 갈 수도 없고 외식을 하러 나가거나 영화관, 극장을 자주 드나들 수도 없다. 나는 식비도 많이 들지 않는다. 채소는 우리 집 밭에서 다 나고, 나 혼자 먹으려고 고기를 사는 일은 없기 때문이다. 마트에서 생필품을 사는 데 쓰는 돈과 앙젤과 정원사에게 지급하는 품삯을 제외하면 가장 큰 지출은 보험료, 전화 요금, 난방에 쓰이는 기름 값이다. 나는 이제 옷값도 거의 들지 않는다. 내가 가지고 있는 옷가지만으로도 죽을 때까지 충분하다고 생각한다. 단, 장화만은 너무 낡아서 내가 명을 다하기 전에 자기가 먼저 명을 다할지도 모르겠다. 그래서 나는 아베 피에르 재단의 '긴급 기부 약속'을 100유로 칸에 표시해서 돌려보낸다. 그리고 해마다 2월이면 성당 봉투에 지폐를 몇 장 준비해서 특별 봉헌금으로 바친다. 하지만 기부를 요청하는 전화에는 절대로 응하지 않는다. 그런 전화는 질색이다. 전화는 낯모르는 이에게 도움을 요청하는 방식으로 마땅치 않다고 생각한다. 만약에 내가 후원했던 단체에서 한 번만 더 전화를 걸면 그 단체에는 두 번 다시 기부하지 않을 생각이다.

11월 14일 토요일

라팔리스의 카르푸 마켓까지 가기가 귀찮을 때, 또는 살 것이 많지 않을 때에는 보노 부인네로 간다. 옛날에는 다들 보노 아저씨네라고 불렀다. 보노 씨는 이 집 저 집, 이 마을 저 마을로 트럭을 몰고 다니면서 물건을 팔았다. 보노 아저씨 트럭은 없는 게 없기로 유명했다. 행주류, 치즈, 빵, 고기, 재봉용 실, 전구, 비누, 세제, 과일, 채소…… 집집마다 자가용이 생겨서 누구나 쉽게 장을 보러 갈 수 있게 되면서부터 보노 씨는 더는 우리 집에 오지 않았다. 그럴 필요가 없기 때문이었다. 하지만 불과 몇 년 전까지도 페르낭의 집에는 왔던 것으로 안다. 보노 씨가 죽고서 아내가 그 일을 물려받았다. 카르푸 마켓이 문을 연 후로 손님이 없다 보니 이제 보노 부인도 트럭을 몰고 다니지 않는다. 하지만 보노 부인은 여전히 이 일대 모든 마을에 장날마다 나온다. 그리고 보노 부인네 생넥테르 치즈는 세계 최고다. 크림처럼 부드럽고 살살 녹는 것이 얼마나 맛있는지 모른다. 그 치즈는 보노 부인의 트럭 아니면 점포에서만 구입할 수 있다. 보노 부인은 트럭을 몰고 장에 나가지 않을 때면 항상 인근 마을 트레젤에 있는 점포를 지킨다. 당연히 대형 마트에서 파는 치즈보다는 조금 비싸지만 마음에 드니까 괜찮다. 보노 부인은 우리와 아는 사이이기 때문에 단순히 물건만 파는 게 아니라 수다를 좀 떨면서 다른 사람들 근황도 물어보고 산 사람 얘기, 죽은 사람 얘기를 나눈다. 그 집에는 옛날의 맛이 있다. 그 가게에는 아직도 시골의 정취가 있다.

11월 15일 일요일

신호를 보내준다는 이 목걸이는 완전 사기다. 투아네트가 미사 끝나고 했던 얘기에서 수상한 낌새를 눈치챘다. 그 친구가 얼마 전에 자기 휴대전화와 연동되면서 거리에 상관없이 사용 가능한 안전 장치를 구입했다고 했다. 나는 집에 돌아와서 목걸이 케이스에 동봉되어 있던 사용 설명서를 찾아봤다. 그런데 이 빌어먹을 목걸이는 가정에 설치된 '본체'에서 100미터 이상 벗어나면 작동이 안 된다고 한다! 난 그 본체라는 것이 우리 집 어디에 붙어 있는지도 모른다. 그러니까 내가 요 앞 오솔길 대신에 숲으로 산책을 나갔다가 ──그 숲에는 주말에나 한두 명 사냥을 나올 뿐 아무도 지나다니지 않는다── 넘어지기라도 하면 아무리 목걸이 버튼을 눌러봐야 소용없을 거라는 얘기다! 나는 얼어 죽든가 갈증과 굶주림을 못 이겨 죽은 시신으로 며칠 후에 발견될 것이다. 그나마 짐승이 이 늙어빠진 몸뚱이를 뜯어 먹지 않았을 때에나 가능한 얘기다. 이 목걸이는 결국 서랍속에 처박아두게 될 것 같다. 돈을 길에다 뿌리고 다닌 셈이군. 휴대전화를 챙겨 가지고 다니는 편이 백 배 낫겠다. 그래도 휴대전화는 웬만하면 아무 데서나 터지기라도 하지.

11월 16일 월요일

짜증이 난다. 얼마 전부터 전화를 걸어 나를 무척 잘 아는 척하면서 '가급적 빨리' 혹은 '긴급하게' 다시 전화해주기 바란다고 말하는 사람들이 엄청 늘어났다. 하지만 나는 그들의 이름을 들어도 기억나는 바가 없다. 심지어 어떤 사람들은 우리가 막역한 사이라는 듯이 대뜸 반말을 한다. 도대체 이 사람들은 누구고, 나에게 뭘 바라는 걸까? 방금 전에도 파스칼이라는 사람에게서 문자를 받았다. 내 보험의 배상 의무에 대해서 할 얘기가 있으니 30분 안에 전화를 달라고 하는데 예의에 어긋나는 문자는 아니지만 완강한 어조가 마음에 안 든다. 오래전부터 내 보험은 모두 한 사람이 관리하고 있다. 르네의 친구 아들인 그 보험업자 이름은 절대로 파스칼이 아니다. 어쨌든 내 보험은 아들이 알아서 하기 때문에 나는 아무것도 모른다. 세금 문제도 마찬가지다. 내가 그런 서류나 계약 문제에서 손을 뗀 지는 이미 한참 됐다. 내 나이에 섣불리 덤벼들었다가는 큰 실수를 저지를지도 모른다. 그러니 이 파스칼이라는 사람이 내 보험에 대해서 중요하게 할 얘기가 있다면 우리 아들에게 전화를 해야 할 거다.

내가 이런 종류의 문자나 전화를 처음 받았을 때에는 무척 난감했다. 전화를 거는 사람 목소리가 무척 어린 느낌이어서 나는 내 손주들, 증손주들 이름을 하나하나 떠올리면서 앙투안이 누구고 발레리가 누구인지 기억해내려고 머리를 쥐어짰다. 그럴 때면 답답해 미칠 것 같았다.

또 가끔은 휴대전화가 딱 두 번 신호가 울리고 나서 끊어진다. 그러면 내 쪽에서 그 번호로 전화를 거는데 아무도 받지 않는다. 이놈의 휴대전화, 슬슬 진절머리가 난다.

11월 17일 화요일

잠을 잘 못 잤다. 그놈의 보험 문제가 걱정이 되어서 마음 편히 잠을 이룰 수가 없었다. 만약에 진짜로 시급한 일이라면? 그래서 오늘 아침에 아들에게 전화를 걸었다. 혹시 보험을 바꿨느냐고 물었더니 아니라고 한다. 파스칼이라는 사람이 보험 배상 의무 문제로 전화를 걸지 않았느냐고 물었더니 그런 일 없다고 한다. 아는 사람 중에서 파스칼은 없다고 한다. 아들은 그런 메시지의 목적은 단 하나라고, 어떻게든 그 번호로 다시 전화를 걸게 하려고 쓰는 꼼수일 뿐이라고 했다. 그런 게 다 교묘한 사기 수법이라고 한다. 그 번호로 걸면 전화 요금이 천문학적인 액수가 나오니까 절대로 걸면 안 된다나. 전화뿐만 아니라 문자도 마찬가지라고 한다. 딸이 지난번에 문자 읽는 법을 가르쳐줬다. 내가 모든 메시지를 확인했는데도 이상하게 화면 상단의 편지 봉투 표시가 지워지지 않았다. 나는 내가 못 들은 메시지가 있나 해서 두 번, 세 번 다시 확인을 했다. 음성 메시지 안내 목소리는 계속해서 "이제 새 메시지가 없습니다." 소리만 해댔다. 내가 이 이야기를 딸에게 했더니 "아, 음성 메시지가 아니라 문자 메시지가 온 거예요."라면서 설명을 했다. 그것도 나는 통 모르는 얘기였다. 나는 휴대전화로 뭘 쓸 수 있다는 걸 전혀 몰랐다…… 나는 편지를 쓰고 싶으면 휴대전화가 아니라 편지지와 펜을 사용한다. 뭐, 그건 그렇고, 그때 딸이 문자 메시지 읽는 법을 가르쳐줬다. 그쪽으로도 남의 돈 가로채려는 수작질이 쇄도해 있었지만 작년 1월에 손주들이 보낸 문자 메시지들까지 섞여 있었다. "할머니, 새해 복 많이 받으세요! 키스를 보내며, 레아." 지금은 문자 메시지를 읽을 줄 알지만 답장 보내는 법은 모른다. 글 쓰기가 너무 복잡하다. 예를 들어 '나는'이라는 말만 쓰려고 해도 자판을 계속 찾아서 두드려야 하니! 앓느니 죽지! 그리고 이제 이렇게 알아들을 수 없는 문자 메시지

들이 쇄도해서 나보고 전화를 다시 걸어달라는 둥, 무슨 글자를 자판으로 치라든가 답장을 보내라는 둥, 희한한 첨부 이미지가 있질 않나, 누가 보냈는지도 모르는 'MMS'를 보라든가 음성을 들으라든가…… 그리고 이것도 다 애먼 사람 등쳐먹는 수작이라고 한다! 맙소사, 도대체 어쩌라는 건가? 이 시대는 심히 피곤하다. 나는 아무것도 모르겠다. 내가 아직은 노망이 나지 않았어도 이런 식으로 시달리다가는 정신 줄을 놓아버릴 것 같다……

11월 18일 수요일

오늘은 좋은 일을 한 가지 했다. 오데트를 보고 왔다. 좋아서 간 건 아니지만 가끔은 재미없고 따분한 일도 할 줄 알아야 하니까…… 길이 끝나고도 한참 더 가야 나오는 그 달동네 집에까지 찾아가지 않은 지가 1년이 넘었다. 나만 그런 게 아니라 다들 겁이 나서 거기까지는 잘 가지 않는다.

오데트는 알츠하이머 치매를 앓고 있다. 그래도 사람은 알아본다. 뭐, 그것도 내 느낌에 그렇다는 거지만…… 오데트는 미소를 지으면서 "잔……"이라고 불렀다. 오데트를 돌봐주는 아주머니가 나를 거실에 앉히고 오렌지에이드와 조금 눅눅한 비스킷 몇 개를 내왔다.

나는 오데트 집에 오래 머물지 않았다. 그렇게나 재미있던 사람이 어쩌나 딱하게 되었는지. 내가 말을 하면 오데트는 듣는 것처럼 보였고 가끔은 미소를 지으면서 고개도 끄덕끄덕했다. 30분 정도 지나니 나는 더는 할 얘기가 없었고 무슨 말을 해도 소용이 없겠다는 생각이 들었다. 오데트가 조금씩 정신을 딴 데 놓는 느낌이 들었다. 그 친구는 몸만 여기 있었다. 오데트는 나를 보고 있지 않았다. 어느 순간 갑자기 시선이 멍해졌다. 오데트는 자기만의 세상에서, 우리도 머지않아 알게 될 이세상과 저세상 사이 어떤 곳에서 길을 잃은 것 같았다. 지금은 아무도 그녀가 가 있는 곳에 갈 수 없었다.

오데트는 나중에는 내 존재마저 잊은 것 같았다. 지금 그녀는 거의 모든 것을 잊었다. 내가 뽀뽀를 하면서 작별 인사를 했더니 그녀는 내가 존재하지 않는 그 어떤 곳을 응시하면서 기계적으로 고개를 흔들었다.

나는 오데트에게 가지 말 걸 그랬다는 생각이 들었다. 그래봐야 아무 소용도 없는 것을. 나의 방문은 오데트에게 큰 의미가 없다. 반면, 나 자신에게는 너무 괴로운 일이다. 나도 오데트처럼 될까 봐 두렵다. 노인네들이라면 누구나 이런 생각을 하지 않을 수 없다. 치매에는 가까이 다가가지 않는 편이 낫다. 사람 일은 모르는 거다……

이제 다시는 오데트를 보러 가지 않을 것이다. 솔직히 내가 코빼기도 비치지 않아도 오데트는 그 사실을 모르겠지. 지금쯤이면 내가 왔다 간 것도 틀림없이 잊어버렸을 테지. 조금 더 있으면 내 이름마저 떠올리지 못하게 될 거다. 그러니 찾아간들 무엇하겠는가?

차를 몰고 오면서 예전에 미용실에서 오려온 기사를 다시 생각했다. 도무지 안심이 되지 않아서 "나는 10개 중에서 2개밖에 해당되지 않아."라고 계속 혼잣말을 되뇌었다. 나의 자체 검사가 벌써 다섯 달 전 일이라는 사실은 잊고 싶었다……

11월 19일 목요일

어젯밤에도 잠을 잘 못 잤다. 비가 밤새 덧창을 때리고 바람이 너무 세게 불어서 벽난로에서까지 쉭쉭 소리가 났다. 아침에 덧창을 열어보니 태풍이 정원을 휩쓸고 간 것 같았다. 부러진 나뭇가지가 잔디밭, 자갈길, 오솔길, 심지어 현관 앞에까지 지천으로 널려 있었다. 아침에는 비가 그쳤고 바람도 잦아들었다. 사방이 축축하게 젖어 있긴 했지만 비바람이 가시고 해가 나는 분위기였다. 바람이 어제 하늘에 가득하던 구름들을 싹 쓸어갔다. 어제는 하늘이 어찌나 낮아 보이던지 금방이라도 내 머리 위로 내려앉을 것 같았다. 산책을 나가려면 한 번 더 낡아빠진 장화를 신어야겠다. 오솔길이 아직 미끄럽지만 나는 산책을 포기하지 않을 것이다. 어쨌든 옷을 챙겨 입고 마당에 떨어진 잔가지들이라도 줍고 싶다. 잘 마르면 땔감으로 요긴하게 쓰일 것이다. 마침 땔감이 부족한데 잘됐다. 오솔길 끝까지 걸어가지 않더라도 나뭇가지를 주워 모으면서 운동도 하고 바람도 쐴 수 있겠다. 어디 그뿐인가, 정원사가 크고 굵은 나뭇가지들을 치우고 갈퀴질을 하기 전에 마당을 청소하는 셈이 되겠다.

11월 20일 금요일

음, 우리 집 마당에 누가 갈퀴질을 할지 모르겠다. 아들이 내일을 돕겠다고 했다. 정확히 말하자면 우리 정원사가 해야 할 일을 돕겠다는 거였지만. 아들은 여기 내려오면 정원 손질을 하거나 밭을 돌보곤 하는데 우리 정원사가 빠릿빠릿하다고 느꼈던 모양이다. 아들이 나에게는 상의도 하지 않고 과실수 옆 무너진 돌담을 보수해달라고 정원사에게 부탁한 적이 있다. 그리하여 어느 날 아침, 정원사는 흙손과 시멘트 포대 같은 장비를 바리바리 싸가지고 와서 일을 시작했다. 처음에는 빨리 진척되는 듯했던 일이 하염없이 늘어지기 시작했다. 아들은 작업의 대가로 우리가 주문해서 재단하고 바깥에 쌓아둔 목재를 주겠다고 했고 정원사는 기분 좋게 이 제안을 수락했다. 하지만 몇 달이 지나도록 목재는 그대로 있었다. 아들은 정원사가 목재를 별로 갖고 싶지 않은가 보다 했고, 결국 목재가 썩을까

봐 걱정한 나머지 다른 사람에게 주어버렸다. 그런데 정원사는
그 다음 주에 와서 울타리를 손질하고 밭을 청소할 때까지만
해도 아무 말 하지 않았다. 하지만 흙이 너무 미끄럽다, 어깨가
뭉친다, 핑계를 대면서 우리 집에 점점 더 뜸하게 발길을 했고
드디어 아예 오지 않게 된 것이다. 아들이 전화를 걸었지만 정
원사는 받지 않았다. 내가 편지도 썼지만 답장은 없었다. 나는
정원사가 오기를 간절히 바란 나머지 앙젤에게 슬쩍 운을 띄워
보았다. 앙젤은 자기 남편은 정원 일을 전혀 모르지만 일감이
생기면 좋아할 거라고 대답했다. 그 사람이 적어도 울타리를 자
르고 굵직한 나무를 치우는 일은 할 수 있겠지……

이제 그 잘생긴 정원사 소식은 모른다. 질베르트에게 딱 한
번 전해 듣기로는, 우리 아들이 자기에게 주기로 한 목재를 다
른 사람에게 줘버렸다는 말을 하더란다. 내가 다른 정원사를
부를 거면 자기에게 알릴 필요 없다고 했다나. 그 사람은 우리
에게 이제 자기가 필요하지 않다는 결론을 내렸나 보다.

시골 사람들이 얼마나 예민한지 아는가. 여기 사람들은 뭔가
마음에 들지 않는 게 있으면 뒤끝이 장난 아니다. 악의 없는
말, 그저 서툰 말에 속상해하거나 오해를 하고는 꽁하니 입을
닫는다. 차라리 속 시원하게 말을 하면 좋을 텐데 말이다. 그냥
어느 날 갑자기 인사를 하는 둥 마는 둥하거나 눈을 피하고,
예고도 없이 교제를 끊고, 전화도 하지 않고, 이쪽에서 전화를
걸거나 편지를 써도 답이 없다. 저쪽에선 찬바람이 쌩쌩 부는

데 이쪽은 뚜렷한 이유도 모른다. 때로는 몇 달, 아니 몇 년이 지난 후에야 전혀 다른 맥락의 대화에서 설명의 실마리를 얻곤 한다. 하지만 그들은 언제나 이제 돌이킬 수 없다고 생각한다. 한번 파투가 나면 그걸로 끝이다. 시골에서 인간관계는 이렇듯 사소한 잘못으로 완전히 틀어지기 십상이다.

정원사가 토라진 이후로 밭 옆 돌담에선 자꾸만 돌이 떨어져 나가고 있다. 그 돌담 때문에라도 다른 사람을 구해야만 한다. 앙젤의 남편은 석공 일은 못하니까.

11월 23일 월요일

오후 5시경에 투아네트와 함께 닌을 잠시 보러 갔다. 닌은 어제도 미사에 오지 않았다. 그 친구는 며칠 전부터 기력이 없고 속이 메스껍다고 했다. 내가 봐도 안색이 영 좋지 않았다. 위장이 요란스럽게 굴 때 안색이 나빠지는 건 당연하다고 생각한다. 르네도 간에 탈이 났을 때 얼굴이 거의 초록색이 됐던 게 기억난다.

닌은 우리에게 차와 비스킷을 대접했다. 그러면서 자기가 벌써 많이 좋아졌다고 했다. 자기는 아무 데도 아프지 않다고, 식욕이 좀 없을 뿐이라고, 아무 걱정할 필요가 없다고 했다. 우리는 농담을 건넸고 정말로 그 말을 믿고 싶었다. 닌의 웃는 얼굴을 봐서 좋기는 했지만 그 웃음은 서글펐다. 우리 눈에는 그 친구가 무리하게 애쓰는 게 다 보였다.

우리는 잠시만 머물다 나왔다. 닌도 붙잡지 않았다. 오죽 기력이 없었으면 그랬을까. 괜찮은 척하기도 힘들었을 것이다.

나는 집에 와서 난로의 불을 살렸다. 잉걸불이 조금 남아 있었다. 브리지 테이블을 펴고 앉아서 패를 떼고 카드를 섞어서 나눠주었다. 나는 닌을 내 왼쪽에 앉히고 투아네트를 내 오른쪽에 앉히고 질베르트와 마주 보았다. 패를 네 군데 펼치고 브리지를 했다. '데드*'가 일단 정해지면 나는 세 사람으로라도 게임을 했다. 옛날에 비시 집에서 브리지 게임을 할 때도 자주 그랬다. 모두가 떠나고 저녁이 오면 나는 혼자서라도 계속 카드를 쳤다. 두세 판 정도를 치고서 마지못해 판을 접은 후 카드를 모으고 테이블을 나무 상자에 정리해서 서랍장에 도로 집어넣었다. 그러고는 주방에 가서 나일론 앞치마를 걸치고 르네가 탁자를 정리하고 재떨이를 비우는 동안 저녁을 준비했다.

닌이 하트 4에 옥션을 걸어서 우리는 다 통과했다. 투아네트가 먼저 하트를 찜해서 닌은 꼼짝할 수 없는 상태에 있었다. 내가 트릭을 가져갔어야 했는데.

* 좋은 패나, 점수가 높은 카드를 들고 있지 않은 사람.

11월 24일 화요일

아침에 잠에서 깨어서는 가슴이 터질 것 같았다. 나는 좀 울었다. 아직 바깥이 어두웠으니 아침 6시쯤이었을 거다. 나는 여기가 어딘지도 모를 만큼 괴로워하다가 서서히 정신을 차리기 시작했다. 불을 켜고 침대 시트로 눈가를 훔친 후 주위를 둘러보았다. 우리 어머니는 이제 안 계셨다. 내가 있는 곳은 친정 부모님이 비시에서 우리 집 바로 옆에 빌렸던 작은 아파트, 내가 어머니가 돌아가실 때까지 돌봐드렸던 그 아파트가 아니었다.

우리 어머니는 간암으로 몇 달간 투병하시다가 세상을 떠나셨다. 그래도 어머니는 그렇게까지 피폐해지지 않았다. 모든 것을 신께 맡겼기에 담담하고 차분한 모습이었다. "나는 두렵지 않단다." 어머니는 몇 번이고 그렇게 말씀하셨다. 죽는다는 생각은, 아니 질병조차도 어머니를 고통스럽게 하지는 못했다. 그랬다, 그런 건 문제가 아니었다. 아름답던 얼굴빛이 변했다는 사실이 어머니를 가장 힘들게 했다. 어머니에게 누렇게 뜬 얼굴보다 끔찍한 건 없었다.

내가 딸을 낳고 몇 년 키우다가 얼굴이 노래졌을 때만 해도 어머니는 아무렇지도 않았다. 일 년 동안 나는 황달이 자주 왔다. 급황(急黃)으로 위험한 순간들도 있었고 살이 엄청나게 빠졌다. 하루는 예전에 우리 딸을 받아준 산부인과 의사를 만났는데, 의사는 나를 보고 눈이 휘둥그레졌다. "왜 이렇게

뼈만 남았어요! 어떻게 된 겁니까?" 나는 수술을 받아야만 했다. 그때 나는 이미 아데노이드*(마취도 하지 않고서! 그때 병원에 있던 사람들은 모두 내 비명 소리를 들었을 거다), 편도, 맹장을 떼어낸 상태였는데 이제 쓸개까지 제거해야 한다고 했다. 그 말을 듣고 르네는 자기가 속았다고, 아내가 몸이 성치 않아서 싸구려 물건처럼 부품이 하나씩 하나씩 맛이 간다고 했다. 그래서 나는 수술을 받았다. 그때는 의료 기술이 지금처럼 좋지가 않았다. 집도의는 내 배를 아무렇게나 갈랐고 지금도 내 배에는 그의 메스가 남긴 흉터가 보기 싫게 남아 있다. 그는 내 배에서 작고 단단한 암회색 결석을 여러 개 꺼냈다. 르네는 그 결석들까지도 잼 병에 담아서 우리 침실 벽장 속에 고이 간직해두었다. 그는 아무에게나 그것을 보여주면서 내 손톱 부스러기라고 말했다. 그는 내가 손톱을 물어뜯는 버릇이 있어서 결석이 생겼다고 생각했기 때문이다. 나는 끝내 그 버릇을 고치지 못해서 불룩하고 줄무늬가 있는 못생긴 손톱을 갖게 됐다. 내 손톱은 손가락 끝에 달린 투박한 나막신처럼 생겼다.

　의사는 수술 이후의 식생활에 제약을 많이 걸었다. 한마디로, 맛있는 건 다 먹지 말라고 했다. 크림, 버터, 초콜릿을 먹으면 안 되고 술도 마시지 말라고 했다…… 비시에서 살던 때라

* 코 뒤쪽 인두 상부에 있는 림프구.

서 원천수 음용 요법도 처방받았다. 눈금이 매겨진 잔을 들고 하루 네 번 원천에 가서 물을 받아 마시라고 했다. 내 기억에 셀레스탱 원천수는 좀 짭짤할 뿐 먹기가 나쁘지 않았다. 반면 로피탈 원천수는 제정신으로 먹을 게 못 되었다. 하수도 냄새가 풍기는 물을 어떻게 목으로 넘기라는 건지…… 썩은 내를 맡지 않으려고 코를 쥐어야만 했다. 집에 들어갔다가 또 물을 마시러 나오기가 애매할 때에는 공원에서 책을 읽으면서 시간을 때웠다. 보통은 아무나 앉아도 되는 공원 벤치를 이용했다. 제대로 된 의자는 자릿세가 있었다. 의자에 앉기가 무섭게 자릿세 걷는 사람이 나타나 동전 주머니와 이용권을 내밀었다.

그게 40년도 더 된 일이다. 나는 오래 지나지 않아 크림과 초콜릿을 다시 먹기 시작했고 마시면 살짝 알딸딸해지는 음료도 사양하지 않게 됐다. 나는 금세 도로 통통해졌고 그 후로는 병으로 고생한 적이 없다.

11월 28일 토요일

시골이 한창 조용할 때다. 아무 일도 일어나지 않는다. 투아네트와 함께 닌의 집에 한 번 다녀왔을 뿐, 다들 자기 집에 틀어박혀 난롯불이나 쬐면서 지내는 모양이다. 일주일 전부터 밖에 나가 돌아다닐 날씨가 못 되어 우리 중 아무도 차를 몰고 좁은 도로를 달릴 엄두가 나지 않는가 보다. 게다가 요즘은 금세 어두워지고 예고도 없이 안개가 짙게 끼곤 한다. 그래서 우리는 외출하지 않고 각자의 굴에서 배부르고 등 따시게 겨울잠에 들어간다. 자식들도 이 무렵에는 자주 찾아오지 않는다. 그애들도 바쁘다. 파리에는 계절이 없다. 그들은 날씨에 아랑곳하지 않고 외출하고, 모임에 초대하고, 쇼핑하고, 공연을 관람한다. 하지만 시골 사람들은 낙엽이 떨어질 때부터 봄에 새싹이돋을 때까지 아무것도 하고 싶어 하지 않는다. 어쩌면 자식들이 나를 조금은 잊고 사는 건지도 모른다.

11월 29일 일요일

어제 마트에 갔다 오면서 왜 차를 굳이 차고에 집어넣을 생각을 했을까? 동종에 미사를 가려고 오늘 아침에 차고에 갔더니 차고 문이 열리지 않았다. 걸쇠를 아래로 밀고 젖 먹던 힘까지 짜내어 커다란 고리를 잡아당겼지만 아무 소용이 없었다. 나는 마르셀이 의심스러웠다. 그 집 부부는 어제 오후에 블롯 대회가 있어서 2CV를 몰고 나갔다가 고물차 특유의 요란한 소리를 내면서 돌아왔다. 그건 그렇다 치고, 차고 문을 왜 열쇠로 잠갔을까?

나는 페르낭의 집에 찾아갔다. 그는 검은 펠트천 슬리퍼를 신은 발로 절뚝거리면서 문을 열어주러 나왔다. 나는 내 차를 꺼내야 한다고 말했다. 페르낭이 마르셀을 불렀다. "당신 열쇠 어떻게 했어?" 마르셀은 아무것도 기억을 못 하는 눈치였다. 그녀는 전화가 있는 방에 들어가더니 낡은 냄비를 들고 나와 그 안에 든 것을 탁자에 쏟았다. 쩔렁쩔렁 소리를 내면서 쏟아진 것은 전부 다 열쇠 꾸러미였지만 차고 열쇠는 없었다. 페르낭이 분주하게 움직이기 시작했고 마르셀은 무력하고 얼빠진 모습으로 나를 바라보았다. 나는 마르셀이 금방이라도 울음을 터뜨릴 것 같다는 느낌이 들었다. 어찌할 도리가 없었다. 마르셀이 제정신이 들 때까지 시간을 좀 주어야 했다. 마르셀만 정신을 차리면 열쇠는 금방 찾을 테니까. 하여간 미사는 다 갔지 싶다.

안타깝지만 할 수 없다는 심정으로 집에 돌아왔다. 질베르트, 투아네트, 닌, 그리고 선하신 하느님께서 나를 용서하시기를. 오늘 친구들 얼굴은 아무래도 못 보겠지만 그래도 주님을 뵐 방법은 있다.

나는 자동차 열쇠를 제자리에 놓고 가방을 나무 상자 위에 올려놓은 후 서재 방에 자리를 잡고 앉았다. 어제 도착한 《마담》의 십자말풀이를 조금 풀어두기로 했다. 그 후, 벽난로 괘종시계가 11시를 알리기 전에 십자말풀이를 끝내고 서재 방에서 나와 침실로 올라갔다. 신발을 벗고 침대에 누워 베개 두 개로 등받이를 만들었다. 침대머리 탁자에 놓여 있던 리모컨을 들고 텔레비전을 켠 뒤 2번 채널을 틀었다. 일요일마다 11시에 여기서 미사를 중계해준다. 아주 큰 성당들, 유서 깊은 대성당들에서 이루어지는 성대한 미사가 대부분이지만 늘 그렇지만은 않다. 일전에 내가 좌골신경통이 도져서 교회를 못 갈 정도로 아팠던 날에는 어떤 주교님이 벨기에의 어느 교도소에서 집전하는 평범한 미사가 방송으로 나왔다.

오늘은 파리 18구 성 잔 다르크 대성전의 대림절* 첫째 주일 미사가 생중계되었다. 그 교회는 거대한 스테인드글라스가 있음에도 불구하고 그렇게 아름답지는 않았다. 전반적으로 내 취향으로는 지나치게 현대적인 건축물이었다. 나는 옛날식 교회들이 더 좋다. 하지만 그 대성전에는 놀라운 역사가 어려 있다. 1914년 9월 6일에 생드니에서 미사를 집전하던 신부가 교구 신도들 앞에서 파리가 독일에 점령당하지 않는다면 잔 다르크에게 바치는 대성전을 건립하겠다고 엄숙하게 서약을 했다. 그런데 바로 그날 독일군이 퇴각했다! 이런 유의 이야기는 나를 선하신 주님에 대한 믿음으로 이끈다. 이 교회는 그리 아름답지 않지만 내게 '마음 가는' 곳이다. 반짝거리는 붉은 카펫이 깔린 바닥에 자리 잡은 성가대, 한 무리의 사제와 성가대에서 가장 큰 소년들이 제단까지 이어진 계단을 오르는 모습이 영화제를 연상시켰다. 미사가 시작되기 직전에 한 소녀가 부모님과

* 가톨릭에서, 예수 성탄 대축일을 준비하고 기다리는 성탄 전 4주간.

남동생과 함께 나와 대림절 첫 번째 초에 불을 붙였다. 나는 아직 어린 손주들을 생각했다. 그 아이들이 성당에서 촛불을 켜는 모습은 상상이 되지 않았다. 개들은 헌금을 받으러 다니는 일도 하기 싫다고 했다…… 이제 내 손주들은 미사도 드리지 않는다. 크리스마스와 부활절에만 나를 기쁘게 한답시고 마지못해 참석할 뿐이다. 그 애들도 세례를 받았고 교리를 배웠으며 첫영성체를 하고 견진성사까지 받았는데 이제 신앙이라고는 없다. 나는 그 사실이 무척 슬프다. 때로는 신앙이 조금이라도 있다는 것이 얼마나 좋은 일인데, 주님은 희망이시니…… 모든 것이 망가진 이 희한한 세상에서 젊은이들에게 아직 희망이 있기나 할까? 이따금 아름답게 미사를 바친다고 해서 나쁠 일이 뭐가 있나. 그저 교회에 들어가기만 해도 마음이 차분해진다. 교회 안에서는 아무도 고함을 지르지 않고 다들 목소리를 낮추어 말한다. 교회에는 손으로 잡힐 듯 구체적인 평화가 있다.

현재 성 잔 다르크 대성전에는 사제가 네 명 있는데 그중 한 명은 아프리카인이다. 우리 라팔리스 사제가 생각나서 당장은 걱정스럽지만 아무 문제 없을 것이다. 나는 라팔리스 사제가 하는 말을 완벽하게 알아듣는다. 그는 말을 할 때나 하지 않을 때나 노래를 부를 때나 늘 웃는 낯이다. 그의 마음속에는 진정 좋으신 하느님이 계신 듯하다. 미사에는 힘 있는 혼성 성가대의 합창과 오르간 반주가 함께했다. 그게 기분 전환이 되었다. 우리가 다니는 동종 교회에도 늘 성가대가 오른쪽 좌석 맨 앞두 줄을 차지하고 있기는 하다. 백발 아니면 회색 머리를 한 부인네들이 한데 모여 앉은 것에 불과하지만 말이다. 다 해봐야 열두 명인가 열다섯 명인가 그럴 것이다. 그 부인네들은 매우 헌신적이지만 다들 나이가 너무 많다. 손을 떨듯 목소리도 떠는 데다가 서로 소리를 잘 맞추지 못할 때도 많다. 부인네들의 성가대 끄트머리에서 조율도 안 된 악기를 붙잡고 있는 두꺼운 안경의 오르간 반주자도 기력이 그리 좋다고 할 수는 없다. 전체적으로 조화롭지 못하고 가끔은 불협화음이 표 나게 도드라지는데 그럴 때 투아네트나 질베르트와 눈이 마주치면 너무 웃겨서 웃음이 터질 것 같다……

적어도 TV 중계 미사에는 아름다운 노래가 있다. 문제는 내가 대개 그 노래를 모른다는 것이다. 이 시골까지는 아직 미치지 못한 새로운 성가들이 아주 많다. 하여간 뭐든지 새것이라야만 좋은 줄 알지…… 그래서 나는 성가를 함께 부르지 않고 연주회 감상하듯 듣기만 한다. 하긴, 아는 노래라고 해도 침실에서 혼자 큰 소리로 부르기는 뭐하다. 기도문을 암송하고 강론 말씀도 귀담아들으면서 내가 할 수 있는 대로 미사에 참례한다. 신앙 고백은 TV 속 회중과 함께하지만 「거룩하시도다」는 내가 들어본 적 없는 곡조로 부르기 때문에 함께 부르기가 곤란하다. 그래서 나는 내 식대로 암송한다. 나는 주기도문을 할 때 광신도처럼 두 손을 들지 않는다. 그것도 다 도시에서 들어온 유행이다! TV 중계 미사가 좋은 점은 '평화의 인사'를 피할 수 있다는 거다. 사제는 "교회 안이나 화면 앞에 계신(사제가 정말로 '화면 앞에'라고 했다!) 형제자매 여러분, 서로 평화의 인사를 나누십시오."라고 했지만 나는 혼자서 텔레비전을 보고 있었으므로 인사를 나누지 않아도 되었다. 솔직히 교회 안에서도 수십 명과 악수하고 다니는 건 별로다. 내 성격에 맞지 않을뿐더러 신도들, 사제, 성가대 아이들, 부인네들이 계속 자리를 이동해가면서 인사를 나누니 도무지 끝날 줄을 모른다······ '평화의 인사'도 예전에는 그렇게 하지 않았다. 내가 보기에 지나치게 격식을 차리는 이 새로운 관습들은 아무짝에도 쓸모가 없다. 교회가 텅텅 비는 것만 봐도 알 수 있지 않은가. 관습을 뒤집어엎는 것만으로는 사람들을 끌어모으기에 충분치 않다. 그래서 나는 알지도 못하는 수십 명과 악수를 나누기보다는 두 손을 모으고 나 자신과 평화를 도모하고자 힘쓴다.

영성체가 진행되는 동안 바흐의 아름다운 음악이 마음을 차분하게 달래주었다. 사람들은 사제 앞에 줄을 서서 손을 내밀거나 옛날식으로 혀를 내밀어 성체를 받았다. 어떤 이들은 무릎을 꿇고 성호를 그었다. 나는 침대에 기대어 앉아 차례차례 성체를 받고 제자리로 돌아가 묵상하는 영상 속의 사람들을 바라보았다. 많은 이들이 눈을 감고 있었고 더러 무릎을 꿇거나 두 손으로 머리를 감싸 쥔 사람도 눈에 띄었다. 문득, 이런 식의 촬영이 무례하다는 생각이 든다. 성체를 모신 후의 묵상은 아주 내밀한 것이다. 자기 자신과, 그리고 하느님과 홀로 마주하는 유일한 순간이라고 할까. 어떤 젊은 여자는 은혜를 받은 듯 하얀 손수건으로 눈물을 닦았다. 어떤 얼굴들은 화면 가득 클로즈업되었다. 이건 익명의 회중이 아니라 하나하나의 시선, 감정, 인생사를 찍은 것이다. 내가 과연 이런 것을 보고 싶은지 잘 모르겠다……

　마지막으로 사제가 "미사가 끝났으니 가서 복음을 전합시다."라고 하자 성가대는 「예루살렘, 예루살렘」을 활기차고 신나게 불렀다. 내가 침대에서 장단을 맞추고 있는데 카메라가 아프리카 사제를 비추었다. 그는 카메라를 등진 채로 제단 근처에 있는 뭔가를 집으려 하는 것 같았다. 처음에는 내가 뭘 잘못 봤나 했다. 하지만 웬걸, 내가 착각한 게 아니었다. 그 사제는 왼쪽에서 오른쪽으로, 다시 오른쪽으로 왼쪽으로 머리, 어깨, 엉덩이를 흔들며 성가의 리듬에 맞춰 춤을 추고 있었다. 바로 그때, 사제는 여전히 몸을 흔들면서 뒤로 돌아서더니 함박웃음을 지으며…… 북을 치면서 신도들 사이로 걸어 나왔다! 그는 마음에서 우러나는 흥을 한껏 두 손에 실어 둥둥 북을 두들겼다. 충격 효과가 가시고 나자 나도 흥이 막 나서 침대에서 어린아이처럼 손과 발을 흔들며 덩실거렸다. 그 후 여자 아나운서 음성으로 내가 잘 모르는 어느 신부에 대한 다큐멘터리 예고가 나오기에 텔레비전을 껐다. 나는 신나는 노래에 맞춰 북을 치는 사제의 모습을 조금 더 오래 보고 싶었다. 거기서 오늘 하루를 즐겁게 살아갈 힘을 얻었다.

흥겨운 축제 분위기를 느끼고 나니 오래전 크리스마스 미사가 떠오른다. 그 크리스마스 미사야말로 내가 참례했던 가장 아름다운 미사가 아니었을까. 비시의 생루이 교회에서 딱한 사제 양반이 어느 날 아침 지하 묘소에 내려가 불을 켰다가 화를 당했다. 밤새 어디선가 누출된 가스가 지하 묘소에 모였다가 불씨를 만나자마자 폭발해서 묘비와 조각상, 감실, 그리고 사제까지 순식간에 날려버렸다. 적어도 그 사제는 주님 가까이에서 세상을 떠난 셈이다. 폭발의 화력이 엄청났으니 그의 몸뚱이는 로켓처럼 하늘 높이 솟아올랐을 것이다. 그 비극이 있기 얼마 전에 우리는 크리스마스 자정 미사에 참석했다. 무슨 명목이었는지는 모르겠으나 그 해 자정 미사에는 존 리틀턴이라는 미국의 복음 성가 가수가 초빙되었다. 그 큰 교회가 성대하게 장식되었고 사람들로 미어터졌다. 흥겨우면서도 감동적이었던 그날의 미사는 지금까지도 마음을 뒤흔드는 추억으로 남아 있다. 그날 우리는 모두 손뼉을 치면서 춤을 추고 싶었다. 미사가 끝나고도 그 춥고 아름다운 크리스마스의 밤에 꼬마전구 불빛과 별빛이 가득한 성당 앞 광장에서 흩어지면서도 흥이 다 가시지 않아서 존 리틀턴의 「죽기까지 광장에서(Allez-vous-en sur les places)」를 흥얼거렸다. 우리 딸이 그때 일곱 살인가 그랬는데 지금도 그 크리스마스 미사를 잊지 못한다.

11월 30일 월요일

아침 댓바람부터 페르낭이 찾아왔다. 열쇠를 찾아서 차고를 열었다는 말을 해주러 온 것이었다. 수프 끓이는 솥에서 열쇠를 발견했다나.

12월 1일 화요일

조금 전에 크리스마스 파티를 위해 거실을 정리하다가 작은 원탁 위에 놓여 있던 은제 상자 하나를 바닥에 떨어뜨렸다. 상자가 확 열리더니 가장자리가 너덜너덜할 만큼 낡아빠진 사진들이 튀어나왔다. 그중 한 장에는 시어머니가 회색 머리를 머리통에 딱 붙게 틀어 올리고 고개를 어깨 쪽으로 살짝 기울인 채 포즈를 취하고 있었다. 시어머니의 홀쭉한 뺨을 보니 지금까지도 산패한 버터 냄새가 풍기는 것 같았다.

나의 시집살이는 어떠했던가.

내가 기억하기로, 신혼 초만 해도 나는 살림을 거의 할 줄 몰랐다. 할 줄 아는 음식도 없었지만 뭘 하려고만 하면 몽땅 태워 먹었다. 내가 집 밖에서 집안일로 분주할 때, 주로 빨래를 널거나 밭에서 채소를 따고 있을 때 다급하게 내 이름을 부르는 소리가 들리곤 했다. "잔, 잔!!! 냄비에 있는 거 다 탄다!" 그러면 나는 하던 일을 팽개치고 온 힘을 다해 집으로 뛰어갔다. 십중 팔구 그날 점심거리가 냄비 바닥에 시커멓게 눌어붙어 있었다. 시어머니는 집에 있으면서도 자기가 가스 불을 꺼야겠다는 생각 한 번을 못하는 사람이었다. 운 좋게 음식을 태워먹지 않은 날에도 시어머니의 타박을 피할 수는 없었다. 우리가 따로 살 때 어머님을 점심 식사에 초대한 적이 있다. 아마 일요일이었을 거다. 당연히 어머님께 맨 먼저 음식을 드렸는데 딱 한 입 드시고는 포크를 내려놓더니 르네에게 말씀하셨다. "먹지 마라, 애야. 맛이 고약하다⋯⋯"

하루는 내가 완전히 이성을 잃고 시어머니 따귀를 때린 적이 있다. 나는 그렇게까지 어른에게 막되게 구는 사람이 절대로 아니다. 하지만 그날 시어머니가 우리 어머니에 대해서 못된 말을 했다. 지독한 시집살이를 시키는 것도 모자라 그런 말까지 하니 참을 수가 없었다. 그래서 나도 모르게 손이 나갔다. 찰싹! 시어머니는 충격을 받아 얼이 빠졌고 나 역시 마찬가지였다. 나는 미칠 것 같은 심정으로 다음 날 고해성사를 하러 갔다. 기숙 학교 졸업 후로 처음 하는 고해성사였다. 나는 황망한 심정으로 사제에게 내 죄를 고했다. 나도 내 입에서 나오는 말이 믿기지 않고 기가 막혔다. 넋을 놓고 보속을 기다리고 있는데 낡은 고해실 격자창이 삐걱거렸다. 격자창 너머에서 사제가 무릎을 치며 웃고 있었다. 드페 신부님의 호탕한 웃음소리는 내 죄를 단박에 사해주었다. 신부님은 정신을 차리고서 마지막으로 "그 밖에는?"이라 묻고는 또 피식 웃었다. 내가 달리 고백할 죄는 없다고 했더니 신부님은 보속으로 성모송을 두세 번 외우라고 하고는 나를 보내주었다.

시어머니는 이따금 희한한 작정을 하곤 했다. 하루는 시동생들이 여기 와서 평소보다 오랜 시간에 걸쳐 점심을 먹고 큰 거실에서 커피를 마시는데 어머님이 숲을 한 바퀴 돌아보고 오겠다고 했다. 아마 오후 세 시쯤이었을 거다. 차 마실 때가 됐는데 시어머니가 돌아오지 않았다. 식전주 마실 때까지도 시어머니는 보이지 않았다. 식구들은 조금 있으면 어두워질 거라며 걱정하기 시작했다. 르네와 시동생들이 어머님을 찾으러 나갔다. 그들은 아무 성과 없이 돌아왔다. 무슨 일이라도 생긴 걸까? 그런데 바로 그 순간, 어머님이 환하게 웃으면서 달려오는 게 아닌가. 어머님은 아들들에게 한 방 먹였다고 아주 신이 나서 "나 많이 찾았나?"라고 했다. 그러다가 약간 질책하듯이 "아무리 그래도 좀 더 오랫동안 찾았어야지!"라고 했다. 시어머니는 그날 오후 내내 1층 화장실 근처 골방에 숨어 있었던 것이다.

르네는 단단히 성질을 냈고, 모리스는 싫은 소리를 한바탕 늘어놓았으며, 장은 시어머니를 끌어안았다.

나는 늘 시어머니가 모자란 데가 있다고 느꼈지만 그 일로 머리가 약간 이상한 사람이라고 생각하기로 했다.

12월 3일 목요일

마르셀이 실려 갔다. 빨간색 승합차가 아침 일찍 출동해서 페르낭네 농가 앞에 멈춰 섰다. 소방관 두 명이 다짜고짜 안으로 들어갔다. 페르낭은 정신이 반쯤 나가서 그들이 오기만을 기다렸던 모양이다. 페르낭 말로는 마르셀이 헛소리를 하기 시작했고 커피를 끓여야 하는데 양배추수프를 끓인다고 난리를 치기에 페르낭이 그녀를 붙잡고 정신 차리라고 흔들었더니 기절을 해버렸다고 한다. 그는 마르셀의 얼굴에 얼음물을 끼얹기도 하고 뺨을 찰싹 때려보기도 했지만 마르셀은 도무지 정신을 차리지 못했다. 그래서 페르낭은 동종 소방서에 전화를 걸었다.

마르셀은 이미 얼마 전부터 발작적으로 정신착란을 일으키곤 했고 이제 페르낭이 제어할 수 없는 수준까지 왔다. 페르낭에게 이 모든 일은 크나큰 시련이었다. 그는 이미 고생이란 고생은 다했지만 이제 뭘 어떻게 해야 할지 몰랐다. 최근 들어 마르셀은 확실히 정상이 아니었다. 자꾸만 말썽을 일으켜서 누가 항상 따라다녀야만 했다. 페르낭은 바로 옆에 있는 밭에 나갈 때조차 마르셀을 혼자 집에 둘 수가 없었다. 집에는 가스도 있고, 장작 땔 때는 난로도 있고, 솥에서 펄펄 끓는 물도 있다…… 시간이 갈수록 마르셀의 상태는 나빠졌다. 아, 그래도 마르셀은 절대로 못되게 굴거나 폭력적인 행동을 하지 않았다. 페르낭이 호통을 쳐도──그 양반은 기차 화통을 삶아 먹었는지 가끔 우리 집 주방에서도 들릴 만큼 목소리가 크다——마르셀은 반항하거나 싸우지 않고 조용히 울기만 했다. 페르낭은 그런 모습을 보면서 또 얼마나 가슴이 미어졌을까. 마르셀이 약 먹는 시간과 복용 방법을 지키지 않는 것도 상황을 더 나쁘게 만들었다. 갑자기 약을 먹어야겠다는 생각이 들면 한낮이든 한밤중이든 약상자들을 죄다 열어놓고 온갖 색깔의 알약들을 손바닥에 올려놓은 후 한꺼번에 꿀떡 삼키는 식이었다. 항불안제, 항우울제, 수면제, 당뇨약을 몽땅 섞어 먹으니 가엾은 페르낭이 처방전을 아무리 열심히 읽어봐야 뭐가 뭔지 모르고 쩔쩔맬 수밖에.

최근 몇 주 사이에 마르셀은 몸이 축나고 늘 풀 죽은 사람처럼 보였다. 집 밖으로 나오는 일도 거의 없었고, 텔레비전과 함께 깨고 텔레비전과 함께 잠들었다. 목이 훤히 파이고 치마가 들쳐 올라간 칠칠맞은 옷차림을 하고는 줄담배를 피웠다. 우리 집에 설탕을 얻으러 오지도 않았다. 마르셀이 지금도 할 수 있는 유일한 활동은 운전이었다. 토요일마다 마르셀은 페르낭을 동종의 블롯 게임장에 데려갔다. 정작 마르셀 본인은 이제 게임도 하지 않는다. 그냥 구석에 앉아서 게임이 끝날 때까지 기다렸다.

마르셀은 비 내리는 아침에 소방관들과 함께 떠났다. 그들은 마르셀만 비시의 병원으로 이송했고 페르낭은 망연자실해서 두 팔을 축 늘어뜨린 채 문 앞에 남아 있었다. 페르낭은 완전히 꼬부라진 허리를 하고는 지팡이를 짚은 채 서서 눈물 콧물을 쏟으며 나에게 이 모든 사연을 들려주었다. 리모주 가출 사건 이후로 페르낭이 마르셀 없이 지내기는 이번이 처음이다.

12월 4일 금요일

날은 짧아지고 기온은 떨어진다. 나뭇잎들이 떨어지기 시작했다. 자연은 머지않아 죽은 것처럼 보일 것이다. 벌써부터 바람이 조금만 불어도 횅한 개머루나무 가지들 사이로 닳아빠진 초벽이 그대로 드러나서 집이 벌거벗은 것 같다. 한 달 전에 붉은 단풍으로 둘러싸였던 파사드*도 불꽃이 다 스러지고 잉걸불마저 꺼져 시커먼 숯만 남은 것 같다. 진즉에 이름을 까먹은 창가의 큰 나무는 잎들이 다 떨어지고 나니 더 위풍당당해 보인다. 나의 원형 화단도 이미 진즉에 두더지가 만들어놓은 거대한 흙 둔덕 같은 모습으로 돌아갔다. 산울타리가 땔감 뭉치처럼 보이고 수국들도 재를 뭉쳐놓은 것처럼 보인다. 숲에서 부식토와 축축하게 젖은 나무껍질 냄새가 난다.

겨울이 다가온다.

* 건축물의 주된 출입구가 있는 정면부.

12월 5일 토요일

점심을 먹고 동종의 카지노에 버터, 달걀, 페이스트리 반죽 네 통을 사러 갔다. 교회 맞은편 카페 유리창에 예쁘장한 노란 색 포스터가 붙어 있었다.

동종에서 12월 12일 토요일에 열리는

평신도친목회 주최 블롯 대회

접수: 오후 1시 30분부터

참가비: 2인 1조 15유로

1등상: 건조 생햄 두 덩어리와 술

2등상: 쇠고기 두 팩

3등상: 말린 소시지 두 덩어리

*모든 참가자에게 고기 한 팩을 드립니다.

*저녁 7시부터 따뜻한 소시지, 감자, 치즈, 과일로

　간단한 뒤풀이를 합니다.

*뒤풀이 참가비: 6유로

페르낭이 생각났다. 이제 누가 페르낭을 블롯 대회에 데려다 줄까?

12월 9일 수요일

오후 늦게까지 주방에 틀어박혀 음식을 만들었다. 해마다 크리스마스가 다가올 즈음이면 파티에서 먹을 음식을 만들어 냉동실에 쟁여둔다. 이제 크리스마스가 코앞이다. 요즘은 모든 게 후딱후딱 다가온다. 그래서 준비를 한다. 페이스트리 반죽과 소시지 오븐팬 구이를 꺼내어 푀유테*를 만든다. 버터, 밀가루, 달걀을 꺼내어 슈도 굽는다. 오늘 아침에 케이크 재료를 사러 마트에도 다녀왔다. 껍질 벗긴 호두, 주스용 오렌지 두 망(이 중 한 망으로는 펀치를 만들 거다), 바닐라콩, 제과용 초콜릿 등등. 동종 정육점에 주문해놓은 닭에 채울 속도 만들었다. 너무 비싸지 않은 푸아그라, 다른 가금류의 간, 배, 밤 조림을 섞어서 만들 거다. 나는 이런 속을 미리 만들어두기 좋아한다. 크리스마스 때까지 이걸 얼려두면 왠지 맛이 더 깊어지는 것 같다. 그걸로 끝이 아니다. 달걀을 치대고, 굽고, 펼치고, 껍질을 벗기고, 즙을 짜고, 썰고, 다지고, 빻고, 가루를 내고, 장식을 했다. 이제 더는 못 하겠다. 오늘 저녁, 우리 집 주방은 전쟁터나 다름없다. 거품기에서 달고 짠 액체 방울이 사방으로 튀었다. 밀가루가 날리고, 반죽 찌꺼기가 조리대에 군데군데 들러붙었다. 소시지에서는 붉은 육즙이 흘렀고, 즙을 짜고 남은 오렌지 과육이 하

---

* 잎을 포개놓은 모양의 케이크.

수구를 막아서 달걀껍데기, 배의 씁쓸한 속이 싱크대에 막 떠다닌다. 냄비 바닥에 들러붙은 것하며, 쓰다 만 칼과 티스푼이 더러운 샐러드볼, 기름투성이 팬, 포장지 옆에서 나뒹구는 꼬락서니하며.

오늘 저녁은 먹지 않을 거다. 요리를 할 때는 맛을 본답시고 조금씩 주워 먹게 되기 때문에 허기가 지지 않는다. 나머지 뒷정리도 다 계획이 있다. 내일 아침이면 앙젤이 온다. 나는 최소한으로만 정리를 하고 침실로 올라갈 거다. 오늘은 너무 피곤하다.

일을 너무 많이 했다.

12월 11일 금요일

오늘 아침엔 열한 시에 우체부가 올 때까지도 서리가 채 가시지 않았다. 우체부가 초인종을 누르고 들어와 현관 옆 탁자에 우편물을 놓을 때 나도 아래층으로 내려왔다. 나는 이 날씨에 배달을 다니려면 많이 춥지 않느냐고 물었다. 우체부는 차를 타고 다니기 때문에 괜찮다고 싹싹하게 대답했다. 내가 정말 노망이 나려나 보다. 당연히 추울 리가 없지. 차에 난방도 다 들어오는데 창문을 활짝 열어놓고 바람을 맞으면서 다니지 않는 이상 뭐 그리 추울 일이 있을까. 파비가 자전거로 우편배달을 하던 시절과는 다르단 말이다.

파비는 우리가 신혼이었을 때 이 동네를 담당했던 우체부 이름이다. 코르시카 섬 출신이라는데 무슨 사연으로 이 고장에 흘러들어왔는지는 모른다. 모두들 파비를 참 좋아했다. 그는 늘 우체부 작업복과 모자를 착용한 채 큼지막한 우편 가방을 둘러메고 자전거로 배달을 다녔다. 사람들은 파비가 우편물을 가져오면 으레 음료를 한 잔씩 대접하곤 했다. 심지어 집을 비울 때에도 우체부가 항상 우편물을 두고 가는 자리에 포도주나 리큐어를 한 잔씩 준비해두고 나갔다. '우체부를 격려하는 한 잔'이라고나 할까. 그래서 배달을 마칠 즈음이면 파비는 얼근하게 취해 자전거를 똑바로 몰지 못할 정도였다. 하루는 내가 르네와 함께 시트로엥을 타고 국도로 나갈 일이 있었는데 생레옹으로 빠지는 분기점 바로 앞에서 차를 세우지 않을 수 없었다. 도로 한복판에 파비의 자전거가 쓰러져 있었는데 자전거 주인은 보이지 않았다. 르네가 차에서 내려서 주위를 둘러보고는 구덩이에 빠진 채 뻗어 있던 파비를 발견했다. 그 시절에는 지나다니는 차가 많지 않았기에 망정이지……

12월 12일 토요일

오늘은 비시에 다녀왔다. 즐길 거리가 있어서 간 것은 아니고, 쇼핑을 하러 간 것은 더더욱 아니다. 나는 오늘 마르셀을 보고 왔다.

며칠 전부터 페르낭에게 내가 가보겠노라 말을 했다. 나는 마르셀을 참 좋아했다. 우리가 얼마나 오랫동안 알고 지낸 사이인가…… 물론 최근 몇 달간 마르셀은 딴사람이 되어버렸다. 그래도 얼마 전까지 마르셀이 나에게 얼마나 많은 일을 해주었던가. 가장 마지막으로는, 우리 집에 도둑이 들었을 때 나를 경찰서까지 태워다 준 사람도 마르셀이었다. 나는 오랫동안 그 집 닭장과 토끼장에서 신선하고 맛있는 달걀, 당근을 먹고 잘 자란 토끼의 고기, 내가 눈으로 지켜봤던 닭의 고기를 받아 썼고 지금은 사라진 늪에서 자라던 오리의 고기도 받아 쓸 수 있었다. 그 집에서 소를 키우던 시절에는 거품 나는 생우유, 교유기*에서 갓 나온 금빛 버터, 빡빡하고 맛이 진한 크림을 먹을 수 있었다. 우리 애들이 어렸을 때 마르셀이 그 애들을 봐준 적도 많았다. 마르셀과 페르낭은 자기네 집에 놀러 온 사촌들과 함께 우리 아이들과 잘 놀아주었고, 토끼 먹이를 주거나 닭을 쫓아다니거나 소젖을 짜는 일에 데려가곤 했다. 우리 아들은 그 집의 경작용 말 룰루도 잘 알았다. 그 늙은 말을 트럭에 실어 마지막 여행길에 보낼 때 우리도 모두 나와서 눈물지으며 배웅을 했다. 나중에는 우리 손주들이 그 집에 놀러 가곤 했다. 페르낭의 빨간색 트랙터나 파란색 스쿠터에서 찍은 사진

* 버터를 만들기 위하여 우유를 휘젓는 기계.

한 장 없는 손주는 한 명도 없을 정도다. 트랙터는 녹슨 쟁기와 함께 나란히 차고에 틀어박혀 있게 된 지 오래다. 페르낭과 마르셀이 떠나는 날이 오면 내 인생에서도 한 부분이 완전히 멎어버릴 것이다. 삶은 죽음과 함께 어느 날 갑자기 멎어버리는 게 아니다. 삶은 훨씬 일찍부터 한 조각 한 조각씩 우리를 떠나간다.

나는 페르낭에게 비시까지 데려다주겠다고 했다. 마르셀이 입원한 후로 보통은 우리 교구 부제*인 바티스 씨가 여기까지 차를 몰고 와서 페르낭을 병원에 데려다준다. 바티스 씨는 사제의 조수 역할이라고 볼 수 있다. 바티스 부제도 축성을 하거나 장례 미사를 집전할 수 있다. 그렇긴 해도 내가 그분을 진짜 사제처럼 생각할 수는 없다. 뭐, 그래도 괜찮다. 진짜 사제가 없으면 뭔가 다른 대책이 있어야 하니까…… 바티스 씨는 너무 외진 곳에 살거나 건강 상태가 좋지 않은 노인들을 돌보는 일종의 사회복지사 역할도 한다. 그리고 당연히 주님을 섬기는 일도 한다. 하지만 자기가 돕는 사람들이 주님을 믿지 않더라도 교회에 나오라고 귀찮게 권유하지는 않는다. 바티스 씨가 페르낭을 병원에 데려다주는 데 걸림돌이 있다면 그건 지방 의회다. 아직도 공산주의자들이 장악하고 있는 지방 의회가 몇 달 전에 비시까지 가는 도로 이용료를 1유로로 정했다. 참 실리적

* 부제품을 받은 성직자. 사제를 도와 강론, 성체 분배 등을 한다.

이다. 페르낭은 마르셀을 만날 수 있기만 하면 좌파고 우파고 하느님이고 다 아무래도 좋다.

우리는 어두워지기 전에 돌아오기 위해 점심을 먹자마자 바로 출발했다. 페르낭이 마르셀에게 우리가 함께 갈 거라고 말해 두었다더니 과연 마르셀은 말끔한 꽃무늬 잠옷 차림으로 침대에 반듯이 앉아서 우리를 맞이했다. 머리도 단정하니 손질을 한 듯했고 우리를 보고는 무척 반가워하는 눈치였다. 병실에는 마르셀 말고도 나이 많은 다른 여자 환자가 있었는데 마르셀은 그 환자에게 별로 신경을 쓰지 않는 듯했다. 벽에 걸린 텔레비전은 사실상 아무도 보고 있지 않았기 때문에 배경음에 불과했다.

나는 빈손으로 가고 싶지 않았다. 하지만 뭘 가져가야 마르셀이 좋아하려나? 아무리 그래도 설탕을 그릇째로 들고 갈 수는 없으니…… 나는 묘안이 떠오르지 않았다. 단것을 가져가면 기뻐할 거라는 생각이 들긴 하는데 마르셀은 당뇨가 있으니…… 아, 하지만 이제 아무래도 괜찮지 않을까. 솔직히 이제 살날이 얼마 남지 않았는지도 모르는데 좋아하는 거라도 먹게 해줘야 하지 않을까? 생의 마지막 고단함을 조금 덜어줄 수 있으면 그걸로 됐다. 그런 일에는 달고 맛난 간식만큼 도움이 되는 것도 없지. 나는 라팔리스에 잠시 들러서 과자 가게에서 초콜릿을 한 봉지 샀다. 마르셀도 기뻤을 거라고 생각한다. 그 초콜릿마저 병원에서 압수하지는 않았으면 좋겠다……

12월 14일 월요일

오전에 장을 보러 마트에 갔다. 투아네트를 만났다. 그 친구는 물건으로 꽉 차서 터질 것 같은 쇼핑 카트를 딸과 함께 밀고 있었다. 내가 카트에 담은 물건은 그 3분의 1도 안 됐다. 하지만 여기서 더 뭔가를 사면 장바구니가 너무 무거워 자동차 트렁크에 싣기도 힘들다. 나는 장을 좀 더 자주 보는 한이 있더라도 짐을 줄이는 편이 좋다.

나는 라팔리스의 대형 마트를 좋아한다. 거기서 아는 사람들과 곧잘 마주치고 서로 사는 얘기나 안부를 주고받는다. 한자리에 너무 오래 서 있으면 다리가 아프기 때문에 그런 얘기가 길어지지는 않는다. 카트를 밀면서 이동하는 편이 훨씬 덜 피곤하다. 보행 보조기를 밀면서 걷는 것과 비슷하기 때문이다.

나는 우유도 6병들이 꾸러미로 사지 않고 그때그때 한 병씩 산다. 우유는 애들 주려고 사는 것이지, 내가 마시려고 사는 게 아니다. 애들이 우리 집에 와서 아침을 먹을 때 우유가 없으면 불만스러워한다. 그래서 장을 보러 갈 때마다 한 병씩 사서 아이들이 내려오기 전에 몇 병 비축해놓을 생각을 한다. 나는 뭐든지 소용량으로 산다. 세제도 제일 작은 상자로 사고, 쌀도 제일 작은 포장, 파스타도 제일 작은 포장, 겨자와 기름과 식초도 제일 작은 병으로 구입한다.

투아네트가 어제 오후에 닌의 집에 다녀왔는데 그 친구가 몹시 쇠약해진 것 같다고 한다. 투아네트가 어찌나 소곤소곤 말을 하던지 나는 다 알아듣지도 못했다. 원래 속상하거나 슬픈 얘기를 할 때면 목소리를 낮추게 되는 법이다. 나는 투아네트에게 다시 똑똑히 말해보라고 하지 않았지만 미처 못 들은 얘기도 그 친구 눈을 보고 다 짐작했다.

12월 15일 화요일

주방에서 아침을 먹고 있는데 페르낭이 초인종을 눌렀다. 나는 잠옷에 실내화 차림으로 문을 열어주러 나갔다. 그의 얼굴은 완전히 죽을상이었고 머리칼도 베개에 눌린 그대로였다. 발에는 회색과 초록색 격자무늬의 낡아빠진 실내화를 신고 있었다. 그는 이 추운 날씨에 달랑 스웨터 한 장만 걸치고 있었다. 나는 페르낭을 얼른 안으로 들어오게 했다. 새벽에 병원에서 전화를 했더란다. 마르셀이 밤에 '심장에 문제를 일으켜서' 병원 측에서 '심장 박동이 돌아오게끔' 손을 썼다고 한다. 내가 마르셀에게 의식은 있는지 물었더니 페르낭도 잘 모르겠다고 했다. 다만 전화상으로 병원 측에서 '주의해서 돌보고 있으니 괜찮아질 것'이고 페르낭은 내일 아침이나 되어야 마르셀을 볼 수 있을 거라고 했단다. 바티스 부제님이 아침 8시 30분에 페르낭을 태우러 올 예정이다.

나는 따뜻한 커피를 권했지만 페르낭은 거절했다. 그는 절뚝거리면서 차가운 아침 공기 속으로 돌아갔다. 나는 식당 라디에이터에 기댄 채 창문 너머로 그가 걸어가는 모습을 바라보았다. 지팡이로 자갈을 때리면서 느릿느릿 걸어가는 그 뒷모습을 나는 한참이나 바라보고 있었다.

12월 16일 수요일

하는 일 없이 하루를 보냈다. 바깥은 온통 칙칙한 회색이어서 외출하고 싶은 마음이 들지 않는다. 그래도 커피를 마신 후든든히 껴입고 오솔길을 조금 걷다가 왔다. 돌아오는 길에 페르낭의 집에 들렀다. 비시의 병원에 다녀온 얘기를 듣지 못했기 때문이다.

페르낭은 빵 한 덩어리, 파스타, 붉은 포도주 한 잔으로 식사를 하던 중이었다. 오늘은 머리도 제대로 빗었고 옷도 깨끗하게 차려입은 모습이었다. 그는 마르셀을 위해 힘을 내고 있었다. 의사가 어제 새벽에 있었던 일을 설명해줬지만 다 알아듣지는 못했던 모양이다. 의사가 어려운 단어를 많이 쓰더란다.

그는 마르셀의 목소리를 듣지 못했다. 마르셀은 페르낭이 와있는 동안 눈을 한 번도 뜨지 않았다고 한다. 내가 마르셀이 괜찮아 보였는지 물었더니 그는 어깨만 으쓱했다. 페르낭은 그저 이렇게만 말했다. "마르셀은 자요."

12월 19일 토요일

마르셀은 조용히 떠났다. 오늘 아침, 베르의 작은 교회에서 장례식을 치렀다. 딱 두 개 있는 태양열 집열 기구 바로 아래 서서 머리에 정통으로 열을 받으면 모를까, 바깥은 이가 덜덜 떨릴 정도로 추웠다. 사람은 많지 않았다. 페르낭은 당연히 있었고, 리모주에 산다는 언니가 아들과 함께 참석했다. 보노 부인, 우리 앙젤, 그리고 이 동네 노인네 몇 명과 나밖에 없었다. 장례 미사는 바티스 부제님이 집전했다. 뭔가 좀 웃기는 장례식이었다. 이 고장에서 모두들 '주교님'이라고 부르는 러시아 정교회 사제가 인근 마을에 사는데 바티스 부제님은 어쨌든 '진짜' 사제가 한 명 있어야 한다고 생각했는지 그분을 장례식에 불러서 자기 옆에 앉혔다. 그때부터 관이 교회 밖으로 나갈 때까지 괴상한 상황이 연출되었다. '주교님'은 장례 미사 내내 마르셀의 관 주위를 빙빙 돌면서 「키리에 엘레이손」과 내가 알아들을 수 없는 그 밖의 기도문을 암송하고 막대한 양의 향을 피웠다. 장례식이라면 한두 번 참석한 게 아니지만 이런 광경은 처음 봤다…… 이러한 종교 의식에 익숙지 않은 참석자들은 '주교님'이 마르셀을 향내 나는 구름으로 에워싸는 모습을 입을 떡

벌리고 구경했다. 맨 앞줄에 앉은 페르낭은 베레모를 떨리는 손
으로 부여잡고 눈시울이 벌게져 있는 모습이 그 어느 때보다
제정신이 아닌 듯했다.

교회 밖으로 나와 차를 가지러 가면서 세찬 바람을 맞았다.
가을 끝에서 고약한 겨울의 냄새를 맡은 것 같다.

겨울

12월 21일* 월요일

나흘 후면 크리스마스다. 자식과 손주, 증손주 들까지 내려올 것이다. 옛날에는 사촌들이랑 시동생네 식구들도 와서 집 안이 북적북적했다. 그때는 참 재미있었다. 샴페인을 많이도 마셨다. 다 함께 크리스마스 자정 미사에 갔다. 그때는 정말로 자정에 미사를 올렸고 촛불을 밝혀놓은 베르의 작은 교회에는 향내가 가득했다. 사람이 얼마나 많이 오는지 자리가 모자라 늦게 가면 미사 내내 서 있어야 할 정도였다. 미사가 끝나면 눈 덮인 도로로 차를 살살 몰아 집으로 돌아왔다. 집에 오자마자 구유

---

* 서양에서는 일 년 중 낮이 가장 짧고 밤이 가장 긴 날(동지)에 겨울이 시작된다고 생각한다.

에 아기 예수 인형을 몰래 가져다 놓으면 어린아이들은 진짜로 크리스마스가 되어 아기 예수님이 태어났다고 믿었다. 그다음 에는 크리스마스이브 밤참을 먹었다. 다 같이 식탁에 둘러앉아 선물을 열어보는 시간이기도 했다. 아이들은 환호성을 지르고 고함을 지르거나 까르르 웃으면서 사탕 모양 폭죽을 터뜨렸고, 르네는 커다란 봉지를 들고 다니며 포장지와 종이 부스러기를 주워 모았다. 그이는 다음 날로 그 종이를 다 분류해서 내년에 도 쓸 수 있는 것만 추려내곤 했다. 그때는 새벽 두세 시 전에 는 잠잘 생각도 하지 않았다. 이제 삼대와 친척들까지 다 모이 는 크리스마스는 끝났다. 올해는 열다섯 명이 이 집에서 크리스 마스를 보낼 예정이다. 아직도 머릿수는 많다.

크리스마스는 그 마법을 잃었다. 물론 아이들은 여전히 숲으 로 가서 크리스마스트리를 베어 와 거실에 세우고 꼬마전구와 성에 낀 금빛, 은빛 공으로 장식한다. 여전히 서랍장 위에 구겨진 종이와 양치기의 별 장식으로 크리스마스 구유도 만든다. 하지 만 모든 것이 예전 같지가 않다. 이런 시골 교회에서도 흉물스러 운 백색 네온등을 켜질 않나, 크리스마스 미사를 오후 6시에 올 리질 않나, 자리가 없을까 봐 교회에 미리 가 있을 필요도 없다. 요즘 날씨는 비교적 온화하다. 크리스마스에 눈 소식은 없다. 얼 음 알갱이, 성에, 눈송이는 집 안에, 크리스마스트리에나 매달려 있다. 트리에 다는 그런 장식과 크리스마스 구유는 죄다 플라스 틱, 솜, 스프레이다. 인공적으로 내는 겨울 분위기.

토요일 저녁부터 손님들이 착착 도착한다. 나는 자동차 소리를 들으면 늘 좀 놀란다. 이제 누가 언제 오는지도 잘 모르겠고 끼니때마다 식기를 몇 벌 준비해야 하는지도 잘 모르겠다. 아이들이 여러 번 말해줬지만 나는 전화 통화로 들은 말은 전화를 끊으면 금세 까먹는다. 통화를 하면서 메모를 했어야 했는데. 너무 많은 사항을 한꺼번에 기억하려니 힘들다. 애들은 매년 이렇게 말한다. "엄마는 아무것도 하지 마세요, 저희가 다 알아서 할게요." 말은 잘한다만, 걔들은 절대 모든 것을 염두에 두지 않는다. 그리고 점심이나 저녁 먹을 시각에 여기 도착을 하면 내가 뭔가 먹을 것을 내놓아야만 한다. 올해는 애들이 크리스마스이브 밤참과 크리스마스 당일 점심을 준비할 것 같다. 하지만 나머지 끼니는…… 걔들이 생각이나 했을까? 다른 날은 공기만 먹고 살 거냐고…… 그리고 식전주는? 원래 크리스마스 휴가라고 식구들이 북적대면 매일같이 식전주를 마시게 마련이다. 그래서 나는 긴가민가하면서도 일주일 전부터 주방에서 살다시피 한다. 치즈타르트, 그라탱 도피누아*, 모카케이크를 만들고 이미 있는 호두케이크도 한 판을 더 구워놓고 오렌지케이크까지 만들어서 냉동실에 쟁여둔다. 단골 정육점에서 구이용 쇠고기와 뿔닭 두 마리도 사서 냉동실에 얼려두었다. 그리고 2~3일간 매일 30여 개씩 슈를 구웠다. 오늘 것까지

---

* 감자와 생크림을 주재료로 하는 프랑스 남동부 도피네 지역의 전통 요리.

합쳐서 도합 82개의 슈가 준비됐다. 마트에 한 번 더 가서 페이스트리 반죽과 스트라스부르산 소시지를 잔뜩 사다가 62개의 퀴유테를 만들어두었다. 지금부터 목요일까지 계속 만들어두려 한다. 음식이 얼마나 빛의 속도로 없어지는지 산더미같이 만들어도 다 못 먹어 남지는 않더라……

이제 크리스마스도 시들하다. 자식 손주 들은 다 착하다. 다들 크리스마스 휴가를 여기 와서 보내려 하고, 절대로 나 혼자 적적하게 지내게 해서는 안 된다고 생각한다. 나도 자식 손주 들을 보면 반갑고 좋다. 하지만 매일같이 정신은 없고, 집은 치우기가 무섭게 어질러지고, 밥 때는 왜 이리 빨리 돌아오는지. 내 주방에 다른 사람들이 드나드는 것도 싫고, 설거짓거리가 산더미처럼 나오니 식기세척기가 하루 종일 돌아가고, 쓰레기통은 넘쳐난다. 아이들은 흙투성이 신발로 아무 데나 돌아다니고 더러운 손으로 아무거나 만지고, 딸이 기르는 개는 푸아그라를 자기 사료인 줄 안다. 영양가 없는 대화, 술잔이 오갈수록 커지는 목소리, 사소한 입씨름…… 나는 이런 게 다 피곤하기만 하다.

그래서 나는 일부러 약간 따로 움직이려고 한다. 아침에는 다른 식구들보다 일찍 일어나 혼자 주방에서 고즈넉하게 아침을 먹는다. 깨끗한 식탁보에서 혼자 조용히 차를 마시고 빵에 버터를 발라 먹는 게 좋다. 애들이 모두 내려오면 나는 내 방으로 올라가 잠시 텔레비전을 본다. 점심을 먹을 때가 되면 벌써 두렵다. 점심은 큰 식탁에서 모두와 함께 먹을 수밖에 없으니까. 나도 대화에 끼려고 노력은 하지만 내 목소리는 그렇게 또랑또랑하지가 않다. 식구들이 모두 한꺼번에 떠들기 시작하면 나는 입을 다물어버린다. 뭐, 내가 말을 한들 걔들이 듣겠는가. "누가 냉장고에서 치즈 꺼내놓았니?"라든가 "오늘 저녁은 호두케이크를 먹을까, 오렌지케이크를 먹을까?" 등 할 말이 있을 때에는 조용히 손가락을 든다. 그러면 누군가가 "쉿! 할머니 말씀하신다."라고 한다. 모두들 동시에 말을 멈추고 나만 바라본다. 그 침묵이 얼마나 기묘한지. 걔들은 환자를 대하듯 내 말에 귀기울이고 다정하게 대답한 뒤 다시 떠들어대기 시작한다. 재잘재잘, 웅성웅성, 금세 또 도떼기시장이 된다. 내 귀에는 스치듯 지나가는 몇 마디, 몇몇 단어가 들려올 뿐이다. 그 말들은 잔 부딪히는 소리, 포크 부딪히는 소리에 겹치고 엉키고 섞여서 의미를 잃고 내 머릿속에서 흐릿해진다. 식탁에서 일어날 즈음이면 이미 정신이 쏙 빠진다. 시각이 너무 늦지 않으면 커피를 마시고 잠시 산책을 하면서 정신을 수습한 뒤 내 방에 올라가서 쉰다. 저녁은 거르고 싶을 때가 많다. 거창한 만찬은 낮의 일거리를 늘리고 나만의 저녁 시간을 앗아간다. 나는 그저 오후 5시쯤 주방에서 고깃국이나 수프 한 그릇, 요구르트나 귤 한 알 정도로 가볍게 때우고 침실로 올라가는 게 좋다. 하지만 내 맘대로 할 수도 없다. 내가 저녁을 제대로 먹지 않으면 애들이 속상해하니까. 걔들은 내가 늙은이라는 사실을 모르는 것 같다. 아니, 알고 싶어 하지 않는 것 같다…… 그래서 나는 평소보다 많이 늦은 시각에, 자식 손주 들과 거하게 저녁을 먹는다. 그리고 애들이 상을 치우는 동안 아무에게나 저녁 인사를 하고 내 방으로 올라간다. 드디어 혼자 있을 수 있다.

가족과 부대끼면서 사는 것도 힘들어지는 나이가 있는 모양이다.

12월 24일 목요일

점심 먹을 때만 빼고 거의 하루 종일 내 방에 틀어박혀 책을 읽었다. 그러다 잠깐 침대에 누웠는데 깜박 잠이 들었다. 딸 때문에 깼다. 그 애가 노크도 없이 살그머니 내 방에 들어오는 바람에 소스라치게 놀랐다. 딸은 방 밖에서 나를 계속 불렀다고, 조금 있으면 미사에 가야 하는데 내가 아무 대답이 없어서 덜컥 겁이 났다고 했다. 뭐가 겁이 났는데?

12월 25일 금요일

미사를 드렸다. 미사가 끝나고 지인들과 인사를 나누었다. 크리스마스트리 주위에 신발들이 있었다. 샴페인과 슈를 먹었다.

선물을 개봉했다. 밤참도 먹었다. 한밤중까지 시끌벅적했다.

신문지에 싸여 있던 아기 예수는 성탄을 깜박했다. 마리아와 요셉 사이의 구유는 텅 비어 있었다. 나귀와 소가 애써 구유를 따뜻하게 덥혀놓았건만 아기는 태어나지 않았다.

그리고 나는 죽었다.

12월 26일 토요일

어제저녁, 나는 기권을 선언했다. 오후 5시 즈음에 고깃국을 뜨끈하게 데워서 후후 불어가면서 한 그릇을 비웠다. 들으려면 듣고 말려면 말라는 식으로 저녁 인사를 하고 침실로 올라갔다. 텔레비전 뉴스를 틀었는데도 아래층에서 올라오는 소음이 다 묻히지 않았다. 그러고 나서 푹신한 이불 속으로 몸이 잠겨드는 느낌이 들었고, 그다음은 생각이 안 난다.

12월 27일 일요일

조금씩 살아나기 시작했다. 오늘 아침, 식구들이 다 잠들어 있는 동안 나는 차를 마시고 오솔길에 잠시 나갔다 왔다. 바람을 쐬었더니 기분이 좋다. 사위만 깨어 있었다. 사위가 동종 교회 10시 반 미사에 태워다 줬다. 다른 식구들은 그냥 계속 잤다. 나흘 사이에 미사 두 번이라니, 많기는 많다.

12월 29일 화요일

매년 그렇듯 크리스마스에서 나흘이 지나 나는 한 살을 더 먹었다. 크리스마스와 생일이 가깝다는 건 참 별로다. 나는 어릴 때 선물을 따로 챙겨 받지 못했다. 어른들은 "크리스마스 선물 겸 생일 선물이다."라면서 선물 하나로 때우곤 했다. 그래서 나는 8월 중순에 태어난 남동생이 부러웠다. 지금은 오히려 편하고 좋다. 24일 밤참과 크리스마스 만찬을 겪은 지 얼마 안 되어 또 상다리가 부러지게 가족 식사를 한다고 생각하면 골치가 아프다. 29일이면 이제 자식 손주 들이 다 자기네 집으로 떠난 후다. 나는 지금도 어렸을 때처럼 크리스마스트리 밑에서 내 생일 선물을 발견한다. 초콜릿과 함께 든 스웨터나 스카프, 책이나 가족사진 액자 따위. 자식 손주 들은 이렇게 미리 생일 선물을 주고 정작 생일 당일에는 전화하는 것조차 깜박한다.

나 혼자 생일을 보낼 때면 나 자신에게 작은 선물을 한다는 기분으로 불가에 앉아 뮈스카 포도주를 한 잔 음미한다. 하지만 대개는 질베르트, 닌, 투아네트와 생일 기념으로 모여서 한 잔한다. 만찬에 쓰고 남은 푸아그라와 훈제 연어를 곁들여 크레망을 한 병 따고 쏜살같이 도망하는 세월을 위하여 다 같이 건배한다. "잔, 생일 축하해!" 이게 마지막 생일 파티일 수도 있다는 것을 알지만 아무도 그런 말을 입 밖으로 내지 않는다.

작년에는 90번째 생일이라고 자식들이 특별히 잔치를 하자고 했다. 그래서 나는 다섯 달이나 기다린 후에야 생일 케이크의 촛불을 끌 수 있었다. 야외 연회가 가능할 만큼 날씨가 좋아질 때까지 기다려야만 했기 때문이다. 사람이 얼마나 많았던지. 나의 아흔 번째 생일을 축하하기 위해서라고 하기도 뭐한 것이, 정작 나와 친한 사람들은 거의 다 세상을 떠났고 시끄럽고 부산스러운 증손주들이 그 자리를 대신했다. 그날 잔치는 정말로 피곤했다. 거대한 딸기 샤를로트 케이크에 아흔 개의 초를 다 꽂아서 케이크는 보이지도 않았다. 아흔 개의 초에 불을 붙여서 껐다고 생각해보라, 그게 보통 일인가!

올해도 혼자서 생일을 자축할 뻔했다. 다음 주까지 질베르트 집에는 죽은 남편의 재를 가져와 벽난로 위에 모셔두는 딸이 미국에서 와서 지내고, 투아네트는 부르고뉴의 아들 집에 갔으며, 닌도 언니 집에서 연말연시를 보낸다.

하지만 올해는 애들이 아직 올라가지 않았다. 걔들이 내 생일이라고 일부러 더 있다가 가는 것 같다. 이걸 기뻐해야 할지 걱정해야 할지 모르겠다. 리본을 두른 상자 두 개 옆, 밤케이크 위에 10살짜리 큰 초 9개와 1살짜리 작은 초 1개를 꽂았다. 10개의 초. 난 오늘 열 살이다.

12월 30일 수요일

애들은 오늘 저녁을 먹고 올라갔다. 애들은 파리에서 새해를 맞이하고 밤참을 먹을 거다.

나는 밤참 먹을 상대가 없다. 드니즈가 물랭에 사는 친구들 몇몇과 자기 집에서 새해를 맞이하자고 했지만 나는 그 사람들을 모를뿐더러 일부러 친구를 사귀고 싶지도 않다. 무엇보다 요즘 같은 때 밤길 운전이라는 모험을 하고 싶지 않은데, 나를 그 집까지 태워다 줄 사람이 없다. 그리고 푸아그라, 훈제 연어, 케이크라면 이제 지긋지긋하다. 그런 걸 먹고 싶지가 않다. "새해 복 많이 받으세요!"라고 외치면서 겨우살이 나무 장식 아래서 서로 껴안고 쪽쪽대고 싶은 마음도 없다. 하품을 참고 눈이 벌게지도록 부릅뜨면서 종이 열두 번 칠 때까지 기다리는 것도 이제 취미 없다. 나는 정말로 이 모든 것이 지겨워진 지 오래다.

덧창을 닫으면서 눈송이의 촉감을 느꼈다. 아주 고운 눈이 떨어지자마자 녹았다. 이 눈이 얼면 빙판길이 될 것이다. 불안한 눈으로 온도계를 확인해보니 그래도 영상 2도다. 기온이 더 떨어지지 않아야 할 텐데…… 애들이 저녁 늦게 출발했는데 잘 올라가고 있는지 모르겠다.

12월 31일 목요일

아침에 일어나니 오랜만에 집 안이 조용했다. 하지만 아직도 애들이 여기 있는 것처럼 분위기가 완전히 예전 같지는 않다. 나이가 들수록 과거가 얼른 추억으로 넘어가지 않겠다는 듯 미적거리는 느낌이 든다. 과거가 눌러앉는 그날이 내가 이 세상을 떠나는 날이겠지. 과거이자 현재이자 미래이신 분은 우리 하느님뿐이다.

이른 시각이었다. 나는 가운에 실내화 차림으로 미끄러지지 않게끔 난간을 잘 붙잡고 계단을 내려왔다. 끝에서 두 번째 계단에 생긴 얼룩을 발견했다. 이게 물감일까, 찰흙일까? 앙젤이 다 닦아내겠지. 나는 오늘 그냥 쉬라고 했지만 앙젤은 굳이 일을 하러 오겠다고 고집을 부렸다.

재빨리 요기를 하고 어제 애들이 올라가기 전에 돌려놓은 식기세척기에서 접시들을 꺼낸다. 이런, 누가 젖병을 두고 갔네…… 냉장고 안에도 애들이 뭘 잔뜩 남기고 갔는데 어떡해야 할지 모르겠다. 두유, 햄을 넣은 마카로니 파스타, 굵게 빻은 밀, 이미 딴 코카콜라 한 병…… 버리고, 씻고, 닦고, 정리한다. 주방 찬장에도 설탕과 쌀 옆에 '친환경'이라고 큼지막하게 쓰여 있는 제품 상자와 봉지가 여러 개 보인다. 나는 이런 식재료는 어떻게 쓰는지 모른다. 애들이 또 내려올 때까지 그냥 두는 수밖에. 그래도 좀 거추장스러운데…… 앙젤이 혹시 가져갈 생각이 있을까? 한번 물어나 봐야지.

눅눅해진 빵이 너무 많다. 아들은 내가 손이 너무 작다고 뭐라고 하는데 내가 보기에 그 집 식구들은 늘 다 먹지도 못할 양을 산다. 나는 앙젤을 위해서 그 빵을 싸둔다. 앙젤은 눅눅해진 빵 부스러기를 닭 모이로 주기 때문이다.

위층에 올라가 샤워를 하고 옷을 갈아입는다. 아이들이 크리스마스 선물로 준 스웨터를 입어본다. 애들이 크리스마스마다 스웨터를 사주는데 얼마 못 가 어디 뒀는지 까맣게 잊고 산다. 다시 아래층에 내려왔더니 15분 전 아홉 시다.

앙젤이 초인종을 누르기를 기다리면서 거실 문을 연다. 덧문이 닫혀 있어서 컴컴하다. 나는 불을 켜고 난롯가에 앉는다. 재 냄새와 소나무 향이 난다. 거실에는 아직도 크리스마스 냄새가 떠돈다. 나무로 땐 불, 뜨거운 촛농, 케이크 냄새. 구유는 여전히 제자리에 놓여 있고 그 앞에 세운 작은 초는 다 녹아버렸다. 아무도 크리스마스트리를 치우지 않았다. 어떤 해에는 부활절 때까지 트리가 세워져 있었다. 나 혼자 지낼 때에는 거실에 불을 때지 않기 때문에 굉장히 춥다. 이파리 하나 떨어지지 않았으니 그냥 내년 크리스마스까지 이대로 놓아둘까 보다.

낮은 다탁 위 재떨이는 피스타치오 껍데기가 넘쳐나고 샴페인 잔도 하나 놓여 있다. 안락의자 밑에는 슈가 하나 부스러져 있다.

살짝 우울하다. 일어나서 꼬마전구에 불을 켜고 다시 앉아서 잠시 허공 속에서 반짝거리는 불빛을 바라보았다. 나는 앞으로 몇 번이나 더 크리스마스를 보낼 수 있을까?

점심 식사 후에 애들에게 전화를 받았다. 애들은 내가 섣달 그믐밤을 혼자 보낸다고 걱정하지만 나는 아무렇지도 않다. 해가 바뀐다고 나에게 달라질 게 무에 있으랴? 새해가 꼭 반갑지만은 않다. 우리 나이에는 새해라고 해서 무슨 소망을 품거나 하지 않는다. 서서히 우리를 삼켜버리는 시간을 즐기는 것도 젊을 때나 가능한 일이다. 우리는 모래시계 윗부분에 모래 알갱이가 얼마 안 남았다는 것을 안다. 나는 서재 방에 고깃국 한 사발과 귤 한 알을 가지고 들어가 텔레비전을 봤다. 25번에서 영화 「새장 속의 광대」를 또 방영했다. 나는 이 영화를 백 번쯤 본 것 같다. 그다음에는 자러 가야지. 내일도 여느 날과 다르지 않은 하루이리라.

1월 1일 금요일

오늘은 전화에 아주 불이 났다. 아들, 딸, 손주들, 남동생, 조카와 조카딸 몇몇이 전화를 해서 잔 할머니, 새해 복 많이 받으세요, 엄마, 새해 복 많이 받으세요, 고모님, 새해 복 많이 받으세요…… 새해를 기념하는 뜻에서 정오 즈음 예쁜 잔을 두 개 꺼내고 크레망을 냉장고에 넣어 차게 한 후 페르낭에게 전화를 걸었다. 삼십 분 후에 페르낭이 왔다. 그는 병원에 마르셀을 보러 갔을 때처럼 말쑥한 옷차림을 하고 비누 냄새를 풍겼다. 크레망을 가지러 갔더니 적당히 시원해져 있었다. 불을 피워놓은 서재 방에 자리를 잡았다. 내가 우리 부모님께 물려받은 다단식 탁자에 샴페인 잔 두 개, 땅콩, 소시지 뢰유테 몇 개를 차려놓은 참이었다. 페르낭은 좀 민망했던지 파란색 안락의자에 편안하게 앉지 못하고 엉덩이만 겨우 걸친 채 덜덜 떨리는 손으로 잔을 들었다. "잔 아주머니, 새해 복 많이 받으세요. 음, 건강하셔야 해요……" 우리는 잠시 마르셀과 르네와 옛날 일을 두고 대화를 나누었다. 그다음에는 서로 무슨 말을 해야 할지 몰랐다. 나는 다시 두 개의 잔을 채웠다. 땅콩은 페르낭이 다 먹었고 소시지 뢰유테는 내가 다 먹었다. 잠깐이나마 누군가와 함께하는 시간이 있어서 페르낭도 좋았을 거라고 생각한다. 나도 좋았다. 그 양반이나 나나 말은 별로 필요하지 않았다. 말은 아무 쓰임이 없었고, 우리는 할 말이 없어도 괜찮았다. 그냥 잠시 혼자가 아니었으면 된 거다. 비록 여느 날과 똑같은 하루일 뿐이라고 생각할지라도, 이런 날의 고독은 여느 날의 고독과 다른 법이다.

1월 3일 일요일

닌은 목요일에 돌아왔고 투아네트는 내일 온다. 질베르트의 딸은 죽은 남편의 재를 가지고 미국으로 떠났다. 평소와 같은 생활이 서서히, 조금은 미적대면서 돌아온다. 저마다 휴가 같지 않은 휴가를 마치고 복귀하는 중이다.

1월 5일 화요일

오늘 아침 기온이 영하로 떨어졌다. 잔디에 서리가 내려서 하얀 가루를 뿌려놓은 것 같더니 희끄무레한 햇빛을 받으니까 반짝반짝 빛난다. 겨울이다.

겨울은 죽음의 계절이다. 꽃을 선물하고 파티를 하는 계절이 아니다.

이번 겨울에는 베르트랑이 떠났다. 그는 해를 넘기지 못하고 죽었다. 기일은 12월 30일, 마지막 샴페인과 무도회를 앞두고 아흔 살의 나이로 눈을 감았다. 앙리가 곧바로 그 뒤를 따라갔다. 앙리를 땅에 묻던 날, 장대비가 내렸다. 살아 있다면 올해 3월에 95번째 생일을 맞을 텐데. 그 양반은 머리는 온전치 않았지만 몸은 아주 튼튼했다. 그러던 사람이 갑자기 죽었다. 그는 잠옷 바람으로 침대와 침대 옆 탁자 사이에 쓰러져 있었다고 한다. 그다음에는 내 사촌 중에서 제일 명랑하고 활기찼던 카미유가 죽었다. 나는 우리 중에서 카미유가 제일 나중에 죽을 거라고 생각한 적이 있다. 카미유는 여든아홉 살이 된 지 얼마 안 됐다. 카미유가 터뜨리는 웃음은 전염성이 있었다. 그 웃음은 마지막까지도, 카미유가 병원에 거의 혼수상태로 누워 있을 때에도, 정말 예기치 않은 순간에, 다소 생뚱맞게 터지곤 했다. 장례 미사를 집전한 신부님은 그 웃음 덕분에 그 넓은 하늘나라에서도 먼저 간 남편이 카미유를 금방 찾아낼 수 있을 거라 말씀하셨다. 카미유는 독일 점령기에 나와 앙리에트와 함께 발드그라스 병원에서 봉사를 했다. 그러고 보니 앙리에트 장례식에서 만났던 게 겨우 몇 달 전이다. 한 사람 한 사람 저세상으로 떠나면서 내 청춘도 가져간다. 축축한 흙을 삽으로 퍼서 나의 추억에 뿌린다.

1월 6일 수요일

과거에 대한 향수에 젖는다. 커피를 마시고 나서 오래된 사진첩을 가지러 갔다. 부모님 슬하에서 살던 시절, 나의 학창 시절, 신혼 때의 사진첩들을 가져와 파란색 안락의자에 앉았다. 지금은 아무도 사진첩을 만들지 않는다. 사진은 컴퓨터나 휴대전화 화면에서 보는 것이 되었다. 휙휙 지나가고 번쩍거려서 뭐가 뭔지도 모르겠고 머리가 아프다. 게다가 애들이 스마트폰으로 사진을 보여줄 때 내가 뭘 건드렸는지 모르지만 사진이 날아간 적도 있다. 겁이 나서 아무것도 못 만지겠다. 그래서 별로 보고 싶지 않은 사진도 그냥 지나갈 때까지 기다린다. 뭘 또 날려먹을까 봐 겁나기 때문이다.

나의 사진첩들은 상태가 좋지 않다. 특히 부모님이 남기신 사진첩들이 그렇다. 어떤 페이지는 떨어져 나갔고, 사진도 네 귀퉁이가 더는 고정이 되지 않아서 제멋대로 논다. 나는 검은 바탕에 흰 글씨로 꼼꼼하게 적어놓은 설명을 주의 깊게 읽으면서 사진들을 제자리에 정리하려고 애썼다. 사진들이 서로 들러붙지 않게 보호해주는 얇은 종이가 넘길 때마다 바스락댄다. 제일 오래된 사진첩들은 표지가 진한 초록색이고 속지는 마분지로 되어 있는데 사진들이 참 작다. 거기서 아버지와 고모 사진을 발견했다. 테니스장을 배경으로 라켓을 든 샤를로트 고모는 거의 발목까지 오는 치마를 입었지만 공을 향해 몸을 날리고 있다. 그 당시 유행하던 '보브' 스타일로 머리를 자르고 이마에 흰색 머리띠를 둘렀다. 우리 할머니와 지네트 고모도 그 사진첩에 있다. 지네트 고모는 카미유, 앙리에트, 루이즈의 어머니다. 내가 그 사촌들과 함께 찍은 사진도 있다. 여자아이 넷이 벤치에 나란히 앉아 한껏 표정을 지어 보이는 사진. 또 다른 사진첩에서 발견한 나는 곧은 금발 머리에 말을 잘 듣게 생긴 여자아이의 모습이다. 몇 장 더 넘겼더니 남동생 사진이 나왔다.

나는 요람에 누워 있던 그 덩치 큰 아기를 처음 봤을 때 참 못
생겼다고 생각했다. 지금은 내 동생도 고통의 무게를 지고 사는
여든여섯 살 노인이 됐지만 말이다. 사진첩을 몇 장 더 넘기자
동생은 곱슬머리를 길게 드리운 잘생긴 사내아이가 됐다. 그다
음에는 생시르 육군사관학교 제복을 입고 파라메 해변에서 포
즈를 취한, 날씬하고 기품 있는 멋쟁이 청년이 됐다. 동생은 파
리정치학교를 졸업할 만큼 명석하고 재주가 뛰어났다. 그 애를
좋아하는 예쁜 여자들이 얼마나 많았는지 모른다. 하지만 그
애는 불행한 결혼 생활과 좁아터진 인사부장실에 갇혀버렸다.
내 동생은 한 번도 행복했던 적이 없었던 것 같다. 나는 그래도
여전히 내 발로 돌아다니고 살살 운전도 한다. 친구들하고 차
나 백포도주를 한잔하고, 카드놀이도 하고, 이 큰 집에서 나 나
름대로 바쁘게 살아간다. 하지만 동생은 파리 교외의 좁아터진
아파트에서 병든 아내를 돌보느라 아무것도 하지 못한다. 본인
도 몇 번의 뇌경색으로 장애를 얻어 걸음도 겨우 걷는데 말이
다. 동생네 부부는 사람 구경을 못 한다. 그 집에는 전화하는
사람도 없고, 손으로 주소를 쓴 편지나 엽서가 도착하는 일도
없다. 찾아오는 사람이라고는 매일 아침 그들을 씻겨주고 옷을
갈아입혀주는 도우미 아주머니뿐이다. 둘 다 숨이야 붙어 있지
만 그게 정말 사는 거라고 할 수 있을까? 인생은 참 불공평하
다……

1월 7일 목요일

밤에 잠이 잘 오지 않을 때면 나를 위한 이야기를 만든다. 내 인생을 다시 산다고 상상한다. 내가 스무 살로 돌아가 다시 결혼을 한다면 어떨까. 그때로 돌아가도 르네와 결혼하겠지만 시골에서 살지는 않겠다. 우리는 원래 작정했던 대로 살 거다. 우리는 외국에 나가 살면서 여행을 많이 다니려고 했다. 신혼 6개월 만에 시아버지가 갑자기 돌아가시지만 않았어도 정말로 그렇게 했을 것이다. 세부 사항은 내 입맛대로 바꾼다. 르네가 발령받은 경영부가 있는 코트디부아르 대신, 한 번도 거론된 적 없지만 나를 꿈꾸게 하는 동양의 낯선 나라로 떠나는 거다. 우리는 비르하케임 호나 라마르세예즈 호를 타고 인도로 간다. 르네는 아버지가 담당하던 가장 노릇을 물려받고 낮에는 보험 계약 따내느라, 저녁에는 독수리 타법으로 서류 작업 하느라 고생하는 대신에 해운업계에서 한 자리를 차지할 수도 있었을 것이다. 시동생 모리스도 했는데 그이라고 왜 못하겠는가. 우리는 인도차이나에서 살 수도 있었다. 거기서 다시 페르디낭드레셉스 호나 오리건 호를 타고 마다가스카르, 레위니옹, 타히티 같은 섬에 가서 살 수도 있었을 텐데…… 시어머니와 한집에 살면서 지옥을 경험하는 대신, 바닷가에 예쁜 집을 구해서 오붓하고 마음 편하게 살 수도 있었을 것이다. 나는 저녁에 드레스를 차려입고 무도회에 갔을 것이다. 장교들에게 춤 신청을 받으면서(르네는 춤을 전혀 추지 못했다) 샴페인에 알딸딸하게 취했을 것이다. 빙그르르 돌고 치맛자락을 펄럭이면서 까르르 웃는 내 모습이 보인다…… 아마도 다른 남자들을 부여안고서……

어떤 밤에 나는 용감한 여주인공이 된다. 전쟁, 독일 강점기…… 파리에서 나는 어떤 청년을 만나서 그가 속한 레지스탕스 활동에 뛰어든다. 그는 잘생겼고 용감하다. 그는 동지들과 함께 다이너마이트로 다리 하나를 폭파한다…… 혹은, 나는 목숨을 잃을 위험을 무릅쓰고 나의 지탄 자전거를 타고 지하 단체의 어느 청년에게 메시지를 전하러 간다. 페달을 힘껏 밟고 점점 더 빨리 달린다. 나는 피곤한 줄도 모른다. 독일군들이 나를 주시하지만 나는 그들이 무섭지 않다. 독일군들은 도전적인 눈으로 자기들을 바라보는 나에게 반한 눈치지만 나는 그들의 찬사를 무시한다. 오히려 그들을 지나치면서 땅바닥에 퉤하고 침을 뱉고는 자부심을 느낀다. 나는 내 의무를 다하고 조국을 사랑한다. 나로 인하여 조국은 위기에서 벗어나리라……

1월 8일 금요일

왜 겨울에는 죽는 사람이 많을까? 추위 때문에? 일조량이 부족해서? 르네는 2월 6일에, 선선한 해돋이 무렵에 눈을 감았다. 추위가 목숨은 오래 보존해주지 않는가 보다.

겨울은 혹독하다. 걸음의 속도도 늦춰야 하고, 오래 걷지도 못한다. 톱니바퀴는 뻑뻑해지고 관절은 시큰거린다. 서리와 강풍 때문에 숨이 금방 찬다. 그런 것과 싸워야만 앞으로 나아갈 수 있다. 겨울을 잘 버티고 다시 움이 트는 계절을 보려면 기운이 좀 있어야 한다. 하지만 겨울이라는 계절이 길기는 또 얼마나 긴지. 그래도 날이 짧으니까 시간은 더 빨리 가는 셈일지도……

삶은 느려진다. 생활이 버거워지기 시작하고 머릿속에는 우울한 생각이 늘어난다. 공기를 쐬어줘야 잊을 수 있다. 조금씩, 놓을 것을 놓아버린다.

겨울을 끝까지 버텨내려면 의지가 있어야 한다. 아무리 권태롭더라도 어쩌면 이번이 마지막은 아닐지 모른다고 생각해야만 한다.

1월 11일 월요일

지인들의 부고를 계속 들어서일까, 며칠 전부터 침대머리 탁자 서랍에서 수첩을 꺼내어 그때그때 생각나는 것이나 잊고 싶지 않은 일 들을 적는다. 기억에 남는 문장이라든가, 어디서 주워들은 좋은 말이라든가. 하느님께 하고 싶은 말도 적는다. 사람 일은 모르는 거다…… 루이즈가 카미유의 장례식에서 했던 말이 또 생각난다. "나도 힘을 내야겠어요. 하느님과 교회에 좀 더 가까이 가려고 노력해보려고요…… 지금은 그러는 게 좋지 않을까요? 언니도 그렇게 생각하지 않아요?" 루이즈는 오래전에 교회에 발길을 끊었다. 이미 진즉에 종교와는 담을 쌓고 살아왔다. 카미유의 장례 미사를 드리는 동안, 나는 루이즈를 슬쩍 훔쳐보았다. 주기도문을 외울 때조차도 루이즈는 입을 굳게 다물고 있었다. 다 함께 성가를 부를 때에도 루이즈는 입도 벙긋하지 않았다. 그렇게나 목청껏 노래 부르기를 좋아하고 목소리도 고왔던 루이즈인데…… 그래도 묘지에 가니까 무덤 앞에서 성호는 긋더라. 그러고 나서 바로 저런 얘기를 나에게 한 것이다. 마치 묘혈을 두 눈으로 보고는 돌연히 겁을 먹은 것처럼 말이다.

이 저녁, 라디오에서 들은 어느 학술원 회원의 말을 나의 작은 수첩에 적어둔다. 아주 거들먹거리는 양반이지만 멋있는 말을 많이 하니 용서가 된다. 그는 모차르트를 거론하면서 「레퀴엠」을 들으면 죽고 싶어집니다."라고 했다. 그러고는 쇼팽도 임종을 앞두고 "나를 기려 모차르트를 연주해주게……"라고 의지를 표명했다고 말했다.

나는 모차르트를 들으면서 숨을 거둔다면 참 좋을 거라는 생각이 들었다. 그렇게 하면 내가 사랑하는 이들이 모차르트의 「작은 밤의 음악」이나 협주곡 중 하나, 혹은 그의 소나타나 교향곡을 들을 때마다 그들의 마음속에 내가 계속 살아 있을 듯하다.

1월 12일 화요일

아침에 덧창을 여는데 풍경이 흑백 그림엽서처럼 확 바뀌어 있었다. 거무죽죽한 나뭇가지에 흰 솜이 도톰하게 덮인 것 같았다. 잔디밭, 화단, 두더지 흙 둔덕까지 하얗게 변했다. 하늘은 흰색에 가까운 회색, 고운 자갈 깔린 마당도 흰색. 그리고 그 적요함이라니…… 대화가 뚝 끊기고 침묵이 아주 오래 이어질 때와 비슷하다. 이따금 텔레비전에 백색 화면이 뜨고 음향이 끊기면 거실은 소리가 죽은 듯 대번에 조용해지는데 그런 느낌과도 비슷하다. 어제 뉴스에서 눈 소식을 들었기 때문에 자동차는 차고에 넣어두었다. 하여간 눈이 오면 차는 못 쓰는 거다. 시골에서는 눈이 오면 생활이 멈춰버린다. 운전을 할 수 없고, 남의 집에 갈 수도 없다. 저마다 집에만 틀어박혀 지낸다. 나를 찾아오는 사람은 우편배달부밖에 없다. 노란색 우체국 경차가 썰매처럼 눈길을 지치고 와서 그런지, 배달 오는 소리도 못 들었다.

정오가 다 되어 안개가 걷히고 해가 나왔다. 해는 수줍게 창백한 얼굴을 내밀더니 구름이 갑자기 물러나자 기세 좋게 햇살을 비추었다. 겨울 풍경에 색이 돌아왔다. 노란 햇살과 파란 하늘 아래 설경은 얼른 밖으로 나오라는 듯이 반짝반짝 빛났다. 나는 꼬마처럼 신이 나서 모직 양말과 속에 털을 댄 장화, 두툼한 스웨터와 낡은 방수 재킷으로 무장한 후 지팡이를 들고 밖으로 나갔다. 길에 움푹 파인 부분이 없는지 지팡이로 발 디딜

곳을 짚어가면서 조심스럽게 오솔길로 나갔다. 눈은 돌덩이와 구덩이를 감춘 함정이다. 뽀드득뽀드득 소리와 함께 새하얀 눈밭에 보기 싫은 발자국이 났다. 내친 김에 우리 밭까지 구경하러 가보았다. 빨랫줄마저 하얗게 변해 있었다. 맑은 하늘을 배경으로 선명하게 모습을 드러낸 쥐 산맥은 근사했다. 들판에 면한 작은 도로로는 차가 거의 지나가지 않았고 눈의 방음 효과 때문인지 아무 소리도 안 났다. 풍광도, 소리도 하얀 솜에 뒤덮인 듯했다.

나는 놀고 싶은 마음이 났다. 눈은 하늘에서 떨어지는 어린 시절이다. 나는 산울타리에 쌓인 눈을 쓸어 모았다. 장갑이 없어서 손이 시렸다. 지팡이를 팔 아래 끼고 눈뭉치를 작고 단단하게 만들어 내가 던질 수 있는 가장 먼 곳까지 던졌다. 눈뭉치를 하나 더 만들었더니 손이 적응이 됐는지 마비가 됐는지 아무렇지도 않았다. 나는 나무의 몸통을, 나뭇가지를, 가로대를, 작년에 베어버린 밤나무 그루터기를 겨냥했다. 내가 던진 눈뭉치는 대부분 빗나갔다. 늙어서 그런 게 아니라 원래 나는 이런 쪽으로 재주가 없다. 그러다 갑자기 한기를 느꼈다. 해가 낮아 보였고 온기가 느껴지지 않았다. 햇빛이 묘했다. 나는 숨이 찼고 코의 감각이 없었다. 눈앞에 작은 별들이 가득했다. 눈이 반짝반짝 빛나서 그랬을까, 새하얀 눈 천지에 아찔해서였을까?

나는 왼손을 재킷 주머니에 찔러 넣고 오른손으로 지팡이를 짚어 얼른 집으로 돌아왔다. 몸에 피가 잘 돌게 하려고 일부러 빨리 걸었다. 너무 오래 밖에 서 있었는지 온몸에 감각이 없었고 발은 털 장화를 신었는데도 꽁꽁 얼었다. 벽난로에 불을 피우고 따뜻한 차와 버터 바른 토스트를 먹어야겠다. 그다음에는 뜨끈한 난롯가에 딱 붙어서 십자말풀이나 마저 해야지. 나는 진즉에 눈싸움을 할 나이를 지났으니까.

1월 13일 수요일

눈밭은 그대로다. 빨리 제설 작업이 이루어지면 좋겠다. 이대로라면 앙젤이 내일 우리 집에 일하러 오기는 글렀다. 도랑에 차를 처박거나 할까 봐 걱정하는 게 아니다. 오늘은 날씨가 좋지만 기온은 여전히 영하권으로 내려가 있다.

손주들이 여기 와 있다면 참 좋아할 텐데. 오솔길 옆 비탈진 들판(소가 풀을 뜯어 먹고 버섯이 많이 나는 그곳)에서 눈썰매를 실컷 탈 수도 있고 테라스에 눈사람을 만들어놓을 수도 있을 텐데. 어느 해에는 손자가 멋지게 만든 눈사람이 일주일 넘게 건재했다. 겨울이라고 하기도 뭐한 때, 부활절이 가까워오는 때였는데 말이다. 새하얀 눈사람은 가장자리부터 조금씩 녹았지만 그래도 잘 버텼다. 스케이트장이 되어버린 테라스가 축축하고 미끄러운 이끼 천지가 될 때까지도 눈사람은 무너지지 않았다. 나는 매일 주방 창문으로 햇살 아래 조금씩 스러져가는 눈사람을 지켜보았다. 밤으로 만든 두 눈이 맨 먼저 달아났고, 기다란 당근 코가 떨어졌으며, 봄의 온기 속으로 몸뚱이가 무너져내렸다. 나는 이끼가 마를 때까지 며칠 더 기다렸다가 덩그러니 남은 르네의 낡은 밀짚모자를 주워 왔다.

1월 14일 목요일

오늘 아침에 덧문을 열었더니 밤사이에 바깥 풍경이 축축하고 구저분한 회색으로 변해 있었다. 비가 오느라 빗물받이가 타닥타닥 시끄러웠다. 눈은 거의 다 녹았고 성에가 예쁘게 끼었던 나무들은 거무죽죽한 원래 색으로 돌아왔다. 앙젤은 아무 문제 없이 차를 몰았고 평소처럼 9시 정각에 초인종을 눌렀다. 평소와 같은 생활 흐름이 돌아온 것이다.

나는 점심을 먹고 동종에 잠깐 들러서 가염 버터 한 덩어리와 바게트를 샀다. 차를 몰고 나간 김에 주유도 했다. 집에 돌아와서는 아무것도 안 했다. 깜박 잠이 들었던 모양이다. 깨어나 보니 마지막 남은 눈마저 다 녹고 없었다. 어린 시절이 이토록 멀게만 느껴진 적도, 앞날이 이토록 허무하게 느껴진 적도 없는 것 같다.

1월 15일 금요일

아침에 인부들이 집 근처 커다란 호두나무를 '쓰러뜨리러' 왔다. 우리 집 마당에는 지긋지긋할 정도로 호두가 많이 떨어졌다. 그러니까 자꾸만 호두를 밟게 되고 여기저기 시커멓게 된다. 그렇다고 해서 먹을 만한 호두가 열리는 것도 아니다. 그 나무에서 떨어지는 호두는 속이 말라비틀어졌든가 구더기가 드글드글하든가 둘 중 하나다. 잎은 또 얼마나 많이 떨어지는지 갈퀴로 긁어모으든가 마당에서 썩도록 내버려두든가 해야 한다. 인부 세 사람이 연장을 가지고 왔다. 그들은 나무가 백 년은 된 것 같다고 하면서 주위에서 빙빙 돌면서 잠시 의논을 했다. 그다음에 나무에 밧줄을 감고 헬멧을 착용한 후 본격적으로 나무를 베기 시작했다. 문제는 그 나무가 넘어진 방향이었다. 호두나무가 천천히 쓰러지면서 내가 무척 좋아하는 작은 나무 세 그루 위로 넘어져 밑동을 완전히 부러뜨렸고 산울타리의 상당 부분을 납작하게 짜부라뜨렸다. 나무들을 정리하고 산울타리는 손을 보든지 아예 새로 심든지 해야 한다. 이걸 다 원상복귀하려면 얼마나 걸리려나?

1월 16일 토요일

잠을 제대로 못 잤다. 어제 일이 속상해서 잠이 안 왔다. 덧
창을 열었더니 수풀 오른쪽으로 거대한 호두나무의 잔해가 마
당에 널브러져 있었다. 인부들이 오늘 치우러 오기로 했다. 아
니, 내일인가. 모르겠다. 쓰러진 작은 나무들은 덤불에 누워 죽
어가는 중이다. 그 앞쪽으로 휑하니 뚫려버린 산울타리를 보니
가슴이 아프다. 이 모든 광경이 생의 마지막을 느끼게 한다.

나무가 나이를 많이 먹으면 껍질이 벗어지고 이끼가 낀다. 이
거추장스러운 흉물이 주위 다른 나무들의 성장을 방해할 정도
가 되면 베어버린다. 그다음에는 소나 돼지를 잡아 각을 뜨듯
이 잘게 조각을 낸다. 그리하여 땔감용 장작이 되든가, 아직 웬
만큼 목재로서의 가치가 있다면 팔린다.

나도 말라비틀어지고 벌레 먹은 존재이기는 마찬가지다. 수
확하는 일꾼은 언제 나를 쓰러뜨리러 오려나? 아, 나는 저 호
두나무처럼 엉뚱한 쪽으로 쓰러져 폐를 끼치지는 않을 테다.
나는 얌전하게 무너져 내릴 터요, 나로 인하여 다른 생명이 멈
추는 일은 없게 하리라. 내가 죽은 후에도 나의 화단에는 꽃이
만발하고 나의 산울타리는 푸를 것이며 나의 나무들은 하늘
높은 줄 모르고 무럭무럭 자랄 것이다.

원형 화단에서 멀지 않은 잔디밭에 손주들이 나를 위해 심
어준 나무가 있다. 여든 번째 생일 기념으로 선물받은 나무다.

손주들은 내가 잘 모르는 은행나무를 골랐다. 가을이면 나뭇잎이 금빛으로 변해서 떨어지는데 그 모습이 땅에 금화가 깔린 것 같다고 해서 '천금(千金) 나무'라고 부르기도 한단다. 은행나무는 핵폭발에서도 살아남을 만큼 강인하다고 한다! 게다가 현존하는 나무들 중에서 가장 오래된 종이기도 하다나.

나의 작은 은행나무는 운이 나빴다. 첫 겨울부터 강풍을 만나 꼭대기가 날아갔다. 그래서 몰골이 좀 우습게 됐다…… 어쨌든 완전히 죽지는 않았지만 10년이 지난 지금도 버팀목을 대줘야 한다. 나의 나무는 위로나 옆으로나 그리 자라지 않았다. 몸통은 큰 나무의 가지 하나를 꽂아놓은 것처럼 비실비실한데 조로(早老)한 것인지 벌써 지의류에 뒤덮여 있다. 그래도 봄이면 가지들이 연두색 옷을 입는다. 하지만 가을에 금화로 양탄자를 깔 정도로 잎이 무성하지는 않다. 가장 길고 높은 두 가지가 두 팔을 벌린 것처럼 보여서 왠지 십자가가 생각난다. 손주들은 곧잘 이 나무를 '할머니'라고 부른다. 글쎄, 이 나무가 나라면 적어도 내가 상태가 썩 좋지 않다는 것만은 말할 수 있겠다. 내 목에 스카프를 두르고, 날아간 꼭대기에는 밀짚모자를 씌워다오. 그러면 나는 까마귀를 쫓는 허수아비가 될 테니.

1월 18일 월요일

내가 이제 주님께 가까이 와 있는 걸까? 아침에 침대에서 기도를 했다. 아니, 기도문을 암송하는 것과는 다르다. 그냥 주님께 내 애기를 했더니 묘하게 기분 좋은 느낌이 나를 감쌌다. 나는 그 초자연적인 평화에 젖어 잠시 가만히 있었다. 그대로 죽어도 여한이 없을 것 같았다. 그 상태에서 조용히 떠날 수만 있다면 그 무엇도 나를 이승에 잡아놓지 못할 성싶었다.

르네 생각이 또 났다. 그이는 매일 저녁 기도를 올렸고 내가 자기와 함께 기도하지 않는다고 안타까워했다. 우리 부부는 하느님에 대한 생각, 기도를 드리는 방법에 대한 생각이 달랐다. 르네는 훨씬 더 보수적이어서 의례를 철저하게 따랐다. 영성체가 한 시간 남았을 때부터는 아무것도 먹지 않았고, 한 달에 한 번은 꼭 고해성사를 했다. 나는 그런 것에 개의치 않았다. 그이는 나를 '나이롱' 신자 취급했다.

르네는 기도를 할 때 침대 밑에 무릎을 꿇고 팔꿈치를 침대에 괸 채 두 손을 모아 머리를 떠받쳤다. 그러고는 나지막하니 주기도문, 성모송, 통회기도를 바친 후 잠시 부동자세로 말없이 있었다. 그다음에는 성호를 긋고 가만히 일어나 모로코에서 산 노란 가죽신을 벗어서 침대 발치에 가지런히 놓은 후 이불 속으로 들어가 안경을 쓰고 《피가로》를 뒤적거렸다. 그러다가 조금 있으면 스탠드를 끄고 내 이마에 살짝 뽀뽀를 하면서 잘 자라고 인사를 했다.

르네는 사람이 반듯했고 규칙과 절도를 중시했다. 그이는 하느님, 사제, 경찰, 공화국 대통령에게 순종했다. 그리고 하느님, 사제, 조국을 다 합친 것보다 까다로운 데다가 아흔 살에 돌아가실 때까지 늘 삶에 불평불만이 많았던 어머니에게도 순종했다. 르네는 한 번도 과속을 한 적이 없고, 누구에게나 깍듯했으며, 세금이나 각종 납부금은 바로바로 전액 지불했다. 그이는 익살을 떨 줄 몰랐다고 할까, 혹은 그이에게만 가능한 익살이 있었다고 할까. 사람이 너무 진지하다 보니 좀 우스워지는, 그런 유의 익살 말이다.

나는 고해성사를 생략하고 산다. 소소한 잘못들은 하느님과 직접 해결하려고 한다. 나는 기도할 때 꼭 무릎을 꿇지도 않는다. 실은 저녁 기도를 따로 정해놓고 올리지도 않는다. 나는 내가 기도하고 싶을 때, 기도가 필요할 때 기도한다. 정해져 있는 기도문을 암송하는 것도 아니다. 그냥 내 머리에 떠오르는 생각대로 기도를 한다. 가끔 "하느님, ……하게 해주세요."라고 대놓고 요청을 하기도 하지만 가급적 그러지 않으려고 노력한다. 내가 주님을 만족시켜드려야지 그 반대가 되어서는 안 된다고 생각하기 때문이다. 주님은 나 말고도 절망에 빠진 무수한 영혼들을 돌보셔야 한다. 세상에 불쌍한 사람들이 얼마나 많은가. 나는 운이 참 좋았다. 아름다운 한 생을 살았으니까. 공평하지 않다는 생각이 들 때도 많다. 조금은 부끄럽기도 하다. 조금 더 나누고 살 수도 있었을 텐데. 기력이 그나마 있을 때 헐벗은 이들을 도우며 살 것을. 그래서 기도를 빙자하여 용서를 구할 때도 많다. 아, 내가 큰 죄를 짓고 살아서가 아니다. 나에게도 못된 마음이 들 때가 있다. 나를 필요로 하는 사람을 못 본 체할 때가 있고, 별로 잘못한 것도 없는 사람에게 매몰차게 굴 때가 있다. 나는 나이를 먹으면서 점점 더 이기적이고 성질 급한 사람이 되었다. 나의 세상은 쪼그라들었고 자질구레한 염려와 관심이 먼저다. 그런 것들에 둘러싸여 세상과 점점 멀어진다. 나의 시간도 줄어들었다. 시간이 소중해지다 보니 이제 진득하게 기다리질 못한다. 나는 뭐든 원하면 당장 가져야 하는 갓난아기처럼 되어버렸다. 갓난아기는 미래라는 개념이 없기 때문에 기다릴 줄을 모른다. 아기는 울기만 할 뿐 엄마가 나가고 닫힌 저 문이 몇 분 후, 몇 시간 후면 다시 열리고 엄마가 환한 얼굴로 다시 나타난다는 것을 모른다. 나도 그렇다. 나는 모른다. 더는 알 수 없게 되었다. 이제는 아무것도 확신할 수 없다. 자식들이 한 번씩 왔다가 갈 때마다 내가 저 아이들을 또 볼 수 있을지 확신이 없다. 나는 미래와 현재가 뒤죽박죽이다. 이 나이에는 미래를 생각한다고 해서 현재가 더 견딜 만해지지 않는다.

1월 21일 목요일

아들이 앞장서서 공사를 추진했다. 나는 아무 말도 할 수 없다. 르네가 죽은 후로 이 집은 공식적으로 자식들 것이 되었기 때문이다. 말하자면, 내가 자식들 집에서 사는 거다. 나도 집이 노후하여 벽이 흔들리고 영 예전만 못하다는 것은 안다. 집과 나는 같이 늙어왔다. 하지만 나는 불편하지 않고 솔직히 그렇게까지 상태가 나쁜지 잘 모르겠다. 전기 설비가 노후해서 사고가 일어날 수도 있다는 것 같다. 이 집이 펑 하고 날아가면 나도 끝장이겠지! 그래서 전기기사를 부르는 건 좋다고 했다. 벽이 여기저기 갈라지고, 페인트칠이 떨어져 나가고, 벽지가 너덜거리고, 수도꼭지와 욕조에도 문제가 있다…… 결국 나는 전부 다 손봐도 좋다고 했다. 내가 해결할 수도 없는 일인데 달리 어쩌겠는가. 이런 연유로 일주일 전부터 낯모르는 사내들이 우리 집을 들락거린다.

오늘은 아침 8시에 인부들이 들이닥쳤다. 그 사람들 때문에 깼다. 이렇게 일찌감치 올 줄은 몰랐다. 나는 비몽사몽으로 잠옷에다가 가운만 걸치고 내려가 문을 열어주었다. 네 명인가 다섯 명인가, 하여간 많이도 왔다. 누가 누구인지, 어느 사람이 어떤 일을 하는지 알아보지를 못하겠다. 배관공, 전기기사, 목수, 석공이 다 헷갈려서 어떤 사람에게는 인사를 몇 번씩 하고 어떤 사람에게는 인사를 한 번도 안 한 것 같다. 내가 저녁마다 오늘은 무슨 작업을 했는지 보러 가지만 뭐가 뭔지 모르겠다. 내가 보기에는 어제와 달라진 것이 없으니 말이다. 내가 몰라서 그렇지, 저 사람들이 하루 종일 붙들고 있었으니 뭔가 하기는 했겠지. 뭔가 표가 나지 않는 일을 했나 보다. 어쨌든 나는 빨리 공사가 끝났으면 좋겠다. 저 사람들이 문을 다 열어놓고 다녀서 찬 바람이 집 안까지 들어와 방마다 파고든다. 사방이 먼지투성이다. 인부들의 작업화가 마룻바닥에는 허연 발자국을 남기고 타일 바닥에는 갈색 발자국을 남긴다. 우리 앙젤은 더러워 죽겠다고 분통을 터뜨렸다. 공사가 얼른 끝나서 깨끗한 집에서 다시 마음 편하게 지냈으면 좋겠다.

1월 24일 일요일

아들이 주말을 보내러 내려왔다. 내처 아무 말 없다가 갑자기 금요일 점심 즈음에 와서 공사 감독을 만날 거라고 했다. 나는 이때가 기회다 싶어서 그들이 일을 너무 지저분하게 한다고 고자질했다! 크리스마스 이후로 요리를 거의 하지 않았기 때문에 냉동실도 비어 있었고 아들에게 뭘 내줘야 할지 난감했다. 집에 올 거면 며칠 여유를 두고 말할 것이지, 그래야 나도 준비를 한단 말이다. 아들이 장을 잔뜩 봐가지고 왔다. 아들이 좋은 먹거리로 내 냉장고를 가득 채워주고 간다는 점은 좋다. 어디 그뿐인가, 우리 집 시계란 시계는 다 손봐준다. 괘종시계가 멈추면 열쇠로 열어서 매 시마다 종이 울리게 해줘야 하는데 나는 자꾸 깜박한다. 아들이 집에 오자마자 인사만 하고 바로 현관의 괘종시계부터 다시 맞춘다. 감히 아들에게 말은 하지 못하지만 사실 나는 그 시계가 종을 치지 않는 게 더 좋다. 얕은 잠을 자게 되면서부터 한밤중에 동양의 어느 사찰에서나 들릴 법한 묵직한 금속성 울림에 깼다가 다시 잠들지 못해 고생한다.

아들과 나는 실컷 먹고 마셨다. 나 힘들지 말라고 아들이 직접 요리를 했다. 둘이서 스크래블도 몇 판 했는데 내가 다 이겼다. 승리의 비결은 연습이라고 말해두어야겠다. 나는 K, W, X로 시작하는 단어들을 전부 외우고 있다. 내가 '미역(wakamé)'이라는 여섯 글자짜리 단어를 외쳤더니 그 녀석 얼굴에서 핏기가 가셨다!

어제 아들은 서재 방에 오래 틀어박혀 있었다. 나는 저 애가 전화기 옆에 앉아서 무슨 꿍꿍이를 꾸미나 했다. 내가 뜨거운 차를 트롤리에 싣고 들어갔을 때에야 아들은 작업을 끝냈다. 그는 컴퓨터를 열면서 만족스러운 표정으로 "되네요!"라고 외쳤다. 되긴 뭐가 된다는 거야? 그러고 보니 전화기 바로 옆에 납작하고 못생긴 상자 같은 것이 있었다. 아들은 그게 '박스'라고 말해주었다. 영어 못 해서 죽은 귀신이 붙었나…… 또 유행 놀음이구면. 아들이 그러는데 그 상자로 인터넷을 할 수 있다고 한다. 내가 무슨 말을 하겠는가, 이미 설치해놓은 물건을 뗄 수도 없고. 나는 배워볼 생각이 없다. 나로 말하자면 미니텔 사용법도 끝내 못 배웠던 사람인데…… 미니텔은 자리를 많이 차지해서 더 꼴 보기 싫었다. 미니텔은 텔레비전 수상기와 비슷한데 베이지색이고 크기가 조금 더 작았다. 전화기 옆자리를 수년간 차지하고 있던 그놈을 결국 우체국에 반납해야 했다. 그걸 치우고 나서 어찌나 속이 시원하던지. 그런데 이제 저 물건이 그 자리를 차지한다고? 네모진 흰색 플라스틱 상자에서 조그만 빨간 불, 초록 불이 쉴 새 없이 깜박거린다. 그리고 그놈의 전선, 그렇잖아도 복잡한 전선 나부랭이가 더 늘어났다. 옛날 책이 가득 꽂힌 서가와 고풍스러운 쇠시리* 옆에 저게 뭐람…… 어째서 새로 나온 물건들은 저렇게 못생겼을까? 외장재를 나무로 할 수는 없나? 아니면 좀 작게라도 만들지…… 성냥갑보다 조금 큰 휴대전화에 음악 수백 곡을 담을 수 있고 포켓판 책만 한 태블릿에 도서관 전체를 집어넣을 수도 있다는데 저 물건은 왜 저렇게 크담?

1월 26일 화요일

이런! 찻주전자를 가지러 간 바로 그 순간, 주방의 네온등이

---

* 나무의 모서리나 표면을 도드라지거나 오목하게 깎아 모양을 낸 것.

나갔다. 날이 조금 길어지고 있다고는 하지만 일찍 어두워진다. 이제 한 시간만 있으면 아무것도 안 보일 것이다. 저걸 어떻게 한다? 아들은 돌아갔고 딸과 사위는 주말이나 되어야 내려올 텐데. 모레 아침에 앙젤이 오긴 하지만 그 친구보고 발판을 놓고 올라가 전구를 갈라고 하기는 좀 그렇다…… 페르낭은 처지가 딱해서 이제 아무것도 부탁하지 못하겠다. 인부 중 한 명에게 연락할 수도 있겠지만 엄두가 나지 않는다. 그들이 고작 전구 하나 갈러 올지 모르겠고 사람들이 영 무뚝뚝해서…… 결국 나는 아이들 방 중 하나에서 스탠드를 찾아와서 가스레인지 옆에 놓았다. 불빛이 아주 환하지는 않지만 수프를 데운다든가 간단한 요리를 할 수는 있을 것 같다.

골치 아픈 일은 절대로 혼자 오지 않는다. 가스통을 살짝 들어보았다. 통이 좀 가벼운 것이 얼마 못 가 가스가 다 떨어질 것 같다. 사위가 와서 지하실에서 새 통을 가져다줄 때까지는 전기레인지를 써야겠다. 무슨 일이 일어날지 앞일은 모르는 거니까.

1월 30일 토요일

주방에 다시 불이 들어온다. 사위가 가스통과 네온등을 교체해줬다. 사위는 내친김에 주방 등 안까지 날아 들어왔다가 그 안에서 타죽은 시커먼 날벌레들도 깨끗하게 닦아냈다. 지금은 전보다 불빛이 더 밝아진 것 같다. 그러고 보니 르네가 죽은 후로 주방 등을 한 번이라도 닦은 적이 있나 모르겠다…… 싱크대 바로 위에 달린 가장 작은 네온등도 나는 한 번도 닦은 적 없다. 어차피 나는 쓰지도 않는 등이다. 딸이 그 네온등을 못 잡아먹어 안달이다. 그 애는 여기 올 때마다 그 등이 너무 더러워서 구역질이 난다고, 엄마는 어떻게 저걸 그냥 두고 사느냐고 한다. 그러고는 자기가 수세미를 들고 세제를 묻혀 박박 닦는다. 나는 딸이 감전될까 봐 걱정을 하면서도 말릴 수 없어 그냥 지켜만 본다.

우리 딸은 청결강박증이다. 개는 별의별 곳에서 때와 오염을 발견한다. 나의 쓰레기통, 오븐, 냅킨 등등을 다 더럽다고 한다. 딸은 터퍼웨어 뚜껑에 말라붙은 수프 찌꺼기를 추적하고, 자기가 손가락으로 쓸어봐서 기름때가 있다고 판단한 샐러드볼과 샐러드 포크를 모조리 새로 씻고, 싱크대 위 네모난 도기 타일을 윤이 날 때까지 닦는다. 그 애는 내 수세미도 삶아놓는다. 여기 오면 행주, 냅킨, 식탁보부터 세탁기에 집어넣고 한바탕 돌린다. 개 말로는 오래된 대걸레 냄새가 나는 것 같다나. 내 생각에 개는 상상력이 지나쳐 병이다.

2월 2일 화요일

오늘은 성촉절*이다. 우리가 어릴 때는 "성촉절이 오면 겨울이 죽고 사람은 기력이 살아난다."라고 했다. 결혼한 지 얼마 안 됐을 때, 시어머니와 이 집에서 살 때의 겨울이 생각난다. 그 해 가을은 인디언 서머 비슷하게 아주 따뜻했다. 12월과 1월만 좀 춥구나 했다. 그런데 그 해 2월 2일에 수은주가 갑자기 확 떨어져 해가 중천에 뜨도록 영상으로 올라갈 생각을 하지 않은 데다가 눈까지 억수로 왔다. 그때부터 진짜 겨울이 시작됐다. 꼬박 한 달간 파랗고 추운 하늘 아래 눈이 꽁꽁 얼어붙어 있었다. 모든 것이 두툼한 얼음으로 뒤덮였다. 땅도 꽝꽝 얼어서 당근, 파, 양배추도 못 구했다. 르네가 전쟁 전에 쓰던 나무 스키를 꺼내서 몽콩브루 식품점까지 장을 보러 갔던 게 기억난다. 그이는 발에는 스키를 신고 등에는 배낭을 짊어지고 약간의 채소, 빵, 우유, 버터, 그 밖에도 자기가 구할 수 있었던 식품 전부를 구해 왔다. 고기는 그래도 한 달 전에 농가에서 돼지를 잡아서 비축해놓은 것이 좀 있었다. 햄, 관절 부위 고기, 그 외 육가공식품은 항아리에 넣어 지하실에 저장했다. 물이 완전히 얼어서 수도꼭지를 돌려

---

* 크리스마스로부터 40일째 되는 2월 2일. 성모 마리아가 예수가 태어난 지 40일 만에 정결 예식을 치르고 예루살렘 성지에 간 것을 기념하는 축일이다. 초를 축성하고 촛불 행렬로써 그리스도가 이방인에게 구원의 빛이 된 것을 기념했다.

봐야 한 방울도 나오지 않았다. 비상시에 이용하는 우물마저 꽝꽝 얼어버렸다. 그래서 마실 물, 요리에 쓸 물, 설거지할 물, 빨래하는 물, 씻을 물은 양동이로 수십 번씩 눈을 퍼다가 시어머니의 욕조에 담아놓고 썼다. 달랑 물 한 잔 얻으려고 해도 눈을 큰 물통——원래는 대걸레 빨 때 쓰던 것——으로 하나 가득 채워야 했다. 기온은 하루 중 어느 시각이냐에 따라서 영하 5도에서 영하 20도 사이를 왔다 갔다 했다. 어쨌든 꼬박 한 달 동안 수은주가 영상으로 올라간 적은 한 번도 없었다. 집 안도 그리 따뜻하지 않았다…… 제일 지내기 좋은 방은 나무 때는 난로가 있는 우리 침실이었다. 우리는 부엌 큰 솥에서 끓인 물을 양철 양동이로 받아 와서 세수와 양치질도 난로 옆에서 했다.

오늘 아침에 덧문을 열었더니 얼음장 같은 바람에 코가 확 막혔다. 실외 온도계를 봤더니 어제보다 몇 도 더 내려갔다. 오늘은 2월 2일이지만 겨울은 아직 기력이 다하지 않았다. 성촉절이지만 크레이프를 굽고 싶지가 않다.[*]

2월 5일 금요일

어제는 종일 비가 내렸다. 오늘은 맑은 날로 돌아와서 나는

---

[*] 프랑스에서는 성촉절에 크레이프를 구워 먹는 풍습이 있다.

바깥일을 보느라 많은 시간을 보냈다. 아들이 저녁에 와서 주말을 보내고 갈 예정이다. 저녁거리로 단골 정육점에서 감자파이를 샀다. 오후에는 집 뒤를 한 바퀴 둘러봤다. 거기는 늘 그늘이 진다. 돌이 띄엄띄엄 박힌 옛날 테라스 자리이기도 하다. 양갓집 아낙네들은 햇볕에 살이 타는 걸 싫어했기 때문에 옛날 집들은 다 테라스가 북향으로 나 있었다. 돌과 돌 사이에 초록색 이끼가 잔뜩 끼어 있었다. 이끼가 차가울 때 제거하는 작업은 꽤 재미있다. 한쪽만 떼어내면 나머지는 저절로 딸려 나온다. 비가 온 다음 날은 돌이 축축하고 미끄러워서 각별히 조심해야 한다. 나는 지팡이 끝으로 이끼를 거의 다 들춰낸 다음 허리를 숙여 한쪽을 잡고 살살 전체를 떼어냈다. 그다음에 자리를 옮겨 이끼를 또 떼어냈다. 그러다 어느 한 곳에 가서는 이끼를 떼어내기가 힘들었다. 그래서 점점 더 힘을 주면서 잡아당기다가 쾅당, 넘어지고 말았다. 다행히 머리부터 떨어지지 않고 팔을 먼저 뻗었다. 게다가 기적적으로 나는 내 발로 일어섰다. 정말 다행이다. 왜냐하면 이번에도 휴대전화나 안심목걸이를 갖고 있지 않았기 때문이다. 나는 내 발로 일어서서 걸을 수 있다는 데 안도했지만 이내 스타킹 올이 나갔고 무릎을 찧었으며 왼쪽 팔목이 심상찮게 아프다는 것을 깨달았다. 지금 왼쪽 팔목은 오른쪽 팔목의 두 배 크기로 부어올랐다. 이만하길 천만다행이다. 나는 집 안으로 돌아와 가만히 있는 게 여러 사람 도와주는 거구나 생각했다. 아들 올 시각이 거의 다 되어 있었다. 물파스를 바르고 아들이 오기를 기다렸다.

아들은 내 팔목을 보자마자 화가 나서 호통부터 쳤다. 도대체 무슨 생각으로 이 날씨에, 그 연세에, 테라스에 풀을 뽑으러 나가셨어요? '카처' 청소기로 눈 깜짝할 사이에 제거하면 될 것을? 나는 할 말이 없었다. 나도 어쨌든 크게 놀랐던 탓인지 몹시 피곤하고 아팠다. 그래서 아무 대답도 못 하고 그냥 울어버렸다. 아들은 조금 태도를 누그러뜨리고 빨리 병원에 가서 엑스레이를 찍어보자고 했다.

그래서 우리는 비시로 갔다. 파리에서 내려오자마자 또 비시까지 운전이라니…… 아들이 나 때문에 고생하는 것 같아서 차 안에서 계속 미안하다는 말만 했다. 미안하다, 정말 미안해…… 조금 있다가 아들이 나보고 그런 말 하지 말라고, 미안해하지 않아도 된다고 했다.

엑스레이에는 아무 이상이 없었다. 부러진 데는 없었다. 하느님, 감사합니다. 스키 타다가 어디를 부러뜨린 젊은 애들처럼 석고 깁스를 하지 않아도 된다. 이 나이에 깁스까지 하면 볼만하겠지! 나는 팔목을 살짝 삐었을 뿐이다. 그래도 병원에서는 보기 싫고 뻣뻣한 테이프 같은 것을 감아주었다. 앞으로 일주일간 팔에 삼각건을 하라고 한다. 병원에서는 소염제를 처방해주고 한 번 더 내원해서 물리 치료를 받으라고 했다. 나는 둘다 못할 것 같다. 예전에 그놈의 소염제를 먹고서 심한 복통과 온몸의 두드러기, 급격한 혈압 증가라는 부작용을 경험했기 때문이다. 그리고 재활 치료는 내가 알아서 할 거다. 물리 치료는 번거롭기만 하고 별 효과도 없더라.

지금 생각해보니 뭐 하러 비시까지 갔을까 싶다. 라팔리스의 의사 선생도 충분히 진료를 잘 봐주었을 텐데. 어디 부러진 데가 없다는 것은 나도 처음부터 알고 있었다. 애들이 문제다. 왜 늘 그렇게 호들갑을 떠는지 모르겠다. 난 그렇게까지 허약하지 않다.

2월 9일 화요일

아들은 기어이 오늘에야 자기 집으로 돌아갔다. 내가 왼팔로만 생활하려면 도움이 필요할 것 같다면서 이틀을 더 있다가 간 것이다. 나도 그럭저럭 지낼 만은 하지만 확실히 뭘 능숙하게 할 수는 없고 이상하게 기운이 없다. 그래서 모든 일의 규모를 줄였다. 찻물도 제일 작은 냄비에 끓인다. 찻주전자가 무겁지 않도록 찻물을 조금만 담고, 수프도 작은 사발에 넣어 데우고, 생선살도 작은 토막으로 골라서 굽는다. 아침 세안도 간략해졌다. 산책도 아주 잠시만, 짧은 보폭으로 집 앞에서 알짱거리다가 들어온다. 왼손으로 지팡이를 짚기가 힘드니 어쩔 수 없다. 채소나 과일의 껍질을 벗기지 못해서 국수, 쌀, 요구르트만 먹고 지낸다. 아들은 맛있는 수프를 큰 솥으로 끓여서 터퍼웨어 여러 개에 나눠놓고 갔다. 이걸로 잘 버텨봐야겠다.

2월 10일 수요일

질베르트는 이제 운전을 하지 못한다. 그 친구에게 운전은 너무 위험하다. 질베르트는 다리 통증이 심하고 손도 모양이 점점 뒤틀리고 있다고 한다. 아흔다섯 살까지 버틴 몸이 더는 못 하겠다 뻗어버리면 몸의 말을 듣는 수밖에 없다. 머리가 인정하고 싶어 하지 않고 심장이 부풀어 올라도 별수 없다.

시골에서 운전을 못하면 살아도 사는 게 아니다. 처음에는 다른 사람들이 만나러 와준다. 그러다 차츰 다들 안 보이면 안 보이는 대로 사는 데 익숙해진다. 그때부터 삶은 텅 비어버린다. 고독에 익숙해지는 수밖에 없다. 그렇게 삶이 끝나가는 것이다.

2월 11일 목요일

잠을 설쳤다. 이제 잠을 못 자는 것도 습관이 되려고 한다. 자려고 누우면 생각이 자꾸 많아지는데 밤에 하는 생각이란 으레 우울한 법이다. 질베르트가 자꾸 생각난다. 나도 지금 팔목 부상 때문에 운전을 하지 못한다. 물론 나는 잠깐 이러다 말 거다. 의사가 일주일만 고생하면 된다고 했으니까. 하지만 나도 영원히 운전대를 놓아야 할 그때가 올 것이다. 질베르트처럼. 차를 몰 수 없다면 나는 어떻게 될까? 차라리 그 전에 죽는 게 나을 성싶다.

신혼 때는 운전을 하지 못했다. 전쟁 끝나자마자 면허를 따긴 했지만 차가 없었기 때문에 운전을 하지 못했고 사실 불편한 줄도 몰랐다. 나는 주방, 밭, 정원, 그리고 그때는 흡연실이라고 불렸던 지금의 서재 방 사이를 오가기에도 바빴다. 친구들 집에 초대받아 갈 일이 있으면 운전은 늘 르네가 했다. 첫 차는 중고 시트로엥, 그다음은 기동 핸들을 돌려 시동을 걸게 되어 있는 하늘색 파나르였다.

딸을 낳고 나서, 그러니까 마흔이 넘어서야 비시에서 운전 학원을 다녔다. 르네는 자기 일만 하기에도 바빴고 우리 형편도 그가 말마따나 '작은 사치'를 누릴 만해졌다. 그때 처음으로 부부가 차를 한 대씩 따로 쓸 생각을 했다. 운전 학원 교관에게 이제 차를 몰아도 되겠다는 판정을 받았다. 르네는 나에게 예쁜 진초록색 카트르엘(4L)을 뽑아줬다. 지금도 그 차 번호판을 기억한다. 571 JS 03. 귀여운 내 차가 생기고 나서부터 나는 벗어날 수 있었다! 나는 비시 테니스 클럽에 등록을 했다. 나는 테니스를 잘 치는 편이었고 거기서 친구도 많이 사귀었다. 시골 사람들하고만 어울려 살다가 갑자기 새로운 세상이 열린 것 같았다. 그때부터 다큐멘터리 상연회나 강연회, 영화관, 오페라 극장에도 다닐 수 있게 되었다.

가끔은 르네도 나와 동행했다. 항해사 알랭 콜라*가 바다에서 실종되기 얼마 전에 비시에서 강연을 했는데 그때 르네와 함께 참석했던 기억이 난다. 강연이 끝나고 나서 르네는 알랭 콜라에게 다가가 뭔가 얘기를 나누었다. 나는 저 사람이 왜 저러나 싶어서 멀찍이 떨어져 있었다. 르네는 늘 그런 식이었다. 하루는 근처의 어느 고성에서 영화 촬영이 있었다. 호기심 많은 르네는 촬영장에 가서 어느 '잘생긴 양반'과 한참 얘기를 나누다가 왔다. 그 잘생긴 양반은 유명 배우 장클로드 브리알리였는데 르네는 그가 누구인지도 몰랐던 것이다. 그이는 파리에 잠깐 올라갔다가 상원에서 열리는 파티에 슬쩍 끼어들어가서 주전부리를 집어 먹으면서 유명 정치인 여러 명과 한담을 나누다가 온 적도 있다.

나는 카트르엘을 몰면서 바보짓도 꽤 했다. 나는 전진과 후진을 자주 헷갈렸다. 그래서 어느 날 아침에 차고 벽을 들이받았다. 나는 기어를 2단에서 4단으로 바꾸면서 끔찍한 소음을 발생시키곤 했다. 시동 모터를 푸는 것도 자주 깜박했다. 그래서 르네에게 허구한 날 혼이 났다. "시동 모터 또 그냥 뒀잖아, 여보! 엔진 다 망가뜨리려고 작정했어?" 그래도 최악은 역시 수

* 알랭 콜라(Alain Colas: 1943~1978): 프랑스 항해사. 1978년에 대서양을 가로지르는 요트 경기인 루트 뒤 럼(Route du Rhum)에 참가했다가 바다에서 실종되었다.

동 브레이크를 풀지도 않고 비시에서부터 이 집까지 시속 38킬로미터로 달렸던 그날이 아닐까. 집에 도착했더니 뭐 타는 냄새가 났다. 르네는 그날 거의 기절할 뻔했다. 내가 말하지 않았던가, 어차피 젊을 때에도 정신은 빼놓고 살았다고!

2월 12일 금요일

몹시도 서글픈 2월. 아무 일도 일어나지 않는다. 우리 집 초인종을 누르던 마르셀이 그립고, 설탕 그릇을 보면 가슴이 아리고, 도망친 소가 우리 집 화단에 들어오거나 말을 탄 영감이라도 불쑥 나타났으면 좋겠다. 아무라도 "안녕하세요!"라고 말해주면 좋겠다. 아무 일이라도 일어났으면. 여기저기 전화를 돌릴 핑계라도 있었으면. 놀라운 모험담, 재미있는 우스갯소리를 할 수 있으면 좋겠다. 하지만 상대가 없다.

열두 명씩 모여서 점심 먹고 브리지도 하고 수다를 떨었던 게 그리 오래전 일도 아니건만. 처음에는 부부 동반 모임이었고 남편들이 하나둘 떠나고 나서는 여자들끼리 모였다. 나는 그리 오래전 일도 아니라고 했지만 생각해보니 10년도 넘었구나…… 세월 참 빠르다……

기억을 더듬어본다. 모르겠다. 머릿속이 뒤죽박죽이다. 누구누구가 있었더라, 그 여자들이 살았는지 죽었는지도 잘 모르겠다…… 장례식에 참석한 기억이 없는데 어찌된 거지. 다들 살아 있기는 할까? 옛날부터 몸이 좋지 않았던 사람이 몇 명 있는데 소식이 끊긴 지 오래라 어찌 됐는지 모른다. 베코 씨네 마들렌은 결국 죽었을까? 과부가 된 자케 부인은 어찌 됐을까?

전에는 닌, 투아네트, 질베르트하고 전화 통화를 하면서 우리가 아는 다른 친구들 소식도 많이 들었다. 그 친구는 잘 지낸대? 그 친구, 여행 갔다더니 돌아왔대? 요즘 그 집에 애들이 와 있다면서? 하지만 지금은 이런 물음이 더 어울릴 것 같다. 그 친구 아직 살아 있대? 그 친구, 벌써 죽지 않았어? 이따금 우리는 서로의 얼굴을 바라보면서 난감한 표정을 짓는다. 아무리 머리를 쥐어짜봐야 그 친구들 안부를 모르겠으니까.

2월 13일 토요일

정오에 역까지 딸을 데리러 갔다. 어제 팔목 테이핑을 제거했는데 완벽하게 원래대로 돌아왔다. 아직도 팔목이 약간 시큰거리지만 운전대를 못 잡을 정도는 아니다. 다시 말해, 나는 갈수록 좋아지고 있고 물랭까지 가볍게 차를 몰고 나갔다 와도 끄떡없다. 보통은 삼십 분 거리지만 오늘은 한 시간 잡고 출발을 했다. 내 운전은 점점 더 조심스러워진다. 차가 오른쪽이나 왼쪽으로 치우치지 않도록 신경을 많이 쓴다. 나는 속도계와 도로를 번갈아가며 주시한다. 속도를 확인하지 않을 때에는 연료계를 본다. 나는 늘 연료계 바늘이 갑자기 확 내려가지는 않을까, 연료계가 고장 나서 연료가 별로 없는데도 많이 남은 것처럼 보이지는 않을까 걱정한다. 도로 한복판에서 연료가 바닥나는 상황은 상상하기도 싫다. 내가 뭘 할 수 있을까? 다행히 가끔은 휴대전화를 목에 걸고 다니지만, 시골에는 휴대전화가 안 터지는 곳도 있다. 그런데 역까지 가려면 외진 곳도 많이 지나간다. 이죄르까지는 도로 폭이 아주 좁다. 외딴 농가 몇 채, 그리고 도움이 안 되는 젖소들 몇 마리밖에 없다.

전에는 누가 기차를 타고 온다고 하면 주차할 곳을 못 찾을 것 같다는 걱정부터 했다. 그래서 차를 세울 필요가 없게끔 일부러 도착 시각보다 5분 늦게 갔다. 상대에게 미리 말해서 도로 옆 보도까지 나오게 하는 거다. 그러면 차를 그 자리까지 몰고 가서 짐도 그냥 뒷좌석에 넣고 얼른 타라고 한 다음 출발했다. 그럴 때에는 시동조차 끄지 않았다. 지금은 역 옆에 대형 주차장이 마련되어 있기 때문에 아무 문제가 없다.

딸은 작은 가방과 내가 예상치 못했던 아주 거추장스러운 짐 ─그 집 개! ─을 끌고 나타났다. 아니, 개도 데려올 거라고 말을 했어야지! 뭐, 이미 왔으니 할 수 없다. 플랫폼에 세워둘 수는 없으니 개도 내 차에 태워야지. 개를 싫어해서 짜증 내는 게 아니다. 그 개는 고약한 냄새를 풍기는 데다가 아무 데나 털을 날린단 말이다. 내 차가 겉으로 보기엔 좀 낡고 후졌어도 안은 아주 깨끗하다. 내가 개를 트렁크에 실을 수는 없을까 했더니 딸은 괴성을 지르고 질색했다. 그래, 내가 무슨 힘이 있다고. 나는 환기를 시키려고 차창을 열었다. 그러고는 심호흡을 한 번 하고 출발했다.

2월 15일 월요일

오전 9시에 딸내미와 내 집을 흙발로 들쑤시고 다닌 개를 역까지 태워다 줬다. 어제오늘 그런 게 아니지만 개가 또 쓰레기통을 뒤졌다. 내가 타일 바닥에 잼 병을 떨어뜨려서 그 내용물과 유리 파편을 쓰레기통에 버린 적이 있다. 나는 그 녀석이 유리 조각을 삼키지 않았을까 걱정되는데 우리 딸은 크게 염려하는 것 같지 않다. 아무래도 이번이 처음이 아닌가 보다……

날씨는 거지 같아도 주말은 후딱 지나갔다. 토요일 저녁에 기운도 낼 겸 냉동실에서 슈, 펀치, 푸아그라, 두 사람이 후식으로 먹기에 알맞게 남은 오렌지케이크를 꺼냈다. 딸은 밭에서 난 채소를 대충 모아 단맛 나는 식초를 뿌려 샐러드를 만들었다. 기분 좋은 저녁 시간이었다. 딸이나 나나 약간 취했던 것 같다. 일요일엔 오후 내내 비가 왔다. 점심 먹고 서재 방에서 바흐의 「미사 B 단조」를 들으면서 스크래블 게임을 했다. 딸의 휴대전화에서 나오는 음악이 서랍장 위 트랜지스터처럼 생긴 물건을 통해 큰 소리로 나와서 정말 신기했다. 스피커라나! 개는 딸의 발치 양탄자에 누워 있었다. 딸이 개가 비를 맞으면 안 된다고 집 안으로 들여놓았기 때문이다. 비 맞은 개는 보송하니 마른 개보다 더 고약한 악취를 풍겼다. 그래도 나는 아무 말도 하지 못했다.

2월 18일 목요일

질베르트가 이번 겨울이 지나면 집을 떠난다. 우리 앙젤이 화요일에 질베르트 집에 다녀왔는데 그 집 아들들이 그러더란다.

질베르트는 이제 자기 발로 서지도 못하니 혼자 산다는 것이 불가능하다. 씻기, 끼니 챙기기, 외출이 다 큰일이니…… 앙젤이 자주 들여다보고 할 수 있는 데까지 한다 해도 그 집에 상주할 수는 없는 노릇이다. 아들들이 모두 은퇴해서 시간이 많다지만 다들 멀리 사니 힘들어하는 것도 이해가 간다. 아들들이 교대로 돌본다고 해도 안 되는 건 안 되는 거다. 그래서 결정은 이미 났다. 지금 요양원을 찾아보는 중이라고 한다. 질베르트도 동의했다고 한다. 하긴, 그 친구가 달리 무슨 말을 할 수 있겠는가?

앙젤은 그 얘기를 듣고 단단히 화가 났다. 그 집 아들들에게 어머니 돌아가시는 꼴 보고 싶으냐고 했단다. "아주머니 거기

들어가면 일주일도 못 버티세요."

오, 하느님, 앙젤이 한 말대로 되면 어떡하지?

나는 호되게 충격을 받았다. 질베르트가 죽을 날만 기다리는 노인네들과 함께 산다는 생각만 해도……

2월 19일 금요일

평소와 다름없는 하루를 꾸려나가기가 점점 더 힘들어진다. 아침에 일어나는 것부터가 힘들다. 그래서 일단 잠시 앉아서 고개를 가눌 정신이라도 수습해야 한다. 한참 후에야 이불, 시트, 패드를 걷어치우고 침대에서 내려올 생각을 한다. 내 침대는 옛날식이라서 꽤 높기 때문에 침대에 걸터앉으면 발이 방바닥에 닿지 않는다. 그렇기 때문에 매트리스 가장자리에 엉덩이를 걸치고 살살 내려와야만 한다. 점심때까지는 빨리 걷지도 못하겠고 머릿속이 안개 낀 것처럼 흐리멍덩하다. 시간이 갈수록 기운이 조금씩 나고 머리가 맑아지면서 생각이 점차 또렷해진다. 분발해야 한다. 어떻게 해서든 건강하게 버텨야 한다. 자식들이 요양원에 보내야겠다는 생각을 하지 못하도록! 피곤해서 밖에 나가고 싶은 마음이 없을 때에도 무리해서 조금이라도 산책을 한다. 나는 선택의 여지가 없다. 이 나이에 늘 하던 일을 중단하면 그 일은 영영 못하는 거다.

2월 20일 토요일

아침에 "배움과 이해와 나눔의 문화 여행을 통하여 오대륙을 넘나들어보세요"라는 홍보물을 우편으로 받았다. 여행도 하고 교양도 쌓는다는 취지의 프로그램인가 보다. 흥미롭기는 하지만 나 같은 사람에게까지 이런 걸 보내는 건 돈 낭비다. 나 같은 할머니가 대형 유람선을 타고 '세상의 강과 바다를 누비고' 다니거나 '단기 체류를 통해 유럽 문화를 발견하는' 기회를 가질 거라 생각하나? 집 앞 오솔길도 끝까지 갔다가 돌아오려면 힘든 판국에, 중·장년 무리에 끼어서 깃발을 들고 앞장서는 가이드를 따라다닐 생각은 없다. 나는 이제 비시도 한 번 가려면 원정 떠나는 각오가 필요하고 소소한 외출이 모험처럼 느껴진다.

나는 결국 생드니 성당을 보지 못할 것 같다…… 돌아오지 않을 시간을 너무 많이 흘려보냈다.

2월 22일 월요일

닌이 또 입원을 했다. 이번에는 뭘 떼어내야 한다는 말이 없다. 화학 요법 치료를 받으라는 말도 없다. 이제 병원에서 아무 것도 할 수 없다. 어차피 치료는 불가능하니 고통을 덜어주려는 것이다. 우리 모두가 임박했다고 느끼는 그 최후의 고통을.

2월 23일 화요일

오늘 아침엔 안개가 자욱해서 창밖을 내다보아도 내가 이름을 까먹은 큰 나무조차 보이지 않았다. 점심이 지나서야 해가 밖으로 나왔고 나도 그제야 살살 밖에 나가보았다. 평소처럼 오솔길 끝 작은 도로까지 걸어갔다가 왔다. 집에 거의 다 와서 습한 공기 때문에 코를 풀고 싶어졌다. 주머니에서 손수건을 코로 가져가는 순간, 지팡이를 떨어뜨리고 말았다. 나는 잠시 저놈을 주우려다가 물웅덩이에 넘어지는 것 아닌가 싶어 가만히 있었다. 그렇지만 용기를 내어 살살 몸을 구부렸고 무사히 지팡이를 주워 올렸다. 진흙탕에서 지팡이를 건져 올리느라 손이 더러워졌지만 기분은 좋았다. 집에 와서는 현관 옆에 두는 흙 긁개로 장화의 흙을 긁어내고 깔개에 장화 창을 열심히 문질렀다. 숨이 좀 찼다. 나무 궤짝 위에 앉아 잠시 쉬면서 기운을 차렸다. 숨을 돌린 후에 방수 재킷을 벗어 외투걸이에 지팡이와 함께 걸고 주방으로 건너가 따끈한 차를 만들어 마셨다.

그리고 나서는 잠시 침실에 올라가 장화를 벗고 노란색 안락의자에서 소설을 읽었는데 책이 좀 재미가 없었다. 프티피스 선생이 예수에 대해서 썼다는 신간이 빨리 도착했으면 좋겠다.

나는 그 양반이 프랑스 군주들, 독살 사건, 앙리 4세 암살 등을 다룬 책들을 많이 읽었다. 그 책들은 전부 재미있었다. 신간의 도착을 기다리는 이유는, 딸이 지난번에 인터넷으로 주문을 해줬기 때문이다. 요즘 사람들은 컴퓨터로 별의별 것을 다 할 수 있다! 불과 사흘 전에 딸에게 그 책을 사고 싶은데 라팔리스의 신문 가판대 겸 서점이나 마트의 서적 코너에는 없더라고 말했더니 딸은 잠깐만요, 제가 주문해드릴게요, 자, 됐어요, 월요일에 배송된대요, 라고 했다. 나는 물었다. 집으로 갖다준다는 말이니? 딸이 그럼요, 집에서 받아 보실 수 있어요, 라고 했다. 믿기지가 않는다…… 뭐가 이렇게 빠르담……

나는 재미없는 소설을 세 쪽 읽었다. 이미 읽었던 책 같기도 한데 기억이 나지 않는다. 잠시 피곤이 몰려와서 책을 무릎에 내려놓고 눈을 감았다. 눈을 다시 떴을 때에는 저녁이 되어 있었다.

2월 24일 수요일

날이 춥고 습하다 했더니, 올 것이 왔다. 콧물이 줄줄 나고 귀가 먹먹하다. 그렇잖아도 가는귀가 먹었는데 엎친 데 덮친 격이다. 간밤에도 잠을 설쳤다. 숨 쉬기가 힘들어서 베개를 높이고 반쯤 앉은 자세로 자려고 했지만 소용없었다. 텔레비전을 켰지만 코 풀고 기침하기에 바빠서 보는 둥 마는 둥했다. 르네의 큼지막한 손수건을 다 남겨두어서 다행이다. 자작나무 서랍장 세 번째 칸에 잘 빨아서 다려놓은 손수건이 더미로 쌓여 있다. 르네의 줄무늬 잠옷, 팬티, 양말도 거기 있다. 세균 때문에 휴지를 쓰는 편이 더 낫다고 하는데, 나는 가방과 방수 재킷 주머니에 늘 휴대용 크리넥스를 가지고 다니면서도 자꾸 천 손수건을 쓰게 된다.

점심을 먹고 물을 냄비에 끓여 정원에서 딴 타임 몇 잎과 유칼립투스 오일 몇 방울을 떨어뜨렸다. 그다음에 냄비를 주방 식탁으로 가져와 머리를 수건으로 싸매고 고개를 내밀어 증기를 들이마셨다. 10분쯤 뜨거운 증기를 한껏 들이마셨던 것 같다. 코는 좀 뚫렸지만 그럴 때 누가 찾아오지 않아 다행이었다. 콧물은 멈췄지만 땀이 너무 많이 나서 머리칼은 두피에 착 달라붙고 좌약 냄새 같은 것이 진동했기 때문이다.

잠자기 전에 세균을 죽이고 숙면을 도모한다는 뜻에서 그로그*를 한 잔 만들었다. 내가 럼주를 좀 많이 넣었나 보다. 비율을 잘 몰라서 대충 감으로 만들었는데⋯⋯ 난간에 매달리다시피 해서 겨우 침실로 올라왔다. 머리가 지끈거렸고 똑바로 걸을 수도 없었다. 누가 봤으면 고주망태 할망구라고 했을 거다.

---

* 럼주와 물을 반씩 섞은 다음 설탕, 계피, 레몬 등을 넣고 끓여서 뜨겁게 마시는 음료.

2월 25일 목요일

오랜만에 아주 잘 잤다. 총천연색으로 꿈을 꾸었고 중간에 한 번도 깨지 않았다. 앙젤이 아니었으면 아침에 일어나지도 않았을 거다. 9시 정각에 초인종이 울릴 때까지도 나는 자고 있었다. 앙젤은 초인종을 여러 번 눌러야만 했는데 인기척도 없고 덧문도 다 닫혀 있어서 걱정깨나 했을 거다. 나는 창문을 열고 "금방 내려가!"라고 외친 뒤 가운에 실내화 차림으로 문을 열어주러 내려갔다. 앙젤은 이게 무슨 일이냐는 표정으로 나를 바라보았다. 나는 운 나쁘게 코감기에 걸렸다고 설명했다. 나한테서 술 냄새는 나지 않았기를 바란다. 내가 목소리도 잘 안 나오고 하니까 앙젤은 꿀을 넣고 따뜻하게 데운 우유를 한 잔 만들어주겠다고 했다. 고마운 호의를 차마 거절할 수가 없었다. 나는 꿀도 별로고 우유는 정말 싫어하는데…… 앙젤이 앞치마를 걸치고 주방으로 가는 동안 나는 다시 위층으로 올라왔다. 욕실 전신 거울에 비친 내 모습은 말이 아니었다. 가운은 한쪽 자락이 보기 싫게 늘어졌고 다른 쪽 자락은 훤히 벌어져 잠옷이 다 보였다. 서두르느라 단추를 잘못 끼웠던 모양이다. 정신 나간 사람 같은 얼굴하며. 밤새 부어라 마셔라 했다고 해도 믿겠다. 앙젤이 소문이라도 내는 거 아닌가?

앙젤이 일을 끝냈을 때에는 나도 봐줄 만한 모습으로 돌아왔다. 주방에서 깨끗한 냄새가 나고 마룻바닥에서도 왁스 냄새가 났다. 나는 차게 식은 꿀 우유를 싱크대에 버리고 차를 끓인 다음 럼주는 넣지 않고 레몬 조각을 띄웠다. 방수 재킷, 목도리, 장화, 지팡이를 챙겨서 잠시 산책도 했다.

2월 26일 금요일

"우울한 계절, 사랑의 이삭조차 흔들리지 않고, 고랑 속 깊이 잠든 여린 새싹은 보이지 않고…… 우울한 계절…… 어느 계절이런가, 너무 오래가지 않기를……" 우리 아들이 어릴 때 자주 들었고, 나도 참 좋다고 생각한 노래다. 조르주 셀롱이라는 젊고 잘생긴 가수가 부른 노래다. 그 가수가 어떻게 됐는지는 모르지만 어쨌든 이제 젊지는 않을 거다. 요즘은 이런 노래가 잘 없다. 지금은 라디오를 틀어도 아름답다 생각되는 노래를 들을 수 없다. 이 가수가 어떤 개에 대한 노래도 했는데 끝에 가서 개가 죽는 내용이었다. 무척 슬픈 노래였다. 왜 이 아침에 이런 생각이 들까? 끝이 보이지 않는 겨울에 우울해진 걸까? 자연이 깨어날 생각을 하지 않고 꾸물대고 있어서일까? 텅 빈 시골 풍경 때문일까?

2월 28일 일요일

벽시계의 규칙적인 똑딱 소리에 귀를 기울인다. 그 소리 덕분에 그나마 서재 방에서 약간 사람 냄새가 난다. 내 심장과 함께 뛰는 유일한 심장 같아서.

2월 29일 월요일

아침 일찍 투아네트에게 전화를 받았다. 닌이 죽었다. 그 친구는 하느님 곁으로 떠나려고 4년에 한 번밖에 오지 않는 아주 특별한 날을 골랐나 보다.

바보 같지만 맨 처음 든 생각은 '그 집은 어떻게 될까?'였다.

그다음에 든 생각은 '나는 어떻게 될까?'였다.

3월 1일 화요일

차츰차츰, 모두 떠나간다. 벗들의 빈자리는 영영 채워지지 않을 것이다. 누가 내 친구들을 대신할 수 있을까? 나는 이제 새로운 사람을 만나고 싶지 않다. 내가 처음 보는 사람을 붙잡고 무슨 얘기를 한단 말인가?

처음으로 다 공허하고 부질없다는 생각이 든다. 심리적으로 흔들린다. 닌이 벌써 보고 싶다. 질베르트는 요양원으로 떠날 것이다. 투아네트는 늘 빨빨거리고 잘 돌아다닌다. 그 친구는 운전을 겁내지 않아서 영화도 보러 다니고 외식도 하고 사람들 만나서 말도 잘 붙인다. 우리는 아주 먼 길을 함께 걸어왔는데 내가 여섯 살 더 많으니 내가 더 먼저 갈 것 같다. 끝에 다 왔다는 기분이 든다. 투아네트는 전진을 두려워하지 않고 아직 창창한데 나는 점점 느려지고 집에 틀어박힌다. 앞날이 나를 전처럼 끌어당기지 않으니 서두를 이유가 없다. 나에게는 미래보다 추억이 우세해지기 시작했다. 뒤를 돌아보는 편이 더 좋다. 세피아색*과 흑백일 때 이미지는 가장 아름다운 것 같다. 과거는 내 머릿속에서 고운 색을 덧입지만 미래는 어둡고 칙칙해서 그림자밖에 보이지 않는다.

나는 이제 돌아다니고 싶지가 않다. 투아네트가 여기를 가보자, 저기를 가보자 해도 나는 싫다고 하는 경우가 점점 늘어난다. 요즘 투아네트가 나보다 엉덩이가 덜 무거운 이들에게 같이 다니자고 하는 것도 당연하다. 실제로 나는 차를 덜 쓰게 됐고, 먼 곳을 꺼리게 됐으며, 내 운전이 안심되지 않는다. 지난번에 마트에 다녀올 때에는 햇빛이 직통으로 눈에 들어와 아무것도 안 보이는 바람에 당황했다. 전에 조카들한테 다녀오면서 길

---

* 검은색에 가까운 흑갈색.

을 잘못 들었을 때처럼 정신을 수습하느라 잠시 갓길에 차를 세워야만 했다. 솔직히 잉카 문명이나 에스키모에 대한 강연을 들으러 35킬로미터나 이동한다는 건……

아흔한 해가 하루아침에 나에게 떨어진 것처럼 갑자기 확 늙은 기분이 든다. 괜히 해보는 말이 아니다. 이제 사람들은 나를 실제보다 열 살 어리게 보지 않는다. 내가 청력이 많이 떨어졌다는 점도 감안해야 한다. 다시 말해달라는 말은 한 번 이상 하지 않으려고 애쓴다. 내가 못 알아들었어도 자꾸 물어보면 상대는 짜증이 날 테니 어쩔 수 없다. 고개를 끄덕이면서 알았다는 시늉을 해도 소용없다. 가끔 내가 실수를 하면 사람들은 나를 보면서 너그럽게 미소 짓는다. 이제 나를 부르는 곳도 별로 없다…… 전에는 나보다 몇 살 어린 사람들하고 재미있게 잘 지냈는데 이제 그들은 자기들보다 조금 어린 사람들과 주로 어울린다. 그래서 이제 그 무리는 나와 나이 차가 너무 많이 난다. 그들은 아마 "쟌도 이제 확 꺾였어……"라고 하겠지. 그런 생각을 하면 마음이 아프지만 사실이 사실이니만큼 그들을 원망할 수는 없다……

나의 쇠락을 좀 늦춰볼까 해서 얼마 전부터 보청기 생각도 하고 있다. 요즘은 그런 물건도 눈에 잘 띄지 않게 잘 만든다. 앙리가 착용했던 커다란 베이지색 보청기는 플라스틱 피리 비슷했고 그의 귀를 유독 커 보이게 했다. 뒤에서 보면 침팬지가 따로 없었다. 정보를 구해봐야겠다. 라팔리스 종합 병원에서 도움을 받을 수 있겠지. 그쪽에서 비시의 큰 병원으로 가라고 하면 어쩐다…… 그리고 잘은 모르지만 보청기가 꼭 잘 맞으라는 법도 없는 것 같다. 게다가 쉽게 망가지는가 보다. 드니즈가 지난 가을에 보청기를 맞췄는데 그 이후로 계속 뭐가 안 맞는다고 한다. 비 오는 날 보청기에 물이 들어갈까 봐 밖에 한 발자국도 못 나간 적도 있다나……

3월 3일 목요일

아침에 우체부가 우리 딸이 보낸 엽서를 주고 갔다. 새파란 하늘을 배경으로 한 새하얀 설산. 딸의 서명 아래 사위와 손자들이 몇 줄을 더 썼다. 자기들은 방학을 잘 보내고 있으며 나에게 마음을 담아 인사를 보낸다고 한다.

해마다 겨울 방학이 되면 그 집 식구들은 한 주 정도 동계스포츠를 즐기러 간다. 고층 건물이 많고 나무 한 그루 보기 힘들어 경치도 별로인 곳으로. 거기서는 도처에 리프트와 케이블카가 있어서 그걸 타고 이동을 한다. 산은 보이지 않아도 상관없다. 나는 돈 주고 가라고 해도 그런 데는 가지 않을 것 같다.

옛날 일이 생각난다. 딸에게 신선한 공기를 느끼게 해주고 싶어서 몽도르에서 일주일을 보냈다. 몽도르는 비시에서 두 시간 거리에 있는 작은 스키장이다. 르네는 직장 일 때문에 우리를 거기까지 태워다 주고 돌아갔다. 그리고 일주일 후에 우리 모녀를 데리러 왔다.

퓌드돔에서도 한참 외진 그곳은 날씨가 좋은 날이 거의 없었다. 르네가 한 치 앞도 안 보이는 눈보라 속에서 방향을 확인하려고 차에서 내려 주위를 살피던 모습이 눈에 선하다.

그 겨울 방학에 대한 기억이라고는 추위, 바람, 비, 지루한 시간, 그리고 내가 스키화를 신겨줄 때부터 징징대는 꼬맹이들의 스키 교실에 들어가는 순간까지 계속해서 화내고 떼쓰던 딸의 모습뿐이다. 나는 딸의 스키 강습이 끝날 때까지 호텔에 돌아갔다가 다시 나올 시간 여유가 없었다. 그래서 춥고 바람 부는 스키장을 배회해야만 했고 방한화를 신은 발조차 꽁꽁 얼어붙었다. 더는 못 견디겠다 싶으면 당시 그 스키장에 딱 하나 있던 카페에 들어가 뜨거운 차를 주문했다. 말이 좋아 카페였지, 아침 댓바람부터 술을 찾는 남자들이 가는 선술집이었다. 그다음에는 스키복이 다 젖어 추위에 새파랗게 질린 딸을 데리러 갔다. 딸은 콧물을 질질 흘리면서 또 나에게 분노를 쏟아냈다. 강사가 싫다, 다른 아이들도 다 꼴 보기 싫다, 스키 타기 싫다, 두 번 다시 스키 교실에 가지 않겠다…… 나는 딸을 위해서라면 뭐든지 했다. 나처럼 착한 엄마도 없었을 거다.

걔가 언제부터 화를 주체하지 못해서 소리를 지르고 발을 구르며 난리를 피웠는지 모르겠다. 비시에 살 때에는 아래층에 사는 아메즈 씨가 시끄럽다고 올라올까 봐 조마조마할 때도 있

었다. 우리 딸은 어르거나 볼기짝을 때린다고 말을 듣는 아이
가 아니었다. 나는 결코 딸을 이길 수 없었고, 결국은 컵에 든
물을 애 얼굴에 홱 부어버리고는 내가 먼저 울어버렸다.

딸은 학교생활도 원만하지가 않았다. 딸은 온 세상과 싸우기
로 작정한 애 같았고 담임 교사는 그 애가 성미가 까다롭고
버릇이 없다고 했다. 딸은 단짝 친구를 자주 갈아치웠고 결국
그 애가 신의를 지키는 사람은 나밖에 안 남았다. 여름 방학에
는 친구를 사귀라고 한 달간 여름 캠프에 보냈다. 출발할 때에
는 그 애도 다른 여자애들과 어울려 플랫폼에서 재잘재잘 수
다를 떨고 있었다. 돌아올 때에는 우리 딸만 저만치 떨어져 혼
자 짐 가방과 함께 서 있었다. 그 애는 모두와 사이가 틀어졌
던 것이다.

3월 4일 금요일

걱정이 된다. 올해는 정원사도 없이 화단을 어떻게 건사한다?
벌써 3월 초인데 아무 대책이 없다. 어제 앙젤에게 이런 얘기를
했더니 꽃을 잘 아는 앙젤은 팬지 말고 베고니아를 심으라고 했
다. 베고니아는 다람쥐가 먹지 않을 뿐 아니라 색이 고와서 관상
용으로도 퍽 좋다는 것이다. 하지만 베고니아를 심으려면 좀 더
기다려야 한다. 베고니아는 다람쥐 걱정은 하지 않아도 되지만

추위에는 몹시 약하다. 그래서 얼음의 성인들(Ice Saints)인 성 마메르투스 축일(5월 11일), 성 판크라티우스 축일(5월 12일), 성 세르바티우스 축일(5월 13일)이 지나고 나서 심어야 한다. 시골에서는 절기를 잘 지키기 때문에 얼음의 성인들 축일이 지나기 전까지는 아무것도 심지 않는다. 요즘 달력엔 얼음의 성인들 축일 표시가 없다. 지금 사람들은 5월 11일, 12일, 13일이 성 에스텔라, 성 아킬리우스, 성 롤란드 축일인 줄 안다. 희한한 노릇이다……왜 바꾸지 않아도 될 것을 바꾸어 늘 헷갈리게 하는지? 성 마메르투스 축일은 적어도 의미가 있다. 주님승천대축일을 앞두고 사흘간 재앙을 피하기 위한 속죄의 기간을 마련한 성인이 바로 성 마메르투스이기 때문이다. 당시에는 연중 이 시기에 가장 두려워할 만한 재앙이 바로 냉해(冷害)였다. 나는 에스텔라가 무슨 일을 했는지 모르지만 어쨌든 농사와는 상관이 없을 것이다. 그래도 호기심이 나서 성 에스텔라에 대해서 찾아보기는 했다. 이 가엾은 성녀는 아버지 손에 죽임을 당했을 뿐 아니라 도끼로 머리를 잘리기까지 했다고 한다!

아무튼, 어느 성인의 날이 됐든 간에, 알록달록 꽃이 고운 화단을 보려면 5월 중순까지 기다려야 한다. 베고니아는 팬지와 달리 꽃이 없는 상태에서 심어놓고 꽃이 피기를 기다려야 한다. 앙젤은 심어놓기만 하면 금세 꽃이 핀다고 자신만만하게 말했다. 자기 집에도 베고니아를 심어서 잘 안다나. 베고니아는 여름내 꽃을 볼 수 있고 가을에 첫서리가 내리기 전에 구근을 거뒀다가 다음 해에 다시 심는다. 그래서 해마다 새로 꽃모종을 주문할 필요도 없다. 듣던 중 반가운 소리다.

3월 7일 월요일

애들이 조금 전에 올라갔다. 공증받을 일이 있어서 당일치기로 내려왔다 간 것이다. 내가 천년만년 살 것도 아니니 뒷일을 잘 준비해야지. 아들과 딸은 이 집을 공동 명의로 계속 가지고 있기로 했다. 행여나 애들이 사이가 틀어져 집을 팔아버릴까 봐 걱정했던 터라 마음이 놓인다. 잠깐이지만 애들이 있다가 가니 좋았다. 이제 아들딸은 부활절 휴가 때 손주, 증손주 들을 데리고 내려올 거다. 채 한 달도 안 남았으니 시간이 별로 없다. 내일부터 식전주에 곁들일 슈를 구워야겠다. 평소처럼 투명 비닐에 싸서 냉동실에 쟁여두어야지. 이제 보물찾기의 시작을 알릴 종은 없지만 애들을 위해 초콜릿도 사두어야겠다. 크리스마스 때 그 종이 떨어지는 바람에 손자가 하마터면 다칠 뻔했다. 황동주물 종이어서 무게가 꽤 나가는데…… 그놈을 다시 매달아줄 사람을 못 구했다. 아무나 대충 할 수 있는 일이 아니다. 묵직한 종이라서 아주 견고하게 달아놓지 않으면 안 된다. 아무리 그래도 자기 집에서 종이 머리에 떨어져 죽는 건 바보 같지 않나.

3월 8일 화요일

이런! 종자 구매를 까맣게 잊고 있었다. 정원사가 우리 집에 발길을 끊은 후로 정말이지 되는 일이 없다. 늘 정원사와 먼저 상의를 하고 나서 종자를 사러 가곤 했다. 보통은 2월부터 준비한다. 나중에 가면 구매자가 너무 많아서 고르지도 못하고 아무거나 사야 하기 때문이다. 나는 풋강낭콩은 꼭 산다. 쟁쟁한 후보들 중에서 내가 제일 좋아하는 거니까. 호박, 당근, 파도 산다. 전에는 완두, 아티초크, 무, 레드비트, 그 밖에도 여러 작물을 심었지만 이제 포기했다. 밭에 뭘 너무 많이 심으면 내가 다 거둬들이지도 못하고 어차피 다 먹지도 못한다. 그리고 아티초크는 제대로 재배되지 않을 때가 많고, 무는 너무 빨리 자라서 쉽게 상해버리고, 레드비트는 자꾸 돌이 씹혀서 치아가 상할 뻔했다. 완두콩의 경우, 보름 내에 수확을 해야 한다. 그 시기를 놓치면 쇠구슬처럼 단단해진다. 내가 다 거둬들일 수가 없어서 먹지도 못하고 다 버렸다.

이제 2주만 있으면 봄인데 아직 아무것도 사놓지 않았다. 누가 밭을 고르고 씨를 심어줄지, 그것도 대책이 없다. 페르낭에게 부탁할 수 없게 된 지는 이미 오래고 이제 나에게는 아무도 없다. 앙젤의 남편을 부를 수 있다면 좋겠는데 목요일에 만나는 대로 다시 얘기를 해봐야겠다……

3월 9일 수요일

질베르트와 방금 통화를 했다. 앙젤이 우울증이 심해서 일을 그만두기로 했다나! 남편이 어린 여자와 바람났다는 사실을 알게 됐다니 정말 큰일이다. 앙젤이 돌아올 때까지 다른 사람을 구해야 한다. 그 이유는…… 이제 접골사도 힘을 쓸 수 없을 것 같아서다. 앙젤의 허리를 고쳐줬던 접골사가 남편까지 되돌려놓지는 못할 테니까.

마리데 부인에게 편지를 써야겠다. 이번에는 아마 자기가 오지 않고 사람을 정해줄 것이다. 하지만 당장 내일 일은 될 대로 되라고 할 수밖에.

3월 10일 목요일

오늘 아침에 이를 닦는데 송곳니가 흔들리는 느낌이 들었다. 빌어먹을. 아흔한 살에도 이가 다 남아 있다는 사실은 나의 자랑거리였다. 텔레비전에서 가끔 보이는 이 빠진 노인네들과 나는 다르다고 뻐겼건만! 게다가 이 상악 우측 송곳니는 내가 각별히 생각하는 분홍색 치아다. 이 송곳니는 색깔만 유별난 게 아니라 덧니 비슷하게 왼쪽 치아와 살짝 겹쳐 났다. 청소년기부터 내처 이랬다.

나는 열두 살 때 치열이 아주 삐뚤빼뚤했다. 그래서 치과에 가서 흉측스러운 교정기를 달아야 했다. 밤낮으로 그 물건을 이에 끼우고 살아야 했는데 아프기도 더럽게 아픈 데다가 사람을 정말 못나 보이게 했다. 고문 같은 몇 달을 보내자 송곳니만 들어가면 치열이 대략 잡힐 듯했다. 방학이 끝나갈 즈음 파라메에 사는 할아버지 할머니 댁에 갔다. 그놈의 교정기 때문에 나의 여름 방학은 죽을 맛이었다. 나는 내 멋대로 이제 교정기를 떼어도 되겠다, 그만하면 오래 끼고 있었다, 라고 판단했다. 그래서 여행 둘째 날, 부모님의 눈을 피해 교정기를 바위틈에 버렸다. 그러고 나서 교정기를 잃어버렸다고 거짓말을 했다. 그럴싸한 거짓말도 아니었고 어차피 부모님이 믿어주지도 않았다. 나는 아버지에게 된통 혼이 났다. 아버지는 새로 교정기를 맞춰주지 않을 거라고, 죽을 때까지 들쭉날쭉한 치열로 살아도 할 수 없다고 했다. 나는 그래도 상관없었다.

내 치열이 들쭉날쭉하지는 않다. 그때 교정기로 얼추 맞춰진 치열은 잘 유지되었고 분홍색 송곳니만 좀 튀어 보였다. 나는 내 송곳니가 부끄럽기는커녕 오히려 자랑스러웠다. 아버지가 "그것 봐라, 네가 교정기만 잃어버리지 않았어도……"라고 할 때마다 나는 내 분홍색 송곳니가 좋다고, 적어도 사람들이 그 이는 눈여겨봐준다고 당돌하게 받아쳤다. 허구한 날 큰소리를 치다 보니 나 자신도 정말로 그렇게 믿게 됐다. 사팔뜨기가 시선이 비스듬하다면, 나는 입 속에 비스듬히 난 치아가 있을 뿐이다. 다만, 사팔뜨기는 고칠 수 없지만 내 송곳니는 빠질 수도 있다. 이 나이에 이빨요정에게 새 이를 선물받을 리는 없고 한 번 빠지면 그걸로 끝인 거다.

3월 12일 토요일

동생이 전화로 심장에 문제가 있다는 둥, 팔을 못 쓰겠다는 둥, 걸음을 못 걷는다는 둥 우는 소리를 어찌나 하던지…… 귀에서 불이 나는 것 같아서 잠시 수화기를 귀에서 떼고 있어야 했다.

오늘은 나도 피곤하다. 피로에 권태까지 떠안고 싶지 않아서 도피한다. 세월에 퇴색되지 않은 곳, 걱정 없는 아이의 목소리와 웃음소리와 장난이 가득한 곳으로 도망간다. 오른쪽 귓구멍으로 동생의 독백이 흘러들어오는 동안, 내 생각은 다른 곳에 가 있다.

나는 쪼그라든 말, 뒤틀리고 무너져내린 언어를 듣고 싶지 않다. 쭈뼛쭈뼛 나를 힘들게 하면서 끝날 줄 모르는 이 이야기가 싫다. 상처도, 고통도, 의존적인 삶도 더는 알고 싶지 않다. 그래서 오랫동안 함께 걸어온 이 길에서, 나는 뒤돌아선다. 나는 동생과 내가 출발한 그곳으로 돌아간다. 예전의 시간으로, 흐르는 세월이 아프지 않았던 때로. 주프루아 거리의 우리 집에서 동생 방과 내 방은 나란히 붙어 있었다. 우리는 벽을 똑똑 두드려 서로 신호를 보내곤 했다. 파라메의 할아버지 할머니 댁에서 나는 동생을 외바퀴 손수레에 태우고 전속력으로 정원을 달렸다. 동생은 하마터면 떨어질 뻔했지만 좋다고 깔깔댔다. 파라메에서 동생은 낚시광 사촌형과 놀러 나갔다가 낚싯바늘에 찔려서 급히 빌라로 돌아와야 했다. 사촌형은 낚싯대를 들고 앞장서고 내 동생은 입술에 피를 철철 흘리면서 그 뒤를 따라왔다. 그 모습이 낚싯줄에 매달린 피투성이 피라미를 보는 듯했다. 내가 밀치는 바람에 동생이 달걀반숙을 먹다가 컵에 코를 찧고 엉엉 우는 소리가 지금도 생생하게 들린다.

동생의 성난 음성이 귓전을 때리지 않았다면 나는 더 먼 옛날까지 거슬러 올라갈 수도 있었을 것이다. 어느 날 저녁 어머니가 출산을 한 침실에서 가냘프게 울던 갓난아기를 처음 본 순간까지 말이다. 그때 내 입에서 튀어나온 말은 "이게 내 동생이라고요? 우웩!"이 다였다.

잊고 싶은 현실로 나를 갑자기 되돌려놓은 것은 어릴 적 동생의 울음소리가 아니라 이미 노인이 된 동생의 성난 음성이다. 내가 제대로 듣고 있지 않다는 것을 알고는 나보고 무관심하다고 비난을 한다. 나보고 팔다리 성하고 아픈 데 없이 살아서 좋겠다고, 자기와 멀리 떨어져 그렇게 사는 것도 복이라고 퍼붓는다. 동생은 이해하지 못하고 있다. 내가 동생의 말을 듣고 있지 않던 그 모든 순간에도 나는 동생과 함께였다.

3월 13일 일요일

달력상으로는 봄이 일주일 남았다. 올해는 3월 20일이 부활절을 앞둔 마지막 일요일이다. 다시 말해, 그날은 성지주일이다. 성(聖)주간*과 함께 봄이 시작된다. 해마다 그랬듯이 장미 화단 옆에서 회양목 가지를 전지가위로 잘라내어 성지(聖枝)를 준비하고 미사에 갈 것이다. 미사에서 돌아오면 성지는 침대 위 십자고상(十字苦像)에 꽂아둔다.

죽을 확률이 높은 시기도 이제 18일밖에 남지 않았다. 내가 하는 말이 아니라 《피가로》 건강 섹션에서 읽었다. 12월에서 3월까지가 사망자가 제일 많은 시기라고 한다. 특히 1월에 죽는 사람이 많다고 한다. 올해도 1월은 비록 내 목숨을 앗아가지는 않았지만 두 주 동안 세 번의 장례식에 가야 했다. 물론 4월에서 11월 사이에도 사람이 죽지 말라는 법은 없다. 그래도 그때까지 버텨야 한다…… 더욱이 올 겨울은 순순히 물러가지 않을 기미다. 2월 말에 서리가 많이 내려서 그런가, 봄기운을 좀체 느낄 수 없다. 산울타리는 이파리 하나 없는 것이 시커멓게 죽어버린 것처럼 보인다. 날은 제법 길어졌지만 공기는 여전히 차다. 오늘 아침에 집 밖 온도계를 확인해보니 겨우 영상 6도였다. 난방도 계속 돌리기 때문에 기름값이 많이 나오게 생

---

* 예수의 수난과 부활을 기념하는 부활 축일 전의 일주일.

겼다. 성지주일인 다음 주 일요일에는 바람이 잦아들었으면 좋겠다. "성지주일에 부는 바람은 쉬이 바뀌지 않는다."라는 말도 있지 않은가……

오솔길에 늘어선 라일락나무에 새순이 돋지 않았는지 쭉 훑어보았다. 지금쯤이면 나무에 군데군데 움이 트고 연둣빛이 보여야 한다. 하지만 라일락나무들은 오늘도 굳게 다물어져 있다. 애처로운 진흙투성이 밭의 과실수들도 여전히 칙칙해 보인다. 으레 맨 먼저 꽃을 피우는 살구나무조차 요지부동이다. 밭 초입 복숭아나무들 옆에서 자라는 무화과나무가 꼭 해골 같다.

이 겨울은 참 길기도 하다. 겨울이 끝나는 날이 오기는 할까?

3월 14일 월요일

올 것이 왔다. 질베르트가 집을 떠났다. 아들이 여기서 15킬로미터 떨어진 잘리니쉬르베스브르로 데려갔다. 매년 크리스마스 직전에 칠면조 시장이 열리는 곳이다. 요양원 입소가 확정될 때까지 당분간 레지던스에서 지낼 거라고 한다. 앙젤은 질베르트가 요양원에 가면 오래 못 살 거라고 말하지만 말이다.

차 마실 시각에 맞춰 질베르트를 만나고 왔다. 질베르트는 욕실과 편의 시설이 잘 갖춰진 좋은 방에서 지내고 있었다. 작은 서랍장 위에는 사진 액자들이 놓여 있었다. 남편, 아이들,

손주들, 그리고 먹음직스러운 붉은 가재 요리와 나란히 놓인 샴페인 잔, 그동안 살던 집. 창문이 정원을 향해 활짝 열려 있었다. 밖에는 세련된 느낌의 탁자와 의자가 목재 테라스에 놓여 있었고 입주자들은 베이지색 파라솔 아래서 간단한 식사도 할 수 있었다.

레지던스는 완전히 새 건물이었다. 노인들을 일정 기간 받아주는 시설인데 체류 기간은 최대 3개월이라고 한다. 글쎄, 피눈물을 흘리며 떠나온 자기 집과 일단 들어가면 살아서는 못 나올 요양원 사이의 완충 지대라고나 할까.

질베르트는 부활절에 잠시 나왔다 들어가서 5월 말까지 레지던스에서 지낼 예정이다. 레지던스는 자기 집이 아니다. 자기 집이 아닌 곳에 익숙해지게 하려고 일부러 여기서 지내게 하는 것이다. 그다음에는 자식들이 교대로 초여름까지 질베르트를 돌볼 거라고 한다. 어차피 집 안의 물건을 하나하나 치우고 버릴 시간도 필요할 테고. 그러고 나서 성 페르낭 축일인 6월 27일에 질베르트는 동종 요양원에 들어간다. 앙젤이 했던 말이 똥에 꾀는 파리처럼 자꾸 내 머릿속을 어지럽게 맴돌아 미치겠다.

질베르트는 중국차를 마시면서 나에게 이러한 향후 일정을 말해줬다. 그 친구는 불평하지 않았고 속상해하지도 않았다. 아니면 그저 내색을 하지 않았을 거다. 문 옆 미니바 냉장고는 샴페인 한 병, 하프보틀 백포도주 세 병으로 꽉 차서 아무것도 더 넣을 수 없었다.

3월 15일 화요일

페르낭도 내 곁을 떠난다. 몽콩브루에 들어갈 곳을 알아두었다고 한다. 마르셀이 떠난 이후로 페르낭은 하염없이 시들어갔다. 그 집 스쿠터가 2CV와 나란히 차고에서 먼지만 뒤집어쓰고 있은 지가 한참 됐다. 페르낭의 손바닥만 한 텃밭은 잡초들이 다 차지했다. 이제 거기서는 토마토도, 풋강낭콩도, 감자도 나지 않을 것이다. 인생의 또 한 페이지가 넘어간다.

3월 16일 수요일

이런 식으로 가다가는 운전하는 사람도 나 하나밖에 남지 않겠다! 몇 달 전에 프랑세트가 차를 몰고 집을 나섰다가 차를 도랑에 처박았다. 어떻게 빠져나왔는지는 잘 모르겠지만…… 결과적으로 그 친구는 운전을 그만뒀다. 자식들이 위험하다고 못하게 했다. 차를 폐차시켰기 때문에 이제 하고 싶어도 못할 거다. 그리고 지난주에는 투아네트가 운전을 그만뒀다! 투아네트가 모는 차를 타면 차가 좌측으로 심하게 치우쳐 겁이 났는데 이번에는 엉뚱하게도 차가 오른쪽 도랑으로 굴러떨어졌단다. 이게 무슨 일이람. 천만다행으로 투아네트는 조금도 다치지 않았다. 하지만 차는 못 쓰게 되어버렸고 투아네트는 굉장히 놀랐던 모양이다. 그 친구는 놀란 가슴을 진정시킬 겸, 파리에 사는 아들네에서 며칠 지내다 오기로 했다. 새 차를 살 생각도 하고 있기는 한데 보험이 걱정이란다. 여든다섯 살에다가 사고까지 냈으니 보험사에서 받아주지 않을까 봐 걱정할 만도 하다.

딸은 내가 차를 너무 빨리 몰고 우측 쏠림이 심하다고 지적한다. 문제는 그게 내 운전 때문이 아니라는 거다. 내 차 자체에 급발진하는 경향이 있다. 어쨌거나 나도 꽤 조심을 한다. 차가 어느 한쪽으로 쏠리지 않게, 가급적 천천히 몰려고 노력한다. 속도계를 수시로 보면서 너무 빠르다 싶으면 액셀러레이터에서 발을 뗀다.

3월 17일 목요일

늦은 시각이다. 자정이 다 됐는데 조금 전에 텔레비전을 껐다. 반쯤 졸면서 20세기 초에 코트다쥐르에 체류했던 위대한 미국 작가 두 사람을 다룬 프로그램을 보았다. 5번 채널이었다. 나는 비몽사몽간에 쥐앙레팽*의 그 시절 풍경을 담은 영상을 보았다. 1920년대에 찍은 것 같은데 내가 어릴 적에 부모님과 남동생이랑 여행 갔을 때와 크게 다르지 않았다. 쉬잔 고모는

---

* 프랑스 남부 코트다쥐르의 휴양지.

바닷가 맞은편 소나무 숲속에 '라 지렐(La Girelle)'이라는 조그만 호텔을 운영했다. 고모가 사업 감각이 없었던 탓에 호텔은 얼마 못 가 도산했다. 우리 남매는 그 호텔 객실에서 어떤 여자아이와 함께 침대머리 탁자를 재미난 장난감 삼아 노는 법을 발견했다. 탁자를 옆으로 눕히면 자동차 놀이를 할 수 있었다. 우리를 늘 졸졸 쫓아다니던 남동생도 그때는 어엿하게 한몫했다. 우리는 동생에게 운전사 역을 맡기고 요강을 운전석이라고 하면서 약간 억지로 거기에 앉혀놓았다. 그다음에는 그 괴상한 장치를 마룻바닥 위로 '달리게' 하면서 미친 듯이 킬킬댔다. 나중에 동생을 요강에서 일으키려다가 사달이 났다. 우리는 있는 힘껏 동생을 잡아당겼지만 동생의 엉덩이는 요강에 단단히 박혀서 꿈쩍도 하지 않았다. 동생은 울고불고 난리가 났고 결국 아버지가 달려와서 해결을 했다. 그 일로 나는 볼기짝을 맞았다. 내가 여섯 살인가 일곱 살인가 그랬을 거다…… 동생은 아직 기어 다닐 때였으니 기억도 못 할 거다.

3월 18일 금요일

문서를 좀 정리해야겠다. 이런저런 종이들이 사방에 흩어져 있다. 내가 죽으면 애들은 아무것도 못 찾을 것이다. 르네가 죽었을 때에도 중요한 서류들을 찾느라 온 집을 뒤집어엎다시피

했다. 평소에는 생각도 하지 않고 살다가 정작 그럴 때가 되면 필요한 것들이 얼마나 많은지. 그런 서류는 내 소관이 아니고 어디 있는지조차 모른다. 은행, 보험, 공증, 세무, 그 외 뭐가 뭔지 모를 골치 아픈 서류는 전부 아들이 관리하고 분류하고 정리한다. 내 문서라고 함은 나의 여닫이 책상 서랍, 서랍장, 서재 책상, 창가의 수납장, 열쇠로만 열 수 있는 궤짝 등에 따로 고이 숨겨놓은 하얀 봉투들을 말한다. 그 봉투들 속에는 내가 그때 그때 생각나는 대로 적어놓은 유언 비슷한 편지가 있다. 아, 유언이라기에는 정말 대단치 않지만…… 나의 진주목걸이는 손녀 누구에게 주고, 약혼반지와 금팔찌는 딸에게 주고, 가문의 방패휘장이 새겨진 반지는 또 다른 손녀에게 주고, 내가 어머니에게 물려받은 반지는 증손녀 누구에게 주고, 금목걸이는 며느리에게 주려고 한다. 그러다 가끔 마음이 바뀌어 내용을 수정한 편지를 새 종이에 정서하곤 한다. 떠나야 할 사람이라면 매사를 깔끔하고 얌전하게 정돈해두는 것이 중요하다.

아들과 딸 앞으로도 내가 세상을 떠난 후에 싸우지 말라고 간청하는 편지를 썼다. 솔직히 내가 이런다고 남매 사이가 달라질까 싶지만 아이들이 이 집 때문에 싸울지도 모른다 생각하면 속상하다. 사람마다 취향과 욕망이 다른 법이니 이 사람의 결정이 저 사람의 추억을 훼손할 수도 있다. 무심코 베어버린 나무 한 그루가 비극을 부른다. 수풀 하나를 밀면서 누군가의 어린 시절마저 밀어버릴 수 있다. 커튼 하나 바꾸는 것도 중대 사안이 되고, 방 하나 개조하겠다고 나섰다가 싸움이 난다. 아들과 딸은 무려 열다섯 살 터울이기 때문에 더욱더 서로 마음 맞추기가 쉽지 않다. 각자가 보내는 인생의 단계가 다르고 각자가 생각하는 우선순위가 다르다. 남매가 같이 있을 때 서로 긴장하는 게 보인다. 그 애들 입에서 튀어나온 모질고 못된 말이 내 머릿속에 얼마나 충격을 주었던지, 그럴 때면 귀를 틀어막고 몸부림쳤지만 결국 내 눈에서 피눈물이 흘렀다. 아들과 딸이 서로 부딪힐 때에는 나의 눈물만이 그 애들을 진정시킬 수 있는 것 같다. 할 수만 있다면 눈물로 축축해진 편지를 남기고 싶다. 하지만 내가 죽고 나면 눈물은 다 말라붙고 약간의 소금기만 남아 있겠지.

그리고 최근 들어 생각한 바가 있어서 새 봉투를 하나 꺼내어 십자가 표시를 했다. 아이들도 이 표시를 보면 바로 알아차리겠지. 나는 예쁜 글씨체로 '나의 장례를 위하여'라고 썼다. 나는 베르의 작은 로마네스크식 교회에서 소박하게 장례를 치러주기를 원한다. 그 교회는 르네의 장례를 치른 곳이자 우리 딸이 혼례를 올린 곳이다. 음악은 모차르트의 「레퀴엠」이나 포레의 「파반」을 적당히 발췌해 들려주면 좋겠다. 성가는 적어도 내가 아는 곡이었으면 좋겠다. 혹시 아나, 내가 하늘나라에서 함께 부를 수 있을지…… 「주님은 나의 목자」면 좋을 것 같다. 마지막으로, 손주나 증손주 중 한 명이 내가 매우 감명 깊게 들었던 글을 낭독해주면 좋겠다. 내가 그때 대충 메모를 해놓왔더니 딸이 인터넷으로 정확한 원문을 찾아줬다. 나는 어느 날 저녁에 깃털 펜에 군청색 잉크를 묻혀서 그 글을 모조지에 공들여 정서했다. 그 글이 나의 유지가 될 것이다. 장례 미사를 마무리하면서 나에게 성수를 뿌리는 바로 그때 낭독을 해주기 바란다.

아직 볼 것도 있고 할 일도 있지만
나 이제 떠나니 보내주세요.
나의 길은 여기가 끝이 아니거든요.
눈물로 나를 붙잡지 말고
우리가 함께한 세월을 기뻐해주세요.
그대들을 사랑했습니다.
그대들로 인하여 내가 얼마나 행복했는지
과연 짐작이나 할까요.
그대들이 보여준 사랑에 감사합니다.
그러나 이제 나는 내 길로 가야 할 때가 되었네요.
그대들이 꼭 울어야겠거든, 잠시만 울어주세요.
그러고 나서는 슬픔 대신 기쁨을 품어주세요.
우리는 잠시 헤어지는 것일 뿐이니까요. (……)
나는 멀리 있지 않을 거예요. 생은 계속되니까요.
내가 필요하거든 불러주세요. 내가 올게요.
볼 수 없고 만질 수 없어도 나는 그대 곁에 있을 거예요.

마음으로 들을 수만 있다면

정답고도 분명한 이 사랑을 바로 옆에서 느낄 수 있어요.

그러다가 그대도 여기 올 때가 되거든

나, 환한 미소로 마중 나가

"우리 집에 잘 왔어요."라고 말할게요.

3월 19일 토요일

내일부터 봄이다. 마침내 다 지나왔다. 강 너머, 다시 소생하는 삶의 지대가 보인다. 내일이다. 그래도 수평선은 여전히 부옇고 멀게만 보이리라. 너울을 뒤집어쓴 것처럼 색깔이 흐릿하고 빛은 희끄무레하다. 내가 저 끝까지 갈 수 있을까? 내 걸음은 느리고 나는 너무 지쳤다.

오늘은 산책도 하지 않았다. 날씨가 변하려고 그러는지 몸이 영 좋지 않았다. 날이 풀리려는가 보다.

일찌감치 잠자리에 들었다. 저녁도 먹지 않았다. 배고픈 걸 모르겠다. 성당에 가려면 일찍 일어나야 한다. 회양목 가지도 마련해서 물컵에 꽂아두었다. 사제가 신도들 사이를 지나며 성수를 뿌릴 때 보기 좋게 들 수 있도록 말이다. 내일부터 성주간이 시작된다. 사제는 부활절의 신비를 기념하리라. 여러 사람이 수난의 복음을 강독할 것이다. 성당에서 강독자들을 잘 뽑았기를 바란다. 성지주일에는 미사 시간에 말씀을 길게 강독한다. 나는 너무 피곤하면 중간에 앉을 생각이다. 내 나이가 되면 복음서 말씀도 앉아서 들을 권리가 있다. 그래도 끝까지 귀 기울여 들을 것이다. 강독이 길어지면 지치기도 하지만 또렷한 발음과 어조로 낭독하는 말씀에 내 마음이 움직인다. 나는 어린아이처럼 말씀에 귀 기울일 것이다. 우리 어머니가 밤마다 들려주시던 신기하고 무서운 이야기에 귀 기울였던 것처럼.

내일, 그리스도는 예루살렘에 입성하고 사람들은 종려나무 가지를 들고 환호하며 자기네 옷을 벗어 그분이 가는 길에 깔아드릴 것이다. 그 후에 그리스도는 사형 선고를 받고, 골고다 언덕을 오르다 세 번 넘어질 것이며, 십자가에 못 박혔다가 사흘 만에 가지처럼 부활하리라. 이 모든 것이 미사 안에 있다. 부활은 푸르른 종려나무와 마찬가지로 우리네 영생을 미리 나타내 보인다고 한다. 죽음은 우리 생의 끝이 아니다. 죽음 이후가 어떠한가를 아는 것은 또 다른 문제지만……

어쨌든, 요즘 사람들에게 이런 말은 별로 와닿지 않을 것이다. 이제 사람들은 아무것도 믿지 않는다. 한번 믿어보려는 생각조차 없고, 관심도 없다. 그들이 대문자 P로 시작하는 '수난(Passion)'에 대해서 무엇을 알까? 성주간, 십자가의 길, 14처*를

---

* 십자가의 길. 가톨릭에서, 예수가 사형 선고를 받은 후 십자가를 메고 골고다까지 가서 십자가에 못 박혀 죽을 때까지의 중요한 열네 장면을 묵상하며 드리는 기도.

알기나 할까? 나귀를 타고 예루살렘에 입성한 그 겸손한 이에 대해서 무엇을 알까?

나는 비록 아무것도 확신하지 못하나 내가 이 모든 것을 믿는다고 믿고 싶다. 모든 것이 잿빛으로 칙칙한 때에는 다시 푸르러지리라 생각하면 위안이 된다. 혹시 그런 일이 일어나지 않는다고 해도 괜찮다. 어차피 모를 테니까. 운이 좋으면 선하신 주님이 우리를 기다리실 터요, 운이 나쁘면 죽음은 평화롭고 기나긴 잠일 뿐이리니.

침대머리 탁자에 안경을 내려놓고 휴대전화를 끈다. 알람 설정을 깜박한 것 같지만 할 수 없다. 침대에서 다시 내려갈 엄두가 나지 않는다. 문을 잘 잠갔는지, 가스 밸브를 닫았는지 그것도 모르겠다…… 정말이지, 머리가 안 따라준다. 불을 끄고 이불을 덮는다. 나의 마지막 겨울밤이다. 푹 잘 수 있을 것 같다. 내일은 햇빛이 비치는 아름다운 날이 될 것이다.

산들바람이 얼굴을 스치고 간다. 창문을 열어두었나 보다. 눈을 감는다. 잠의 안개가 나를 감싸기 시작한다. 나를 맡긴다. 어느새 나는 배에 올라와 있다. 아주 작은 돛단배다…… 갑판에 누워 구름 없는 하늘로 솟은 돛대를 바라본다. 바람은 상쾌하고 소리 없이 서서히 움직인다. 나는 겨울과 함께, 나의 마지막 겨울과 함께 잠들리라. 계절의 끝에서, 햇살을 받으며, 종려나무 가지를 높이 든 채로. 르네가 나를 보고 미소 짓는다.

체리토마토파이

초판 1쇄 발행　2019년 3월 20일
초판 6쇄 발행　2024년 2월 15일

지은이　베로니크 드 뷔르
옮긴이　이세진
펴낸이　이종호
편 집　김미숙
디자인　씨오디
발행처　청미출판사
출판등록　2015년 2월 2일 제2015-000040호
주 소　서울시 마포구 토정로 158, 103-1403
전 화　02-379-0377
팩 스　0505-300-0377
전자우편　cheongmipub@daum.net
블로그　blog.naver.com/cheongmipub
페이스북　www.facebook.com/cheongmipub
인스타그램　www.instagram.com/cheongmipublishing

ISBN　979-11-89134-04-4　03860

이 도서의 국립중앙도서관 출판예정도서목록(CIP)은 서지정보유통지원시스템 홈페이지
(http://seoji.nl.go.kr)와 국가자료공동목록시스템(http://www.nl.go.kr/kolisnet)에서
이용하실 수 있습니다.(CIP제어번호 : CIP2019008823)
* 책값은 뒤표지에 있습니다.